天涯文库

本书受到海南师范大学中国语言文学省级A类重点学科、中国语言文学一级学科博士点资助

教育部人文社科青年项目"以作家书信、日记为中心的20世纪50年代中国大陆文学生态研究"
【19YJC751049】

1950年代
中国文学生态研究

以作家书信、日记为中心

吴 辰 著

中国出版集团 东方出版中心

图书在版编目（CIP）数据

1950年代中国文学生态研究：以作家书信、日记为中心 / 吴辰著. 一上海：东方出版中心，2023.6
ISBN 978-7-5473-2203-1

Ⅰ.①1… Ⅱ.①吴… Ⅲ.①中国文学-当代文学-文学研究 Ⅳ.①I206.7

中国国家版本馆CIP数据核字(2023)第096978号

1950年代中国文学生态研究——以作家书信、日记为中心

著　　者　吴　辰
策划编辑　潘灵剑
责任编辑　张淑媛　李梦溪
装帧设计　钟　颖

出 版 人　陈义望
出版发行　东方出版中心
地　　址　上海市仙霞路345号
邮政编码　200336
电　　话　021-62417400
印 刷 者　山东韵杰文化科技有限公司

开　　本　890mm×1240mm　1/32
印　　张　10.75
字　　数　260千字
版　　次　2023年9月第1版
印　　次　2023年9月第1次印刷
定　　价　68.00元

目　　录

绪　　论

一、综述及前人研究成果

1. 新中国成立初期文学研究综述

新中国成立初期文学研究一直都是学界的关注热点,但是在不同时期,这个热点"热"的原因是不尽相同的。在新时期之前,"鲜花"和"毒草"构成了研究这一时期文学的基本面貌,理论资源的匮乏和战争话语在日常生活中的长期延宕,使得这一阶段的研究常常呈现出一种政论的姿态,如茅盾的《短篇小说的丰收和创作上的几个问题》(《文艺报》1959 年第 1 期)、中国科学院文学研究所编写的《十年来的新中国文学》、丁易所编撰的《中国现代文学史略》(作家出版社 1955 年版)等。这一时期,作家、作品和评论者之间由于存在着共时性,以至于其研究手法常常以对一篇作品或几篇作品的批判或赞赏为起点,在政治上找寻其批评依据,从而达到对这一现象背后的社会问题的发掘,如张光年的《从一篇文章看黄药眠的右派思想》(《文艺报》1957 年第 19 期)、陈默的《一个美化资本家的电影剧本——〈不夜城〉》(《文艺报》1959 年第 17 期)等。这种研究思路倾向于将作家看作社会大机器上的一个零件,其创作则是组织生产中的一部分,再加上过于激进的指标化文艺生产要求,批评家们更关注对单部作品中存在的问题的批判;至于作家,除了清算其历史问题之外,则是将其当作一种机械化的存在,在批评和研究时,并没有过多地考虑作家在创作时所面临着的各种问题,更没有注意过文学生产和消费等机制性、生态性的元素。

而进入了新时期,对于上一个时期的反思则成为文学研究的一个基本的出发点,再加上 1980 年代各种新潮的涌入,研究者的目光更多地投向了对所谓"先锋文学"的研究和对各种"叙事陷阱"的解读。新中国成立初期文学成为一个相对受人冷落的研究领域,对它的研究也大多具有反思和批判的性质,如王乾坤的《创伤愈合痛犹存——谈新中国成立初期几次文艺思想批判的消极影响》[《湘潭大学学报(社会科学版)》1988 年第 9 期]等。而新中国成立初期文学成为一个主体性的问题开始被研究者关注,则是在新世纪前后当它被置于"重写文学史"和"再解读"的理论框架之下时。在叙事学的观照下,被重新发现的新中国成立初期文学是以一种被解构对象的姿态进入研究者的视野,在《再解读:大众文艺与意识形态》(北京大学出版社 2007 年版)中,收录了贺桂梅的《赵树理文学的现代性问题》、唐小兵的《暴力的辩证法——革命通俗小说的经典》、李杨的《〈林海雪原〉——革命通俗小说的经典》、戴锦华的《〈红旗谱〉——一座意识形态的浮桥》等对于新中国成立初期文学在叙事学意义上进行重构的论文,为读者打开了一扇通往新中国成立初期文学丰富能指的大门,改变了读者对这一时期文学"千文一貌"的刻板印象,也确立了新中国成立初期文学在新时期文学研究上的独立地位。几乎是同时,上海的陈思和在《中国当代文学史教程》(复旦大学出版社 1999 年版)一书中,从"民间"和"原型"的角度出发,探索了一种来自文化内部的力量对于文学的建构和解构过程所不能忽视的作用,他对《林海雪原》等作品有着十分深刻的解读和发现。《再解读:大众文艺与意识形态》和《中国当代文学史教程》两本书分别代表着来自现代性和来自文化内部的反思,一外一内,带动了对新中国成立初期文学的研究。而在这前后,许多学术期刊都注意到了这被思想解放"遮蔽"的文学实存,一时间,新中国成立初期文学研究又重新"热"了起来，如 2005 年，《东方论坛·青岛大学学报》发表了一组以"新中国成立初期历史叙事论"为主题的论文，包括了李宗刚的《巴金五十年代英雄叙事再解读》和路文彬的《重写历史：民族/国家认同的权利实践》等。这些论文从对新中国成立初期文学的文学价值的偏执研究中抽身而出，进入到了一种对文学生态和文学文本之间关系的探索。不久之后，以人民文学出版社和大象出版社为代表的出版行业推出了一批人物的日记、自述、口述传记以及书话，大大丰富了新中国成立初期文学研究的对象。与此同时，黎辛等一批新中国成立初期文坛的亲历者也积极地在《新文学史料》中，以回忆的姿态建构着那个时代的文学生态。由此，研究者开始对新中国成立初期文学生态有了新的认识，对于生活中的细节和个人在历史中地位的再发现，成了切入新中国成立初期文学生态的新角度，在研究者对于时代的整合与发现中，生活中的细节成了"大历史"的一部分，稿酬、身份转换、文本修改、个人日记与书信等受到了很大程度的重视。如果说文学作品中作家虚构的成分比较大的话，那么在上面所列的这些个人化材料中，虽然不可避免地存在着某种想象，但是其真实性是要明显高于文学作品的。在最近的研究中，这些个人化材料在还原新中国成立初期文学生态的过程中，渐渐摆脱了原先的那种材料性和附属性的位置，而渐渐成为一种主体性的存在，如戚学英对于作家身份的研究（《从阶级规训到身份认同——新中国成立初期作家身份的转换与当代文学的生成》）等，对新中国成立初期文学生态的还原有着极大的意义。除此之外，史学界如杨奎松等人的一些对于体制建构的研究也颇可为文学研究所借鉴，如《忍不住的"关怀"：1949 年前后的书生与政治》（广西师范大学出版社 2013 年版）。而近年来有关新中国成立初期文学的学位论文也较多集中于研究其文学生态以及文学生态与文学活动主体之间的生成性关系，如山东师范大学王亚丽 2011 年硕士论文《沈从文建国初期心灵世界新论——以沈从文建国初

期书信为例》、河南大学李迎春 2006 年博士论文《新中国成立初期
〈文艺报〉研究(1949—1957)》、复旦大学张红娟 2010 年博士论文
《新中国成立初期上海作家队伍的建构》、武汉大学王维 2010 年博
士论文《新中国成立初期文学界"检讨"研究》等,都是基于个人化
视角,对新中国成立初期文学生态或文学生态的某一片段进行研
究的先例,但是目前对于这些个人化视角的综合运用和对于新中
国成立初期文学生态整体面貌的研究还是比较少的。

　　2. 日记及书信研究综述

　　如上文所述,以个人化视野去研究新中国成立初期文学生态,
要综合运用到稿酬、身份转换、文本修改、个人日记与书信等各类
材料或资源,但就目前的研究状况来看,各类材料或资源的研究程
度并不均衡,其中以个人日记和书信的研究最为深入。

　　关于日记研究,是有着其特殊的理论的。就国内而言,自古以
来就有对日记进行研究的传统。严格意义上的日记可以远溯到唐
代李习之的《来南录》,而清代李慈铭的《越缦堂日记》、翁同龢的
《翁同龢日记》、王湘绮的《湘绮楼日记》、叶昌炽的《缘督庐日记》,
甚至有着"四大日记"之称,可见在中国传统上对日记这一特殊文
本的重视。但是现代中国的日记并不是完全承续了古代中国日记
的发展道路,和新文学相似,现代中国的日记更多地将对于外部世
界和日常生活的描摹内化,更加直白地面对自己的内心,也更加融
入了个人对时代、对现代民族国家建设的思考。可以说,借由新文
化运动而产生新文学和现代中国的日记是两种异构而同质的文本
呈现形式,甚至,新文学的开端就有着日记的影子:从晚清小说界
革命中出现的薛福成的《出使日记》和梁启超的《新大陆游记》开
始,到新文化运动的开篇之作《狂人日记》,再到郁达夫和创造社诸
君所习惯使用的日记体笔法,不难看出,在现代中国文学中,作家
对于日记有着文体意义上的高度自觉。在民国时期,关于日记的
理论和经验也是俯拾即是,如 1933 年上海南强书局出版的阿英所

编《日记文学丛谈》,夏丏尊在《文章作法》中对于日记这一文体的强调,周作人所作《日记和尺牍》,郁达夫的《日记文学》《再论日记》等。

　　中华人民共和国成立后,日记之于作家而言就承载了更多的内容,如刚进入新政权之后的不适应,面对复杂人际关系时候的困惑,对新生国家的信心和对自身位置的迷茫等。日记不仅仅是一种对于已经发生的事情的回顾和梳理,更是一种作家心理代偿的表现,日记中所展现出的作家不为人知的另一面,对于重新认识新中国成立初期个人与国家之间的关系是十分重要的。通过日记看到的当时整个文学生态的缤纷和复杂,与通常经典的文学史表述中万马齐喑的景观是有着很大不同的。从 1980 年代开始,《新文学史料》有计划地刊出一些日记,虽然如杨沫等人的日记明显能看出后期加工过的痕迹,但是仍有着极其重要的文献价值。1990 年代之后,日记的价值随着上文所述一系列出版行为和研究思路的转向而日渐凸现,日记在研究中的利用率渐渐上升,但是这一时期对于日记的利用往往是一种工具性的,是作为文本分析的佐证的,日记本身的主体地位并没有很好地被凸现。1990 年代末,随着《天涯》杂志持续至今的《民间语文》专栏对于接近"原生"状态的日记和口述等资料的收录,日记作为文学研究对象的主体性地位开始受到了研究者的关注。程韶荣的《中国日记研究百年》(《文教资料》2000 年第 2 期)和钱念孙的《论日记和日记体文学》[《合肥学院学报(自然科学版)》2002 年第 1 期]是众多研究中较早对日记的主体性地位展开探索的论文,随后赵宪章的《日记的私语言说与解构》(《文艺理论研究》2005 年第 3 期)更是将关于日记研究的理论上升到了一个较高的程度。日记中所承载的思想内容和文学价值也越来越被研究者所重视,日记作为社会思想史的一个侧面,其中所包蕴的巨大价值正在为研究者所发现。在这些前期研究成果的基础上,关于日记研究,出现了一些硕士论文和博士论文,如山东师范大学邓渝平 2009 年硕士论文《五四文学家日记研究》、东北师范大学刘玲玲 2009 年硕士论文《民国时期教授的生活研究——以〈吴宓日记〉为个案》、东北师范大学白雪 2013 年硕士论文《叶圣陶日记中的语文教育思想研究》等，博士论文主要有兰州大学张高杰 2008 年所著的《中国现代作家日记研究——以鲁迅、胡适、吴宓、郁达夫为中心》（中国社会科学出版社 2014 年版），另外，人民日报出版社出版的四卷本《书脉日记文丛》和济南大学所办的同人性刊物《日记报》也是对于这一领域的积极探索，而诸如虞坤林所编订的《二十世纪日记知见录》（国家图书馆出版社 2014 年版）等著作，更是为对这一领域的检索和进一步的研究提供了宝贵的工具。

从整体上看，对于现代中国作家的日记研究在新时期以后起步较晚，而且在起步之后其主体性地位一直没有得到很好的确认，但是一旦起步，其起点却较高，研究也较为深入，对于资料的编订也有着很多值得称道的地方。不足之处在于，较少有相关研究理论的产生和译介。中国古代对于日记的研究方法和西方对于日记的研究理论并未很好地被用于日记的研究领域之中，使现有研究之于现代中国文学的其他领域呈现出了一种理论欠缺。日记研究需要一种理论的指导，尤其是面对新中国成立后所经历的独特命运，日记的保存和原状都会产生较大的改变，产生一种适合于中国语境的日记研究和编订理论是势在必行的。

书信之于现代中国文学的情况与日记的情况相似，晚清代表人物就有林则徐、彭玉麟、张之洞、李鸿章，四人的家书并称为"四大名人家书"，而新文学发轫时期的许多有分量的作品，如淦女士（冯沅君）的《隔绝》、冰心的《一封信》，都是以书信体的形式呈现的。在新文学的领域中，书信承载了语体文的部分功能，并可以直接将读者带入一种与作者心灵沟通的氛围中去，而建立在新文学基础上的现代中国文学中的书信更是有着其独特的位置。许多作

家都保存有大量的书信,这些书信中最有价值的是家书和与某些
事件当事人的通信,通过对这些信件进行解读,可以进一步地还原
历史事件的真相。更重要的是,书信呈现的是一种心灵真实:胡
风给七月派友人的信件里面,嬉笑怒骂,不拘一格;沈从文在新中
国成立前后的一段时间内,书信中表现出的想要与人倾诉的强烈
愿望。这些可以成为描摹新中国成立初期文学生态的重要材料。
此外,人是一切社会关系的总和,其中不可避免地有着亲疏远近和
层级关系,通过研究作家与不同身份的他者之间的书信,可以大致
整理出一条新中国成立初期作家之间的关系脉络。对书信的研究
在新中国成立初期就已经开始,不过这一时期主要是对于一些在
政治上有着方向性意义的作家日记的整理和考释,其中关于鲁迅、
郭沫若、茅盾等人的书信研究又占到了很大的份额,这种因对于个
别作家书信的重点研究而忽视了对一个文化语境之下作家书信的
整体性把握的状况一直延续到新世纪前后。1999 年,汉语大词典
出版社出版了《现代作家书信集珍》一书,收录作家往来书信 400
余封,是当时书信研究所参考的重要辑录材料,而稍后的《嘉应学
院学报》发表的赖贤传的《书信、日记魅力管窥》一文,更是较早地
以主体地位对书信之于文学研究的意义作出了评述。

　　2004 年,黑龙江大学的吴源和上海师范大学的梁莺瑜的硕士
论文都与书信有关,尤其是吴源《第一人称叙事:书信体与非书信
体》一文,较早地注意到人称变换在书信中的重要意义,有着一定
的理论高度;暨南大学牛继华 2006 年硕士论文《近百年来私人书
信中称呼语的社会语言学考察(1919—2006)》是一篇很有意义的
论文,作者将书信中的称呼语作为考察对象,以探寻其中所蕴含的
人事、社会变迁;西南大学彭建 2010 年硕士论文《沈从文书信研
究——生命的潜流及探寻》、华东师范大学朱斌凤 2010 年硕士论
文《沈从文书信(1949—1988)研究》、山东师范大学王亚丽 2010 年
硕士论文《沈从文新中国成立初期心灵世界新论——以沈从文新

中国成立初期书信为例》都将目光投射在了书信对于新中国成立后一直保持隐默的沈从文的意义。而目前关于这方面的博士论文较少，仅有南京师范大学万宇 2007 年所著的《中国现代学人论学书信研究》。关于现代中国文学中作家书信的研究，其主体性并没有真正地确立，大多数还是被作为研究中的佐证材料，大多数研究对象还是"书信体小说"。在新世纪以后，尤其是近年来的关于书信的研究渐渐开始丰富，研究质量也有着较大的提升，书信作为一种文本之外的重要的"副文本"，其意义正在被研究者渐渐地发掘。

关于其他材料的研究，主要是手稿和版本的修订。手稿的研究在西方是思想研究领域中的一项十分重要的组成部分，如马克思的《巴黎手稿》等；在现代中国文学研究领域中，对于手稿的挖掘和整理也有着十分卓著的成就，例如 2002 年上海展出了上百名作家手稿，中国现代文学馆也下大力气去收集手稿。手稿中的修改、涂抹，甚至是笔迹的颜色等，都可以从侧面反映出手稿作者当时的心绪。但是手稿的利用有着许多困难，其专业性和要求知识储备的丰富性都是一般研究者所无法达到的，所以对这一领域的研究目前较少，但是近年来所陆续出版的鲁迅、郭沫若、钱锺书、周作人等一些文学大家的手稿至少为研究者保存了一种历史的真实，以俟后人继续发掘。目前关于手稿研究的学位论文比较优秀的有中央美术学院李小光 2009 年硕士论文《心象手记——以手稿方式呈现的插图艺术》等。而至于新中国成立初期文学的版本问题，武汉大学的金宏宇教授一直是现代中国文学中小说版本问题的专家，人民文学出版社 2004 年出版的金宏宇教授所著的《中国现代长篇小说名著版本校评》，对现代中国文学上的重要的八部长篇小说历代版本做了深入而细致的考察。姚丹则注意到了版本产生之前的修改，从"事实契约"与"虚构契约"之间的转化角度来研究曲波在写作《林海雪原》时所面临的问题与心态。版本学一直是中国古典文献学中的重要问题，古文经书和金文经书之间的版本问题甚至成为儒家思想中的一个根本性的问题,但是现代中国文学中版本的问题被注意得比较晚,重要作品的各个版本也没有做好认真的校对,再加上如郭沫若、杨沫等作家对于作品本身持着一种开放的态度,在不同年代都对之前作品有所修订,导致了在研究中经常出现版本与时代不相符合的情况。目前,这一领域也正在逐渐地为研究者所重视,出现了如苏州大学包中华的《李劼人"三部曲"版本比较研究》等硕士论文。

总体来说,以个人化视野去观照新中国成立初期文学生态是一项比较有意义的工作,其合理性和可行性还都较高,而在樊骏、刘增杰等先生们的倡导下,对史料的重视也成了现代中国文学研究的一种共识。但是到目前为止,对个人化视野的综合利用还不是很多,所以本书试图在前人研究的基础上有所推进,对新中国成立初期文学生态通过个人化视野进行一种建构,希望能以一种细节化和个人化的方式,对文学史的"宏大叙述"进行一种补充和注释。

二、价值及意义

在现当代中国文学发展的过程中,新中国成立初期文学生态是一个十分重要但是又常常被忽视的历史存在。新中国成立初期这一时间范畴在现当代中国文学的研究领域中常常有着不同的划分方式,其中比较有代表性的划分方式是以自然时间为界限进行划分和以重大政治事件进行划分。在以自然时间为界定标准的研究中,对于时间点的选择往往流于随意,常见的有 1949 年到 1952 年或 1953 年①,这种划分方式集中于新中国成立最初几年,研究对象较为集中,但同时也将研究范围缩至一个比较狭小的范围内,对于时间的截断较为生硬,容易切断该研究与后续历史的连贯性。

① 余岱宗.审美趣味与文学观念的重新建构——论新中国成立初期意识形态与文艺的关系[J].集美大学学报(社会科学版),2004(1).

而对于以重大政治事件为界定标准的研究中,所作出的划分往往以 1956 年"百花齐放·百家争鸣"政策的提出①、1958 年反右派运动扩大化②,甚至有些研究将新中国成立初期的范畴等同于"十七年",直接将其界限推进至 1966 年的"文化大革命"。③ 这种划分方式以重大政治事件为中心,其优点是能够更好地抓住一个时期公众精神和生活的重心,更加宏观地把握这一时期历史的进程,而其缺点是会使政治事件成为研究的中心,其他元素在很大程度上会沦为政治事件的配角。鉴于此,本书在写作时期,将"新中国成立初期"界定为 1949—1959,一则是以十年作为划分的界限是一种普遍意义上的习惯;二则是对于新生共和国而言,这十年间所涵盖的历史政治事件是丰富的,且对于 1959 年之后的文学生态的形成有着建构性的意义;三则是以十年为划分方式虽然有武断之嫌,却同时也为以后的研究留出了余地。共和国最初的十年是继往开来的十年,其中所蕴含着的变革和转机对于后来的文学而言都是十分重要的,以十年为期限,可以将现当代中国文学沿着时间轴向前后两个方向推进,相信可以逐渐建构起一幅在个人化视野中的现当代中国文学的整体景观。另外,由于在支撑材料方面的限制,本书对部分素材或资料的选择和运用溢出了所界定的范畴,一些资料向前延伸至 1942 年的延安时期和向后延伸至 1960 年代,但是这些材料并不影响本书的主题,在其使用时,文中会对其进行详细的说明和辨析。

本书拟从个人化视野出发,来考察和还原新中国成立初期文学生态,目前,在本学科领域,这一部分研究相对薄弱。首先,由于改革开放以后,在"去政治化"的文学史观的统领下,学界对于新中

① 张倩.新中国成立初期对《讲话》的阐释与接收(1949—1956)[D].锦州:渤海大学,2013.
② 张谦芬.沈从文新中国成立初期的土改书写[J].中国现代文学论丛,2008(8).
③ 陈杰.新中国成立初期济南市民社会生活研究(1949—1966)[D].济南:山东师范大学,2012.

国成立初期文学通常持着一种否定性的偏见,新中国成立初期文学本身就十分容易被研究者忽视;其次,包括书信、日记在内的一些个人化材料在以往的研究过程中又是常常不被研究者所重视的,这就导致了在对于新中国成立初期文学的考察中,常常会出现一种"后见之明"的预设,使得研究者和研究对象之间产生一定的隔膜。随着史学观念的进一步更新,学界看待研究对象的方式也产生了较大的变化,从人周围的环境转向环境中的人,从群体转向个体,解释历史变化的方式从直线式的单因素因果关系转向互为联系的多重因果关系。这种阐释历史的方式比之前粗线条的史实勾勒更能反映出个人在历史之中的意义,也更能反映出个人生活轨迹中一些具有机能性的事件。在文学研究中,这种改变体现为开始对经常使用的以面向公众的"作品"为研究主体的研究方式进行反思,转而从一系列个人化史料出发,以之为研究主体,并结合文学作品,讨论文学现象与个人心路历程之间存在的张力。

目前,在对于个人化史料的研究领域中,以明清文人日记的研究比较多,中国现当代文学相关的个人化史料并未很好地被研究者所重视,即使是在刊物上发表的单篇论文的数量也并不多,而系统性的学位论文往往集中于诸如郁达夫、沈从文、傅雷等少数几个研究对象上。随着目前国内一些个人化材料的出版,使研究者越来越有可能介入这块相对陌生的领域,去探寻个人与历史之间的复杂互动关系。研究个人化视野中的新中国成立初期文学生态,可以对原有的研究成果进行补充,从另一个视角去观照新中国成立初期的文学和知识分子,回到知识分子自己的语境,去理解他们对新生共和国的关切与热爱。

本书以个人视野为切入点,以之来对新中国成立初期的文学生态进行观照,从而研究和探讨在新中国成立初期那种特殊的语境之下作为个人的作家和作为集体的文学之间的关系,以期能对现当代中国文学史习惯使用的"宏大叙事"的视野有一定的补充。

同时,本书希望能从一系列的近景入手,以个人化叙事为主题,以文本分析为辅助,来对新中国成立初期文学生态的全貌和文学史全景进行一种还原,并能够在一定程度摒除"后见之明"的前提下,作出一些紧贴生活的理论提升。

三、同质异构:作家书信、日记与文学的关系

正如王国维所说:"凡一代有一代之文学:楚之骚,汉之赋,六代之骈语,唐之诗,宋之词,元之曲,皆所谓一代之文学,而后世莫能继焉者也"①。就文学而言,在其身上所能显示出的时代特征是十分明显的。虽然不宜以一种本质化的方式去对文学进行观察和研究,但不可否认的是,无论是在形式方面还是在内容方面,文学都与其所处的时代有着分不开的关系,这一点尤其表现在文学创作的体裁上。应该说,文学体裁作为文学创作所呈现出的外在形式,和其所处的时代与时代精神有着较为密切的联系。

就现代中国文学②而言,在宏观上,随着新文化运动的兴起,白话文学成为贯穿其整个发展的主要文学形式,而小说在这个"文学革新之时代"③以其"有不可思议之力支配人道"④的原因,更是成为新文化运动的倡导者们纷纷投入实践的重要领域。但是将镜头拉近至小说这一文体本身,就会发现,在不同的历史时期,小说作为一种有着丰富表现形式的文学体裁,其所呈现出的外在面貌也是有着很大区别的,尤其是在新文学诞生的头三十年里,面对着风云变幻的历史语境,小说并不是以一种固化的姿态去应对时代的变迁,相反地,它几乎是变动不居的,每一次变动背后都有着深深的时代烙印,如 1920 年代的日记体小说和书信体小说、1930 年

---

① 王国维,叶长海.宋元戏曲史[M].上海:上海古籍出版社,1998:1.
② 关于"现代中国文学"这一概念,参见朱德发.现代文学史观的探索及其意义[M]//现代文学史书写的理论探索.济南:山东人民出版社,2010:184.
③ 陈独秀.文学革命论[J].新青年,1917,2(6).
④ 梁启超.论小说与群治之关系[J].新小说,1902(1).

代的家族小说等。其中，在 1920 年代前后产生并迅速发展的日记体小说可以称得上是这一时期的"时代之文学"之一了，在它产生和发展的背后，是这一个时代复杂的社会心理机制。

1. 书信、日记文体与书信、日记

事实上，日记文体在小说中的运用并不是新文化运动的倡导者们的首创。早在 1914 年，民初言情小说创作的代表人物徐枕亚就曾经在《小说丛报》上发表了小说《雪鸿泪史》，其下注有"何梦霞日记"字样。何梦霞是徐枕亚成名之作《玉梨魂》中的男主人公，其人物形象在当时的小说阅读界有着较为广泛的知名度。为了造成一种真实的艺术效果，作者刻意追求一种形式上的逼真，在小说的开头，徐枕亚以一种笔记的语调写道："玉梨魂出世后，余乃得识一人，其人非他，即书中主人公梦霞之兄剑青也。剑青宝其亡弟遗墨，愿以重金易《雪鸿泪草》一册。余慨然与之，曰：'此君家物也，余乌得而有之？'剑青喜，更出《雪鸿泪史》一巨册示余。余受而读之，乃梦霞亲笔日记"①。可以看出，徐枕亚对这篇小说显然是精心设计过的，他努力让自己隐藏在何梦霞的日记叙事背后，托名何梦霞所写，而自己则只是负责对其中关键部分做一些解释，并署名"评校"。更令人拍案叫绝的是，徐枕亚不但在每一部分之前署上具体日期，使之更像日记，还努力地使这部小说在具体事件上与现实产生互文，如徐枕亚在正文之前的"评校"中写道："惜篇末绝笔于东渡。梦霞抵东以后、武昌起义之前，中间相距年余，必尚有详细之日记。今不知流落何处，是亦读此书者之一缺恨也"②。看似不经意的一笔，不但为小说中所留下的叙事空白点做出了合理的解释，而且使小说在形式上更加贴近真正的日记，努力消除了小说和现实之间的间隔感，徐枕亚设计这样的叙述方式可谓用心良苦。而徐枕亚对于文本的这一设计的影响是深远的，事实上，即使是在

---

① 　徐枕亚.雪鸿泪史[J].小说丛报，1914(1).
② 　徐枕亚.雪鸿泪史[J].小说丛报，1914(1).

被称作"中国现代文学史上第一篇用现代体式创作的白话短篇小说"①的《狂人日记》中，仍是不难发现鲁迅对这种"评校"形式的借鉴和运用。和《雪鸿泪史》相似，在《狂人日记》的日记部分之前，鲁迅也用一段"评校"或是"按语"来交代这本"日记"的来历："某君昆仲，今隐其名，皆余昔日在中学校时良友；分隔多年，消息渐阙。日前偶闻其一大病；适归故乡，迂道往访，则仅晤一人，言病者其弟也。劳君远道来视，然已早愈，赴某地候补矣。因大笑，出示日记二册，谓可见当日病状，不妨献诸旧友"②。同时，在《狂人日记》中，鲁迅也刻意地在小说与现实之间寻找一种互文性："语颇错杂无伦次，又多荒唐之言；亦不著月日，惟墨色字体不一，知非一时所书。间亦有略具联络者，今撮录一篇，以供医家研究。记中语误，一字不易；惟人名虽皆村人，不为世间所知，无关大体，然亦悉易去。至于书名，则本人愈后所提，不复改也"③。虽然徐枕亚和鲁迅二人所处的文化立场不同，《雪鸿泪史》和《狂人日记》这两篇小说在写作时所要面对的想象读者各异，但是在伴随着日记体小说出现而产生的这种充满了设计感的"评校"却并不是偶然，它代表了日记体小说在诞生之际就存在着的一个根本性问题。

有文艺理论家将文学活动用"读者""作品""世界""作家"等四个元素来概括④，其中，作品处于文学活动的中心位置，通过这一元素，其他三个元素才能进行沟通和交互，所以，作品的结构与形态直接决定了作者读者世界三者之间的关系；从另一个角度来讲，作品甚至可以被视作其他三个元素之间的"中保"，只有通过作品，其他三个元素才能相互认知和有效对话。所以说，作品的内部结

① 钱理群，温儒敏，吴福辉.中国现代文学三十年(修订本)[M].北京：北京大学出版社，1998：30.
② 鲁迅.狂人日记[J].新青年，1918，4(5).
③ 鲁迅.狂人日记[J].新青年，1918，4(5).
④ 艾布拉姆斯.镜与灯：浪漫主义文论及批评传统[M].郦稚牛，张照进，童庆生，译.北京：北京大学出版社，2004：6.

构本身就存在这一种"契约"性质的东西①,通过这种契约,文学世界才能和现实世界产生交集,在虚构的和历史的之间形成一种张力,以至于让读者能够充分地领略到作者在创作之时想要达到的艺术效果。如果从这个角度来看,无论是徐枕亚还是鲁迅,在进入"日记"正文之前的那一段"评校"或"按语"性质的补充说明正是在签订一种契约。有学者在关于自传文体的研究中发现了这类具有契约性质的文本的重要性:"在书名中,在'请予刊登'中,在献词中,最常见的情况是在成为俗套的前言中,但有时也在一个结论性的注解中(纪德),甚至在出版时所接受的采访中(萨特),但这一声明是无论如何不可或缺的"②。而之于刚刚进入公众视野的日记体小说而言,以一个在形式上游离于正式文本之外的部分来对这一契约进行着重强调,可以让读者迅速进入作者想要为之构建的文学世界中,将小说的虚构性想象成历史的事实性,从而达到一种消除作品与世界之间间隔的审美效果。

　　虽然有着相近的形式,《雪鸿泪史》与《狂人日记》在创作心理上却是同质异构的,也就是说,在使用这种契约性文本的时候,徐枕亚和鲁迅两人有着完全不同的心理动机。

　　1915年,《雪鸿泪史》出版了单行本,在单行本中,徐枕亚为之前在《小说丛报》上的连载作了一篇总序,序中提及:"挽近小说潮流,风靡宇内,言情之书,作者伙矣。或艳或哀,各极其致,以余书参观之,果有一毫相似否?……抑余岂真肯剪绿裁红,摇笔弄墨,追随当世诸小说家后,为此旖旎风流悱恻缠绵之文字,耸动一时庸众之耳目哉?余所言之情,实为当时兴高采烈之诸小说家所吐弃而不屑道者,此可以证余心之孤,而余书之所以不愿以言情小说名

---

① 关于"契约"这一概念,参见姚丹."事实契约"与"虚构契约":从作者角度谈《林海雪原》与"历史真实"[J].中国现代文学研究丛刊,2003(3).
② 勒热纳.自传契约[M].杨国政,译.北京:生活·读书·新知三联书店,2001:14-15.

也。余著是书,意别有在,脑筋中实并未有'小说'二字,深愿阅者勿以小说眼光误余之书。使以小说视此书,则余仅为无聊可怜、随波逐流之小说家,则余能不掷笔长吁、椎心痛哭!"①在自序中,徐枕亚对之前的种种小说作了批判,并极力地将自己的作品排除在这些所谓"小说"之列,其原因是多方面的:首先,这是徐枕亚自视甚高的一种表现,在他眼中,之前各路小说家的作品中出现之"情"太过于平庸泛滥,不足以入其法眼,而自己的小说无论在商业价值还是在娱乐价值上都要更胜之前的小说一筹;其次,小说中主人公的一些行动,确有和徐枕亚本人的经历相同之处,如徐枕亚自称是"多情种",而其婚姻却很不自由,与陈佩芬的感情虽一波三折,最后却也无疾而终②,徐枕亚在创作《雪鸿泪史》的时候,也确实是融入了自己大量的真情实感在里面,这样一来,作者自然不愿意将自己所经历的感情贯之以"艳""哀"等字眼来吸引读者眼球;最后,更重要的是,面对着这种以日记的形式来结构的小说,徐枕亚确实没有想到一种恰当的命名方式来为之定义。徐枕亚在《雪鸿泪史》单行本序言中所谓的"意别有在""脑筋中实并未有'小说'二字"等言辞,实际上和连载时那段"评校"中所谓"此篇虽未合小说体裁,而其中实无所不备:非止言情,乃合家庭、社会、教育、英雄、侠义、警世等各种性质融化于一炉者,无以名之,因名之以'别体小说'"③的意思是一样的。晚清以降,随着小说界革命的兴起,为了方便读者在阅读时的选择,这些新小说的作者和文学杂志的编辑习惯于以作品内容为小说分门别类,如"政治小说""警世小说""教育小说""家庭小说"等,但是徐枕亚认为自己的小说别开生面,以日记的形式将这些各个门类的内容悉数囊括,不一而足,连作为小说作

---

① 徐枕亚.雪鸿泪史[M].上海:清华书局,1916:1.
② 参见曹家俊."鸳鸯蝴蝶派"开山鼻祖徐枕亚[M]//苏州市政协文史委员会.苏州近现代人物:第2辑.苏州:古吴轩出版社,2008:244-246.
③ 徐枕亚.雪鸿泪史[J].小说丛报,1914(1).

者的自己也无法为《雪鸿泪史》归类，所以姑且称之为"别体小说"。
由此可见，从表面上看来，徐枕亚的《雪鸿泪史》虽然在形式上作出
了较大的突破，但是实际上，徐枕亚对小说的批判仅仅停留在小说
内容的取材上，对其内在所承载的种种实质性内容并无太多的反
思。而且，徐枕亚对于小说形式的突破，其主要目的和关注点还是
在于迎合市场与读者，从本质上讲，它仍然是一种建立在一定事实
基础上的虚构，其思想指向还是倾向于消遣娱乐，并未涉及诸如思
想改造等更深一层的内容。所以，虽然徐枕亚在小说中和读者签
订了一种契约，但是这种新的契约实际上并未打破读者和作者在
阅读旧小说时所持有的一种既定的固有契约，作者并不想通过作
品与读者进行交流，读者对于文学作品的认知也还是停留在虚构
层面。正如徐枕亚在单行本序言中所说："《雪鸿泪史》出世后，余
知阅者将分为两派：爱余者为一派，訾余者又为一派。爱余者之
言曰：此枕亚之伤心著作也。訾余者之言曰：此枕亚之写真影片
也。爱余者之言，余不能不感；訾余者之言，余亦不敢不承。何也？
无论其为爱为訾，皆认余为有情种子也。余之果为有情种子与否，
余未敢自认，而人代余认之，则余复何辞？"①可以看出，在这种文
学作品的框架下，读者和作者之间是一种单向度的联系，他们自成
一套体系，而无意于互相沟通。

　　鲁迅的《狂人日记》则截然不同，在新文化运动的大背景下，这
部小说在写作之初就显示出了一种试图与读者沟通的特质。在写
作《狂人日记》之前，鲁迅恰好处于那个被称为"第一次绝望"的十
年隐默时期②，《新生》杂志的夭折以及《域外小说集》在市场营销
方面的失败给了鲁迅莫大的打击，以至于他在后来回忆这段渴望
与人沟通而不得的日子的时候，其遣词造句是如此的触目惊心：
"我感到未尝经验的无聊，是自此以后的事。我当初是不知其所以

①　徐枕亚.雪鸿泪史[M].上海：清华书局,1916：1.
②　汪卫东.十年隐默的鲁迅[J].理论学刊,2009(12).

然的;后来想,凡有一人的主张,得了赞和,是促其前进的,得了反对,是促其奋斗的,独有叫喊于生人中,而生人并无反应,既非赞同,也无反对,如置身毫无边际的荒原,无可措手的了,这是怎样的悲哀呵,我于是以我所感到者为寂寞。这寂寞又一天一天的长大起来,如大毒蛇,缠住了我的灵魂了"①。而感到这种寂寞的人,远不止鲁迅一个,那些新文化运动的倡导者们,在这一时期,也有着和鲁迅相似的际遇:"他们正办《新青年》,然而那时仿佛不特没有人来赞同,并且也还没有人来反对,我想,他们许是感到寂寞了"②。事实上,在鲁迅以《狂人日记》来打破这长达十年的隐默之前,《新青年》杂志在经营上正处于一个十分危急的关头。在一封写给许寿裳的信件中,鲁迅写道:"《新青年》以不能广行,书肆拟中止;独秀辈与之交涉,已允续刊,定于本月十五出版云"③。正是在这种与读者沟通的无能为力中,诞生了那个著名的"铁屋子"的比喻:"'假如一间铁屋子,是绝无窗户而万难破毁的,里面有许多熟睡的人们,不久都要闷死了,然而是从昏睡入死灭,并不感到就死的悲哀。现在你大嚷起来,惊起了较为清醒的几个人,使这不幸的少数者来受无可挽救的临终的苦楚,你倒以为对得起他们么?''然而几个人既然起来,你不能说决没有毁坏这铁屋的希望。'"④可以说,鲁迅的《狂人日记》的写作背后,潜藏着的正是这种对沟通的期待与焦虑,而沟通之所以能够成立,其前提则在于一种认同,按照社会学家们的研究,"认同归于相互理解、共享知识、彼此信任、两相符合的主观际相互依存。认同以对可领会性、真实性、真诚性、正确性这些相应的有效性要求的认可为基础"⑤。也就是说,此时

① 鲁迅.自序[M]//鲁迅全集:第 1 卷.北京:人民文学出版社,2005:439.
② 鲁迅.自序[M]//鲁迅全集:第 1 卷.北京:人民文学出版社,2005:441.
③ 鲁迅.致许寿裳(180104)[M]//鲁迅全集:第 11 卷.北京:人民文学出版社,2005:357.
④ 鲁迅.自序[M]//鲁迅全集:第 1 卷.北京:人民文学出版社,2005:441.
⑤ 哈贝马斯.交往与社会进化[M].张博树,译.重庆:重庆出版社,1989:3.

的鲁迅等人如果想要唤醒青年人,打破铁屋子,就必须寻找一种能
够和这些青年人们产生共鸣的真实,这就要求小说在创作时将由
"小说界革命"以来所产生的原有的文学契约毁弃,重新建立一种
新的契约来代替它,以此来重新构建一种读者和作者之间的关系。
这样一来,那种像《雪鸿泪史》一样"建立在一定事实基础上的虚
构"的文本肯定是无法满足新文化运动的倡导者们的要求了,相对
的,在此时的契约体系里,真实与真诚成为其内在精神中最重要的
元素。正如胡适所说:"近世文人沾沾于声调字句之间,既无高远
之思想,又无真挚之情感,文学之衰微,此其大因矣……而惟实写
今日社会之情状,故能成真正之文学"①。新文化运动的参与者们
意识到,与其刻意去营造出一种真实的氛围,倒不如以虚构本身去
反映一种内心中和精神上的真实。鲁迅的《狂人日记》正是这样一
部作品,虽然鲁迅在小说中以加入"按语"的手法来增强其真实性,
但是这种狂人呓语式的日记终究不会在事件的真实性上和读者产
生共鸣,但是狂人在精神向度上的追问与迷茫却直指当时历史语
境下青年人精神世界的深处,进而与他们在内心产生极强的共鸣,
达到一种较好的交流和沟通。这种交流和沟通的普遍性和广泛性
甚至超出了鲁迅和钱玄同等人当初的预计。孙伏园在 1924 年的
一则文章中记载道:"鲁迅先生所以对于《呐喊》再版迟迟不准许的
原因,最重要的一个是他听说有几个中学堂的教师,竟在那儿用
《呐喊》做课本,甚至有给高小学生读的。这是他所极不愿意的,最
不愿意的是竟有人给小孩读《狂人日记》"②。虽然这和鲁迅在写
《狂人日记》之时所设想的传播效果有着很大的出入,但是这部小
说的受众之广,可见一斑。另外,日记本身作为一种特殊的文本形
式,其对读者的内心有着一种天然的亲和力,这也使得《狂人日记》
发表之后在青年读者群体中得到了较为广泛的反响,更加有助于

① 胡适.文学改良刍议[J].新青年,1917,2(5).
② 孙伏园.五四运动和鲁迅先生的《狂人日记》[J].新建设,1951,4(2).

这种新的文学契约产生其预定的效果。

2. 书信、日记文体的影响及产生原因

日记体小说之所以能在新文化运动初期得到青年人们的广泛关注和共鸣，其原因还在于"日记"这种独特的文本形式中所包含的特殊属性：从本质上来说，日记是一种非常私人化的文体。正如研究者所言："日记的主要特点就是面向自己进行创作，它是一种最纯粹、最隐秘的私人著述，其本意不仅无心传世，而且担心别人窥探"①。而作为较早从理论上来探索日记和文学之间的关系的作家，郁达夫则认为："在日记里，无论什么话，什么幻想，什么不近人情的事情，全可以自由自在地记叙下来，人家不会说你在说谎，不会说你在做小说，因为日记的目的，本来就是在给你自己一个人看，为减轻你自己一个人的苦闷，或预防你一个人的私事遗忘而写的"②。可见，无论是在文学研究者还是在作家眼中，日记最大的价值在于其在面对内心时的真诚，而这种真诚又是新文化运动的倡导者们所极力倡导的。胡适在新文化运动中曾经将其文学主张概括为四点："要有话说，方才说话"，"有什么话，说什么话；话怎么说，就怎么说"，"要说我自己的话，别说别人的话"，"是什么时代的人，说什么时代的话"。③ 综观这四点，其内在要求是一致的，即在文学创作之时要注重一种作家内心的真实，在作品中要能折射出一种真实的生存状态，而这种生存状态又与当时历史语境下的青年人是息息相关的。而在新文化运动的初期，这种在创作方面的主张却极少得到响应，这才有了陈独秀、钱玄同等人的寂寥和鲁迅"铁屋子"的比喻。导致这种情况的其中一个原因，就是这些新文化运动的倡导者们在新文化运动初期因着一种对理论建设的要求和焦虑，而忽视了以文学本身来对读者心灵进行一种观照。

---

① 钱念孙.论日记和日记体文学[J].学术界，2002(3).
② 郁达夫.日记文学[J].洪水，1927,3(32).
③ 胡适.建设的文学革命论[J].新青年，1918,4(4).

仅就《新青年》而言,从创刊伊始,虽然其在新文化的理论建设上有
着不菲的成就,但是其对自身的定位一直是在一份"政论杂志"上。
鲁迅在为《中国新文学大系》小说二集作序的时候,曾经对于这一
情况有过一个总结:"凡是关心现代中国文学的人,谁都知道《新青
年》是提倡'文学改良',后来更进一步而号召'文学革命'的发难
者。但当一九一五年九月中在上海开始出版的时候,却全部是文
言的。苏曼殊的创作小说,陈嘏和刘半农的翻译小说,都是文言。
到第二年,胡适的《文学改良刍议》发表了,作品也只有胡适的诗文
和小说是白话。后来白话作者逐渐多了起来,但又因为《新青年》
其实是一个论议的刊物,所以创作并不怎样著重,比较旺盛的只有
白话诗;至于戏曲和小说,也依然大抵是翻译。在这里发表了创作
的短篇小说的,是鲁迅。从一九一八年五月起,《狂人日记》、《孔乙
己》、《药》等,陆续的出现了,算是显示了'文学革命'的实绩,又因
那时的认为'表现的深切和格式的特别',颇激动了一部分青年读
者的心。……从《新青年》上,此外也没有养成什么小说的作
家"①。不难看出,《新青年》一直以来所坚持的是一条"说理"的路
线,而非"主情"。为了说理,极力倡导新文学的《新青年》同人们甚
至不惜沿用文言文的旧形式来阐发自己的新观点,而小说作为一
种间接传达理念的方式,自然不会为这些新文化运动的先驱们所
重视,所以在《狂人日记》之前,《新青年》在创作上几乎没有什么
"实绩",仅仅凭几篇翻译的屠格涅夫或托尔斯泰的小说是很难触
及青年人的内心的,这也成为早期《新青年》虽常常发表惊世之语
却一直打不开销路的重要原因之一。

　　而对于这一时期的青年来说,仅靠《新青年》的这种"说理"的
方式已经不足以触动其内心,他们时常处于一种被"隔绝"的境地,
由之而来的种种焦虑和困扰使他们无心去从理论上来探讨文化建

---

① 鲁迅.《中国新文学大系》小说二集序[M]//鲁迅全集・第 6 卷.北京:人民文学出
版社,2005:246-247.

设的必要性和可能性。事实上,在《狂人日记》为青年读者们展示了一种以"真诚"为核心的文学契约体系之后,类似于"隔绝"这样的心理状态几乎成为一种青年人的"时代病",仅以"隔绝"一词为例,在新文化运动前后,就以之为题出现过多篇小说,甚至还有同题的译作等①,可见这种心态在当时的普遍。一名读者在读了淦女士的《隔绝》之后,曾经有过这样的感慨:"当友人告我这件隔绝的事实时,——那是我还未读到隔绝,——我还说:'真想不到这样的事实会发生在淦女士的生命里。'因为淦女士是我们向来崇拜为道学夫子的哩! 啊,我现在才发现了,真实的情感,只能附着在真实的人们的灵魂里。这两篇作品所告诉我们的,不只是爱情的神圣,这有裸露的真诚。这是真的人格的表现。我相信这种作品的打动青年们的心,给与青年们的印象,远甚于十部伦理学史"②。在这段话中,作者不仅表达了对一种建立在新的文学契约上的文学作品的期待,更描述了一种"隔绝"的事实:作者原本以为十分了解的淦女士,也有着不为人知的情感,而这种情感居然和作者本人的感情是一致的,原本以为是"道学夫子"的淦女士,在灵魂深处居然能与自己产生共鸣。

事实上,对于这一时期处于"隔绝"状态下的青年们而言,都有一种寻求共鸣的普遍性的冲动。随着 20 世纪初的经济飞速发展,原先在空间上的障壁被打破,地理上的隔离已经不再成为问题,尤其是在北京、上海等经济文化中心城市,汇聚了来自全国各地的青年学生,他们在文化上的互相交流使得彼此的认知空间被不断地扩大。然而,这种认知空间的扩大终究是建立在一种想象之上的,那种真正意义上的生活空间的重叠和认知隔膜的溶解其实并不存在。正如顾颉刚在 1924 年参观北京妙峰山进香之后所得出的结论一样,"我们所知道的国民的生活只有两种:一种是做官的,一

① 如淦女士的《隔绝》与《隔绝之后》,孙俍工的《隔绝》等。
② 萍霞.读《隔绝》与《旅行》[N].京报副刊,1924(3).

种是作师的：此外满不知道（之多只有加上两种为了娱乐而联带知道的优伶和娼妓的生活）"；①而叶圣陶在甪直半耕半读时所品味到的那种苦涩也多半源于此。② 究其原因，一方面是由于客观地理因素所产生的隔离渐渐地消除，一个新的世界向着青年们渐渐地敞开；另一方面却是精神领域几乎完全没有被解除的障壁。面对着这两者之间存在着的张力，青年人们的心中不禁会有一种渴望交流的冲动，正如宗白华在新文化运动早期影响力颇大的《三叶集》序言中所说："我们刊行这本小书的动机，并不是想贡献诸君一本文艺的娱乐品，做诸君酒余茶后的消遣。也不是资助诸君一本学理的参考品，做诸君解决疑问的资料。我们乃是提出一个重大而且急迫的社会和道德问题，请求诸君作公开的讨论和公开的判决！"③田汉、宗白华、郭沫若等人是幸运的，他们身边至少还有一众志同道合的友人可以通信，通过对信件的讨论来了解自己人际交往圈子之外的世界，而与此同时，大多数青年人却没有他们这样得天独厚的条件，而是被自己生活的空间所拘囿，很难找到与外界沟通的机会。而随着20世纪以来出版业的迅速发展，书籍和杂志成为这些青年人们得到外界信息最便捷的方式，这样一来，"读书"这一行动在青年人这样一个群体中就占有了极其重要的位置。正如当时的一份陕西在京学生所创办的报刊上所言："'我们为什么要读书'？我的解答是：'读书为求知识，为明理'。……读书可以辨别万事万物真正的是非善恶，什么事是当作的，什么事是不当作的；什么事是有作的价值，什么事是没有作的价值。……杜威博士曾经说过：'知识思想，是人生应付环境的工具'。我们承认这个

①　顾颉刚.妙峰山进香专号引言[M]//李文海.民国时期社会调查丛编·宗教民俗卷.福州：福建教育出版社，2004：53 - 54.
②　参见姜涛."菜园"体验与五四时期文学"志业"观念的发生——叶圣陶的小说《苦菜》及其他[J].励耘学刊（文学卷），2010(2).
③　宗白华.宗序[M]//田寿昌，宗白华，郭沫若.三叶集.上海：亚东图书馆，1920：1.

真理,所以我们要读书"①。可见,对于这些青年人来说,通过读书,他们可以获取一种对外部世界的基本价值评判,并以此来指引自己未来将要走的路径。可是,即使是通过阅读一般性的书籍和作品,青年们所能得到的帮助仍然是非常有限的。当时影响力颇大的《晨报副刊》常常能见到诸如下面的文字发表:"我自己的事,应该我自己解决,为什么要写出来占领这宝贵的篇幅呢? 唉! 这何尝是我自己的事,这是现在人类一部分的事,我既感到了,我就应该为一部分的人类诉苦,求社会的全体来设法解除这个苦痛"②。可见,读书虽然能够让青年读者们了解到外部的世界,但毕竟这个世界和青年读者之间还隔着一层纸,它可以开启读者的理性,却无力达到一种情感上的共鸣。

这样一来,日记体小说的优势就显示了出来,作为一种文学体裁,日记体小说的第一人称叙述角度和近乎直白的剖露心迹可以和青年读者的内心产生最直接、最迅速的交流。而青年读者也愿意看到有这样的文本出现,因为在当时的历史语境下,许多个人的问题实际上是和社会的普遍问题交织在一起的,仅凭一己之力,几乎无路可走,他们迫不及待地想找人倾诉或者从别人的经验中寻求一个答案,而日记体小说中所包含着的真实性的契约使它成为读者和作者沟通的最好的桥梁。事实上,正是这种真实性,才使得读者通过作品对作者内心的"窥探"成为可能。郁达夫在从发生学的角度来谈到日记体小说的创作时就认识到了这一点:"而我们的读者,因为第一我们所要求的,是关于旁人的私事的探知[这是一种好奇(curiosity)是读小说心理的一个最大动机],所以对于读他人的日记,比较读直叙式的记事文,兴味更觉浓厚"③。对于当时的读者而言,日记体小说带给读者的意义并不仅仅是一种好奇心

① 自励.我们为什么要读书[J].共进半月刊,1923(53).
② 芜村.我应该怎么办呢[N].晨报附刊,1923-10-8.
③ 郁达夫.日记文学[J].洪水,1927,3(32).

的满足,更重要的是这样的小说通过对于"旁人的私事"的窥视,使
得读者可以看到自己所存在着的种种问题和迷茫,达到一种心理
的认同,甚至还可以得到一些针对这类问题和迷茫的解决方法以
及对自己目前所走的道路的正确性的证明。例如在丁玲的《莎菲
女士的日记》问世之后,竟然有人用"莎菲女士"作为笔名进行创
作,①这也从侧面证实了这类日记体小说对于当时青年读者影响
的深度和广度。

在 1920 年代产生的众多日记体小说中,沈从文的《不死日记》
是一个极有意思的文本。1928 年,沈从文自北京到上海,在这一
阶段里,他有意识地写下了一组日记,后来当作小说发表。在文
中,作者记录下了这一阶段他的所闻所想。虽然沈从文自称:"这
里所有的,只是一点愚人的真……我不因为怕人轻视就省略了一
些要说的话,也不因为伤我自己的自尊心情就抹除了些已写在日
记上的言语。稍稍疏忽与有意忘却,是有的,但这个不是我生活的
重要成分,所以缺去了。……从七月一日开始,到八月底止,这两
月我的生命,除了在另一些纸上留下些东西,其余就全个儿在此
了"②。但是,正是这种在记录上的下意识,使沈从文在《不死日
记》中不但被读者所窥视,而且也透过文本揣测着读者的心理。作
者以日记的形式不断地窥视着文本外部正在不断变化着的世界,
并在小说中不断地对一些时下青年人中关注度比较高的问题发表
自己的意见。他在文中看鲁迅,说:"对于女人的要求,总有之,像
他这样的年龄,官僚可以娶小老婆,学者们亦不妨与一个女人恋
爱:他似乎赶不上这一帮,又与那一帮合不来,这个真苦了这人
了"③;看刘天华,说:"听到一个朋友说刘天华非常穷,这音乐家真

① 　莎菲女士.给——[J].清华周刊,1931,35(3).
② 　沈从文.不死日记·不死日记[M]//沈从文全集·第 3 卷.太原:北岳文艺出版社,
　　2002:399.
③ 　沈从文.不死日记·不死日记[M]//沈从文全集·第 3 卷.太原:北岳文艺出版社,
　　2002:407.

是蠢人。但是中国蠢人终于太少了，寂寞之至。心想有钱倒可以送这人一笔款子，让他去开一个大规模国乐学校，扩大的向国际上去宣传"①；提及文学青年的稿费问题，说："各事各业到近来，似乎都可以用罢工一事对抗资产代表者了，却尚不闻文学的集团将怎样设法来对付榨取自己汁血的老板。真是到了义愤填膺那类时节，一同来与这些市侩算一总账，也许可能吧。但这要到什么时节才能有这样的大举呢？"②他甚至在小说的第二部分里大谈自己已经发表的小说的第一部分："看到了在中央副刊发表的不死日记，就得哭。想不到是来了上海以后的我，心情却与在北京时一样的"③。而其中令人印象最深刻的，便是沈从文对于女人，尤其是女学生的窥视："一个早上用到看女人事上去，一个中午写了一篇短文，上半日是这样断送了。……我稳定的又看看这方面女人，女人是七个。其中两个就长得非常美。她们虽见了我望她们，却仗了人多，且断定于我无害于人，也正对我望。这样一来我不免有点羞惭了，我是这样无用这样不足损害于人，为我的土气，真想跑了"④。沈从文的这些文字，或狂妄，或僭越，或义愤，或低落，他关于窥视女人的那些记录甚至可以说是卑劣和猥琐，但是，谁又能不承认这正是普遍存在于当时文学青年之中的精神现象呢？不仅仅是此时孑然飘零的沈从文，在同一时期，已经对马克思主义有了初步接触的柔石也在他的日记中写道："一回想我这半月来的生活，我就不觉泪珠的流出眼中了！我的身陷入堕落破坏的生活之网里，我竟成被擒之鱼了！完全反理想而行，没半丝的成绩在目前可

---

① 沈从文.不死日记·不死日记[M]//沈从文全集·第 3 卷.太原：北岳文艺出版社，2002：417.
② 沈从文.不死日记·中年[M]//沈从文全集·第 3 卷.太原：北岳文艺出版社，2002：430.
③ 沈从文.不死日记·中年[M]//沈从文全集·第 3 卷.太原：北岳文艺出版社，2002：438.
④ 沈从文.不死日记·善钟里的生活[M]//沈从文全集·第 3 卷.太原：北岳文艺出版社，2002：444-447.

现出希望,引到真正的人生的轨道上。……夜里简直无从说起,不知做些什么事,大概和黑暗之气同化而同去了。然而刺激性和兴奋性异常强烈,同房异床计也破坏了,反而夜夜要求她。……竟之,我是个沟渠中的孑孓,堕落青年了"①。对于大多数 1920 年代初期的青年们来说,他们在笔墨和思想上指点江山,却无力摆脱一种精神上的孤寂,他们在不断地找寻出路,却常常为经济与感情所羁绊,困守在自己的精神世界里。而日记体小说所包含着的真实性契约使他们找到了一扇窗户,通过它,青年读者们可以对自己的精神状态作出观照;同时,这个属于他人的故事还有这一定的排他性,其以日记的形式出现就意味着它并不旨在迎合读者的阅读品味,这样一来,读者在阅读的时候不但会看到自己的影子,还会多了一种客观上的思考。在两者之间张力的作用下,读者不会轻易地陷入主观情感的泥潭,只是顾影自怜,而是会更多地对文中主人公的生存状态作出理性的批判,从而对自己在这个变化莫测的时代里何去何从作出规划与设计。可见,借由日记体小说所持有的真实性契约,在文本内外,作者和读者实际上已经置身于同一场域,作者以文本的真实性来交换读者的信任。这样一来,作者和读者互相窥视,实际上都有着一种"反观"的性质,在不断变更的日期中,双方分享着相似的行动和心理,从对方的一举一动里,寻求一种对于目前生存境遇的变更的可能和动力。

　　1920 年代日记体小说勃兴的背后实际上隐藏着这个时代文学的作者和读者的那种渴望着与彼此沟通的心态,正是在这种心态下,阅读行为的双方都将自己客体化,并借由文学所形成的具有真实性的契约来不断地在对方身上实践一种可能的新生活,从而探索一种突破这种时代困局的方式。

　　3. 书信、日记文体的内在缺陷

　　1920 年代蔚然兴起的日记体小说在给无数读者提供了一种

①　赵帝江,姚锡佩.柔石日记[M].太原:山西教育出版社,1998:50.

出路和对于有着相同或相似际遇的青年人生活的想象空间的同时,却存在着一个明显的缺陷。这个缺陷的产生于"日记体"这一小说形式本身,这导致了日记体小说作为一种写作潮流从 1930 年代开始在文学写作中逐渐退隐。日记体作为一种结构小说的方法,其本身就是一种"有意味的形式"①,它侧重于一种共时性的社会现象描述,而对于这些现象背后所隐藏的种种深层原因或更本质性的因素却缺乏一种分析,或者说,在 1920 年代,这些习惯于以日记与读者沟通的作家们本就无力或无意去探究一种造成当下精神困境的更为本真的原因。

就日记体小说的形式而言,小说中不断出现的日期本身就显示了作者在写作时的一种焦虑。随着时间的不断变化,环境催促着主人公必须采取某种行动才能达到自己心中对环境突破的祈愿,但是这时,作者却和小说的主人公一样,并不确定其何去何从,只能静静地等待环境的变化并随波逐流。正如丁玲在《莎菲女士的日记》写的那样:"太阳照到纸窗上时,我是在煨第三次的牛奶。昨天煨了四次。次数虽煨得多,却不定时要吃,这只不过是一个人在刮风天为免除烦恼的养气法子。这固然可以混去一小点时间,但有时却又不能不令人更加生气,所以上星期整整的有七天没玩它,不过在没想出别的法子时,是又不能不借重它来像一个老年人耐心着消磨时间"②。莎菲女士的这种行为并不完全像是之前有评论者所说的,是一种"出身于没落的地主阶级底青年知识分子"的"享乐的颓废的"③表现,事实上,此时的莎菲女士除了自己消磨时间这一条道路之外,对于自身生存境遇的改变别无他法。小说中,莎菲女士的肺病可以被看作一个隐喻:莎菲女士因为肺病被拘囿与一个又一个诸如医院、西山、公寓等封闭的环境中,极少与

---

① 贝尔.艺术[M].薛华,译.南京:江苏教育出版社,2005:8.
② 丁玲.莎菲女士的日记[J].小说月报,1928,19(2).
③ 王淑明.丁玲女士的创作过程[J].现代,1934,5(2).

外界往来,而她所唯一能做的反抗,就是在自己的肉体上做文章,
"浪费生命的余剩","悄悄地活下来,悄悄地死去"①,几乎成了她
唯一能走的道路。这正如与莎菲女士同时代的青年们的际遇一
样:随着新文化运动所带来的启蒙,他们已经认识到了这个社会
所存在的种种问题,他们知道这个社会是"病"了的,但是他们对于
这一事实缺乏一种应对的方式,于是乎,他们只能顾影彷徨,徒然
消耗着自己的生命。和莎菲女士同时代的青年们,普遍存在着这
样一种情况:随着 20 世纪早期的中国现代化的进程,传统的城乡
互动关系被打破,从乡土中国走出的知识青年们在城市的"水门汀
森林"里已经无路可退,只能"用笔写出他的胸臆",在文字中"隐现
着乡愁"②;同时,这些回不去乡村的青年们在城市里的生活也是
隔绝的,"公寓"所形成的社交空间使这些青年们对社会、对彼此都
十分陌生。有研究者注意到:"创作领域的狭小、封闭,曾是新文学
初期的一个基本困境。……相对于民国初年对于光怪陆离社会生
活的表现,五四新文学的社会视野大大收束,更多集中于个体内在
的精神世界。这种'收束'与新文学作者的身份多少有关,大部分
作者出身学生社会,生活世界本身就构成了限制,而报纸、杂志构
成的文学消费、生产与再消费循环,又进一步强化了这种封闭"③。
这一层一层的"封闭"使这些知识青年渐渐地变成了一种"原子化
的个人",他们之间虽然有类似于日记体小说中真实性契约这样的
"形式的共同体"作为担保④,但是失去共同价值观和共同纽带的
青年们还是无法将他们所共同经历过的生活当作一个整体去看
待。在他们的认知世界里,能按照时间线索来记录下种种事件在

---

① 丁玲.莎菲女士的日记[J].小说月报,1928,19(2).
② 鲁迅.《中国新文学大系》小说二集序[M]//鲁迅全集·第 6 卷.北京:人民文学出
　　版社,2005:255.
③ 姜涛.公寓里的塔:1920 年代中国的文学与青年[M].北京:北京大学出版社,
　　2015:199.
④ 斯威夫特.政治哲学导论[M].佘江涛,译.南京:江苏人民出版社,2008:123.

其内心投射出的真实就已经达到写作的目的,而对于这些事件背后所折射出的更本质的东西,这些文学青年们却是无力把握的。所以,在《莎菲女士的日记》中,较为个人化的爱情、伤感等元素几乎充斥了整篇小说,而外部世界在莎菲女士的眼中却是缺席的,她甚至对自己之外的空间充满了恐惧:"为要躲避一切的熟人,深夜我才独自从冷寂寂的公园里转来,我不知怎样的度过那些时间"①。同样的,公寓中的沈从文虽然已经认识到市侩的出版商们对自己的小说层层盘剥,却也是无力改变这已成结论的事实,曾经有勇气从湘西凤凰走出的沈从文在此时却显得十分胆怯,甚至认为"说话资格不是每一个平民皆有,所以我亦不敢作种种其他妄想"。② 1920年代日记体小说中出现的这种现象早为同时代评论家们所察觉,阿英在《莎菲女士的日记》发表不久,就明确地指出:"但是,作者不曾指出社会何以如此的黑暗,生活何以这样的乏味,以及何以生不如死的基本原理,而说明社会的痼疾的起源来。"并对其进行了尖锐的批判:"作者所表现的人物,对宇宙是不求解释的,大都是为感情所支配着的小资产阶级的个人主义者。她们需要感情,她们需要享乐,她们需要幸福,同时也需要自由。然而,社会什么都不给与,无往而不使他们失望。她们只有极强烈的感受性,没有坚强的抗斗的意志;她们只有理想的欲求,不肯在失败的事件中加以深邃的原理的探讨"③。阿英对1920年代作家创作心理的批评是中肯的,而造成这种现象的其中一个很重要的原因在于,新文化运动虽然给中国的文化带来了生机与活力,但这场运动为这些青年作家带来的只是一些与过去全然不同的世界观,而其在方法论意义上对于青年人的指导却是欠缺的,甚至是混乱的。

---

① 丁玲.莎菲女士的日记[J].小说月报,1928,19(2).
② 沈从文.不死日记·不死日记[M]//沈从文全集·第3卷.太原:北岳文艺出版社,2002:403.
③ 钱谦吾.丁玲[M]//袁良骏.丁玲研究资料.天津:天津人民出版社,1982:229.

在这种方法论的欠缺、混乱中,青年作家们无法找到一个明确的路径来通往心中的理想,自然也就无力去探究那"深邃的原理"了。

　　事实上,从新文化运动一开始,其中"主将"们就将视野放在了一种对西方思想资源的大规模译介上,而非针对某种思想作出深入的理论性探讨。在《青年杂志》最初几期的开篇,刊登有一则"社告",其中提到了这样几点:"国势陵夷,道衰学弊。后来责任,端在青年。本志之作,盖欲与青年诸君商榷将来所以修身治国之道。""今后时会,一举一措,借由世界关系。我国青年,随处蛰伏研求之时,然不可不放眼以观世界。本志于各国事情、学术、思潮尽心灌输,可备攻错。""本志以平易之文,说高尚之理。凡学术事情,足以发扬青年志趣者,竭力阐述。冀青年诸君于研习科学之余,得精神上之援助"①。由此可以看出,《青年杂志》最初的创办目的在于介绍,新文化运动的先锋们希望青年们可以通过此杂志了解世界上各种思潮,以得到"精神上之援助"。换而言之,他们提供给青年们的只是种种不同的世界观,至于哪种世界观更正确、更具有可行性,这并不是《青年杂志》编者们所要考虑的问题,而对于现实存在着的具体问题,他们则寄托在"研习科学"之上。这一点从《青年杂志》所收录文章的目录上就可以看出来。在第一期中,虽有陈嘏所译的小说一篇,陈独秀等人所著论述数则,但是其重点还在于对"法兰西""共和国家""现代文明"等的介绍上。事实上,虽然《青年杂志》以及改刊后的《新青年》在之后的出版中价值倾向日趋明显,但直到《新青年》编辑部南迁上海,成为上海共产主义小组的机关刊物之前,其所坚持的价值取向一直是多元的。在这份杂志中,"布尔什维主义""德意志式的军国主义""法兰西式的自由与民主""新村主义"等概念都曾经出现过。而五四之后的社会上,以青年学生为主体,发动和参与的社团更是如雨后春笋。"新民学会""少

---

① 青年杂志.社告[J].青年杂志,1915,1(1).

年中国学会"、各地的"工读互助团"、合作主义团体、无政府主义团体等不同团体,其所持的理论各不相同,对世界的认识也差异很大,虽然他们有着相近的目标,即改造中国当下的境况,却是经由自己和其他社团失败的教训而进行着尝试和摸索的。在这一时期,一旦一个新的"主义"被译介进中国,就会有人去接受它、宣传它,这种接受当然不会是一种对其来龙去脉作出深入研究的学理性探讨,而是一种凭着经验与热情作出的比较概括的简要介绍。李大钊所著的《BOLSHEVISM 的胜利》就是一例。在题目中,作者不顾"苏俄社会主义"这一概念的命名尚未完成,就以拉丁文字母的形式将其介绍进中国,这本身就表现出李大钊对于在青年人群中播撒布尔什维主义种子的焦虑与急迫;在文中,李大钊也明确地说道:"Bolshevism 就是俄国 Bolsheviki 所抱的主义。这个主义,是怎样的主义? 很难用一句话解释明白"①。可见,在这种译介的焦虑下,有没有将一个"主义"的来龙去脉弄明白并不重要,真正重要的是译介这一行为本身。郭沫若则是一个更极端的例子,在《女神》诗集中,他不断地向各种"主义"致敬,马克思、列宁、泰戈尔等人物在其诗作中层出迭见,其中不少人的主张还是互相抵触的,而当郭沫若真正开始转向马克思主义的时候,《女神》诗集早已出版了数年。

　　而"主义"的盛行不单单是给这些不断寻求突破的青年们以希望,同时也给他们带来了诸多迷惑和困扰,较早认识到这个问题的胡适对它的思考是深入的:"我因为深觉得高谈主义的危险,所以我现在奉劝现在新舆论界的同志道:'请你们多提出一些问题,少谈一些纸上的主义。'更进一步说:'请你们多多研究这个问题如何解决,那个问题如何解决,不要高谈这种主义如何新奇,那种主义如何奥妙。'……我们不去研究人力车夫的生计,却去高谈社会主

---

① 李大钊.BOLSHEVISM 的胜利[J].新青年,1918,5(5).

义！不去研究女子如何解放，家庭制度如何救正，却去高谈公妻主义和自由恋爱！不去研究安福部如何解散，不去研究南北问题如何解决，却去高谈无政府主义！我们还要得意洋洋夸口道，'我们所谈的是根本解决'。老实说罢，这是自欺欺人的梦话！这是中国思想界破产的铁证！这是中国社会改良的死刑宣告！……'主义'大危险，就是能使人心满意足，自以为寻着了包医百病的'根本解决'，从此用不着费心力去研究这个那个具体问题的解决法了"①。"主义"总是在理念上被提出，而"问题"总要在实践中被解决，胡适这番在当时饱受争议的话在今天看来确实耐人寻味，因为在1920年代，确有许多怀抱"主义"的青年人因为理念与实践的脱节而走向歧途。茅盾在他的回忆录中曾经提到过他年轻时的一个名叫顾仲起的朋友，顾仲起参加过学生运动，并因此被学校开除，从学校出来之后，在茅盾、郑振铎等人的帮助下，顾仲起前往黄埔军校学习，并随军讨伐陈炯明。可见，这位顾仲起在当时也是一个怀揣"主义"的年轻人，他抱着"主义"来到了黄埔军校，准备完成他在学生时代未竟的愿望。但是当1927年茅盾再次在武汉见到顾仲起的时候，顾仲起的精神状态却发生了极大的变化："我问他对时局有何感想，他说，他对这些不感兴趣，军人只管打仗。他说：'打仗是件痛快的事，是个刺激，一仗打下来，死了的就算了，不死就能升官，我究竟什么时候死也不知道，所以对时局如何，不曾想过。'我觉得奇怪，他在上海写小说时还有一些理想和反抗思想，何以现在变成这样了？……顾仲起住在旅馆里，又一次我去看他，他忽然叫来了几个妓女，同她们随便谈了一会儿，又叫她们走了。当时军人是不准叫妓女的。我问旅馆的茶房。茶房说，这位客人几乎天天如此，叫妓女来，跟她们谈一阵，又让她们走，从不留一个过夜。原

① 胡适.多研究些问题，少谈些"主义"[J].每周评论，1919(31).

来他叫妓女也是为了寻求精神上的刺激"①。在那个时代,顾仲起
的转变并不是孤例。在 1920 年代初,有一位名叫胡人哲的女知识
青年在文坛上颇为活跃,并以"萍霞女士"等笔名在报刊上发表了
许多文章,一时间在读者中影响很大,此人在当时与鲁迅、张挹兰、
张友松等人交往紧密,从其文章来看,她亦属于那种怀有"主义"的
进步青年,而在大革命之后,这位萍霞女士却"嫁给了一名军阀恶
棍,最后死得很惨"。② 顾仲起和胡人哲在精神上的转变标志了种
种"主义"在 1920 年代后期的破灭:随着 1920 年代后期时局发生
变化,这个时代已经发生了变化,"旧时代正在崩坏,新局面尚未到
来的时候,衰颓与骚动使得大家惶惶然"③,基于理念产生的"主
义"已经为理念本身所束缚,既不能很好地跟进当下的生活,也无
力对周围所发生的种种新的现象作出解释。原先对于某种价值观
的坚持,已经不足以让当时的青年人看清脚下的路该如何走,这
时,他们更需要的是一种在方法论意义上的指导。1928 年,朱自
清就曾经在《那里走》一文中表达出了这样的焦虑:"我有时正感着
这种被迫逼,被围困的心情:虽没有身临其境的慌张,但觉得心上
的阴影越来越大,颇有些惘惘然"④。而朱自清也很清楚地认识到
是什么造成了这种"惘惘然",即早先的各种主义之所以在新的局
面下失语,其根本原因在于它们大多产生于一种布尔乔亚式的浪
漫理想,它们的运作大多数脱离了社会层面和经济层面,当面对着
1920 年代后期以大革命的方式推动的社会变革的时候,它们所构
建的那样一套理论体系是根本经不住现实的一击的。

① 茅盾.创作生涯的开始[M]//茅盾全集·第 34 卷.北京:人民文学出版社,1997:
386-387.
② 参见徐伏钢.藏在鲁迅日记中的翻译大家[M]//荡起命运的双桨:徐伏钢新闻特写
选.新加坡:八方文化创作室,2008:13.
③ 朱自清.那里走[M]//朱乔森.朱自清全集·第 4 卷.南京:江苏教育出版社,1996:
236.
④ 朱自清.那里走[M]//朱乔森.朱自清全集·第 4 卷.南京:江苏教育出版社,1996:
227.

随着大革命的消退,国民政府的所作所为让更多的青年意识到,不但要确实地知道这社会是病了的,还要知道这社会患的是什么病,是怎么患的病,以及该如何医治这病。这样一来,原先日记体小说中的那种感性的认知世界的方式和对于现象的叙述已经不能够满足读者对于社会以及自身处境更为深入的认知要求了。而日记体小说中对于种种社会现象的片段化的叙述也不能满足读者对于小说折射出一种全景式的社会切片的要求,于是,诸如《子夜》这样具有"社会科学研究"气质的小说,以其"巨大的思想深度"和"广阔的历史内容"迅速吸引了读者,①成为下一个时期小说写作的主要形式,而相应地,在 1920 年代盛极一时的日记体小说也随之迅速地没落下去。究其原因,则在于《子夜》这一类小说通过对当时社会的剖析,不但从价值观方面为读者提供了方向,更为读者提供了一种方法论意义上的参考。《子夜》结尾处红军捷报频传的消息正为读者们提供了一条出路:在这新旧未明的时代里,也许只有将理想和主义付诸无产阶级革命的实践,知识青年们才能突破个人周围的种种樊篱,走上一条更宽广的道路。

事实上,在 1920 年代之后,在中国现代文学的花园里,日记体小说仍时有出现,在二十世纪三四十年代,张天翼的《鬼土日记》、茅盾的《腐蚀》、丁玲的《杨妈的日记》等日记体小说也都各有千秋,却始终达不到诸如《狂人日记》或《莎菲女士的日记》那样与读者心灵互通的效果了。其原因则在于,当一种对于社会现象的深刻认知被引进文本之后,日记体小说原先所持有的那种真实性契约就随之瓦解,有着理性认知的阻隔,作者和读者不再能够通过日记直接袒露自己的内心,以达到一种灵魂的共鸣。换而言之,1930 年代以后的读者由于获得了一种改造世界的方法论,在接受作者写作时所持有的一套理念的时候,已经从自动转向为自觉,原先在文

---

① 钱理群,温儒敏,吴福辉.中国现代文学三十年(修订本)[M].北京:北京大学出版社,1998:172.

学中所重建的那一套契约体系已经过时并再次被废弃,而新的契约体系却是在建立在一种对于理论的把握和方法论的运用之上。可见,日记体小说是真正属于 1920 年代的文学,虽然在它的框架下,对于外部世界的认知无论是在理论上还是在方法上都显得幼稚和欠缺,但是,正是这种冲动、盲目却又痛苦、真诚的精神,使之成为 1920 年代中国知识青年精神的最真实的体现。

第一章　新中国成立初期
文学生态概述

　　新中国成立初期(1949—1959)文学生态研究在中国当代文学研究中属于一个相对较少人关注的领域。在新中国成立之后很长一段时期的共时评论或是历时研究中，这一时期的文学往往被赋予过多政治化的色彩，无论是二十世纪五十年代到七十年代套用阶级话语来对这一问题进行的分析，还是在二十世纪八十年代之后"重写文学史"思潮下对其作出的"再解读"，其根本出发点还是立足于一种意识形态之上的。由于对于这一领域的研究思路往往集中于主流意识形态以及对于主流意识形态的反思上，导致了其研究对象更多的是一些在那个年代与主流意识形态有着明显或不明显的裂隙的文学作品上，对于产生这些作品的土壤，也就是一种整体性的文学生态却较少涉及。本章试图改变文本中心的做法，用一种来自个人视野的材料来重构新中国成立初期文学生态的面貌，以期能够对前人所做的研究有所补充。

第一节　"时间开始了"语境下的
欣喜和焦虑

1. 时间的开始与合法性的确立

"时间开始了——"1949 年底，胡风在诗中对这即将过去的一年做了这样的总结。在这非同寻常的一年中,毛泽东不单单是"向世界发出了声音",更向"时间"发出了"进军"的命令,"在中国新生的时间大门上面",胡风看到了"使人感到幸福,而不是感到痛苦的句子":"一切愿意新生的,到这里来罢,最美好最纯洁的希望,在等待着你"①。

1949 年,在中国共产党的组织下,"全国进步的文艺工作者空前胜利的大会师了"②,这些自天南地北辗转而来的文艺工作者们齐聚北京,商议新中国成立之后文艺发展的新方向。第一次"文代会"(中国文学艺术工作者代表大会)的召开作为一个文学史事件,在经典的表述中往往被赋予了一种带有断裂色彩的意义,它被认为是"当代文学"的逻辑起点,自上而下地将 1940 年代各个区域的文学都整合进了延安时期就已经规定好了的路线框架内,中国文学在这之后的很长一段时期里,都将沿着这条"一体化"的路子,向着新民主主义和社会主义的方向前进。正如周扬在文代会上所做的报告中所说的一样,未来的文艺应该是"新的人民的文艺","全国革命已取得基本胜利,中国正迈入一个广泛地从事经济建设、政治建设、国防建设和文化建设的新历史时期",在这样一个时期里,一条以毛泽东在延安文艺座谈会上的讲话精神为核心的"广泛的文艺界统一战线"即将被建立,"全国文学艺术界的统一机构"将统领着来自各路的作家"共同致力于新中国的文艺建设事业"。③ 在这份报告中,周扬以一种胜利者的姿态阐释着毛泽东在延安文艺座谈会上的讲话精神,并向从解放区之外而来的文艺工作者们介绍一种"革命文艺"与"广大工农兵群众相结合"的文艺工作经验。由于在 1949 年 7 月间,共产党早已在军事方面取得了可以决定全

---

① 胡风.时间开始了[M]//胡风全集・卷 1.武汉:湖北人民出版社,1999:101 - 120.
② 柏生.全国文艺工作者胜利大会师[N].人民日报,1949 - 7 - 3.
③ 周扬.新的人民的文艺[M]//周扬文集・卷 1.北京:人民文学出版社,1984:512 - 535.

局的胜利,周扬在介绍经验的时候用了一种斩钉截铁的语气:"毛主席的《在延安文艺座谈会上的讲话》规定了新中国的文艺的方向,解放区文艺工作者自觉地坚决地实践了这个方向,并以自己的全部经验证明了这个方向的完全正确,深信除此之外再没有第二个方向了,如果有,那就是错误的方向"①。但是即便如此,在周扬对自己所代表的一套文艺观念深信不疑的同时,他还是不得不承认这种先进经验的介绍是建立在一种"简要而又概括的叙述"之上的,由于"还没有来得及将这些经验加以全面的研究、总结和提高",这种来自解放区的声音并不能完全成为一种对"最近七八年间解放区文艺的全部发展过程及其在各方面的成就和经验"的客观的总结,更多地是一种展望,一种对于未来文艺发展路线的设计。② 在报告中,周扬表达了一种新政权对于文艺和文化建设方面的诉求,这种诉求在之后的历史中虽然以政治和制度为保障,压倒性地对文学生态产生影响,但是在此时,在面对有着不同背景、来自不同区域的作家的时候,共和国的成立或者"时间开始了"这一历史事件对于作家个人的意义显然不会像周扬所做报告中那么统一。正如马克思主义者所认为的那样,"人的本质并不是单个人所固有的抽象物,实际上,它是一切社会关系的总和",③作家在过去的环境中所面对的种种社会关系所形成的经验和思维定式,决定了他们对这"开始了"的时间的不同认识,这种认识虽然可能在公共领域常常被淹没于一种"同声歌唱"的声音中,但是在作家的个人化的视野和言说中,其中的差异还是十分明显的。

在大部分从解放区而来的作家们眼里,1949 年 10 月 1 日中

---

① 参见周扬.新的人民的文艺[M]//周扬文集·卷 1.北京:人民文学出版社,1984:513.

② 参见周扬.新的人民的文艺[M]//周扬文集·卷 1.北京:人民文学出版社,1984:512.

③ 马克思.关于费尔巴哈的提纲[M]//马克思,恩格斯.马克思恩格斯全集·第 3 卷.北京:人民出版社,1960:5.

华人民共和国的成立,是他们为之奋斗已久的一个目标,也是他们进行革命的题中之义,有着某种"历史的必然性"。虽然"解放区"的边界在实际的地理版图上是非常宽泛并且不断变动着的,但是从延安"整风运动"开始的一系列思想整合,使整个解放区文艺思想基本形成了一种自上而下的传达机制。这种机制是行之有效的,他们自觉地吸收了一套以阶级论为基础的文学评价体系,在这套体系中,文学不再是为了广义的抒情或叙事,而是为着特定的一些阶级服务的。换句话说,就是在延安文艺座谈会上的讲话中所着重强调的文艺"为什么人的问题",在解放区的文学观念中,这是"一个根本的问题,原则的问题"。① 在解决这个问题的过程中,来自解放区的作家形成了他们独特的一套评价机制与审美体系,在他们看来,时间其实早已"开始了"。早在 1947 年,面对着中共中央离开延安,大部队辗转于西北各地的局面,年轻的作家杜鹏程在日记中这样写道:"今年已整整过了三个月了,什么事也没有干成。紧张的战斗生活,不觉得一年的四分之一就过去了。人的前途,偶然性非常多,尤其是以革命为职业的人,更难预料,就别说自己的各种计划了……翻阅《文汇报》,此报编得很好。上边载一公务员如何不愿同流合污,不听上级的'贪污办法'而被革职。这种种情形与我们目前万众一心克服困难形成对比,这也是国民党所以失败的原因"②。时为边区群众报社记者的杜鹏程一路随军采访,在写这则日记的时候,共产党刚刚在西北战场上取得了青化砭、羊马河、蟠龙等战役的胜利,虽然大大扭转了战争的局势,但是距离全局的胜利还有很大的距离。此时,已经可以清晰地看出杜鹏程对于这场战争最终结果的认识:在他看来,国民党是必然失败的,其原因并不在军事方面,而在组织上。与我方"目前万众一心克服困难"不同,国民党方面在组织上是不团结的,不但如此,在这里边还

---

① .参见毛泽东.在延安文艺座谈会上的讲话[M].北京:人民出版社,1975.
② 杜鹏程.战争日记[J].新文学史料,1995(3).

包含了一层隐性的叙事：国民党"上级"的"贪污"，实质上是对国统区人民群众的一种压迫，而那位"被革职"了的"公务员"实际上成了一种象征，具有双重的正义性。首先，这位"公务员"实际上就是毛泽东在延安文艺座谈会上的讲话中所要为之服务的"最广大的人民"中的一员。《讲话》中，毛泽东明确地指出了"最广大的人民，占全人口百分之九十以上的人民，是工人、农民、兵士和城市小资产阶级"，这名公务员虽然为国民党服务，但是他的正义感使他站在了"城市小资产阶级劳动群众和知识分子"的一边，成为"能够长期地和我们合作的""革命的同盟者"中的一员。① 其次，这种正义性是建立在一种阶级的立场上的。在解放区方面的认识上，国民党所依托的一套治国理念是失败的、反动的，甚至是卖国的。在毛泽东总结中国共产党建党二十八周年历程的《论人民民主专政》中，这种阶级的观念又和一种线性历史的进化论结合，成为一种先进性的象征："西方资产阶级的文明，资产阶级的民主主义，资产阶级共和国的方案，在中国人民的心目中，一齐破了产。资产阶级的民主主义让位给工人阶级领导的人民民主主义，资产阶级共和国让位给人民共和国。这样就造成了一种可能性：经过人民共和国到达社会主义和共产主义，到达阶级的消灭和世界的大同"②。"公务员"的"被革职"意味着他不再属于压迫人民的国民党的一部分，而"被"革职也体现了"公务员"受压迫的事实，公务员在一定程度上成了远在国统区的"同志"。在身处解放区的杜鹏程眼中，这一事件不但体现了国民党方面组织上的问题，而且由于这一事件本身所具有的正义性，更加体现了一种共产党方面在军事上胜利的必然。不仅仅是在军事上和组织上，在文化和建设上，杜鹏程也看到了解放区新民主主义的优越性，在另几则日记中，不难看出作者对解放区文化建设的信心。"（四月八日）昨天开检讨会，主要检

① 毛泽东.在延安文艺座谈会上的讲话[M].北京：人民出版社,1975：13.
② 参见毛泽东.论人民民主专政[N].人民日报,1949-7-1.

讨纪律,我想别的地方亦在进行此工作。战争冲击造成的一时混乱,有我们这种检讨精神,会很快得到纠正。同志们均反省自己违反群众纪律的事实,哪怕是很细微的事。比如,批评老赵对徐家婆姨的态度不好,陶浩把老百姓家具打了,赔了五万元、一斗米等等。……老百姓常说你敬我一尺,我敬你一丈。事情确是如此,如果我们能遵守纪律,老百姓对我们会更加亲切。我在瓦市南十里看见一位老妈妈说:'我们的军队就是打几下也不计较,反正是咱们的人。'李娴无意间认白凤颜老夫妇为干爹干妈,老夫妇待她好亲热,像亲生女一样,临行时依依不舍,翘首挥泪。"(四月十二日)在这次战争中,地主们起了不少破坏作用。战争初期那种惊慌和混乱是必然的,最近自敌人三月十九到延安,还不到一月,各地人民即转入战时,这证明边区人民究竟还是不同"①。在建设解放区的过程中,民主是一个重点被关注的问题,在解放区的法规和条例中,无论是从政权、组织、司法、经济还是文化上,都体现了新民主主义之于国统区的"新",而这"新"就集中于民主上。解放区的民主更多地是从经济上出发,切实保证人民自身的权利,《陕甘宁边区宪法原则》中就明确规定了"保障耕者有其田,劳动者有职业,企业有发展的机会""用公营、合作、私营三种方式组织所有人力资力为促进繁荣、消灭贫穷而斗争""欢迎外来投资,保障其合理利润"等原则,然后通过经济上的民主保证政治和文化的民主,"普及并提高一般人民之文化水准,从速消灭文盲,减少疾病与死亡现象""保障学术自由,致力科学发展"。② 而杜鹏程在日记中显然流露出了一种对于民主建设的信心,在他的眼中,那种在解放区弥漫开来的民主气氛正是战争胜利的重要保障,相对于其他地区,进行过民主建设的"边区人民究竟还是不同",而在日常生活中军民团结如一家

---

① 杜鹏程.战争日记[J].新文学史料,1995(3).
② 参见陕甘宁边区宪法原则[M]//韩廷龙,常光儒.中国新民主主义革命时期根据地法制文献选编·卷1.北京:中国社会科学出版社,1981:61.

的情景也让杜鹏程提前看到了全国解放的曙光,感受到了那种"时间开始了"的气氛。

在解放区作家眼中,这种"开始了"的"时间"往往并不只是一个单纯的客观的概念,在其内部还伴随有一种意识形态的结构。1946年,当国共内战最紧张的时候,时为报社编辑的杨沫和部队一起放弃了张家口这个"唯一属于我们的大城市","几个月来一直跟着报社转移",但是在她日记的字里行间,仍然能看出对于未来胜利的希望:"我总想飞出这个小圈子到群众的大海中去;到更丰富更有意义的战斗中去。可是现实却是缝衣做饭、哄着胖胖、亲着胖胖、服侍着胖胖,这些,成了我生活的全部。……自己死了,孩子还活着、长大,延续自己的生命……同时我又感到一种死的平凡和死的微妙。有时,我想到人死后身躯腐烂的情形,有点儿怕死。可是,当听到许多同志英勇牺牲的消息之后,我又感到死并不可怕。他们不是也有强健的肉体吗?他们的肉体虽消亡了,但他们的精神却活着——长久地活在人间。生与死之间距离并不远。正如瞿秋白同志所说:'死是革命者的永久休息。'这么想时,我又感到死的自然,毫不可怕"①。当时的杨沫刚刚生下孩子,在家庭和革命之间,她感到了一种冲突,她不想陷入家庭这样一个小圈子,而是更加愿意进入"群众的大海"。与其说她将孩子作为自己生命的延续,倒不如说看作精神的延续。她将自己和那些英勇牺牲的同志们作类比,认为"强健的肉体"只是一个表象,是暂时的,而革命的精神才是一个革命者真正应该为世界留下东西。当自己的死亡来临的时候,她更需要孩子们将一种革命的精神传承下去。在这不久前,记者仓夷在大同前线失踪、记者田雨在战场上负伤过重身亡,这些发生在身边的死亡给杨沫的冲击是巨大的,在面对死亡阴影的时候,她意识到了"死的自然",即死亡是必然要来临的一种

① 参见杨沫.自白——我的日记[M].广州:花城出版社,1985:41-43.

客观现象，在面对这种现象时，如何将一种革命的精神传承下去，这才是她最关心的问题。杨沫在这之前由于参加革命，曾经数次扔下自己的孩子，对此，杨沫心中并不是没有痛苦，她自责道："我真是个矛盾百出的人：一方面那么爱孩子；一方面又厌烦孩子给自己事业的阻力，因而讨厌孩子。世界上最伟大的母亲呵，请你长出两只强大温存的翅膀来吧！一只给你的孩子，使他们能感到母亲的温暖；另一只献给祖国和人民。但是我的翅膀太软弱了，好象我只长着一只弱小的翅膀——为了祖国和人民，为了革命战争的胜利……现在，我左思右想，反复斗争，我一定要把小胖送出去，叫她离开我——虽然这样做，我会忍受沉重的悲哀、痛苦。因为我是母亲，我也有母亲那种炽热深沉的爱……"①杨沫的痛苦并不是来自对孩子过少的关怀，而是更多地来自那"一只弱小的翅膀"，即对祖国和人民的奉献。她认为这种奉献还是不够的，面对着即将开始的时间，面对着心中必然会建立的共和国，杨沫决定让孩子离开自己——革命和家庭的冲突以革命的胜利结束。从杨沫的角度看，在与孩子亲情上分离的同时，一种革命关系和精神传承也在两代人之间展开，而这种精神传承直接指向了即将诞生的新政权的合法性。

2. 新生带来的焦虑

而对于那些并不是一直生活在解放区的作家们，这新生的政权和"开始了"的"时间"对他们的意义又是不同的。在解放战争时期不断往返于国统区和各个解放区之间进行文艺建设工作的钱杏邨，在战争胜利后主要负责协助天津军管会进行工作。② 在乘火车一路前往天津的途中，钱杏邨的心情是非常轻松愉悦的，他在车上"读达夫'闲书'数篇"；在进山海关之后，还参观了"孟姜女庙"和"天下第一关"，购买了"八张四万元"的"万里长城小照"；逛破烂

---

① 杨沫.自白——我的日记[M].广州：花城出版社，1985：43.
② 参见阿英等.阿英全集·附卷[M].合肥：安徽教育出版社，2006.

市,买了北新版的《岭东情歌集》;及至秦皇岛,看到了"电灯光茂密辉煌",又"深以不能留此一游为憾"。① 钱杏邨在天津的工作是十分繁忙的,各种宣传、工作、访友和写作在他的日记中频频出现,即使到了他赴北京参加第一次文代会的前一天,还接待了陈垅、李定坤、孟波等人。② 及至北京,钱杏邨更是有一种"回家"的感觉,访友叙旧成为他这几天日记中的主题,虽然他并没有明确提及,但是从他这几日的行程来看,其兴致应该是颇高的。第一次文代会正式召开之后,钱杏邨的喜悦更是流露在字里行间,尤其是大会第五天,在他自己主席会议的过程中,毛泽东突然来到会场,这一事件更使他激动异常:"今日我主席。……七时许,毛主席来——先有一电话,谓昨日未睡,不来——全场欢动。前后掌声,达半小时之久"③。对于长时间往来于解放区和国统区的钱杏邨来说,虽然在其参加革命工作的过程中并没有与延安方面产生过直接的关系,但是由于身处苏北解放区,并经常性地辗转于各个解放区之间④,其对于新民主主义共和国的一套话语框架和言说体系并不陌生。所以,当钱杏邨一来到当时已经被确认为首都的北京的时候,他很自然地感到了一种亲切。同时,由于战争造成的区域隔离,钱杏邨与一些旧友也是长时间不得见面,第一次文代会对他来说确确实实是一次"胜利的会师",他迫不及待地与那些离散多年的朋友们会面,谈论对于新生共和国文艺建设的构思。而且,作为当初"左联"(中国左翼作家联盟)的重要成员,当钱杏邨看到他们当年在文艺方面的主张即将成为现实的时候,那种欣喜自然是不言而喻的,在钱杏邨的眼中,"时间"不但"开始了",而且开始于他们的手中,

---

① 参见阿英.平津日记[M]//柯灵.阿英全集·卷12.合肥:安徽教育出版社,2003:402.

② 参见阿英.平津日记[M]//柯灵.阿英全集·卷12.合肥:安徽教育出版社,2003:421.

③ 阿英.平津日记[M]//柯灵.阿英全集·卷12.合肥:安徽教育出版社,2003:460.

④ 参见阿英等.阿英全集·附卷[M].合肥:安徽教育出版社,2006.

所以无怪乎,当他看到"第一部工人片"——《桥》的时候,认为"其缺点甚多,然已难能可贵矣"。①

相比钱杏邨,一直在国统区漂泊的叶圣陶对于新政权也热情欢迎,但又有所不同。1949 年初,在共产党方面的组织下,叶圣陶全家和一大批文化界人士一起,经由香港来到北京,并参加了第一次文代会、政协会议和开国大典。在日记中,叶圣陶毫不吝啬地表达了对新生的新民主主义共和国的热爱和期望,在开国大典当日,叶圣陶详细地记载了现场的情景,其篇幅之长,描述之详尽,是同一时期日记中所少有的。叶圣陶称这次盛典为"如此场面,如此意义之盛事,诚为生平罕觏",是日晚上,"元善随余归,即共饮。大家兴奋,饮甚欢畅。云彬言可作文记之。余谓文字之用有限度,如此之光景,唯有五彩电影可以摄其全貌与精神,文字必不能也"。②叶圣陶一生致力于语文的建设,就是这样一位语言专家,在面对开国大典万众欢腾的场面时,也感到了语言描述的苍白和无力,只有"五彩电影"这一在那个时代最先进的记录方式才能"摄其全貌与精神"。不仅仅是开国大典,在叶圣陶参加政协组织法草案整理委员会之后,他也在日记里记下了对于这个新生政权的认同:"至于国名,两个文件内皆明书'中华人民共和国',大家不赞同用'中华民国'为简称。以'中华民国'与'中华人民共和国'绝非同物也。此诸决议通过,复大鼓掌。此确是一大事件,值得永远纪念"③。但是,之前未曾与解放区有过直接接触的叶圣陶显然对迥然不同于国统区的环境和一套崭新的话语体系不是很熟悉:"(1949 年 3 月 20 日)至北京饭店,罗迈、周扬二位招待同人,谈响应世界和平大会之事。结果主多发宣言。至九时始毕,实则其事至简单,不需

---

① 阿英.平津日记[M]//柯灵.阿英全集·卷 12.合肥:安徽教育出版社,2003:438.
② 叶至善.叶圣陶集·卷 22[M].南京:江苏教育出版社,2004:71.
③ 叶至善.叶圣陶集·卷 22[M].南京:江苏教育出版社,2004:67.

费如许唇舌也"①。正如叶圣陶在晚年所补记的那样,在来到北京之后,只知道是"去参与一项极其伟大的工作。至于究竟是什么样的工作,应该怎样去做,自己能不能胜任,就我个人而言,当时是相当模糊的"。②叶圣陶嫌怨罗迈和周扬的报告冗长,实际上是不适应他们从解放区带来的一套工作方式。由于解放区特殊的文化条件和相对薄弱的基础教育,在文化工作上,也需要一套相应的方式来与之适应,而这一套通过毛泽东在延安文艺座谈会上的讲话精神中文艺"为什么人"思想转译过的言说方式,在叶圣陶等没有解放区工作经验的文化工作者们看来,则有些陌生。对比周扬在"左联"时期发表于《文学》的《十五年来的苏联文学》和解放区时期发表于《解放日报》的《关于车尔尼雪夫斯基和他的美学》这两篇文章就可以看出,在《十五年来的苏联文学》中,周扬一开篇即历数苏联作家的名字,在达成宽泛而全面地介绍苏联文学的目的之外,还有一层逻辑是这些作家在文章的读者眼中是不陌生的;③而在《关于车尔尼雪夫斯基和他的美学》一文中,更多的篇幅并未放在对车尔尼雪夫斯基美学及文艺思想的介绍上,而是放在描绘式地叙述其生平上,并且在介绍其理论的时候,也更多地注意引用其原文,再对这些原文进行分析,以概括出其理论构架的基本面貌。④也就是说,《关于车尔尼雪夫斯基和他的美学》一文在写作的时候,其潜在读者并不是那些受过专业文艺训练或有过文艺工作经验的人,更多地是那些非专业的文艺工作者们,其写作目的是向他们介绍车尔尼雪夫斯基,并且通过对其只言片语的译介来让读者们找到解放区文艺与车尔尼雪夫斯基文艺理论中所共通的成分,从而在

---

① 叶至善.叶圣陶集·卷22[M].南京:江苏教育出版社,2004:45.
② 叶至善.叶圣陶集·卷22[M].南京:江苏教育出版社,2004:49.
③ 参见周扬.十五年来的苏联文学[M]//周扬文集·卷1.北京:人民文学出版社,1984:74-100.
④ 参见周扬.车尔尼雪夫斯基和他的美学[M]//周扬文集·卷1.北京:人民文学出版社,1984:359-379.

理论上提升解放区文艺的整体水平。这也就像毛泽东《在延安文艺座谈会上的讲话》中所说:"工作对象问题,就是文艺作品给谁看的问题。"《讲话》中明确指出了"文艺作品在根据地的接受者,是工农兵以及革命的干部",这与"抗战以前的上海"和"抗战以后的国民党统治区"的接受主体"学生、职员、店员"截然不同。解放区提倡的"文艺工作者的思想感情和工农兵大众的思想感情打成一片",其首要任务就是"认真学习群众的语言",并将其运用到文艺批评中去。① 这也就是为什么周扬要在《关于车尔尼雪夫斯基和他的美学》的结尾处加上了一段鼓动性的文字:"坚持艺术必须和现实密切地结合,艺术必须为人民的利益服务,这就是车尔尼雪夫斯基美学的最高原则。车尔尼雪夫斯基的美学是人类文化的优秀遗产之一,让我们很好地来学习它吧"②。而这些鼓动性的话语正是叶圣陶在日记中记下的所谓"主多发宣言"。叶圣陶在一段时间内对这种话语的表述方式都不能很好地适应,他在日记中记下了对于冗长会议或讲话的不适:"(1949 年 6 月 15 日)八时许开幕,毛泽东、朱德、李济深、沈钧儒、郭沫若、陈叔通、陈嘉庚七人以次讲话,皆不甚长,作用同于序文,中间休息十分钟,至十时过散会。初料今夕之会必将甚久,而简短若此,殊觉欣悦"③。"(1949 年 7 月 26 日)开会之事,主席大有关系,主席爽利,进行快速,主席粘滞,即便迟缓"④。叶圣陶在 1949 年 6 月至 7 月间并无法熟悉这套来自解放区的新话语,也使得他在这一时期常常身在会场而神游天外,许多开会的事宜对他来说只是走一个过场。另外,叶圣陶并没有切身地参与到新民主主义共和国诞生的构建过程之中,他在新政权中并没有感受到一种来自阶级情感的欢愉,而是给人一种"事

---

① 参见毛泽东.在延安文艺座谈会上的讲话[M].北京:人民出版社,1975:5 - 26.
② 周扬.车尔尼雪夫斯基和他的美学[M]//周扬文集·卷 1.北京:人民文学出版社,1984:379.
③ 叶至善.叶圣陶集·卷 22[M].南京:江苏教育出版社,2004:51.
④ 叶至善.叶圣陶集·卷 22[M].南京:江苏教育出版社,2004:59.

不关己"的感觉,缺少一种主体对于新政权建构的积极态度和能动
性。在会场上,叶圣陶常常将自己看作一个局外人:"(1949 年 6
月 28 日)末了推定起草者十一人,余亦在内,幸实际执笔者为周新
民、史良二人,待他们草成,各自签注意见而已。""七时,至东总布
胡同,开末次之全体筹备委员会,通过各代表团团长副团长人选,
大会议程,主席团人选,全体代表人选等项。皆极费斟酌,而余则
无所用心,默坐而已"①。"(1949 年 7 月 19 日)晨至怀仁堂,出席
文代会末次大会。郭沫若做大会总结。余未能听明白。发表选举
结果,全国委员八十七人,余在其内。沫若作闭幕辞,有一语最可
记,此次大会费用值小米三百万斤。于是散出,二十天之会遂告结
束。余以出席甚少,所得无多。他人颇有谓大有收获者,大致知见
之交流,自是此会最大意义"②。这一次有着重大意义的文坛会师
在叶圣陶眼中也只不过是"知见之交流",其中所隐含的深刻的政
治意义并未为叶圣陶所注意。从日记上看,叶圣陶并没有过多地
记录当日开会的内容,而是将更多的注意力集中于他的"老本
行"——语文教育上,他较多地记录了当时各位发言人的发言情
况,并评价其优劣:"(1949 年 7 月 1 日)毛泽东发表一文,《论人民
民主专政》,甚明畅。""(1949 年 7 月 2 日)郭沫若之主席致辞如朗
诵诗,义实平常。""(1949 年 7 月 28 日)周君统筹全局,语重心长,
深刻钦佩"③。从叶圣陶日记来看,这种对于新政权的不适应一直
持续到了 1949 年 9 月前后,才真正出现了对于会议议程的认真记
录(1949 年 9 月 7 日)、对于法律条文的逐一推敲(1949 年 9 月 8
日)等对于新政权有着明显参与感的行动的记载。叶圣陶经过长
达数月的适应,终于对新政权产生了主体性的认同,在讨论《共同
纲领》草案的时候,叶圣陶终于体会到了"新民主之民主集中"与

---

① 　叶至善.叶圣陶集·卷 22[M].南京:江苏教育出版社,2004:53.
② 　叶至善.叶圣陶集·卷 22[M].南京:江苏教育出版社,2004:57.
③ 　叶至善.叶圣陶集·卷 22[M].南京:江苏教育出版社,2004:54-59.

"旧民主"的区别,认为新民主"可谓普及于人人,实比旧日开会方式进步多多"。① 通过几个月的适应期,叶圣陶终于理解了新政权的一套运作方式,并对其产生了深深的认同,从最初来到北京时的不适应和置身事外,到后来积极参与到新民主主义共和国的文化建设中。对新政权来说,叶圣陶作为一位"外来者",亲眼见证了它与旧的民国政府的种种区别,在切身的感受中加入了为共和国"时间"的"开始"庆贺的队伍,从曾经期待着的"知北游"②,到主动地在共和国文化建设方面起到领导作用。叶圣陶作为一位国统区自由知识分子的代表,其对于新政权态度上的转变颇具代表意义。

即使是来自解放区的文学家们,面对新的文艺指导方针和政策也需调整适应。曾长期参加在河北、河南一带解放工作的作家王林在华北解放后被安排在天津工作,从来到天津开始,王林的情绪一直不是很好,第二天即"不顺心似的感到有'不如归'的思想"。虽然王林过后深挖了这种思想的根源,认为是由于"他们不了解自己"而造成的,并断定这是一种"小资动摇思想",但是结合王林生平来看,这种苦恼更多地来自他那篇久久等不到出版的《腹地》。由于自己的作品受到陈企霞、张庚等人的批评被一拖再拖,而迟迟不得出版,王林对于文艺界的未来并不抱有太大希望:"(1949 年 2月 26 日)周巍峙同志昨说他们到北平开文委会议去。过去文委还拿我凑个数,今天连这个数也不凑,倒也干脆。开工人这个会,总比到北平开那个无聊的'文委会'有益!"(1949 年 4 月 7 日)在文代会期间,王林在田间住处第一次见到胡风,就深深地理解胡风的处境,并将《腹地》受到批判的事情讲给了这位素昧平生的国统区文学家:"(1949 年 11 月 3 日)在田间屋内闲扯,忽进来一人,大圆脑门,有点儿秃,脸上有几个麻子。我以为是民主人士(他穿的制服是呢子的,不像老根据地来的农村干部),就出去了。田立刻唤

① 叶至善.叶圣陶集·卷 22[M].南京:江苏教育出版社,2004:63.
② 叶至善.叶圣陶集·卷 22[M].南京:江苏教育出版社,2004:28.

回我来说这是胡风同志。我也很高兴。一二十年来看过他的文章不少,也听说他的故事,孔厥夏天也老叫我找他,可惜都没有机会见。他在我脑子里是个爱发表意见,而且很大胆的,可是昨天他极力避讳发表意见。我也知道他的心情。我送给他一本《腹地》,谈久了无意中说出了过去《腹地》受的打击。"王林写作《腹地》之后,冒着生命危险保存手稿,期待着解放战争胜利后发表,满心的期望却在陈企霞对小说的批判下落了空。陈企霞认为,《腹地》的主要缺点在于"没有爱护党如爱护自己的眼睛一样",其中对于辛大刚人物形象的塑造过于孤独,充斥着个人主义的元素,有悖于社会主义的基本方向。这个时候,日记成为一个对于现实中积攒的不平之气很重要的一个发泄和宣导的渠道。在日记里,王林庆幸自己听不懂陈伯达的演讲,"否则会更难过"①。王林此时的心境和从国统区一路前来的胡风显然是有着相通之处的,王林理解习惯于"不平则鸣"的胡风在面对从解放区而来的作家的时候极力掩盖自己的意见这一行为。王林送胡风《腹地》,交谈甚久,并在"无意"间透露了这部作品曾经被打击、批判的事实,二人在此时的见面应大有"同是天涯沦落人"之感。

在1949年年末写下《时间开始了》这样的诗篇的胡风,在1949年3月间刚从香港北上的时候,其心境也并不激昂。相比年末而言,在未进入这"开始了"的时间之前,胡风明显有些忧心忡忡。几乎从赴北京的路上到第一次文代会结束前,胡风都在与他的"朋友们"谈论写作的问题:"(1949年3月9日)夜,鲁藜,芦甸来,谈了约四小时,十一时半别去。△鲁说:过去太天真,不深,太豪华了。以后要朴素、深厚。△不能把自己局限住了,△作家不敢从内心的要求写作品,△但求无过,△对赵树理和李季的看法"②。"(1949年4月18日)王任叔来,闲谈了约二小时。谈到关于香港

---

① 王林,王端阳.文艺十七年[J].新文学史料,2014(1).
② 胡风.胡风全集·卷10[M].武汉:湖北人民出版社,1999:39.

对我的论争。△对于蒋区反封建斗争的文艺,不能过苛地用马列主义去批评,△说我应该扩大些"。① "(1949 年 4 月 30 日)徐放引鲁煤(牧青)来,谈到十一时过。△想到创作就想到形式,感到束缚,不敢写。△完全否定自己的过去,于是瘫了(肯定过去与向前发展的问题——如现在还觉得过去是真诚的、战斗的,那就不是自以为完全否定了所能解决的问题)。△感动的时候就想到是自己感动而不是工人感动,于是不敢感动。△肯定集体创作,但又觉得人物的内心生活不到创作者的细微体验是不能捉到的。△有思想力量但又能使广大读者(工农)接受这中间的矛盾。△学习民歌,但谁也不知道怎样学习"②。这时的胡风并不是在普遍意义上和他的"朋友们"探寻文学创作的路径,而是思索自己在新政权面前将如何安身立命。胡风明白,眼前这个新民主主义共和国的文艺基础是建立在毛泽东《在延安文艺座谈会上的讲话》上的,而自己不但身处国统区,没有系统地学习《讲话》精神,而且由于从 1930年代就与"左联"、周扬、冯雪峰等人之间有着种种龃龉,他对于自身和朋友们在新政权中将处于何等位置是完全没有把握的。在与夫人梅志的信中,胡风写道:"(1949 年 4 月 1 日自北平)我来此后,身体精神都十分好。走了几个地方,见到了不少人,算是过了无忧无虑的日子。现在到了这古城,陪着衣冠楚楚的人们住在一起,能否再到外地去走走,尚难决定。最明显的收获是胖了不少。一切都在变动中,总希望两三个月后能回来看你们。""(1949 年 4月 19 日/26 日自北平)三个月以来,我看到了不少,同时,也增加了信心,觉得对这时代我能做一些什么。但在目前和最近的将来,由于处境,恐怕什么也不能做,能够做到'无过',就万幸了。……那些朋友们,应该就找关系参加实际工作,万一有的现在不可能,局面改变后,就马上找关系参加实际工作去。我想,柏山、雪苇等

① 胡风.胡风全集・卷 10[M].武汉:湖北人民出版社,1999:43.
② 胡风.胡风全集・卷 10[M].武汉:湖北人民出版社,1999:59 - 60.

也许会先我到的,和他们商量,介绍去做点什么实际工作。但只限
我们底一些最可靠的朋友。不熟悉的人,不宜去保证。千万不要
指望我回来后会有什么工作可做。……无论现在或局势改变后,
对一般人说话要谨慎。对熟朋友或老朋友,只就我们底地位说家
常话,不要牵涉上大问题的空话。一句笑话也可以引起误解
的"①。胡风敏锐地觉察到,过去他在国统区那一套文艺方面的游
戏规则已经不再适用,他已经不可能再通过办刊物、联系出版社等
方式来资助那些围绕在他周围的文学青年们了。他在这最后的时
候还不忘告诉夫人梅志:"(1949 年 5 月 10 日)未印的书能印出,
最好,否则就让它去。这工作以后对我们不适合,是一个负担。整
理好以后,我一回来就办正式结束手续"②。"(1949 年 5 月 27 日)
朋友们要弄小刊物之类,由他们自己弄去,你不要去辛苦了。但我
以为他们也不必勉强去弄。现在是军事管理时期,要登记,而且,
过去的关系,总有尴尬的"③。胡风所说的"小刊物"是指解放前由
自己在上海所办的文学丛刊《蚂蚁小集》,其主要作者群与《七月》
大致相同,包括了路翎、牛汉、鲁藜、绿原、化铁等人。1949 年初,
这些曾经围绕在胡风周围的作家们曾经试图续办《蚂蚁小集》,但
是这时的文化语境与之前显然已经产生了很大的差异,先于上海
解放的北平已经于该年 2 月颁布了《北平市报纸、杂志、通讯社登
记暂行办法》,其中第二条明确规定:"凡报纸、杂志和通讯社,于申
请登记时,应详细而真实地报告下列各项并填写申请书。甲、报
纸、杂志或通讯社的名称;乙、负责人的姓名、住所、过去和现在的
职业、过去和现在的政治主张、政治经历及其与各党派和团体的关
系;丙、社务组织;丁、主要编辑与经理人员的姓名、住所、过去和
现在的职业、过去和现在的政治主张、政治经历及其与各党派和团

---

① 晓风.胡风家书[M].上海:复旦大学出版社,2007:80 - 81.
② 晓风.胡风家书[M].上海:复旦大学出版社,2007:85.
③ 晓风.胡风家书[M].上海:复旦大学出版社,2007:87.

体的关系;戊、刊期(日刊或周刊月刊等),每期字数,发行的数量与范围;已、经济来源与经济状况,重要股东的情况;庚、兼营事业;辛、印刷所及发行所的名称和所在地"①。显然,这个法令对于全国范围都有一定的指导意义②。1949 年 5 月 27 日,上海解放,胡风听到这个消息,就立即写信给梅志,通知她不要参与《蚂蚁小集》复刊,可见这件事情对于胡风来说是十分重要的。由于胡风过去与文坛的复杂关系,他不愿意让自己的"朋友们"在这风声正紧的时候再去惹什么麻烦。显然梅志并没有按照胡风的意愿去行事,当胡风知道《蚂蚁小集》即将出版的时候,他不得已对梅志说:"(1949 年 6 月 28 日自北平)《蚂蚁》之七要出,也要通过雪苇或适当的人通知一声,说是不愿丢掉已排好的,出一出还债,以后不弄了。"紧接着,又于隔日补发一封信,着重提到"如果对于内容没有把握以致引起不快或是小误解,那还是不出的好。排工,牺牲掉也就罢了。但如果觉得对内容有把握,不愿丢掉,那就再仔细看一看,印出也好。但也要事先通过人得到允许,否则不行的。③ 何必去种这种小小的不快呢?"④在看了《蚂蚁小集》之后,他评论"不好",⑤并批评梅志:"叫你不要管,你偏偏还要自己缠进去,真正无法可想"⑥。可见胡风在这时候谨小慎微,他认为凭着自己过去的所作所为,在新中国文坛上继续发光发热是没有问题的,但是,由于刚刚迎来新中国成立,对于新的文艺政策还不是十分清楚,他"但求无过",在稳妥中观察着新文艺的主导者们的一举一动,不敢有太大的动作。胡风一直自认为有着鲁迅精神以及"五四"精神最

① 参见西南服务团办公室.北平市军管会人民政府政策法令汇编[G].重庆:西南服务团办公室,1949.
② 现有资料表明,不仅是上海,华北乃至西南地区的报纸、杂志在新中国成立初期的登记都参考过北平的这一法令。
③ 着重号为原文所有。
④ 晓风.胡风家书[M].上海:复旦大学出版社,2007:99.
⑤ 胡风.胡风全集·卷 10[M].武汉:湖北人民出版社,1999:87.
⑥ 晓风.胡风家书[M].上海:复旦大学出版社,2007:101.

为正确的阐释权,所以他在"但求无过"的背后,其实还有一种想要"发声"的冲动。他在北上的三个月中不断增加了为新政权做些什么的信心,并一直认为《蚂蚁小集》印出来"也好",其顾虑就在于与之前文坛的陈年旧账,所以这一时期的胡风显得首鼠两端、进退失据,这种状况一直保持到了1949年开国大典前后。在对解放区进行了长达半年之久的观察后,胡风对之前感到陌生的一套话语体系渐渐地熟悉了起来,在对新生共和国的赞美中,他也感到了一种与共产党方面文学家和解的可能性①。在一则日记中,可以看到胡风"与沙可夫同去参加王朝闻婚礼。周扬来坐了一会。△真正书系政策＋文字技术,就能有有思想性的创作"。② 这也激发了本来就"迫切而不能已于言"的胡风的创作热情。在这一年年末,胡风写下了长诗《时间开始了》,并告诉梅志自己对于这首诗和新政权的高度期望:"(1949年11月14日自北京)大前天晚上,我写了一首四百多行的诗。写着它,我的心像海涛一样汹涌。多么幸福的时间! 要尽可能早点给你看到。两个月来,我差不多每时每刻都活在一股雄大的欢乐的音乐里面,我还是要写下去的。""(1949年11月16日自北京)第一章,就是上次说的,亚群等看了说'伟大',现在总编辑那里听审。如能发表,会使这小文坛震动一下的。""(1949年11月20日子北京)这第一章今天刊出,寄上。自己看过,下午有朋友来,谈过,此刻,一股雄大的热情使我激动得发抖,连字都写不好了。亲爱的,好冷呵! 你看看,把读过的感觉告诉我。这是我生平第一次最激情的作品,差不多是用整个生命烧着写它的。还要写下去,这几天就成天在感情底纠结里面。好幸福又好难受呵!"③虽然胡风由于肩扛"因袭的重负"而不能很快地

---

① 虽然这种裂痕始终未能弥合,并于开国的欢欣之后愈演愈烈,但是在这一时期的胡风日记中,明显能感觉到他与周扬、丁玲、沙可夫等人破冰和解的味道。
② 胡风.胡风全集·卷10[M].武汉:湖北人民出版社,1999:105.
③ 晓风.胡风家书[M].上海:复旦大学出版社,2007:129-130.

进入这"开始了"的"时间",但是经过长时间的观察后,那种对文坛过往的焦虑还是被新政权建立之后种种新气象所征服,面对着新生的政权和还有很长的路要走的①,一种使命感催促着胡风,他以曾经国统区左翼文坛领袖之名,遍告天下,"时间"已经真的"开始了"!

第二节 重组的文坛与历史的清理

1. 重组的文坛

新中国刚一成立,随即成立了中国文学艺术界联合会。中国文学艺术界联合会是由抗日战争及解放战争时期各地方的文艺机构整合而来的,自上而下地分为了国家、省、市三级,这样的行政划分将本来相对分散的各地方文艺界整合进了一个大的体系中,并由中国文学艺术界联合会全国代表大会和由它选举产生的全国委员会负责党中央文艺政策的下达,组织对作家作品的讨论与批判。在一份名为《关于改组全国文协和加强领导文学创作的工作方案》的文件中,总结了自新中国成立以来文学界在组织上的一些问题:"其中主要的:一种是没有领导,或者缺乏具体的领导,党委宣传部或当地文联……是对于作家缺乏经常的、具体的、细致的关心和帮助,这样就不可能不断地提高作家们的思想和艺术水平,使他们写出优秀的作品。另一种是采取违反艺术规律的方法去领导创作,不是帮助作家们去熟悉生活,认识生活,了解当前的政治任务,引导作家对于重大的政治主题发生兴趣,使他们把自己的创作要求和政治任务在适合艺术创作的客观法则的条件下相结合。"鉴于此,"必须改组文艺团体,使文协、美协、音协等成为组织和领导创

① 参见晓风.胡风家书[M].上海:复旦大学出版社,2007:101.

作的有力的机构。……为使文协能真正担负起上述的任务,必须
设置专职的领导干部,并适当集中一部分创作人员"。这份文件明
确了新中国文艺的性质,并规定了在文艺创作过程中所要遵循的
一套规则和方式。更重要的是,文件规定了在文艺组织和创作中,
需要设置"专职的领导干部",并且属于专业作家行列的只限于国
家、省、市三级"作协",市县以下"一般不设立文艺团体,已成立者,
应明确规定为群众业余文艺活动骨干分子和民间艺人的组织,其
任务主要是组织和辅导群众业余艺术活动。这一组织本身也是业
余性质的,不列编制"。①

　　在马克思主义理论的经典表述中,经济基础和上层建筑的关
系可以表述为:"人们在自己生活的社会生产中发生一定的、必然
的、不以他们的意志为转移的关系,即同他们的物质生产力的一定
发展阶段相适合的生产关系。这些生产关系的综合构成社会的经
济结构,即有法律的和政治的上层建筑竖立其上并有一定的社会
意识形式与之相适应的现实基础"②。同样地,在新中国成立初
期,一套物质分配制度也在规定和约束着作家的生活和创作。从
担任过中国作协秘书长的张僖后来的回忆中,可以看出当时的"作
协"是如何在经济上组织文艺的生产和运作的:"那时候,全面学习
苏联,处处效法苏联,稿费也学习苏联,采取基本稿酬加印数稿酬
的方式,而且定的标准很高。像杨沫的《青春之歌》、梁斌的《红旗
谱》、柳青的《创业史》、曲波的《林海雪原》都赶上了。那时候书的
品种很少,每本书的印量也大,往往一本书就可以拿到五六万元或
者七八万元的稿酬。后来,拿稿酬的作家就不再从作协领取工资,
丁玲同志就是第一个带头响应的作家。当时北京一个小四合院,

---

①　参见中共中央文献研究室.新中国成立以来重要文献选编[M].北京:中央文献出
　　版社,1993:73-76.
②　马克思.《政治经济学批判》序言[M]//马克思,恩格斯.马克思恩格斯全集.北京:
　　人民出版社,1962:4.

房价也就是几千元,至多上万元,所以许多作家都买了属于自己的房子。驻会作家开会学习的时候来,没有事情的时候就不来了。作家们出差或者深入生活的一切费用,都由作家协会报销。那时候,作协的经费来源有两部分:行政经费由国务院机关事务管理局拨发,作家的工资和活动经费则由财政部拨发。说到底,那时候作协和作家基本上是由国家全给包下来了"①。不难看出,体制内作家的收入是有着来自国家方面的保障的,也就是说,这些作家们不必再像从前那样为了生计而写作,而是成了所谓的"专业作家"。在这一时期,对于作家生活的保障是十分优厚的,"作家协会的驻会作家在进行创作期间,包括游历、旅行、体验生活、搜集材料以至写作、修改作品等等期间,如果在生活上遇到困难,都有权利向管委会要求无息贷款或津贴。这种帮助一般可以持续到三年甚至三年以上,直到作家完成他的作品为止"。而对"非专业"作家,"作协可以出面为他请创作假,在创作期间,他也可以像专业作家一样从基金会得到经济上的帮助。会员以外的青年作家,只要有一定的创作成绩,并有两个作协理事推荐,同样可以享受和驻会作家一样的待遇"。② 这样一来,"作家"就不仅仅是一个普通的称号,而是更多地具有一种公务的性质,而"中国作协"作为组织作家的机构,也不再是一个同人或基于某种相同理念而集群的作家团体,它是一个单位,一个旨在服务于现代民族国家建设的政府组织。

从经济方面来说,这种对于作家创作和生活权益的保证对作家而言是有利的,同时,也给曾经在国统区习惯以卖文为生的作家们带来了一些困惑,以至于夏衍在面对华东局组织上询问"每月领几斤小米"的时候,竟有着"我从来不吃小米,也从来没有领过"这

---

① 张僖.只言片语——中国作协前秘书长的回忆[M].北京:十月文艺出版社,2002:35.

② 参见张僖.只言片语——中国作协前秘书长的回忆[M].北京:十月文艺出版社,2002:34.

样答非所问的回答。长时间以来,国统区的左翼文学活动都处于一种被国民党政府文艺政策打压和边缘化的位置上,面对着国民党当局对于文艺方面所指定的一系列政策和严苛的审查制度,左翼作家写作、发表、出版都面临着许多问题,在这样的状况下,左翼报刊的经营承受着极大的压力,甚至"拿卢布"都能成为借刀杀人的理由,共产党方面对于文艺工作者的配给和支持在国统区就更是鞭长莫及了。夏衍在国统区这段时间都是靠着"稿费、版税"生活的,除了在必要时候收到过来自共产党方面的资金支持以外,他对自己的评价是"自力更生、卖文为业"。① 新政权成立后,夏衍被评为"兵团级"的干部,享有自国家而来的固定工资和物质配给,再加上之前所积攒的稿费和保留的版税,夏衍等被"包下来"的文艺工作者们实际上物质生活条件比很多解放军领导者还要优厚一些。②

　　而对于解放区作家而言,这种"供给制"对他们来说已经习以为常,并不值得在自己的日记或书信中大书特书,但是这种固化和配给对于他们来说却有着一种别样的意义。杨沫在河北阜平麻棚村的一则日记中写道:"(1947 年 11 月 26 日)如最近中央局规定编辑、记者有十年以上的党龄或八年以上的报龄并有相当工作能力者,可以吃中灶。编辑部有四个同志被选出吃了中灶。他们选时我不在,虽有我几票,但因票少未选上。这使我回来后看见那几个同志吃中灶,心里就不甘心。觉得自己一九三六年入党,已有十年以上的党龄,是编辑部中党龄最长的(?);按能力说,也不见得比那几个同志差多少。虽然我也曾警惕自己:别人是男同志,做的工作多,而我呢,被孩子所累,做的工作少,不应该和别人比、争,这是争地位图虚荣的思想在作怪。然而,当一想到这个'中灶'待遇是衡量政治标准的另一尺度时,心里就不舒服,觉得委屈。虽然没

① 参见夏衍.懒寻旧梦录[M].北京:生活·读书·新知三联书店,2006:410.
② 参见夏衍.懒寻旧梦录[M].北京:生活·读书·新知三联书店,2006:410-411.

有埋怨什么人错待自己,但是总有一种竞争的心情在心里作怪"①。从延安时期,我党就制定了一系列政策,将解放区文艺工作者的待遇纳入整个大的配给体系中,并且赋予了一种强烈的象征意味,"灶"的级别代表着某种政治考量标准。对于杨沫来说,"中灶"不但代表了一种生活境遇的提高,更重要的是,它代表了一种来自政府的对自己工作的认可。杨沫觉得委屈,并不仅仅是由于生活上未能得到改善,而是由于这一段时间自己的工作未得到认可。配给和工作情况相挂钩,使来自解放区的文艺工作者始终保持着一种进步的氛围。因解放区的客观环境和执政策略而形成的这一套独特的作家认可体系,是长期生活在国统区的夏衍等人所不能理解的,所以在面对"每月领几斤小米"的询问时,他未能意识到在这物资配给的背后所隐含的强烈政治意义和阶级归属感。这也是为什么在得到"从来不吃小米,也从来没有领过"这样一个答非所问的回答之后,那位负责登记夏衍资料的人事干部会"满腹怀疑":因为在他的经验中,夏衍对于这个问题回答的态度显然是不够严肃的②,没有体现出思想政治的高度。

此外,这个问题在公共领域的延伸导致了"工农干部和知识分子之间的疙瘩"。由于新中国成立伊始,物质和货币之间并不能完成很方便的互换,导致了"保留工资制"和"供给制"这两种分配制度在很长一段时间里并行。"市长、部长、司令员的收入要比工程师、名演员的低得多",党政干部虽然在物质上有着来自国家的保障,却无法很方便地购买一些日常生活之外的物资,而曾经在国统区的文艺工作者在进入新政权之后是按照所谓"低薪制"来直接发工资的,也就是陈毅与夏衍开玩笑时所谓的"老财"。夏衍后来在反思两种配给制度并行的这段时期时认为:"在欢庆解放的热潮

---

① 杨沫.自白——我的日记[M].广州:花城出版社,1985:55.
② 参见夏衍.懒寻旧梦录[M].北京:生活·读书·新知三联书店,2006.

中,大家都自觉地服从政策,表面上平静无事,可是现在回想起来,工农干部和知识分子之间的疙瘩,或者说是矛盾,我认为是和解放初期的这两种制度的并存,是有一定的关系的"①。新中国成立后担任成都市人民政府副市长的李劼人曾多次在信件中提及这种实物与货币配给之间的矛盾。1951年,李劼人在四川土改"减租退押"的过程中发现了这种矛盾的客观存在,并向多方致函建议,对一些曾经对文化或科技建设有过贡献而又受到不公正待遇的人们进行政策上的支持。李劼人不同于同时代的许多作家或知识分子,他可以看作研究1950年代作家生态中的一个独特样本,有着传统"士"的思想的李劼人把"作家"和"市长"看得同等重要②。李劼人对于这一问题的指出,除了帮助旧时师友的私义外,还有着很大的"献策"意味。如在致当时中共川西区党委第三书记的龚逢春的信中,李劼人提到了四川大学刘鉴泉遗媚"百方设法,卖房卖物,竭尽能力"清退土地,并且将"全部书籍二万三千余册交与文教厅转于文物保管委员会",但是仍不能换取"二百担食米",这一事情,显示出两种配给制度之间的错位。

　　1949年初,孙犁在给康濯的信中谈到了当时的文艺批评已经变成了"由'上'来个号召,就造成了群众的影响。因为写批评,就是代表工农甚至代表党来说话的,声威越大越好,叫群众服从,真正群众的意见,就湮没了"。③ 孙犁叱之为"海派作风",认为和1930年代发生在上海文坛上的一系列论争所使用的策略是如出一辙的,二者都是站在某个道德高度上对其他不同的观点进行批判,"真正群众的意见"在理论的大旗下则成了被遮蔽的对象。1949年前后,关于孙犁的《嘱咐》,曾经引起了一场小小的争论,虽

---

① 夏衍.懒寻旧梦录[M].北京:生活·读书·新知三联书店,2006:411.
② 参见雷兵.改行的作家:市长李劼人角色认同的困窘1950—1962[J].历史研究,2005(1).
③ 孙犁.孙犁全集·卷11[M].北京:人民文学出版社,2004:8.

然争论并没有影响到孙犁的写作和生活,但是其背后所隐藏的一种解放区普遍存在着的文艺现象却令这一身兼作家、评论家和编辑三职的文艺工作者十分担忧。不同于其他解放区作家,孙犁的作品并不以豪迈雄壮见长,那种宏大壮烈的场面在他的文学作品中并不多见,相反地,纵观孙犁在解放区的整个创作,那种温婉和绵柔却始终是一条较为清晰的主线。这种不同于解放区文学整体景观的创作特质为孙犁赢来好评的同时,也使某些"知识分子"觉得孙犁在写作的时候"感情不健康"。在孙犁的《嘱咐》中,那种源于阶级情感的爱与恨并不多见,或者说,阶级情感和民族仇恨在孙犁笔下并没有被赋予充分的主体性,而是被化为一个外在的"架子",为孙犁小说创作的内在"人性"的美服务。水生嫂在临别时对水生说:"爹活着时常说,水生出去是打开一条活路,打开了这条活路,我们就能活,不然我们就活不了。八年来,他老人家焦愁死了。如今国民党又和日本人一样,想把我们活着的人逼死。你记着爹的话,向上长进,不要分心,好好地打仗。八年过去了,时间不算长。只要你还在前方,我等你到死"①。从这一番话里,不难看出,那种在解放区文艺中一再被强化的阶级情感被来自个人的离愁别绪所冲淡了,一种来自阶级的"理性"被淹没在分别时的个人温情之中,前文对于国民党和日本人的仇恨都不如最后那一句"我等你到死"来得强烈,而且在整体谋篇布局上,前面所说的种种话语都是为了这一句话的出现。从现实生活的层面去看,这种个人情感和阶级意识的交织也许更加符合人民在生活中所体验到的情形,更加接近普通人的审美习惯,这也是为什么"工农干部"说这部作品不错的原因。但是,人性与阶级的混杂却是接受过一套系统的延安文艺教育的"知识分子"们所不能忍受的,在他们的视野里,由个人而来的"温情"和阶级情感是互相抵触的。毛泽东在延安文艺

① 孙犁.嘱咐[M]//孙犁全集·卷1.北京:人民文学出版社,2004:219.

座谈会上的讲话中明确说道:"'有没有人性这种东西?当然有的。但是只有具体的人性,没有抽象的人性。在阶级社会里就是只有带着阶级性的人性,而没有什么超阶级的人性。我们主张无产阶级的人性,人民大众的人性,而地主资产阶级则主张地主资产阶级的人性,不过他们口头上不这样说,却说成为唯一的人性。有些小资产阶级知识分子所鼓吹的人性,也是脱离人民大众或者反对人民大众的,他们的所谓人性实质上不过是资产阶级的个人主义,因此在他们眼中,无产阶级的人性就不合于人性。现在延安有些人们所主张的作为所谓文艺理论基础的'人性论',就是这样讲,这是完全错误的"①。在新中国成立之前的一段时期内,解放区文艺已经提前走在了共和国文艺的道路上,一些作家和评论家的身份在这时已经开始了固化,他们习惯于作为专业领域的"权威",对其他作家的作品进行批评和指导。他们的意见在很大程度上干涉了作家的创作。面对这些"知识分子"对《嘱咐》的指责,孙犁只好搬出"工农"这面大旗来与之抗衡。但是,孙犁明显不愿意看到这种"海派"的方式成为文学批评运作的范式,如果这样下去的话,文学批评中听到的就只有一个声音,而"真正群众的意见",即来自生活中的人民的真正的声音和那个生机勃勃的解放区民主建设的景象却被埋没了。② 在这之后,孙犁不断地对这种作家和评论家身份的固化产生质疑和担忧。

孙犁的这种担忧并不是杞人忧天,在之后不久的第一次文代会期间,这种身份上的变化和固化对于作家之间的关系的影响就更明显了。从天津赶赴北京参加文代会的作家王林遇到了刘子久、许子祯等人。"初对我很冷淡,后听说我是文代会代表,忽又对我近乎起来",这显然让王林始料未及,他在日记中不无自嘲地写

---

① 毛泽东.在延安文艺座谈会上的讲话[M].北京:人民出版社,1975:33.
② 参见孙犁.孙犁全集·卷11[M].北京:人民文学出版社,2004:8.

道：一个文代会代表的头衔"想不到尚有这用处"。① 王林的《腹地》在解放区的时候就受到过一定程度的批判,甚至还被认为"违反了毛主席文艺原则",将"党的基本组织写成这样坏"②,再加上王林在解放区时期的身份与刘子久、许子祯等人相距悬殊,这些人面对王林时所表现出的"冷淡"就在所难免。但是当刘子久、许子祯等人得知王林的文代会代表身份之后,这种"冷淡"的态度就在一定程度上被一种政治身份的认同所冲淡。在新生共和国的大气氛中,政治上的认同对于从解放区而来的革命工作者们是可以超越一切龃龉的,以前身份各异的作家以共和国的名义被整合在一起,"作家"或"文艺工作者"不再是一种单纯意义上的承载着某一种活动的身份,而是在现代民族国家的意义上成为新政权建设的一个重要组成部分,成为一种"头衔",甚至在各级"文联"和"作协"的统筹下,具有了岗位的性质。

　　"作家"和"文艺工作者"身份的固化对于其创作的影响是非常明显的。在丰厚的物质保障下,作家不必再为生计担忧,但容易让作家在体制内与丰富的生活相隔绝。这一时期,尽管"作协""文联"等已经认识到了这个问题,组织了作家深入部队、工厂、农村去体验生活,但是其效果并不十分理想。"两年来,文学艺术创作不够旺盛,不能满足人民的需要,其主要原因是许多文艺工作者长期脱离群众、脱离生活。针对这种情况,北京及各地的文艺界从去年十一月起曾相继进行了文艺整风学习。经过这次文艺整风学习以后,文艺工作者在思想上有了很大的提高,多已明确认识到深入生活、改造思想的重要性。全国文联根据这次整风学习的精神,决定将组织作家深入生活、进行创作作为今后工作的中心任务"③。从

---

① 王林.第一次文代会日记[J].新文学史料,2011(4).
② 王端阳,王林遗稿.关于《腹地》的日记摘抄[J].新文学史料,2008(2).
③ 中华全国文学艺术界联合会组织作家深入生活进行创作:第一批作家巴金、曹禺等将分赴朝鲜和工厂、农村[N].人民日报,1951-3-6.

这段文字中不难发现,在政府的解释中,新中国成立以来文艺上的种种不发达都和没有加强思想上的学习有关,是由于作家没有深切认识到"文艺部门中贪污、浪费、官僚主义现象"的"严重"①从而"放松或放弃思想领导","甚至在有些地区,文艺团体的领导已被资产阶级小资产阶级思想占了上风"。② 没有好作品的主要原因是因为这些腐朽的、落后的思想又在作家心中萌发了。"这些作家们在出发以前,曾作充分的准备工作。他们学习了这次整风学习的文件,其中着重学习了毛主席的'实践论'和胡乔木同志在北京文艺界整风学习动员大会上的讲演'文艺工作者为什么要改造思想'⋯⋯作家们对于这次出去体验生活,抱有很高热情,决心克服过去单纯收集材料的错误想法,而强调在斗争中自我改造,并保证坚决完成创作任务"③。而在某些作家看来,其创作水平的下降并不是与思想上向"资产阶级小资产阶级"滑落有直接关系,作家有着自己的苦衷。1949 年春,身为编辑的孙犁曾退回一名叫作萧振国的作者的诗作,其理由如下:"是的,你的诗热情很够,至于素养,这很难说。只有书本知识是不是算有素养呢? 我们以为主要是要有丰富的生活经验,其次要有表达这些生活经验的必要的文字表现力,而最重要的必须在生活经验里有所抉择"④。孙犁在这里一直强调的"生活",在之后的文学实践中确实成为一个突出的问题:解放区文学在发展过程中实际上形成了一套"质胜于文"的写作策略,在复杂的战争环境中,文学形成了一套以政治宣传与抒情为中心的写作模式。但是,仅靠政治鼓动和宣传而来的热情显然不能完全成为文学创作的根源,那种在组织生活中形成的带有明显意识形态色彩的"质"对于文学来说就远远不够。随着生活步入常态

① 欧阳山.我的检讨[N].人民日报,1951 - 2 - 15.
② 唐挚.在文艺工作中贯彻无产阶级的领导[N].文艺报,1951 - 2 - 25.
③ 中华全国文学艺术界联合会组织作家深入生活进行创作:第一批作家巴金、曹禺等将分赴朝鲜和工厂、农村[N].人民日报,1951 - 3 - 6.
④ 孙犁.孙犁全集·卷 11[M].北京:人民文学出版社,2004:55.

化,作家们那种引吭高歌的冲动渐渐地平息,取而代之的是一种身在组织之内却与新中国和新生活"绝缘"的感觉。在这一时期许多作家的创作过程中,一种在创作上脱离生活的无力感都有所显现。以巴金为例,1952 年初,巴金被安排到朝鲜战场去体验生活,进行创作,在随后三年积累的一些材料中,巴金详细地记载了在朝鲜的行程与经历。在赴朝鲜之前,巴金对自己在异国他乡的创作是有着相当大的抱负的:"我一生一直都在跟我自己战斗。我是一个最大的温情主义者,我对什么地方都留恋。我最愿意待在一个地方,可是我却到处跑过了。我最愿意安安稳稳地在上海工作。可是我却放弃一切到朝鲜去。我知道我有着相当深的惰性,所以我努力跟我自己战斗,想使自己成为一个更有用的人"①。为了使自己"更有用",对于当时的环境来说就是更好地写出一些有利于宣传和歌颂赴朝人民志愿军的作品,于是他情愿"受着多么深的怀念的折磨"②。来到朝鲜以后,巴金看到被美国侵略者毁坏了的三千里河山,一度难以抑制其写作的冲动:"(1952 年 3 月 28 日)我的文章本来打算今晚动笔,因找不到写字的桌子,决定明天早晨到香枫寺去写"③。但是在朝鲜部队生活一段时间以后,巴金发现"在朝鲜七个月的印象似乎全给磨光了"④,在朝鲜的生活并不能使这为文坛老将写出令自己满意的作品。在给家人的信中,巴金谈及自己入朝期间写的一组短文时,说:"(1953 年 8 月 26 日)短文(《入朝散记》)共五段,写得不好,拟请这里政治部主任看过寄去,故不再寄你转了。文章写得不精彩,也不必给你先看了"⑤。"小说没有眉目,这三个月我没有想过小说的事情。我在朝鲜也许不考虑

① 巴金.致陈蕴珍(1952 年 2 月 18 日)[M]//巴金全集・卷 23.北京:人民文学出版社,1994:296.
② 巴金.致陈蕴珍(1952 年 2 月 18 日)[M]//巴金全集・卷 23.北京:人民文学出版社,1994:296.
③ 巴金.巴金全集・卷 25[M].北京:人民文学出版社,1994:10.
④ 巴金.巴金全集・卷 23[M].北京:人民文学出版社,1994:333.
⑤ 巴金.巴金全集・卷 23[M].北京:人民文学出版社,1994:340.

这个问题。……但有时得写点通讯报道。这个任务倒常在念中"①。到了朝鲜战场之后,包括巴金在内的作家们的写作已经不单单是一种个人的行动。巴金本人对于这种任务感和使命感是认同和服从的,他自觉地放弃了自己熟悉的长篇小说,而转向了更有利于宣传工作的短篇小说和报告文学的创作,他"宁愿将来再到朝鲜"②,也要坚持自己并不擅长的短篇小说和报告文学创作,以此来配合抗美援朝的宣传工作。"这次入朝文章只写过两篇,一共不过六七千字。但写一本小书是不会有大问题的。写大东西现在实在无把握"③。

2. 历史的清理

在这一时期的文学生态中,比较显著的现象还有对于作家历史的清理。在现代民族国家建立的欢欣之后,那些隐藏在同声歌唱之下的过往就再一次地被暴露出来。

杨沫的《青春之歌》在出版后的历次修改使原作面目全非,为读者所诟病,而实际上,在小说的创作过程中,这种修改就已经开始了。1952年,北京妇联的吕果成为杨沫这部尚未诞生的小说的第一个读者,而杨沫在得到了"这部书还可以"的认可后,最关心的是这部小说中是否"充满小资产阶级的感情",并就此接受了吕果的几点建议:首先是"要补充写出旧社会对她的迫害",以证明"个人无出路";其次是对于林母和胡梦安等反面人物,过多地描写了其"丑恶姿态",却没有从"描写其反动本质或恶劣思想入手",没有将其"当成反动代表人物来写",而且反动人物之间的血缘、隶属等所谓"反动本质"并没有很好地建立起来。同样,对于林道静、江华等正面人物描写也存在着"过多表面形态的描写,情节过多,头绪多,不集中"等问题,而且"少女娇羞""怦然心动"等词语"用得过

---

① 巴金.巴金全集·卷23[M].北京:人民文学出版社,1994:350.
② 巴金.巴金全集·卷23[M].北京:人民文学出版社,1994:340.
③ 巴金.巴金全集·卷23[M].北京:人民文学出版社,1994:343.

多","没有联系到阶级本质""不够真实";最后是"看不出这些革命
人物都在做什么事。他们的工作究竟有多大作用。过多地描写了
他们的冒险、摆脱盯梢、到处抓空子串门、开秘密会议等。忽儿这,
忽儿那,给人以神秘的感觉"。① 吕果并不是一个有着很强专业素
养的作家,其自解放战争以来的主要身份是一名活跃在京郊地区
的革命工作者,虽然从学生时代就发表过一些作品,但是这些作品
并没有超越解放区文学的审美范畴。可以说,吕果的意见代表了
这个时代对文学作品的要求,其中,最突出的就是所谓"本质"和
"真实"对于作品的意义。在吕果等人的意识中,所谓"本质"和"真
实"是需要阶级性来佐证的,而这种阶级性实际上是一种继发性,
尤其是对于林道静,地主阶级的出身使她需要一种仪式来使自己
有别于林母和胡梦安等人,这样一来,"旧社会对她的迫害"就成了
一个不可缺少的装置性元素,它相当于一个圣坛,净化了林道静由
地主家庭带来的原罪。这种装置性元素的不可或缺使得杨沫对
《青春之歌》进行了修改,尤其是对于旧社会压迫的描写,杨沫在小
说中越发地将"个人无出路"坐实,以至于在文本中出现了超越了
整体的线性叙事而具有先知先觉意味的句子:"道静看见了,气得
浑身发抖。她二话没说,立即向经理辞了职。一文工资没有拿到,
反倒受了许多侮辱,她颓丧得许多天都抬不起头来。从此,道静找
工作的事,更加没有头绪了"②。另外,由于解放战争的胜利,在文
学作品中出现的共产党方面人物的行动都需要有一个合理和合法
的解释,过多的传奇式描写显然不能很好地阐释这些工作,于是,
杨沫在写作的时候往往在这些英雄传奇之后补述了这些英雄的身
份。例如,卢嘉川"是河北乐亭县一个乡村小学教员的儿子","很
小的时候就接近了革命",并在革命中不断成长,"成了北大党的负
责人之一","他机智灵活,又具备共产党员无比的忠诚和勇敢,因

① 参见杨沫.自白——我的日记[M].广州:花城出版社,1985:186-187.
② 参见杨沫.青春之歌[M].北京:人民文学出版社,1957.

此,在敌人严密的搜捕下,他常常能够一次次地逃脱了危险"。①
在赋予卢嘉川传奇式行动以合法性的同时,这种补述也破坏了一
种线性叙述的整体性,作者以一种先知先觉的态度强行介入文本,
提醒着读者,这紧张的逃避追捕并不仅仅是一场智力上的较量,而
更多地是一个共产党人在与阶级敌人作斗争,这是在阶级话语转
译下的"作家"身份所要求的。在自觉的宣教下,文学作品的艺术
性被打了折扣,作家在创作时需要给主人公的许多行为作出合理
解释,这无疑限制了作家主体性的发挥。

　　另外,在新中国成立初期,"批判"作为一种特殊的文学行动,
在事实上也构成了此时文学生态的一个重要侧面。在新中国成立
初期的文学发展过程中,批判实际上成为一种文学生产和消费的
基本模式,作家的作品在与文学消费者进行对话的时候,批判作为
一种有着强大组织力量的存在,一直对作家的创作起着重要的作
用。1949年初,"北京大学贴出一批声讨他的大标语和壁报,同时
用壁报转抄郭沫若《斥反动文艺》全文;时隔不久又收到恐吓
信"。② 这封恐吓信据称画有"一个枪弹",写着"算账的日子近
了"。③ 这使沈从文十分困惑,自己已经努力使思想和行动都跟上
新政权的节拍,已经准备好"一切重新学习",现在只是在"等待机
会"④,为什么仍然被人当作是那个"作文字上的裸体画,甚至写文
字上的春宫"而"软化人们的斗争情绪","高唱着'与抗战无关'
论","反对作家从政",称解放战争为"民族自杀悲剧"的旧沈从文
呢?⑤ 在时代的风潮中,沈从文感到漂泊无依,在对张兆和回信的

① 　参见杨沫.青春之歌[M].北京:人民文学出版社,1957.
② 　沈虎雏等编.沈从文年表简编[A].沈从文.沈从文全集·附卷[M].太原:北岳文艺
　　出版社,2002:38.
③ 　马逢华.怀念沈从文教授[J].传记文学,1957,2(1).
④ 　沈从文.复张兆和(1949年01月29日)[M]//沈从文全集·第19卷.太原:北岳文
　　艺出版社,2002:7.
⑤ 　参见郭沫若.斥反动文艺[J].大众文艺丛刊,1948(1).

批复上,沈从文一再显示出一种无所适从的无意义感,"我照料我自己,'我'在什么地方？寻觅,也无处可以找到。"他多次发问:"这有什么用?""衣洗不洗有什么关系?"①沈从文觉得自己"可有可无……一切和我都已游离"。"没有一个朋友肯明白敢明白我并不疯。""我的存在即近于完全孤立。"在这个时节,在沈从文的心中,似乎全部世界都抛弃了他,他陷入自我否定,但他认为自己"多少总可以把剩余生命为人民做点事",可是人民并不接纳他"作一点补过工作",不相信他和国民党并无瓜葛;朋友们虽然对其生活十分关心,但在沈从文自己看来,"这里大家招待我,如活祭,各按情分领受","金隄、曾祺、王逊都完全如女性,不能商量大事,要他设法也不肯",即便是张兆和,在此时也完全不能介入沈从文的精神世界;沈从文在最后关头想要找"党",想要通过党来改变现在的境遇,甚至逃离校园,"希望能有一个小小工作来一切从新学习",但最终也未能找到钱俊瑞、陈沂、丁玲等人,只得作罢。不但没有人理解沈从文,在沈从文的周边,甚至还有一些曾经的"朋友"对他进行攻击,这对他的伤害也是巨大的。1949 年沈从文自杀未遂之前,在他和张兆和的书信中,反复提到了一个他"一向认为是朋友而不把你当朋友的"人,而"这正是叫你心伤的地方"。② 这个人曾经发表过题为"《蜘蛛蜘蛛网》"③的文章,并与沈从文有所往来,但是在北大批判沈从文的过程中应该发表过比较激进的言论,因此,沈从文对此十分伤心,"这也参加一个团体来讽刺,来骂,来诬毁,

① 沈从文.批语·复张兆和(1949 年 01 月 30 日)[M]//沈从文全集·第 19 卷.太原:北岳文艺出版社,2002:8.
② 张兆和.复沈从文(1949 年 02 月 01 日)[M]//沈从文全集·第 19 卷.太原:北岳文艺出版社,2002:14.
③ 《蜘蛛蜘蛛网》应是发表于 1948 年由沈从文等主编的《文学杂志》第三卷第六号上的《蜘蛛,蜘蛛网》一文,作者陈方,事迹不详。陈方另在《文学杂志》1948 年第三卷第三号上发表有《八月》一文,从作品上看,明显有左翼作家的色彩,可能是 1947—1948 前后新进入北京大学的学生或者年轻教师,并且写了一张沈从文本人十分在意的大字报。

这就是你们的大工作"①。这种批判对于作家本身是有一定伤害的。这种批判就像一把双刃剑,在增强现代民族国家意识与文学之间关联的同时,也对文学自身发展产生了一定阻碍。

① 沈从文.批语·复兆张和(1949 年 01 月 30 日)[M]//沈从文全集·第 19 卷.太原:北岳文艺出版社,2002:10.

第二章　冲突或互动：作家
与环境的关系

在文学生态的形成中，大环境是一种具有先决性质的因素，它可以被看作文学生态所赖以生存的"空气"。在这种"空气"中，文学生态中的一切主体才可以形成，并形成种种关系，在这种关系的网络中，文学生态里的种种现象才得以展现。本章试图从作家个人化视野与大环境的关系入手，着重考察作家在适应新的文化政治环境过程中的契合与冲突、被弘扬或者被遮蔽，以及新的环境中文化资源如何以一种新的重新整合方式对作家个人产生影响，从而在个人视野的语境中探索作家与时代文化政治环境的关系。在新中国成立初期，来自全国各地的作家有着不同的文化背景，他们如何面对一个强大的政治环境，成为这一时期作家们所需要面对的重要问题。如何与新环境相适应，是新中国成立初期作家们共同的关注点。从作家个人视野的角度出发，去考察作家是如何适应环境的，以及在共和国的大环境下，政治环境和文化环境的种种契合和冲突，可以较为微观和细致地展现出作家对于时代的看法和需求，以及能够发现身处于时代剧烈转型中的个人是如何适应新环境的。

第一节　政治文化环境与作家精神向度

1. 延续进日常生活中的战争硝烟

1950 年代，在中国的版图上正发生着一场剧烈而深刻的变革，新民主主义共和国的建立，使长期以来处于分裂之中的中国再一次完成了政治上的整合。按照具有宪法性质的《中国人民政治协商会议共同纲领》的规定，在这个新生的国家中，一切人的一切行动都要被纳入到共和国的名义下。① 在新中国成立前夕的中国人民政治协商会议第一届全体会议上，毛主席致开幕辞，明确地指出了一个新的纪元已经开始："现在的中国人民政治协商会议是在完全新的基础之上召开的，它具有代表全国人民的性质，它获得全国人民的信仰和拥护。……占人类总数四分之一的中国人从此站立起来了"②。而同时，中国共产党也意识到，由于种种原因，此时新中国的成立在很大意义上只是一个形式上的统一，而距离作为其建立的基础的人民民主专政与毛泽东在《论人民民主专政》一文中所设计的"团结全国除了反动派以外的一切人，稳步地走到目的地"③的目标还有很大的距离："革命工作还没有完结，人民解放战争和人民革命运动还在向前发展……帝国主义者和国内反动派绝不甘心于他们的失败，他们还要作最后的挣扎。在全国平定以后，他们也还会以各种方式从事破坏和捣乱，他们将每日每时企图在中国复辟。这是必然的，毫无疑义的，我们务必不要松懈自己的警

---

① 中国人民政治协商会议共同纲领[N].人民日报，1949 - 9 - 30.
② 毛泽东.毛主席致开会词[M]//中华人民共和国开国文献.香港：新民主出版社，1949：6 - 8.
③ 毛泽东.论人民民主专政[M]//毛泽东选集·第 4 卷.北京：人民出版社，1991：1482.

惕性"①。事实上,在新中国成立初期,全国尚未完全解放,开国大典胜利召开之时,华南和西南的部分地区,如广州、厦门、桂林、成都、重庆等地还处于国民党军队的控制之下,而西藏、海南等较为偏远的后方地区,则要迟到数年之后才完全解放。另外,这一时期活跃在各个地区的国民党残余势力和在各个领域中潜伏下来的反动势力也时刻威胁着新生共和国的成长,仅以川东一地为例,在1950 年初就有近 600 名干部或战士由于和反动势力作斗争而伤亡②,再加上 1950 年代初美国干涉朝鲜半岛,中国出兵抗美援朝,残存的反动势力趁机造势,整个国家在新政权诞生的欢欣中保持着一种高度紧张的备战状态。

　　1950 年,由陈鲤庭导演的电影《人民的巨掌》表现的就是这样一个题材。特务张荣伪装成工人打入党的组织内部,并从事破坏活动,这样一部电影在新中国成立后的第一个年头出现,是有其明确指涉和深刻意义的。在 1950 年代,电影作为一个方兴未艾的娱乐和宣教方式,正在一步一步地取代较为传统的戏剧或说书,并且由于科学技术的进步和经济水平的提高,看电影这一行为已经由20 世纪初叶的高雅和奢侈成为一种大众化的消遣。随之而来的是电影题材的大众化,尤其是在新中国刚刚成立的语境下,电影作为一种强有力的宣传工具更是为政府所重视。新中国成立伊始,中共中央就将接收各地方电影制片厂作为一项很重要的工作,所投入的人力、物力都是十分可观的,特别是派出主持接收电影制片厂的负责人,都是诸如夏衍、袁牧之、陈波儿这样的文艺界"大将"。而共产党在这一时期所重点接收的文艺单位也主要是一些具有公众性质的场所,以上海为例,"文艺方面,接管的计十三个单位,其

---

① 毛泽东.毛主席致开会词[M]//中华人民共和国开国文献.香港:新民主出版社,1949:5.
② 参见江横.西南财经未统一所造成的新困难[J].情况与资料,1950(7).

中电影九个单位，剧院四所"。① 共产党对电影的重视由来已久，甚至早在抗日时期，电影界已经成为国共双方争夺的阵地②，其中的争斗与牺牲不亚于战场上真刀真枪的搏杀。在长期的斗争经验中，进步电影工作者们形成了一套独特的电影理念，包括如何使用电影制造舆论，电影如何"为人民"等③。《人民的巨掌》作为共和国第一批拍摄的电影作品之一，其主题一定是经过精心选择的。与同时期大多数作品不同，这部电影反映的并不是南征北战式的壮烈，而是为观众展示了我党干部如何带领人民群众与反动分子斗智斗勇，电影时不时传达着一个信息，即在日常生活中，反革命分子也时时刻刻地预备着反攻倒算。这与毛泽东在中国人民政治协商会议第一届全体会议上的致辞所传达出的信息是一致的，或者说，这部电影的拍摄主旨正是立足于包括该文献在内的一系列文件。在现代社会中，由于电影在公共领域具有较强的影响力与传播力，电影对大众文化的反映和介入显而易见。而在新中国成立初期，中国共产党有意识地利用电影来作为一个承载其政治意图的工具，通过对电影的欣赏，观众在获得一种心理和审美的愉悦之外，还可以清晰地看到这一阶段党和国家对于社会的重点关注所在。电影就像是社会的一个横截面，它集中地把社会中存在的种种问题展示给观众看，让观众从一种生活的自动化中抽身出来，自觉地发现现实中存在着的种种问题，并与国家一道，对这些问题作出具有针对性的解决。在这一时期，电影在很大程度上可以被视作是体现国家意志的一个窗口，它在艺术领域所要展示的生活片段也极大地反映和改造着当时社会的真实生活，它所精心策划

---

① 夏衍.懒寻旧梦录(增补本)[M].北京：生活·读书·新知三联书店,2000：407.

② 参见夏衍.懒寻旧梦录(增补本)[M].北京：生活·读书·新知三联书店,2000：407-409.

③ 参见于伶.新中国的电影运动的前途和方向[M]//论电影.香港：香港艺术社,1949；洪深.对于一九四九年中国电影的几点希望[N].华商报,1949-1-1.

的一种"公共舆论"成为一种现实生活的"折射"①,并且潜移默化地成为其中的一部分。

与战火纷飞的大场面不同,《人民的巨掌》大多使用了一些生活化的场景,虽然结局是必然的"光明战胜黑暗",反动势力势必以失败告终,但是电影也告诉观众一个事实,即与敌人的战争不一定非要荷枪实弹发生在战场上,即使在日常生活中,也存在着你死我活的斗争,敌人对新生共和国的破坏之心不死,人民必须时刻保持着对敌对势力的警惕和与之战斗到底的决心。通过这样一些具有暗示性的元素的植入,《人民的巨掌》等影视或文艺作品将一种源自解放区的战争话语带到了共和国初期的日常生活之中。

在新中国成立初期,战争话语在日常生活中高频率出现,这是一个值得注意的现象,而在文学中,这种战争话语的出现深深地影响了作者对文本主题或题材的选择。当时的文学作品,基本上是沿着两条线索走的:一条线索是将新中国成立之前的战争生活史诗化、经典化,以期建立一种对人民政权合法地位的文学性想象;另一条线索则是歌颂新生共和国以及翻身做主的人民。对于第一条线索,由于战争题材本身的需要以及共产党对其从解放区带来的一套话语的推广宣传,战争话语本身就是其题中之义,且在这类作品中以一种叙事伦理的姿态出现。以这一时期的红色经典"三红一创"中的《红日》为例,小说一开始,即以素描的笔触绘出了一幅涟水城外肃杀凋敝的场景,紧接着作者明白地道出了这一残败的景象形成的原因——"在一周以前攻到涟水城下被杀退的蒋介石匪军整编第七十四师,开始了第二次猖狂进攻"②,有了这一主题性的基调,小说情节展开的过程就可以顺理成章地沿着一条战争发展的路线叙述下去了。在小说中,对于战争的惨烈、战士的英

① 参见哈贝马斯.公共领域的结构转型[M].曹卫东,王小珏,刘北城,宋伟杰,译.上海:学林出版社,1999:230.
② 吴强.红日[M].北京:中国青年出版社,1957:2.

勇等描写成为其主要结构性元素，而部队番号、武器规格、军衔等级、黑话暗语等也在这类小说中出现频率极高，并成为这类小说引人入胜的一个重要因素。通过这些因素，当下的和平局面渐渐地被隐退，而硝烟作为底色再一次被呈现出来，时刻提醒人们要记得新生共和国的诞生是多么来之不易，并激起未曾真正上过战场的普通民众对于战争的想象性建构。而在另一条线索中，战争话语的移植也是显而易见的，大跃进时期形成的《红旗歌谣》可以说是这些颂歌的代表。在"编者的话"中，《红旗歌谣》的编纂者将这些颂歌界定为"群众共产主义文艺的萌芽""社会主义新时代的新国风"。① 也就是说，这些歌谣反映了这个新时代人民的基本精神面貌，传达出了共同的主题："他们歌颂祖国，歌颂自己的党和领袖；他们歌唱新生活，歌唱劳动和斗争中的英雄主义，歌唱他们对于更美好的未来的向往"②。而该书的主编是当时文化界的扛鼎人物郭沫若和周扬，一种孔夫子删订《诗》三百的意图是显而易见的，但是主编的人选也很值得注意。长期以来，郭沫若是文艺界的领军人物，由其主持编纂这部"新诗经"自然是无可非议的，但是郭沫若在政治身份上也有着"先天不足"，即作为资深作家和诗人的郭沫若缺少解放区的生活经验。抗战以来，一直活跃在国统区并与解放区遥相呼应的郭沫若，虽然在整个文艺界都有着很高的声望，并与解放区保持着精神上紧密的联系，其《甲申三百年祭》还在解放区开展的整风运动中被定为学习文件，但是，他却没有在延安工作和生活的经验，这一履历上的缺失造成了他在新生共和国中无法以一己之力为正在发展中的文化事业代言。考察郭沫若在新中国成立初期所担任的职务就会发现，虽然身居高位，但是所担任的职务多为副职，担任正职的岗位多为一些民间组织或临时机构，如布拉格世界拥护和平大会中国代表团团长等。对于郭沫若来说，更

---

① 编者的话[M]//郭沫若，周扬.红旗歌谣.北京：红旗杂志社，1959：1.
② 编者的话[M]//郭沫若，周扬.红旗歌谣.北京：红旗杂志社，1959：2.

复杂的是其党员身份问题。由于身为秘密党员的郭沫若长期以来隐藏身份,在公开场合一直以党外人士的形象出现,这在共和国的语境中,这种身份显然是不够进步的,也是无法代表人民的。这样,在郭沫若名字后边加上当时党和文艺政策的政府阐释者的名字则是必然的,很大程度上,郭沫若只是一个挂名,而周扬才是《红旗歌谣》这部歌谣集的真正编纂者。在新中国成立初期的中国文艺界,周扬作为党在文艺战线的代表,其名字中所含有的政府意味是不言而喻的。因此,《红旗歌谣》这部歌谣集其实所要表达的是一种来自政府的意愿。《红旗歌谣》分为四章,分别是"党的颂歌""农业大跃进之歌""工业大跃进之歌""保卫祖国之歌",除去中间两章带有明显的时代运动色彩之外,颂歌的主题只剩下了"歌颂党"和"保卫祖国",从此处不难看出战争话语在政府意识中的分量。而事实上,在这一时期,战争话语大量地存在于日常生活以及文学的表层叙述当中①,"战斗""革命"等充满了硝烟味道的词语常常成为这一时期人们生活话语的主体。在一则日记中,杨沫对她如何构思一部剧本有着以下记录:"在定辛庄住了四天,成绩不小。……来通县后生活实践虽然不长,深入也很不够,斗争也经历一些,情况也搜集一些。……我想经过这样一个家庭关系的变化,达到展现农村在社会主义建设和改造过程中,存在的两种思想的斗争。塑造出先进人物和落后人物的不同形象"②。可以看出,在杨沫的意识中,其创作是沿着"斗争"的路线进行下去的,其"成绩"也是建立在"斗争"的基础之上的,一种源自战争的话语模式成为这一时期杨沫观察世界的基本模式和逻辑起点。

而战争话语的影响并不仅仅停留在文学的表层叙述中,更影响着文本的深层结构,即作家的语言结构。在这一时期的小说创作中,大量存在着一种叙述的模式,即小说从当下的事件出发,引

---

① 参见英加登.论文学作品[M].张振辉,译.开封:河南大学出版社,2008:48.
② 杨沫.自白——我的日记[M].广州:花城出版社,1985:218-219.

起叙述主体关于新中国成立之前的回忆，并在回忆中展开小说的主要情节，最后再回到当下事件的语境中。这种叙述模式沟通了新中国成立前后，也清晰地展示了战争话语在和平年代生活中延续的痕迹。在孙犁的《山地回忆》中，一块布成了沟通新中国成立前后的文本"装置"，在作者的叙述中，原本简单的一个事物拥有了对于时间的阐释权，从"浅蓝的土靛染的"到"阜平蓝"再到"蓝士林布"，不仅仅是材料有所变化，还包含着一种基于朴素的马克思主义经济学的认识。文章在一开始就提到，"阜平蓝"或"山地蓝"在天津显得"突出"和"土气"，但是在土地较少的阜平，由于"织染不容易"而显得弥足珍贵。作者送给大伯蓝士林布这一行为，在馈赠这一层意思之后，还隐含着一种基于经济基础而带来的认识上的不平衡：阜平山区由于经济上的落后导致了上层建筑方面的落后，大伯在接受主人公馈赠的同时，还要求他再送几尺红布和黄布，原因是"这里家家门口挂着新旗，咱那山沟里准还没有哩"。升红旗这一行动本质上是包含着政治意味的，大伯希望"开会过年"的时候将红旗挂起来，实际上是一种对于城市政治生活的模仿。作为从阜平乡下来的农民代表，大伯学习的不仅仅是天津的织坊、农具，更是一种政治生活的模式。阜平虽然是革命老区，主人公也在当地生活和战斗了三年多，但是，他始终认为阜平是"穷山恶水"。同样，在新中国成立之前，大伯也仅仅到过距阜平并不很远的曲阳，经由新生的共和国，大伯和主人公才有可能在天津这样的大城市见面，天津的生活和政治表达的模式才有可能传入阜平的山地中。而新生共和国诞生的途径就是解放战争，阜平到天津之间存在的并不仅仅只是地理上的距离，更大的距离则体现在意识形态上，这就使得在文章的结尾处，作者仓促地提到了抗日战争和解放战争。战争在阜平和天津、新社会和旧社会之间搭起了桥梁，人民经由解放战争进入了人民民主共和国，而由战争形成的一套话语体系则随之延续进新生共和国生活中的每一个角落。① 孙犁在《山地回忆》中对于战争的"附骥"式的书写并不是孤例,在这一时期的文学作品中,这种书写范式大量地存在着,如《我们夫妇之间》等作品中,都包含着明显的战争印记。在新中国成立初期,战争成了新生活的重要前提,而战争话语则是新中国对于事物的言说体系中极其重要的话语。作家的生活和创作都被这种话语伦理所规约,这样一来,文学作品中战争话语的基色也就无法抹杀了。在 1950 年代,战争话语的介入挤占了其他话语在人们生活中的位置,由于历史的惯性和国内外的形势,战争话语这种"非常态"的叙述模式却成为人们日常生活的常态。战争就像一面棱镜,将生活本身过滤和透视,形成这一时期独有的一种言说方式和思维逻辑。但是,由于战争本身的"非常态"的性质,它也大大地扭曲了日常生活的意义,"非常态"往往带来一种应激的反应,在战争的刺激下,日常生活中的一切都将集中围绕着战争本身来进行,而且随着战争进程的推进,人们常常处于一种"运动"的状态②,因而相对地比较难以沉寂下来去留意生活中的一些具体细节和反思日常现象背后的深意。作为一种"非常态"的生活状态,其存留时间不应该是持续的,战争话语打破了人们在这个新生共和国诗意地安居的可能性③,这一现象势必随着时间的进程和国内外环境的日渐安定而对人们的日常生活产生种种负面的影响。

2. 杨沫与巴金:真诚的牺牲

对于大多数从解放区而来的作家而言,这种战争话语对于日常生活元素的征用是很容易被接受的,对他们而言,这只不过是解放区生活在共和国语境下的延续,并不是什么新鲜的事情。解放区的特殊文化语境造就了一种准军事化的社会运作方式,即使是

---

① 孙犁.山地回忆[J].小说,1950(4).

② 参见克劳塞维茨.战争论·第 1 卷[M].中国人民解放军军事科学院,译.北京:商务印书馆,1978.

③ 参见海德格尔.海德格尔语要:人,诗意地安居[M].郜元宝,译;张汝伦,校.桂林:广西师范大学出版社,2000.

在当时较为安定的延安，"除了贫穷之外，凡是艺术家照例一向有的准备，一件也没有，可是用种种方法进行不怠"①，其中原因正如当时解放区文学界的领袖人物丁玲所说："我的武器是艺术"②。在解放区的社会体系中，包括文学家在内的艺术家们实际上形成了一支特殊的"军队"，与正式军队不同，他们的"武器"就是艺术，他们用文学、美术、音乐等多种形式配合着正式军队的抗争，并将新民主主义的理念宣传到更加遥远的地方。③ 特别是 1943 年整风运动之后，毛泽东《在延安文艺座谈会上的讲话》成为解放区文学的统领性文件，其中更是明确地将战争话语和解放区文学结合起来。《讲话》的引言中就指出了这次"座谈会"的目的，即"研究文艺工作和一般革命工作的关系，求得革命文艺的正确发展，求得革命文艺对其他革命工作的更好的协助，借以打倒我们民族的敌人，完成民族解放的任务"④，这一限定就将文学和革命工作直接挂上了钩，使文学成为革命工作的重要组成部分。在《讲话》中，文学语言的大众化被明确地转译为一种和战争有关的审美范式，人民群众在这种语境下和"工农兵大众"画上了等号。《讲话》还要求"文艺工作者的思想感情和工农兵大众的思想感情打成一片"⑤，在这种逻辑的转换下，文学的大众化本身就带有战争硝烟的味道。很大程度上，一套思维的形成取决于其所依托的语言，解放区文学界和这种充满了战争话语的政治文化环境本身就保持着很大程度的契合，这样，当这种战争话语延续到了新生共

---

① 威尔斯.续西行漫记[M].陶宜，徐复，译.北京：解放军文艺出版社，2011：86.
② 威尔斯.续西行漫记[M].陶宜，徐复，译.北京：解放军文艺出版社，2011：237.
③ 参见王培元.抗战时期的延安鲁艺[M].桂林：广西师范大学出版社，1999.
④ 毛泽东.在延安文艺座谈会上的讲话[M].北京：人民出版社，1965：1.
⑤ 毛泽东.在延安文艺座谈会上的讲话[M].北京：人民出版社，1965：6.

和国,来自解放区的作家们也能很好地适应这种环境以及这种环境所带来的审美范式与写作伦理。

杨沫在新中国成立之前一直工作在华北解放区,战争的阴影在她这一时期的日记中挥散不去:"(1945 年 11 月 25 日)内战的危机更加严重,全面大战即将展开。国民党无耻地背信弃义,第二次国共合作就要彻底破裂了。……当抗战将要胜利时,国民党会为了掠夺胜利果实而发动内战"①。在这种战争的语境中,杨沫写作的动机也多与战争有关,在写作上形成了一套伦理,即革命与战争是自己由旧人走向新人的桥梁,只有经由革命和战争的桥梁,自己以及整个社会才能得到救赎。"(1946 年 1 月 10 日)内战的风声越来越紧。……这些的生活、新的环境,突然激发我常常沉浸在回忆之中……苦吃得很多,罪受得很多,甚至,多少次几乎丧掉性命。但在精神上,我却感到了从未有过的愉快轻松——在我们革命队伍里,没有失业和饥饿威胁我;没有任何人轻视侮辱我。所有的同志,甚至完全不认得的人,都兄弟姊妹般地彼此关切着,互助着。……我常常想,象我这样一个小知识分子,如果不是参加了革命,不是党把我哺育成人,我即使不堕落,也会被病魔夺取生命。战争的风云日紧,如今国民党却要窃夺我们用血汗换来的胜利果实,又要叫千百万人民再处于战争的水深火热之中。别梦想! 解放区的人民在党的领导下,将紧紧团结起来和你们战斗。在千千万万的斗争者当中,也有我——有我这个渺小平凡,而又敢于斗争的人!"②1946 年 1 月 10 日,杨沫在《晋察冀日报》上发表了散文《回忆》,以上引述内容是她在创作《回忆》时的心路历程。从中不难看出,杨沫对于过去的战争和即将到来的内战并不感到恐惧和沮丧,相反,她对于战争甚至是期望的,因为在她所拥有的这套话语体系里,战争是必然的,也是必要的。她期待着战争的开始,并

---

① 杨沫.自白——我的日记[M].广州:花城出版社,1985:18 - 19.
② 杨沫.自白——我的日记[M].广州:花城出版社,1985:24 - 26.

时刻做好了战斗的准备，因为只有经过与国民党的战斗，解放区的民主政治理想才能够实现。战争，在一个如杨沫这样的共产主义者看来，只不过是事物发展的一个必然步骤。这一时期，杨沫的作品大多是围绕着战争题材写的，有些虽然不是描写正面战场，但是也和解放区这一时期的阶级斗争有着明显的关系，如《读了"四条腿的"之后》意在暴露地主阶级的丑恶面目，《美货倾销与边区妇女生产》写出了边区妇女生产对于国共战争的意义，痛斥了国民党以及美国方面对边区所进行的经济渗透，《神秘的大苇塘》则是反映战斗生活。这些与战争题材有关的作品的出现，一则是客观环境的需要，再则，从杨沫写在日记里的语句中不难发现，她也乐于创作这类文本："不甘心落后，总想抓空写些东西。这也是一种享受——最高最美的享受"①。这种与战争话语关系密切的思维方式一直被杨沫带进了新中国，"（1949 年 10 月 10 日）心情总是不愉快，沉甸甸地象压着什么东西；我分析是由于工作和孩子两个恼人的因素造成的。……心分两地，总放心不下。从母亲方面说，这是难免的。但作为一个共产党员，则不应过于为自己的孩子担心。战争中，多少母亲舍掉了自己的孩子，难道为了工作，我就不应当少照顾一点我的孩子吗？"②即使是进入和平年代，杨沫在生活和工作中遇到问题的时候，仍习惯性地采用战争时代的价值标准作为衡量尺度，这使得杨沫对于自己的孩子缺乏应有的关心和爱护。杨沫的儿子老鬼在后来的回忆中抱怨杨沫对自己关心不够，并把其主要原因归结于自己的农村生活经历和不良生活习惯③，但是对照杨沫的日记来看，这些并不是最主要的原因，杨沫对自己孩子缺乏关心的最主要原因还是由于她在新中国成立之后久久不能从战争话语中走出来，那种战争语境下形成的工作和家庭之间的冲

---

① 杨沫.自白——我的日记[M].广州：花城出版社，1985：29.
② 杨沫.自白——我的日记[M].广州：花城出版社，1985：102.
③ 老鬼.母亲杨沫[M].武汉：长江文艺出版社，2005.

突始终纠缠在杨沫的心头,而工作或者说"革命工作"又往往成了杨沫最后的选择。长久以来的工作惯性使得杨沫在对子女的抚育中并不能获得一种心理代偿来填充工作之外的空白,相反,在杨沫的意识中,正是由于这些个人因素,而非时代因素,才导致了自己无法像那些战争时代的英雄人物一样在战场上出生入死。因此,杨沫只能通过高负荷的工作和文学作品的叙写来填补心中的这一块空白。

《青春之歌》就是在这种语境下被创作出来的。在《青春之歌》的初版后记中,杨沫提到了她创作这部小说的动机:"我的整个幼年和青年的一段时间,曾经生活在国民党统治下的黑暗社会中,受尽了压榨、迫害和失学失业的痛苦,那生活深深烙印在我的心中,使我时常又要控诉的愿望;……是党给了我一个新的生命,使我有勇气和力量度过了长期的残酷的战争岁月,而终于成为革命队伍中的一员……这感激,这刻骨的感念,就成为这部小说的原始的基础。……我终于敢写的原因,是我喜欢文学,也愿意用这个武器做一点对人民有益的事"[1]。在再版后记中,杨沫也写到了在新中国成立十年之际漫步天安门广场的时候,看到了"如今沉醉在胜利的狂歌欢舞中的青年""列成整齐雄健的队伍",不由得回想起"七七事变"前夕天安门广场上的斑斑血迹,认为"这种情景,今天的青年同志再也不能看到——永远也无法看到了!要想看,只能从历史、文物,尤其是从文艺作品中去找寻"[2],这也是《青春之歌》创作的目的之一。而在杨沫的日记中,作者将这个创作意图表达得更加明白:"昨天我所'创造'的人物开始跃然纸上,使我太兴奋了!一夜都浸沉在迷离的梦幻似的憧憬中。今天当我又执笔继续写下去的时候,我两次落了泪。我没法克制我的感情,我非常爱这种感情,似乎我那青春的生命又复活了。创造中的人物占据了我的心,

---

① 杨沫.初版后记[M]//青春之歌.石家庄:花山文艺出版社,1995:647-648.
② 参见杨沫.再版后记[M]//青春之歌.石家庄:花山文艺出版社,1995:653.

我无时无刻不在想念着他们，塑造着他们，他们给我幸福与快活，使我的生命又活跃起来——一切埋藏在心底的深厚的感情、意念、往事，全涌了出来"①。虽然杨沫对于《青春之歌》的构思由来已久，却始终没有动笔，在促使杨沫开始进行写作的众多原因中，与曾经有过好感的 D 再次联系上是一个很重要的原因。D 与杨沫相识于解放区，并曾经产生过隐约的好感，在"间断消息快两年"以后，杨沫突然收到了 D 从朝鲜战场发来的信件，这不得不使经常处于家庭与工作纠缠中的杨沫感到惆怅，"我有时想起我那个年轻时代的朋友，他现在正在战火纷飞的朝鲜战场上（而我却不能去）"。在朝鲜战场上的 D 给生活在北京的杨沫以极大的想象，"他正在朝鲜和美帝搏斗，他会牺牲吗？"这将不安于生活在和平与日常生活中的杨沫再次带回战火纷飞的年代。为此，杨沫还回了 D 一封信，不过，"为了尊重我和民的感情"，杨沫这封信并不是为了与 D 重新建立联系，而是为了表达"祖国人民对于志愿军热爱的情况"。回信以后，不难看出杨沫的心情久久不能平静，这并不是因为感情因素，而是因为一种不能在战场上为祖国奉献的嫉妒和失落。杨沫将这种复杂的情感化为动力："我现在的愿望是把他写入我的书中，使他永远活着——活在我的心上，也活在亿万人民的心上。"可以说，D 恰逢其时的出现，成为杨沫开始创作《青春之歌》最后的助力。②

　　相比之下，那些未曾有过解放区经验的作家对于新政权的契合度就没有这么高。解放区所建立的并不仅仅是一个有别于国民党的政权，其背后所带来的审美观、价值观等一系列变化，使刚刚由三民主义进入新民主主义的一些作家感到猝不及防。没有解放区经验的作家，其身份和思想相对解放区作家而言，少了一些革命的单纯性。虽然他们中的大多数也在努力地学习以《延安文艺座

---

① 　杨沫.自白——我的日记[M].广州：花城出版社，1985：172.
② 　参见杨沫.自白——我的日记[M].广州：花城出版社，1985：163 - 170.

谈会上的讲话》为代表的解放区文艺精神,但是这些作家与解放区之间毕竟缺少那种身临其境感,一种相对陌生的政治文化语境带给他们的是创作上的障碍。他们小心翼翼地摸索着新民主主义文艺的运行规律,不断地向有过解放区生活经验的作家学习。在第一次"文代会"上,由国统区进入共和国的作家巴金作为国统区文艺界代表,在发言时就宣布:"我参加这个大会,我不是来发言的,我是来学习的。而且我参加像这样一个大规模的集会,这还是第一次。在这个大会中我的确得到了不少的东西"①。巴金认为新中国的文学应该是"把艺术跟生活揉在一块儿,把文字和血汗调在一块儿,创造出一些美丽、健康而且有力量的作品,新中国的灵魂就从它们中间放射出光芒来"②。换而言之,巴金在第一次"文代会"上学到的重要的一点就是要将文学和生活实践相结合,他认为很多年以来自己都是"用笔写文章",这样写出来的作品是"软弱无力"的,而新中国让他看到了一些"不仅用笔,而且用行动,用血,用生命完成他们作品"的人,他觉得这样的作品才是有力量的,才是可以鼓舞"年轻的灵魂"参加革命的。③ 巴金的这一表态并不是逢场作戏般的场面话,从这之后巴金的文学创作中,不难看出他对于一种新的审美范式的模仿、学习和实践。在 1950 年代,巴金先后两次远赴朝鲜,在炮火中创作他的志愿军英雄叙事,这一行动可以看作巴金在《我是来学习的》发言中所学习到的文学创作经验的实践。巴金奔赴朝鲜并不是无奈之举,在他寄给妻子陈蕴珍的信件中,他写道:"现在分组大致已定,罗荪子、家宝都去工厂,这是组织上分派的,我到的那天,家宝就劝我下工厂。我想还是去朝鲜好,可以锻炼一下,对自我改造也有帮助。丁玲他们也赞成我去朝鲜。

① 巴金.我是来学习的[M]//巴金全集·第 14 卷.北京:人民文学出版社,1990:3.
② 巴金.我是来学习的[M]//巴金全集·第 14 卷.北京:人民文学出版社,1990:3.
③ 参见巴金.我是来学习的[M]//巴金全集·第 14 卷.北京:人民文学出版社,1990:3.3-4.

所以决定去了。在朝鲜不一定半年，也许只住一个时期就跟部队回国。但是回家总得在半年后了。不要为这分别难过。半年很快会过去的"①。当面临着分配作家体验生活的时候，巴金并不是没有选择的余地，他本可以在农村、工厂、朝鲜三者之间选择条件较为优厚的工厂，并且好友万家宝也劝他这样做，但是他并没有避重就轻，遵循好友的意见，而是毅然选择前往朝鲜。在三种选择中，朝鲜战场显然是条件最为恶劣的，不仅如此，对于巴金来说，远赴朝鲜对自己来说还有另外一层挑战。巴金自从1944年在贵阳和陈蕴珍结婚之后，两人未曾长时间地分离过，并且，巴金本人也认为自己是"一个最大的温情主义者"，他"对什么地方都留恋"，他"最愿意待在一个地方"，可是"却到处跑过了"，他"最愿意安安稳稳地在上海工作"，可是他却"放弃一切到朝鲜去"。空间上的隔离还不是最可怕的，巴金预料到了远赴朝鲜之后"恐怕难有时间"写信，并叮嘱陈蕴珍"你要忍住，你要相信未来，万一你几个月得不到我的信，你也不要挂念我，以为我出了什么事。我在国外会当心自己的，朋友们也会照顾我"②。巴金打定去朝鲜的决心，并不是一时的头脑发热，当去朝鲜的日期迟迟未定的时候，他显得十分焦躁不安，并向有关负责人打听情况，"昨天丁玲约去吃中饭，谈了一阵我去部队的问题，她给了一些意见，比较安心了。我们动身的日期还未决定，大概在三月初"。③ 奔赴朝鲜的途中，巴金一扫之前的离愁别绪，兴奋之意溢于言表，与朝鲜隔江相望之时，巴金觉得"朝鲜在望"④，"现在

---

① 巴金.致陈蕴珍(1952年2月18日)[M]//巴金全集·第23卷.北京：人民文学出版社,1990：295.

② 参见巴金.致陈蕴珍(1952年2月18日)[M]//巴金全集·第23卷.北京：人民文学出版社,1990：296.

③ 参见巴金.致陈蕴珍(1952年2月20日)[M]//巴金全集·第23卷.北京：人民文学出版社,1990：296.

④ 巴金.赴朝日记(1952年3月16日)[M]//巴金全集·第25卷.北京：人民文学出版社,1990：3.

听见我们自己的飞机声了。心里多高兴"①。"喝了几杯苏联香槟,醉了,不过出来吐一阵也就好了。朝鲜这个美丽国土和勇敢热情的人民真使人感到依恋"②。虽然从现在的角度来看,巴金在朝鲜战场创作出来的作品其艺术价值有待商榷,他本人后来也承认自己这一时期的作品"写得不多,也不好",但是他从来未曾否定这些作品的意义,他"还在写抗美援朝斗争的作品,因为我所爱的英雄们可歌可泣的事迹还激动着我的心灵,他们的鲜明形象一直鼓舞我前进"。③ 可以说,巴金以牺牲其艺术成就和生活安逸为代价,努力地向着由解放区文学发展而来的共和国文学方向靠拢,这种情感是真诚的。

以个人经历而言,杨沫和巴金是截然不同的,但是对于新政权而言,两人却有着同样的性质,二人都与新生共和国有着某种"同构"的关系,即对于新政权所带来的这一套具有浓重战争色彩的话语体系持着基本认同的态度。如果对两人在进入新政权前后的行动加以结构主义层面上的分析,就可以清晰地看出他们都有着一些具有"牺牲"意味的举措。④ 对于杨沫来说,她所要克服的无疑就是家庭,为了能继续其在解放区的"革命工作",她将自己的家庭和儿女置于革命逻辑之下,把那些在战争中舍掉自己孩子的母亲们⑤当作榜样,随时准备着像她们一样,将自己的家庭和儿女置于革命需要的序列之中。解放区出身的杨沫在共和国成立之后,仍然遵循着一套战争时代的叙事伦理,对身边的一切都保持着一种源自阶级立场的警戒,从很大程度上来说,《青春之歌》的创作历

---

① 巴金.致陈蕴珍(1952 年 3 月 16 日)[M]//巴金全集・第 23 卷.北京:人民文学出版社,1990:312.
② 巴金.致陈蕴珍(1952 年 4 月 10 日)[M]//巴金全集・第 23 卷.北京:人民文学出版社,1990:314-315.
③ 巴金.除恶务尽[M]//巴金近作.成都:四川人民出版社,1978:17.
④ 参见弗雷泽.金枝[M].徐育新,等译.北京:大众文艺出版社,1998.
⑤ 参见杨沫.自白——我的日记[M].广州:花城出版社,1985:102.

程体现了她作为一个从解放区而来的作家对于解放区的那一套建立在战争话语上的政治和文化运行模式的体认与延续。解放区的政治文化环境造就了一种和战争息息相关的社会氛围，这种氛围一直延续到了新中国成立之后的很长一段时期，对于有过解放区生活经历的作家而言，这种生活是解放区生活的延续，并没有特别的不适应，而解放区通过包括"整风"在内的一系列运动而形成的不断内省的认知方式，也使得他们始终没有脱离与外部世界的斗争和与内心世界的斗争。以杨沫为代表的解放区作家，在进入新生人民民主共和国之后，对于其政治环境和文化环境基本上是适应的，这也确立了这些作家在共和国初期文坛上的主力军地位。而对于巴金，牺牲的则是他一直所坚持的无政府主义的信仰。在新中国成立之前，巴金以他真诚的无政府主义在文坛上独树一帜。在很大程度上，巴金所信奉的所谓"无政府主义"中，共产主义的成分要远远大于巴枯宁、赫尔岑等人的经典无政府主义思想的成分。也就是说，巴金原先的思想和新政权所依赖的新民主主义思想有着一定的同构性。① 虽然究其本质，无政府主义和共产主义或新民主主义还是异质的，但是这种同构性促使巴金感觉到自己与新政权之间存在着一定程度的契合。有了这种契合，巴金才会感觉到自己在新政权中确实"学习"到了之前所一直未曾得到答案的东西，并对新政权产生了很大程度的信赖，积极地向它靠拢。巴金一改之前"温情"的姿态而毅然奔赴朝鲜战场的举动，也说明了对于他来说，这种充满战火味道的新叙事伦理正是他所向往去体验的，他愿意积极地去学习这一套自己并不熟悉的话语体系，以最大限度参与到共和国文学的构建当中，使自己的精神充分地融入这场人民的"大合唱"。同时，朝鲜战场的战争体验也补偿了巴金在国统区并没有经历过的"人民战争"的一课，使得他在写作领域获得

---

① 李宗刚.巴金五十年代英雄叙事再解读——中国建国初期历史叙事论之一[J].东方论坛,2005(1).

了更加有分量的政治保障。而最终，无政府主义的内核被那种来源于人民、和平与爱的共产主义景象所克服，巴金本人走向了一条与新政权充分契合的路。在跨越新、旧两个时代的作家中，巴金、杨沫等人与新政权在精神气质上的"同构"使得他们得以较为顺利地融合进新政权，而心甘情愿地让战争逻辑征用自己的生活，更是使这些作家的创作与共和国所坚持的阶级斗争立场紧紧地联系在了一起。从根本上来说，这些作家已经成为共和国的"文艺战士"，守卫着新民主主义国家精神的边疆。

3. "异质"和"异构"：新中国成立初期的胡风与沈从文

如果说巴金与新政权之间是"同构异质"的关系，那么胡风与新政权之间则可以说是"异构同质"的关系。胡风在解放战争时期大后方的文坛十分有声望，但是，他却与身在延安的周扬、邵荃麟等人有着种种龃龉，更致命的是，胡风对于毛泽东的文艺理念有着自己的一套解释，并认为自己的解释才符合毛泽东本来的意图。正是因为这样，胡风在新中国成立前夕由上海前往北京的途中才显得惴惴不安："（1949 年 4 月 1 日）现在到了这古城，陪着衣冠楚楚的人们住在一起，能否再到外地走走，尚难决定。……一切都在变动中，总希望两三个月后能回来看你们"①。"（1949 年 4 月 19 日）三个多月以来，我看到了不少，同时，也增加了信心，觉得对这时代我能做一些什么。但在目前和最近的将来，由于处境，恐怕什么也不能做，能够做到'无过'，就万幸了"②。三个月之前，胡风刚刚启程从上海经香港中转前往北京，上海经济的萧条和白色恐怖的猖獗使胡风对仍留在此地的夫人梅志甚是担心，而经济上的拮据也将胡风与梅志二人逼到了走投无路的境地。胡风不止一次地在与梅志的通信中提到如何维持生计："《云雀》，可寄他处五十本。能卖几个算几个。""那小书……卖一卖，了一件事，弄几个钱。先

① 晓风.胡风家书[M].上海：复旦大学出版社，2007：80.
② 晓风.胡风家书[M].上海：复旦大学出版社，2007：81.

这样告一段落，以后再说。务必。""'作家'有一部精装，可要来。那二十部如送来，无钱时候可托人卖"①。在以上引文中提到的"《云雀》"和"小书"分别指的是路翎的剧本《云雀》和胡风的重要理论著作《论现实主义的路》。此时，贫困已经将这位曾经的国统区文坛盟主逼到了不得不卖文为生的地步，在这个时候，已经由不得胡风仔细考虑这些作品该如何发表、发表后影响又会如何，如何最大效率地将文字转化为法币才是胡风这时关注的重点所在。当胡风抱着不安的心情一路前往北京的时候，却惊喜地发现与上海的"币制如此猛跌"相比，在解放区的生活却是"身心都很好"，甚至还"胖了不少"②，这不得不使胡风看到了一种新生的希望，觉得自己可以在这个时代"做一些什么"。另外，胡风此次来到北京是由中共地下党安排的，行经天津的时候又得到了周恩来的接待，这更加使他有信心，认为共产党方面对他还是信任的。此时的胡风觉得，影响他和共和国关系的，只有那曾经因为历史原因留下的种种人事纷争。胡风担心"香港少爷们都会在上海做司令"，即那些在香港《大众文艺丛刊》对胡风文艺思想进行过批判的人们掌握文艺领导权，便一再叮嘱梅志在上海方面与过去的"七月派"和希望出版社的人事做一个了断。对此，胡风不无怅惘地写道："出版社，我觉得应该结束。……这件事办好了，我们可以说真正解放了。""那些朋友们，应该就找关系参加实际工作，……但只限我们底一些最可靠的朋友。不熟悉的人，不宜去保证。千万不要指望我回来后会有什么工作可做。""无论现在或局势改变后，对一般人说话要谨慎。对熟朋友或老朋友，只就我们底地位说家常话，不要牵涉上大问题的空话。一句笑话也可以引起误解的。……局势改变以后，当有一些熟人回来。他们来时，就朴素、诚恳地招待，不来也不必

---

① 晓风.胡风家书[M].上海：复旦大学出版社,2007：77－78.
② 晓风.胡风家书[M].上海：复旦大学出版社,2007：79－80.

去找"①。胡风安排的这些具体事项实际上是有着针对性的,如"一句笑话也可以引起误解的"指的就是当初《七月》同人之间流行的带有打趣性质的暗语或绰号,如称《大众文艺丛刊》众人为"香港少爷们"、称冯雪峰为"徒人"等,一直自认为是鲁迅先生精神传人的胡风更是喜欢用鲁迅杂文式的手法为身边众人起外号。虽然说在新中国成立前后,胡风也认识到了这样的行为会给自己招来很多麻烦,但是迟至 1951 年,还是能在胡风日记里找到给别人取绰号的言语。1951 年 5 月 27 日,在与冯雪峰再次发生分歧之后,胡风愤怒而无奈地记下了这样一笔:"三花先生来,拉到十二时"②。称冯雪峰为"三花先生",显然有着鲁迅"二丑"的痕迹。胡风劝告梅志要注意的种种事项都指向了人事,他认为自己的问题仅仅是出在人际关系上,并迫不及待地想要和过去告别,加入真诚歌颂新中国的队伍中去,胡风认为"要紧的是更深地理解这个时代,使自己坚强,做现在能做的事。……我幸福得很,心地光明得很。……这是翻天覆地的历史时期,谁最真诚谁最幸福,至于具体的个别事情,我要退后一步,让得意者们得意去"③。这时的胡风心里没有太多的抱怨,一切都是他心甘情愿的,这是一个"工作在大的光明下面"的时代,是一个"连特务都争取改造"的时代④。在这个时代里他愿意做些事情,并积极地进行他的实践,从认为"应该为公家为人民节省一点算一点"而不愿用专车接梅志来北京玩⑤,到写下《时间开始了》这首磅礴的长诗,可见胡风对于新生共和国感情之真挚。毕竟,对于这新生的政权,胡风与从解放区而来的人们虽然有着种种理解上的不同,但是两者的目标是一致的,都是为了解放广大的人民,并且胡风长久以来一直认为自己才是毛泽东思想的

① 晓风.胡风家书[M].上海:复旦大学出版社,2007:81-82.
② 胡风.胡风全集·第 10 卷[M].武汉:湖北人民出版社,1999:274.
③ 晓风.胡风家书[M].上海:复旦大学出版社,2007:93.
④ 晓风.胡风家书[M].上海:复旦大学出版社,2007:93,99.
⑤ 晓风.胡风家书[M].上海:复旦大学出版社,2007:95.

正统阐释者，他坚信在新生政权中，自己这员文坛老将还是可以继续为人民、为国家发光发热的。

但是胡风和他的"七月派"朋友们毕竟未曾经历过延安时期，没有经历过整风运动的洗礼，其思想上的纯洁性在有过解放区经验的同人眼中是值得质疑的。再者，胡风并不能适应从解放区来的那一套思维方式，并常常对之有一定的抵触情绪，这些都使他在共和国诞生的欢欣平静下来之后，一次次地被推到了风口浪尖上。胡风的命运在那些与新政权"异构同质"的作家中并不是孤例，这些作家在新中国成立初期的文学生态环境中，命运起起浮浮，但是就此时而言，那种"同质"带来的欢乐已经足以将"异构"遮蔽，看到他们为之奋斗多年的共产主义目标又向前推进了一步，没有人怀疑他们的兴奋和愉悦是否真诚。

当国民党当局意识到时局已经覆水难收并准备退往台湾的时候，劝说知识分子离开成为这一时期国民党文化工作的一个重点，而对于其政策宣传有着极端重要意义的作家更是成为国民党这一时期游说工作的重中之重。胡适、傅斯年等一批有着重要影响力的作家被国民党用专机接往台湾，此时此刻，他们的心中背井离乡的愁绪还在其次，而一种急于脱离即将到来的解放所带来的未知命运的迫切成了其主要情感。以当时最为国民党方面所重视的知识分子界的代表胡适为例，当年为众青年奉为领袖的胡博士和胡教授，在给北大留下了"今早及今午连接政府几个电报要我即南去。我就毫无准备地走了。一切的事，只好拜你们几位同事维持。我虽在远，绝不忘掉北大"①的便条之后，便狼狈地踏上了南下的旅程。对于离开被共产党封锁的北平，胡适的心情是急迫的，在日记中，他这样写道："（1948年12月14日）早晨还没有出门，得陈雪屏忽从南京来电话，力劝我南行，即有飞机来接我南去，我说，并

———————————
① 曹伯言，季维龙.胡适年谱[M].合肥：安徽教育出版社，1986：700.

没有机来。十点到校,见雪屏电:'顷经兄又转达,务请师与师母即
日登程,万勿迟疑,当有人来治机,宜充分利用。'毅生与枚荪均劝
我走。我指天说,'看这样青天无片云,从今早到现在,没有一只飞
机的声音,飞机已不能来了!'我十二点回家,又得电报,机仍无消
息。到一点半始得'剿总'电话,要我三点钟到勤政殿聚齐。后来
我们(有陈寅恪夫妇及二女)因路阻,不能到机场"①。胡适一直翘
首仰望着蓝天,他急于离开这片即将和自己长久以来的国家政治
理念完全不同的土地和即将飘扬着红色旗帜的天空,期待着在一
片未知的天地中能看到不一样的景象。他对即将易主的中国并无
太多眷恋。当南下行经南京的时候,胡适抄录了陶渊明的一首《拟
古》诗:"种桑长江边,三年望当采。枝条始欲茂,忽值山河改。柯
叶自摧折,根株浮沧海。春蚕既无食,寒衣欲谁待。本不植高原,
今日复何悔!"②此时的胡适心中不是没有悔意,只不过因为长久
以来自己的文化与政治选择都与共产党方面相去甚远,既然选择
了在"长江边",就要正面面对"山河改",即便是柯叶摧折、根株浮
海也怨不得谁,既然当初没有选择认同共产党方面的道路,那么到
了此时,又有什么好后悔的呢?

而作为胡适的学生和朋友的沈从文,在此时并没有和他一直
以师视之的胡适做出同样的选择,虽然和共产党以及整个文化界
都有着较大的龃龉,沈从文仍决定留下。1948 年平津战役开始
后,沈从文"过去西南联大师范学院的上司,1930 年相识的陈雪屏
(时任南京政府青年部次长),来到被解放军包围的北平抢运学者
教授,曾通知他全家南飞。他未听从而选择留下"③。在众多"熟
人"要离开北平南下,并且"一离开,大致就拟终生不再来了"的时

① 胡适.胡适日记全编·第 7 卷[M].合肥:安徽教育出版社,2001:726 - 727.
② 胡适.胡适日记全编·第 7 卷[M].合肥:安徽教育出版社,2001:731.
③ 沈虎雏等.沈从文年表简编[M]//沈从文.沈从文全集·附卷.太原:北岳文艺出版
社,2002:37.

候,沈从文的坚守看上去更多地并不是环境所迫,而是一种出于自愿的选择。沈从文在写给大哥沈云麓的信中道:"学校看情形实已无可搬。即茂林家属,想移动,似乎也无此能力。因一动即先破家,且半路即不免成流民也。事如可能,他一个人或得离开,惟至今为止,还不知向何处走好"①。细读这段话就会发现,沈从文所谓"无此能力",其实只是一个托词,其原因还在于"还不知向何处走好"。就形势来看,"南京'免战牌'不能不挂出……有人宣传都城要在北平……北平可能不至于毁去,惟必然有不少熟人因之要在混乱胡涂中毁去"②。相对南京而言,北平的情况更加明朗一些,而且国民党对于内战的态度也早已让沈从文感到绝望,"北平也许会毁到近一二年内战的炮火中,即不毁,地方文物也一天一天散失,什么都留不住。……真是作孽子!"③沈从文的留守,与其说是因为怕"破家"(经济上的困顿),倒不如说是出于国民党在内战中的表现失望,而期待着一种变革和新的转机,"旧的社会实在已不济事了,得一切重作安排"④。而在《益世报》停刊之后,沈从文在寄还几位投稿者文章的信件中,都提到了一种新的希望:"试从远大处看国家,这个国家必然会进步,可以使青年得到多方面发展,只不进展的方式,或稍稍与过去自由主义者书呆子所拟想成的蓝图不甚相合罢了。""万千人必忘去过去仇恨,转而为爱与合作,一致将热忱和精力为新社会而服务! 这是拥有五万万人民国家进入历史新页的一个必然步骤。""为一个新观念而努力,作品又适为

① 沈从文.致沈云麓(1948 年 11 月 28 日)[M]//沈从文全集·第 18 卷.太原：北岳文艺出版社,2002：515.
② 沈从文.致沈云麓(1948 年 11 月 28 日)[M]//沈从文全集·第 18 卷.太原：北岳文艺出版社,2002：515.
③ 沈从文.致凌淑华(1948 年 10 月 16 日)[M]//沈从文全集·第 18 卷.太原：北岳文艺出版社,2002：513.
④ 沈从文.致吉六(1948 年 12 月 7 日)[M]//沈从文全集·第 18 卷.太原：北岳文艺出版社,2002：521.

新社会需要的,必可得到广大的出路"①。

在劝告青年人们要以积极的心态投入写作的同时,沈从文却陷入了一种异常痛苦的境地。一方面,沈从文看到了在这"大局玄黄未定,万万人民在痛苦中挣扎喘息"时,青年人"生命正当青春,弹性大,适应性强,人格观念又尚未凝定成型",从而可以"从新观点学习用笔,为一进步原则而服务,必更容易促进公平而合理的新社会的早日来临";另一方面,两相比对之下,自己"人近中年,情绪凝固,又或因性情内向,缺少社交适应能力",尤其是思维方式,"二十年三十年统统由一个'思'字出发,此时却必需用'信'字起步,或不容易扭转",这使沈从文对自己的写作产生了怀疑:"过不多久,即未被迫搁笔,亦终得把笔搁下。这是我们一代若干人必然结果。"沈从文将这一悲剧看作他们这一代人必然的结局:"不幸的是社会发展的取突变方式,这些人配合现实不来,许多努力来的成就,在时代一切价值重估情况中,自不免都若毫无意义可言。"但是这一结局并不值得悲哀,在沈从文看来,他们这一代人被新的青年替代,是一个十分正常的"新陈代谢"的过程,"重要处还是从远景来认识这个国家,爱这个国家。国家明日必进步,可以使青年得到更多方面机会的发展,事无可疑"。他唯愿"年轻人能理解这悲剧所自来,不为一时不公平论断所蔽,就很够了"②。沈从文很清楚地认识到他们这代"年在四十到六十之间"的人所共同的心理状态,这一代人生活着的中国是最混乱的中国,正如沈从文所说,"四十年内忧外患,各有一分",从清朝到北洋,从大革命到日军侵华,

① 沈从文.致季陆(1948 年 12 月 1 日)[M]//沈从文全集·第 18 卷.太原:北岳文艺出版社,2002:517;沈从文.致吉六(1948 年 12 月 7 日)[M]//沈从文全集·第 18 卷.太原:北岳文艺出版社,2002:519;沈从文.致炳堃(1948 年 12 月 20 日)[M]//沈从文全集·第 18 卷.太原:北岳文艺出版社,2002:523.其中,"吉六""季陆"疑似一人,且沈从文所写两封信内容相近,致"吉六"一封较致"季陆"一封更为完善,疑为一封信的两个底稿。
② 参见沈从文.致吉六(1948 年 12 月 7 日)[M]//沈从文全集·第 18 卷.太原:北岳文艺出版社,2002:521.

中国的版图在这一时期剧烈地变动着。随着时局，人们的"一颗心
都磨炼得沉沉的"。虽然自认为"在个人工作上，为国家为职务，以
各尽了所有能力。即以作一个公民而言，也很像个公民"，但是在
1948 年的语境下，"旧的社会实在已不济事了"，中国已经别无选
择，面对着摇摇欲坠的国民党政府，"五四"新文化运动之后几十年
来形成的一套知识分子与社会的互动关系已经土崩瓦解。"一切
历史的成因，本来就是由一些抽象观念和时间中的人事发展相互
修正而成。书生易于把握抽象，却常常忽略现实。然在一切发展
中，有远见深思知识分子，却能于正视现实过程上，得到修正现实
的种种经验。"沈从文鼓励青年人"试为重造自己来做一点努力"，
"觉得所习见学习方式，不容易与平时习惯相合，也得放弃了这个
本来写作情绪，作一些新的尝试"，而这并不是一种让步姿态。沈
从文对于北平即将为共产党所解放还是充满了热情的，"只想想，
另外一片土地上，正有千万朴质农民，本来也只习惯于照料土地，
播种收获，然由觉醒到为追求进步原则，而沉默死亡，前仆后继，永
远不闻什么声音，这点单纯的向前，我们无论如何能把自己封闭于
旧观念与成见中，终不能不对于这个发展，需要怀着一种极端严肃
的认识和注意！"①面对国民政府腐败不堪、"不济事"，新政权的
"追求进步原则""单纯的向前"，而"大局玄黄未定，万万人民在痛
苦中挣扎喘息"的"现实"的时候，这些美丽的"观念"就显得不堪一
击。1948 年下半年，国民党政府的主要精力都放在了战争上，已
无暇顾及文化保护和建设。"北平也许会毁到近一二年内战的炮
火中，即不毁，地方文物也一天一天散失，什么都留不住。……日
本近十年在北平留下了一大分现代漆器和高丽陶，……这些方面
中央可没有人接收。……中国在这些问题上才真要革命！若照当

---

① 此段原文如此，疑有漏字。参见沈从文.致吉六(1948 年 12 月 7 日)[M]//沈从文
全集·第 18 卷.太原：北岳文艺出版社,2002.

前那样办下去,不低能即堕珞,如同命中注定也"①。抗日战争之后,国民党政府即派专员到各日占区进行接收,但是由于政治的腐败,接收变成了对财产的侵占和对经济资源的掠夺,被当时人戏称为"劫收"②,而对于文化,则并无保护之意。而共产党在解放北平过程中为了保护文物而"围而不打"和明显的文化保护的倾向则与国民党接受时期形成了鲜明的对比。③ 这让沈从文从"思"出发的逻辑无从起步,成为一个伪命题,只能转向对新政权的"信"。在当时的情形下,所有由"思"而来的可能性出路都被堵死,除了相信共产党所带来的"从新起始"外,别无他法,一切工作"必需用'信'字起步"。④

最令沈从文痛苦的并不是"终得把笔搁下"——这只是"真正的伟大工程"中的一部分,而是在"由分解圮坍到秩序重得过程中",始终找不到自己的位置。⑤ 事实上,沈从文在北平和平解放前后一直在调整自己与新政权之间的关系。在致张兆和的信中,沈从文认为自己在新政权面前"需要一切重新学习",现在只是在"等待机会"。⑥ 周边亲友如梁思成、林徽因、程应铨、张兆和等人纷纷"左倾",并积极地劝他到当时已经先北平解放的西郊清华园一带去住住,"看看此间'空气'"。⑦ 而王逊等从解放了的南开等

① 沈从文.致凌淑华(1948 年 10 月 16 日)[M]//沈从文全集·第 18 卷.太原:北岳文艺出版社,2002:513.
② 这种现象在北平尤为突出,在 1946 年的一则报道中记载了北平"劫收"时的情景。"把'接收'叫作'劫收',看似奚落,然而实际情形,确也令人叹息。在北平这一个地方,因为是巨奸总部,所以有更多的传闻,可惜报纸似乎没有南边舆论界这份勇气,所以不见有一家很不客气的把他写了出来。"(零厂."劫收"在北平[J].海风,1946(26).)
③ 李自华.平津战役前后北平文化古城的保护[J].当代北京研究,2012(4).
④ 参见沈从文.致吉六(1948 年 12 月 7 日)[M]//沈从文全集·第 18 卷.太原:北岳文艺出版社,2002:519.
⑤ 参见沈从文.致吉六(1948 年 12 月 7 日)[M]//沈从文全集·第 18 卷.太原:北岳文艺出版社,2002:521.
⑥ 沈从文.复张兆和(1949 年 1 月 29 日)[M]//沈从文全集·第 19 卷.太原:北岳文艺出版社,2002:7.
⑦ 参见沈从文.沈从文全集·第 19 卷[M].太原:北岳文艺出版社,2002.

来京的朋友们也为他带来了一些好消息，张兆和在寄给沈从文的信中写道："下午来了王逊，谈起南开解放以后的一片太平气象，甚为兴奋，已不复是上回那份疑虑神色了"；张以瑛在为共产党接管的《天津日报》资料室工作，"忙的很，苦的很，但精神好，人胖了"。① 这一切都在鼓舞着沈从文向新政权靠拢。在 1949 年春节以前，沈从文还接受了梁思成、林徽因等人的邀请，在清华园住了一个礼拜②，体会到了此间"比城内比较安静得多"的"空气"。③ 沈从文也在积极反省自己，"分分明明检讨一切的结论"，"没有前提，只是希望有个不太难堪的结尾"。④ 沈从文认为："就我近一月所接触的各方面问题和事实来看，我已完全相信一个新的合理社会，在新的政府政治目标和实验方式下，不久将来必然可以实现。附于过去社会一切，腐败和封建意识形态，且必然远比政治预言还早些日子可以扫除。由于社会人民束缚的解放，和知识分子的觉醒（人力解放和情绪解放），配合了人民革命武力，且比武力赶先一步，向国内各个阴暗处推进，或迟或早，旧的社会分解与圮坍，是意中事。区域性的负隅自固，与个人的故步自封，只是暂时现象。或扑灭，或改造，迟早终要完成。时代历史决不会回复到那个乱糟糟的旧形式上去。决不会回复到那个无计划的维持少数又少数特权存在方面去。'雨雪麃麃，见日则消'，明朗阳光到处，凡事将近乎自然。这里若有个人的灭亡，也十分自然"⑤。从这段"自白"中可

---

① 张兆和.致沈从文(1949 年 1 月 28 日)[M]//沈从文全集·第 19 卷.太原：北岳文艺出版社,2002：5.
② 参见沈从文.沈从文全集·第 19 卷[M].太原：北岳文艺出版社,2002：4.
③ 梁思成.致沈从文(1949 年 1 月 27 尾)[M]//沈从文全集·第 19 卷.太原：北岳文艺出版社,2002：3.
④ 沈从文.批语·复张兆和(1949 年 1 月 30 日)[M]//沈从文全集·第 19 卷.太原：北岳文艺出版社,2002：8.
⑤ 沈从文.一个人的自白[M]//沈从文全集·第 27 卷.太原：北岳文艺出版社,2002：4.据沈从文自己在文稿上"三十八年二月清华园老金屋子文稿二计十六页"的批来看，这篇文章应当是沈从文看到清华园内"比城内比较安静得多"的"空气"之后的心理感受。

以看出，沈从文对于新政权的认同并不仅仅是一种情绪上的体认，而是自觉地向新政权认识事物的一套方法论体系靠拢，其中对于实践和理论之间关系的论述已和之前沈从文的一贯思路大相径庭，而从隐隐约约的阶级论思想中也能看出，沈从文在这一时期的的确确努力将新政权看作一种顺应时代的先进的实践方式，而并不是一种"观念"。但是，正当沈从文感到自己正在向着新政权一步一步靠拢，并想"为国家下一代作些事"①的时候，进步学生针对沈从文及新月派的一系列批评，又使得他在这新的时代里无所适从。

国民党所倡导的"三民主义"思想可以说是既陈旧又驳杂，它是西方资本主义国家伦理、中国传统国家观念和共产主义的某些理论的混合体，而且在它的里面融合了国民党在各个时期利益调整和政策变化的烙印②。为此，国民党政府不得不一再调整"三民主义"的内涵和外延，以致出现了所谓"新三民主义"和"旧三民主义"的争论。③ 繁杂的内容决定了其在政治领域内所指并不明确，在其框架内会出现多种治国道路探索的途径。这些途径甚至会是一些非政治性的，而胡风和沈从文的探索正是这些缺乏政治眼光的途径之一。胡风的"主观战斗精神"和沈从文在 1940 年代所倡导的"第四个党"④无疑对当时的文化发展不无裨益，但是之于政治，这些言论却又显得幼稚和不切实际。尤其是沈从文，他习惯性地从"观念"⑤出发而对中国时局进行思考，所探求的更多是中国

---

① 沈从文.致张以瑛(1949 年 3 月 13 日)[M]//沈从文全集·第 19 卷.太原：北岳文艺出版社,2002：19.
② 参见张道藩.三民主义与儒家学说[J].文化先锋,1946(11)；戴季陶.三民主义之哲学的基础[M].南京：国民政府军事委员会,1938；叶青.三民主义底哲学基础(上、下)[M].上海：时代思潮社,1939；王侃,杨树标.三民主义：整合近代中国民主革命政治资源的一面旗帜[J].历史教学问题,2005(3).
③ 参见匡萃坚.三民主义新旧说的政治背景[J].炎黄春秋,2010(3).
④ 1946 年前后,沈从文甚至试图发起"第四个党"来对当时国民党、共产党和各民主党派的政治主张进行指导.
⑤ "观念"是沈从文在 1940 年代常常提到的一个词.

政治未来的种种可能性，"希望由非党专门家形成不同的政治力量，以找到和平途径"。① 沈从文有一篇名为《苏格拉底谈北平所需》的文章，其中详细讨论了"保护北平问题"，虽然文中写有"中国大事余不欲谈"，但是其最终的指向还是在于整个中国的文化政治建设方面。在文中，沈从文所设计的一整套经济政治文化构想虽然有条不紊，但大多是"犹保留哲学者之睿思，与诗人之热情"，这与"北大前后二校长"②的"美育代宗教说及动人做梦主张"③一样，都有着较强的主观臆想的成分。及至新中国成立之后，共产党方面单单以马克思主义思想作为国家运行的基本准则，试图建立一个有着明确政治所指的现代民族国家，这就要求在思想领域，个人与国家的意图要高度一致，"在新国家的'建造民族'（nation-building）政策中同时看到一种真实的、群众性的民族主义人情，以及一种经由大众传播媒体、教育体系、行政管制等手段进行的有系统的，甚至是马基亚维利式的民族主义意识形态灌输"④。在这种民族国家意识的面前，思想会被高度纯化。而胡风、沈从文等人恰恰没有意识到这一点，仍是在原有的思想体系范围内调整着自己的行动，却没有意识到其原有的思想体系已经不为新政权所兼容，这样一来，他们再多的调整也是徒劳的。

杨沫、巴金和沈从文、胡风等人在新中国成立初期的遭遇是有着代表性的。共产党在全国全面掌权之后，更新一套话语体系成为其工作的重点，如何将"异质"变成"同质"，将"异构"变成"同构"，成为当时要完成的一个重要任务。由于新中国成立初期西方资本主义国家对新生的政权居心叵测、虎视眈眈，国内外

① 沈虎雏等.沈从文年表简编[M]//沈从文.沈从文全集·附卷.太原：北岳文艺出版社,2002：32.
② 沈从文在此处指蔡元培和蒋梦麟.
③ 沈从文.苏格拉底谈北平所需[M]//沈从文全集·第14卷.太原：北岳文艺出版社,2002：381.
④ 安德森.想象的共同体——民族主义的起源与散布[M].吴叡人,译.上海：上海人民出版社,2005：154.

经济政治形势严峻,再加上解放区长期以来的战备状态并未随着战争的结束而松弛下来,共产党在成为执政党之后仍然按照战争时期留下来的思维方式去面对国内经济建设时期的各种复杂状况。战争思维的继续和战争话语的延续使得新政权常常用一种"运动"的方式去解决日常生活中发生的各类问题。在1950年代早期,这种"运动"是必要的,也是颇有成效的,但随着国家运行常态化,这种激进的、革命的方式,无论是在经济上还是在文化上都显得有些不合适。在文学领域,这种现象也明显地存在着,并影响着作家们的创作和生活。在新中国成立初期,由于社会分工尚未完全明确,往往是在社会面上发起一场运动,文学界紧接着响应,"三反"运动、"五反"运动皆是如此,尤其当时有一定声望的作家们,往往担负着领导运动或自我批评的任务,除了国家层面上的运动之外,这些作家还要参加由地方各级组织的运动。这样一来,作家的创作时间被侵占,这对于作家创作的影响是很大的。1956年,文学研究所的徐刚在为已经被打成"反党集团"的丁玲申辩时,曾经抱怨这段时间里运动之频繁以及对创作的影响:"五一年初开学,五一年一、二月参加镇压反革命的学习,全所以一两周的时间,交待与反革命的社会关系,对一些在思想上敌我不分的人和事,进行批评与自我批评;四、五月进行抗美援朝的文件学习与发动捐献;五、六月大部分力量投入批判《武训传》运动以及对《关连长》和萧也牧同志的文艺思想的批评;七、八月全力投入临时学习(忠诚老实运动);九、十、十一、十二月分别到朝鲜、工厂、农村实习(体验生活)。五二年,一、二、三、四、五月由实习总结,立即全力投入'三反'、'五反'、土地改革运动,一部分人在机关内全力搞'三反',一部分人全力参加北京、上海的'五反'运动,一部分去广西等地参加土地改革,六、七月参加文艺整风运动,八、九、十、十一、十二月大部分时间参加整党运动,以及学习苏共十九次党代表大会的文件,只有五三年一、二、三月,学员才真正以全力读了一些书"①。从这份清单式的梳理可以看出来，即使是以"集教学、文艺创作、研究为一体"②作为目标的文学研究所，也无法逃脱一场又一场的运动的洗礼。在运动中，这些曾经立志以创作为毕生事业的作家们被消耗了太多的精力，很大程度上限制了其在文学方面的发展。作家在这种不断"运动"的环境中，不得不时刻调整着自己参与文学创作的姿态，以便时刻保持与新政权的契合。胡风在参加过第一次文代会之后，看到了周扬等人对他的态度，并与梅志连续在《人民日报》刊登了一系列的文学作品，惊魂方定的他刚开始准备在共和国文坛有所动作而四处筹备刊发文章之时③，一场场的运动又增添了他的焦虑。在面对运动的时候，胡风只能一边暗自揣测他人对自己的安排，一边筹划着积极参与各种运动："这几天，恐怕得积极一下。昨夜睡在床上，想了很久，觉得他们已经立意要把我压到三花或丁底机构里去。我如不接受，就有不服从的罪名了"④。新中国成立初期这种不断处于运动和革命中的文学发展态势，使得无论有过什么过往的作家们都无法很好地跟上它的步伐，完全地与之契合。

第二节　面对新的文化资源整合

1. 文化资源整合的新方式

在新中国成立初期，刚刚诞生不久的新政权急需对全国各个领域进行新的整合，以适应新民主主义在全国范围内推行的需要。共产党在全国范围内执政之后，建立了一套自上而下的行政体系，

① 邢小群.丁玲与文学研究所的兴衰[M].济南：山东画报出版社,2003：51.
② 邢小群.丁玲与文学研究所的兴衰[M].济南：山东画报出版社,2003：50.
③ 参见晓风.胡风家书[M].上海：复旦大学出版社,2007：208.
④ 晓风.胡风家书[M].上海：复旦大学出版社,2007：214.

用各级人民代表会议的民主制度代替原先广泛存在于乡土社会中的带有封建家长制色彩的议事制度，保障了公民能够行使其政治权利。这样的改变，实际上就是以一种基于阶级论的现代民族国家理念来对基于血缘和亲族关系的传统国家观念的重新整合。传统乡土中国基于血缘关系和封建族权建立起来的一套不易被改变的伦理秩序被阶级论重新定义，人们以阶级作为寻找自身族群认同的依据，这样，之前由血缘和封建族权建立起的一套话语秩序就被瓦解了。从阶级意识出发，使那些曾经无法获得政治权利的人群可以参与到整个民族国家的建设和议事中去，当时的一份政务院指示明确写道："各级人民政府必须依照各级人民代表大会组织通则的规定，按期召开各级人民代表会议，其中大城市每年至少须开会三次，县至少须开会两次。此外，为了解决某一个专门的问题，并应召开简短的临时会议。各级人民政府委员会会议及其行政会议，亦应按照各级人民政府组织通则的规定，建立经常的会议制度"①。对于文学方面，也是如此，由于新中国成立之前复杂的国内形势，作家以及文学工作者们为了创作的需要以及维护自身的权益，常常以一种流派或是组织的形式出现，这种现象在抗日战争时期尤为明显。由于外敌的入侵，在抗日战争时期，区域性的抗敌文艺组织如雨后春笋般出现，它们往往办有自己的刊物，主要刊发一些同人性质的文章。这在战争时期自然有着其合理性和必要性，但当全国统一之后，这种各自为政的策略显然不再适用于党和政府对于文艺的整合。

在第一次文代会上，周恩来所作的主题报告中就明确强调："最后一个问题，就是组织问题。因为这次文代大会代表大家都感到要成立组织，也的确需要解决这个问题。不仅我们要成立一个中华全国文学艺术界的联合会，而且我们要像总工会的样子，下面

① 政务院关于人民民主政权建设工作的指示[G]//中央人民政府法制委员会.中央人民政府法令汇编·1951.北京：法律出版社，1982：59.

要有各种产业工会，要分部门成立文学、戏剧、电影、音乐、美术、舞蹈等协会。因为只有这样，我们才便于进行工作，便于训练人材，便于推广，便于改造。这一点是大家所赞同的，现在就需要开始，因为我们不可能常开这样的大会。希望在会中或会后，就把各部门的组织成立。这是群众团体方面。同时，人民政治协商会议将要产生全国性的民主联合政府，而在这个政府机构之中，也要有文艺部门的组织。这种文艺部门的组织，那就要依靠我们上面说的那些群众团体来支持，因为这个部门是为我们广大人民及群众团体服务的。我们的国家是人民的国家，政府是人民的政府，是民主集中的、由下而上同时又是由上而下的人民政权，是工人阶级领导的人民民主专政。所以我们文艺界也要关心这一方面的工作，也要推出代表来参加人民政治协商会议。我们新民主主义的政权机构里面的文艺部门，也需要我们全体文艺工作者来积极参加工作。"并规定了新民主主义共和国文艺的任务："我们的文艺作家的任务之一，就要向全国人民传布这个真理。我们要分清敌我，暴露帝国主义的罪恶，打击战争贩子的叫嚣，揭穿他们的恐吓、挑拨和欺骗。这个庄严的工作，是中国民族利益所要求的，也是世界人民利益所要求的，这正是爱国主义和国际主义的结合"①。周恩来所作的主题报告显然代表了政府的意志，它向列席的文艺工作者们传达了一个信号，即那种在创作上相对没有拘束的日子结束了，一种公会性质的文艺运作机制开始将文化资源全面整合，以便更好地完成既定的文艺目标，进而为整个新民主主义事业和共产主义事业服务。

事实上，从延安时期开始，共产党就一直在尝试着一种重新整合新文化资源的努力，由五四运动而来的新文化在解放区被重新阐释，并高度组织化，以毛泽东为代表的党的领导人一直在尝试用

---

① 周恩来.政治报告[C]//本书编辑委员会.中国新文学大系 1937—1949·文学理论卷.上海：上海文艺出版社，1990：62-66.

马克思主义和一种不同于国民党政府的新民主主义来总结五四运动之后的文艺发展,并以之来指导未来的文艺工作。在周扬在延安"鲁艺"授课时的讲义提纲中,"五四"新文化运动的线索和共产党在中国发展的线索被整合在一起,并在叙述上呈现出一种将新文化运动尤其是新文学运动本质化的趋势:"新文学运动作为新文化运动的一个分野,是在一定的新经济新政治的基础上且应新经济新政治的要求而产生,是反映新经济新政治,而又为它们服务的。中国革命的基本任务是反帝反封建;新文学运动,不管它发展进程的曲折与表现形态的复杂,在其根本内容与内在趋势上,总是服从于这个任务的。新文学运动就是文学上的民族民主革命的运动"①。作为当时中国共产党文艺政策的代表人物,周扬将头绪纷繁复杂的新文学运动整合进了民族民主革命运动的范畴中,虽然有将史实简单化的弊病,但是这个界定也实实在在地给了"五四"新文化运动一个马克思主义的解释。而接下来毛泽东《在延安文艺座谈会上的讲话》则明确将文艺"为什么人"提到了很高的位置:"在陕甘宁边区,在华北华中各抗日根据地,这个问题和在国民党统治区不同,和在抗战以前的上海更不同。在上海时期,革命文艺作品的接受者是以一部分学生、职员、店员为主。在抗战以后的国民党统治区,范围曾有过一些扩大,但基本上也还是以这些人为主,因为那里的政府把工农兵和革命文艺互相隔绝了。在我们的根据地就完全不同。文艺作品在根据地的接受者,是工农兵以及革命的干部。根据地也有学生,但这些学生和旧式学生也不相同,他们不是过去的干部,就是未来的干部。各种干部,部队的战士,工厂的工人,农村的农民,他们识了字,就要看书、看报,不识字的,也要看戏、看画、唱歌。听音乐,他们就是我们文艺作品的接受者"②。所谓"为什么人",从本质上来说是一种以阶级观念对文学

---

① 周扬.新文学运动史讲义提纲[J].文学评论,1986(1).

② 毛泽东.在延安文艺座谈会上的讲话[M].北京:人民出版社,1975:5.

创作的统筹，按照毛泽东等共产党领导人所秉持的马克思主义理论对于文学和阶级之间关系的经典表述，即"思想、观念、意识的生产最初是直接与人们的物质活动，与人们的物质交往，与现实生活的语言交织在一起的。观念、思维、人们的精神交往在这里还是人们物质关系的直接产物。表现在某一民族的政治、法律、道德、宗教、形而上学等的语言中的精神生产也是这样。人们是自己的观念、思想等等的生产者，但这里所说的人们是现实的，从事活动的人们，他们受着自己的生产力的一定发展以及与这种发展相适应的交往（直到它的最遥远的形式）的制约"①。文学的发展和传播直至最终对其接受者产生影响都和接受者所从属的阶级有着直接而必然的关系，而这种关系的发生，从根本上来说是一种经济关系。

面对这种新型的文化资源整合方式，此时的大多数文艺工作者对于这一改变虽然有所不适，但是最终还是能够欣然接受的。第一次文代会的主题报告中，茅盾的报告系统地总结了国统区文艺发展的状况："国统区这名词即将随着反动军事力量的全部彻底消灭而成为历史的名词，'国统区的文艺运动'这说法自然也要成为文艺运动史上的陈迹了。中国的全土很快都要成为自由解放的地区，全国的一切文艺工作者都要在人民民主的新中国从事新的工作了。在我们面前展开着一个和过去完全不同的崭新的人民的时代。过去我们在反动政府压迫下，没有写作自由与发表自由，很少可能和群众建立密切联系；从此以后，我们将生活在自由的天地中，我们将有一切机会和群众建立密切的联系。空前伟大的人民革命的胜利，与正在开始着的全国生产建设的事业，供给了我们文艺工作者以无限丰富的题材，觉醒了的战斗着的工作着的人民大

---

① 马克思.德意志意识形态[M]//马克思,恩格斯.马克思恩格斯全集·第3卷.北京：人民出版社,1960：28.

众中间的英雄与模范,将是我们的文艺作品内的主人翁"①。茅盾的这一报告,从一个资深国统区作家的立场宣布了一个文学时代的终结,同时鼓励和要求国统区作家克服困难,接受新政权所建立的一套文学运行规则,从旧时代中走出来,成为新时代的新作家。

在茅盾的报告中,特别提到了国统区文学创作的一种倾向,即"为了使作品'有力',就着重去描写人物的精神状态。然而不幸,他们所写的人物和斗争既未能反映出主要矛盾和主要斗争,而且又往往不能完全按照客观的真实而加以表现,甚至竟以作家的主观任意解释和说明客观的现实。他们以为作品中愈是显露着作者的强烈的主观,就愈能表现出主题的积极性,但事实上,脱离了社会中的主要矛盾与主要斗争,主题的积极性就无所依附"②。茅盾首先肯定了这种创作倾向是"进步的""革命的",在当时的社会文化语境下也发挥了重要的作用,但是,由于对个人意志或"力"的强调,这类作品往往脱离了广大群众,"也就不能不使作品的战斗性打了折扣。但此外还有一些更有害的倾向潜生在进步的文艺阵营内部,成为腐蚀我们的斗志的毒素"③。在当时语境下,茅盾这番话是有着明确的指向性的,其中"有力""主观"等关键词更是直接点明了所指对象就是曾经在国统区文学界颇有影响力的胡风。此时,一贯性格刚硬倔强的胡风并无太多不满,虽然在文代会期间,胡风在文艺工作者面前的态度不见得有多么好,以致丁玲等人在与之喝茶谈天时候专门提到了这问题④,而且胡风本人也承认在

① 茅盾.在反动派压迫下斗争和发展的革命文艺——十年来国统区文艺运动报告提纲[C]//本书编辑委员会.中国新文学大系 1937—1949·文学理论卷.上海:上海文艺出版社,1990:172.

② 茅盾.在反动派压迫下斗争和发展的革命文艺——十年来国统区文艺运动报告提纲[C]//本书编辑委员会.中国新文学大系 1937—1949·文学理论卷.上海:上海文艺出版社,1990:174.

③ 茅盾.在反动派压迫下斗争和发展的革命文艺——十年来国统区文艺运动报告提纲[C]//本书编辑委员会.中国新文学大系 1937—1949·文学理论卷.上海:上海文艺出版社,1990:173.

④ 胡风.胡风全集·第 10 卷[M].武汉:湖北人民出版社,1999:91.

"文协开会,报告选举结果"时,"被指名'自由发言',讲了四五句伤人的话"①,但结合胡风这一时期整体思路来看,这"伤人的话"并不是针对新政权的文艺方针,而是由于一些人际关系的困扰:"昨天算是把会开完了,但还有一些小会,不知要开多少天。我想,十天左右总该可以了罢。……二十天,十四次大会,我没有说一句话。为了露脸,牺牲大家底时间,我觉得是一桩罪过。但我却看到了一些'灵魂底工程师们'底好样子"②。不难看出,胡风对于文代会的不满情绪的产生,主要是因为一些文艺工作者或过于兴奋或急于出头而在这次难得③的集会上过于突出地表现,而对于文代会所传达的文艺精神,胡风虽然有所不适应,但是仍然在努力地与之靠拢。在对部分文代会代表的表现不满的同时,胡风更加意识到了新民主主义共和国的文学建设任重道远,在对妻子梅志抱怨这些现象之后,在同一封信中,胡风紧接着表达了对于这套新的文化资源的接受和信任:"为了人民,为了革命,路还长得很呢。我们总要做些什么"④。此时的胡风认为,这新政权带来的新环境和新文艺政策是他"期待了半生的",他是"愉快的",虽然这"愉快"中夹杂着隐忧,但他绝不吝啬于将"从这产生的话"对"任何人说",而那些由于害怕"引起误会"而"只能对极可信任的老朋友说"的"一些小的见解",也是"为了更好"。⑤ 在新中国成立初期,当文化资源需要被进行整合的时候,连在文代会上被当作反面案例批评的胡风也对此并无不满,那么其他作家的心情自然是更加愉悦的,他们对文化资源上的重新整合和分配更是满怀着热情和欢乐的。

---

① 胡风.胡风全集·第 10 卷[M].武汉:湖北人民出版社,1999:90.
② 晓风.胡风家书[M].上海:复旦大学出版社,2007:102.
③ 周恩来在大会主题发言中也强调"我们不可能常开这样的大会"。参见周恩来.政治报告[C]//本书编辑委员会.中国新文学大系1937—1949·文学理论卷.上海:上海文艺出版社,1990:62.
④ 晓风选编.胡风家书[M].上海:复旦大学出版社,2007:102.
⑤ 参见晓风.胡风家书[M].上海:复旦大学出版社,2007:102.

在解放区的民主建设过程中,对于经济的重视一直是所有工作的重中之重。在战争时期,共产党成功地在解放区以"减租减息"为运作方式,建立了一种新型的民主,即以经济为基础的民主,这种民主在经济上保证了解放区人民在经济上的独立,在根本上使得广大民众在生产资料上不再受制于剥削阶级,从而达到了一种比中华民国各种理论上的民主建设更加深刻和广泛的民主。这种源自经济上的民主在新中国成立之后被引申到生活的方方面面,如1950年出台的《中华人民共和国土地改革法》中就规定:"所有没收和征收得来的土地和其他生产资料,除本法规定收归国家所有者外,均由乡农民协会接收,统一地、公平合理地分配给无地少地及缺乏其他生产资料的贫苦农民所有。对地主亦分给同样的一份,使地主也能依靠自己的劳动维持生活,并在劳动中改造自己"①。相似地,在新中国成立初期的文化资源方面的整合上,经济因素也是其出发点和重心所在。诸如胡风等来自国统区的作家,虽然对解放区时期在经济上的种种建设并不熟习,但是1940年代国统区尤其是大后方的生活现实却将经济这一不可忽视的因素呈现在了几乎每一位作家面前,即使是在当时颇有国统区文坛领袖意味且朋友众多的胡风,也常常因为经济问题捉襟见肘,在其写给夫人梅志的信中,经常出现有关言语:"这里有四十元港纸,带给你,也可以救急维持几天的生活。""得预备燃料,如煤油。也许有半年或以上的时间,算盘要放长一点的好。""你们生活如何,实在挂念之至;币制如此猛跌,真不知你们生活如何打发。要用一切力量维持健康,你一定要记得我底话,听我底话。朋友们都问到你和孩子们。附上许小姐一信,经济困难就尽量到她家店里支钱用。以后我还她便是"②。一向高傲且相信"主观战斗精神"的胡风,在

---

① 中共中央文献研究室.新中国成立以来重要文献选编·第1卷[M].北京:中央文献出版社,1993:338.

② 晓风.胡风家书[M].上海:复旦大学出版社,2007:77-86.

这一时期面对日益紧张的经济情况，不得不将其目光向下转，紧紧盯着手中为数不多的现金。曾经在经济上对年轻文学家颇有帮助的文坛领袖在此时不得不让自己的夫人向许广平求助。值得注意的是，在信中"尽量"两字下面是加了着重号的，胡风一再交待梅志要向许广平求助，这也说明了胡风此时在经济上确实处于一种窘境，甚至到了难以自保的边缘。按照马斯洛所提出的需求层次理论，人们对生活的要求自下而上地分为五个层次：生理上的需要、安全上的需要、情感和归属的需要、尊重的需要、自我实现的需要[1]。其中，生理上的需要是一切其他需要的基础与重中之重，没有了这一需要，整个人格塑造的大厦也将随之崩塌。对于此时在资金上极为短缺的胡风而言，其生理上的需要尚且难以满足，更不要提其他更高层次的要求了，所以在生存的面前，他不得不放下自己以前的固执与自尊，要求梅志等人"要用一切力量维持健康"，并且不惮于打扰经济上尚可支撑的许广平等人。从胡风给梅志的信中还可以看出，胡风的那些"朋友们"此时的生活也并不好到哪里去。胡风虽然此时身在香港，但是他在上海仍是有许多朋友和人际关系的，而许广平虽然与胡风夫妇交往甚密，但她毕竟是胡风的精神导师鲁迅的遗孀，胡风一上来就让梅志向许广平求助，说明了他在上海的平辈或晚辈在经济上也早已经捉襟见肘，不得已而将求助的目光转向许广平。长期的战争环境带给了胡风等国统区作家以平时难以想象的经济压力，而这种窘迫的经历也使得他们可以在新中国成立之后迅速对新政权以经济因素来重新整合文化资源的行动有所理解和体认，并且对于这种新的文化资源整合方式在新中国范围内能够发挥的力量充满了信心。

2. 从相离到相合：作家们对新文化资源整合的态度

纵观新中国成立初期文坛，在文化资源整合方面最蔚为壮观

---

[1] 马斯洛.马斯洛人本哲学[M].成明,编译.北京：九州出版社,2003.

的是那些根据经济基础和阶级立场而进行的组织方面的整合,这一行动几乎囊括了整个文学界,绝大多数文学家都被各级文化组织所收编。这种来自组织上的整合确保了文学的发展可以被国家所控制,国家掌握着文学发展的大环境和方向,而文学活动则是配合国家经济政治文化民主建设的一种有机部分和重要宣传工具。早在第一次文代会上,周恩来所作的政治报告中就提到了要建立一个全国性的文艺组织来实现对于文学艺术的保护、指导和监控:"我们文艺界要有全局的观念。我们文艺界的朋友来自各方,……他们过去限于环境,工作也带局部性,现在聚会一堂,来商讨今后全国的文艺工作,那就不能不要求我们大家有全局的观念。我们不只是看到我们那一个工作部门,或者只看见我个人的工作环境,我们要看到我们今天整个的解放事业,看到我们今天全国的文艺工作,我们的工作才能安排妥当。今天全国接近于完全解放,我们的后方最重要的任务是发展生产。我们文艺工作者要了解,建设新民主主义新中国的初期是一个艰难缔造的过程,尽可能要求我们的每一个部门,每一个人,每一个工作都能很快发展,同时又要求有计划地适合全局的需要与可能。各部门中的分工安排就需要我们根据轻重缓急来定了。……这次文代大会代表大家都感到要成立组织,也的确需要解决这个问题。不仅我们要成立一个中华全国文学艺术界的联合会,而且我们要像总工会的样子,下面要有各种产业工会,要分部门成立文学、戏剧、电影、音乐、美术、舞蹈等协会。因为只有这样,我们才便于进行工作,便于训练人材,便于推广,便于改造。这一点是大家所赞同的,现在就需要开始,因为我们不可能常开这样的大会。希望在会中或会后,就把各部门的组织成立。这是群众团体方面。同时,人民政治协商会议将要产生全国性的民主联合政府,而在这个政府机构之中,也要有文艺部门的组织。这种文艺部门的组织,那就要依靠我们上面说的那些群众团体来支持,因为这个部门是为我们广大人民及群众团体服务的。我们的国家是人民的国家,政府是人民的政府,是民主集中的、由下而上同时又是由上而下的人民政权,是工人阶级领导的人民民主专政。所以我们文艺界也要关心这一方面的工作,也要推出代表来参加人民政治协商会议。我们新民主主义的政权机构里面的文艺部门,也需要我们全体文艺工作者来积极参加工作。……我们的文艺工作者,过去在部队里,有的一个野战军多到八千多人,有的很少。当然这是由于环境限制、各自发展的结果。地方上也是这样,有的一个县有一个文工团,有的没有。这种不平衡的发展,今后一个时期还会继续,但是城市和乡村,部队和地方,慢慢地调整是需要的。尤其是新区,我们要派出大批的人员去。过去我们在前国统区的朋友,各自为战,互不联系,在反动派的统治下有空隙就要钻进去,控制他一块,被压迫就藏起来。现在不同了,现在是人民的国家,要自己来安排。所以文艺工作在政府方面也好,在群众团体方面也好,我们都要来有计划地安排。这就靠你们将要推选出来的领导机构来安排这些事情"①。周恩来的这一政治报告,强调了在文艺界建立一个全国性统一组织的必要性和必然性,而且第一次文代会能够成功地召开,本身也说明了文艺界内部本身也有统一在一面旗帜下的需要和渴求。文艺工作者们认为,唯有这样,才能最大限度地维护自身和文艺发展的利益,而且有了国家这个强大后盾的保障,其创作才可能在经济和组织上获得安稳的环境,而不是像在国民党政府的文艺围剿下,不得不通过不断更换笔名、开办空头书局等方式来应对。到了国民党统治的后期,其文艺政策已经腐朽不堪,这令广大文学家感到了一种深深的绝望。

沈从文提到的"广大的出路"在周恩来的政治报告中得到系统的阐释,并准备在不久的未来加以实践。与共产党关系十分疏离

① 周恩来.政治报告[C]//本书编辑委员会.中国新文学大系 1937—1949·文学理论卷.上海:上海文艺出版社,1990:64-66.

的沈从文,在多封信件中表达了对风雨飘摇的文艺界的担心:"北平也许会毁到近一二年内战的炮火中,即不毁,地方文物也一天一天散失,什么都留不住。……真是作孽子!"①此时的沈从文在留守中期待着一种变革和新的转机:"旧的社会实在已不济事了,得一切重作安排"②。他提到了一种新的希望:"试从远大处看国家,这个国家必然会进步,可以使青年得到多方面发展,只不进展的方式,或稍稍与过去自由主义者书呆子所拟想成的蓝图不甚相合罢了。""万千人必忘去过去仇恨,转而为爱与合作,一致将热忱和精力为新社会而服务!这是拥有五万万人民国家进入历史新页的一个必然步骤。""为一个新观念而努力,作品又适为新社会需要的,必可得到广大的出路"③。

会上,在周恩来将这个任务提上日程之后,文艺工作者们的整体情绪是兴奋和高昂的。在听过周恩来报告的当天,来自解放区的作家王林在日记中详细地记载了周恩来所说的话以及当时会议上的一些细节。王林特别地写到,在周恩来、郭沫若等人做了主题发言之后,还对此有所补充:"周说团结:在新民主主义毛泽东旗帜下团结起来,毛也鼓掌,后周说我们应感谢毛主席给我们的指示。全体起立,毛也谦虚地起立。后郭说我们愿做毛的学生,全体起来,毛又谦逊地立起"④。从日记内容不难发现,在第一次文代会上,王林的注意力多放在毛泽东和周恩来的身上,虽然这一举动

① 沈从文.致凌淑华(1948年10月16日)[M]//沈从文全集·第18卷.太原:北岳文艺出版社,2002:513.
② 沈从文.致吉六(1948年12月7日)[M]//沈从文全集·第18卷.太原:北岳文艺出版社,2002:521.
③ 沈从文.致季陆(1948年12月1日)[M]//沈从文全集·第18卷.太原:北岳文艺出版社,2002:517;沈从文.致吉六(1948年12月7日)[M]//沈从文全集·第18卷.太原:北岳文艺出版社,2002:519;沈从文.致炳塈(1948年12月20日)[M]//沈从文全集·第18卷.太原:北岳文艺出版社,2002:523.其中,"吉六""季陆"疑似一人,且沈从文所写两封信内容相近,致"吉六"一封较致"季陆"一封更为完善,疑为一封信的两个底稿。
④ 王林.第一次文代会期间日记[J].新文学史料,2012(4).

在当时应该是具有普遍性的,但是考虑到王林在此时的特殊境遇,
则更加能够体会到当时作家和文艺工作者对于文化资源在组织上
统筹的认同。此时的王林正在因为长篇小说《腹地》遭到邵荃麟等
人的批判,迟迟不能出版而发愁,并因此对解放区的文学界,尤其
是文学界的组织形式有所不满,甚至与文学界的一些领导人物和
组织方面有着小摩擦。在第一次文代会筹备期间,王林一直用一
种冷漠的态度来旁观文代会的各路代表们,甚至在当天开会的时
候,毛泽东的迟到也被王林认为是有意之举,"(1949 年 7 月 7 日)
毛主席这是忽然来到(我早就这样估计)"。① 在 1949 年 7 月 7 日
当天,王林所记录下的内容与其说是日记,倒更像是会议纪要。在
毛泽东出现之后,周恩来接着谈到了旧文艺的改造和文艺的全局
观念问题,对照当天周恩来在会议主题发言时的记录来看,这两部
分内容正好是和如何在组织上整合新生共和国的文化资源有着很
大关系。② 王林在听到这些问题之后,情绪明显地和之前有了一
个大的翻转,此时已经变得真正的"谦逊""谦虚"。③ 这一态度上
的翻转,正好就在周恩来论述文艺如何在组织上重新完成资源整
合的过程之中,而在日记中,这一内容则被较为详细地记载了下
来,这一切都表明了这一组织方案对于王林内心的触动。此时,王
林作为一名较为"另类"的解放区作家,其作品正在因为组织上的
原因被批判,其文学前途也可能受到影响,而他仍能被这样的文艺
资源整合方案所触动,可见这一方案的普适性,同时也不难体会其
他解放区作家对于这一方案的认同与肯定。以新中国成立前一直
辗转于各解放区之间的钱杏邨为例,在文坛一向有较高地位的钱
杏邨参与了中共中央文化部的组建工作,从这一时期他所记载的

---

① 王林.第一次文代会期间日记[J].新文学史料,2012(4).
② 参见周恩来.政治报告[C]//本书编辑委员会.中国新文学大系 1937—1949 · 文学
  理论卷.上海:上海文艺出版社,1990:62 - 66.
③ 参见王林.第一次文代会期间日记[J].新文学史料,2012(4).

日记来看,钱杏邨对于这一工作有着十分的热情,经常可以见到诸如此类的记载:"归旅社,已四时矣。""候周副主席至夜四时,未见来。乃寝。""至一时始就寝。"①同样的记载在夏衍的回忆录中也得到了证实。② 钱杏邨等作家对于整合新中国文化资源整合所做的工作可谓是焚膏继晷,颇费心血,从中也不难看出他们对于这份工作洋溢着的热情和对于尽快完成文化资源整合的热切盼望。

当然,虽然新生共和国给了作家们以新的希望和创作的保障,仍有一些作家和文学工作者对这种被统筹和整合后的文化资源有着种种的不信任和不理解。由印度回国的翻译家常任侠在参加中国全国文学工作者协会成立选举之后,其当天的日记就表达对文协大会选举的不满。在感叹于统一战线之宽大的同时,常任侠也困惑于新政权中人员复杂的成分,只得寄希望于"搞通思想"。③常任侠的困惑实际上是来自其对于解放区民主政治制度理解的不够充分。毛泽东在 1949 年新中国成立之前发表的《论人民民主专政》可以看作中共中央对解放区民主政治经验的总结,同时也可以看作对于新生共和国民主政治建设的构想。其中,除了强调"人民民主专政的基础是工人阶级、农民阶级和城市小资产阶级的联盟,而主要是工人和农民的联盟,因为这两个阶级占了中国人口的百分之八十到九十。推翻帝国主义和国民党反动派,主要是这两个阶级的力量。由新民主主义到社会主义,主要依靠这两个阶级的联盟"之外,毛泽东还充分肯定了民族资产阶级的作用,他认为:"民族资产阶级在现阶段上,有其很大的重要性。我们还有帝国主义站在旁边,这个敌人是很凶恶的。……民族资产阶级之所以不能充当革命的领导者和所以不应当在国家政权中占主要地位,是因为民族资产阶级的社会经济地位规定了他们的软弱性,他们缺

① 阿英遗稿.第一次文代会日记[J].新文学史料,1978(1).
② 参见夏衍.懒寻旧梦录[M].北京:生活·读书·新知三联书店,2000:395.
③ 常任侠,沈宁.春城纪事[M].郑州:大象出版社,2006:68.

乏远见,缺乏足够的勇气,并且有不少人害怕民众"①。对于长期流寓印度而缺乏解放区生活经验的常任侠来说,中国国内的政治经济情况之复杂困难,远不像在报纸或书信中看到的那样,新民主主义革命也不是随着国民党撤退台湾就能毕其功于一役的。对于这些新政权诞生之后,在光明中存在的点点阴翳,并不是凭着理念上的推想就能预料得到的,在新政权中,常任侠以及其他对于民主政治有怀疑的作家或文学工作者们还需要很长的时间来"搞通思想"。②

如果说常任侠等人对于新中国的民主政治和在这种政治思路下所进行的文化资源整合的不理解是由于其对于新生政权的政治文化环境较为陌生的话,那么以胡风为代表的一些曾经生活在国统区的作家或文学工作者们对于文化资源整合的担心,则表现了一种组织文学生产与自由创作之间的矛盾。胡风在由香港北上的途中一直担心自己来到北京后的命运,而在第一次文代会期间,胡风悬着的心终于放了下来,但是即使是这样,胡风对于新政权用"中华全国文学艺术界的联合会"③这样的形式来组织文学生产,还是不能充分信任。在第一次文代会召开期间,胡风虽然表面上对这一文化资源整合方式表示认同,但是私下里,却通过各种途径表达了他对这新的组织的种种焦虑和担心。在会后不久的一封信件中,胡风提醒梅志:"对于期待了半生的这新社会,我们愉快,从这产生的任何话可以对任何人说。但为了更好,当然会有一些小的见解,但这只能对极可信任的老朋友说,否则,会引起误会的。这就是集体生活,我要你注意的就是这一点"④。而事实上,胡风也确实对这种新的文化资源整合方案有着诸多的"小的见解",在

① 毛泽东.论人民民主专政[N].解放日报,1949-6-30.
② 参见常任侠,沈宁.春城纪事[M].郑州：大象出版社,2006：68.
③ 周恩来.政治报告[C]//本书编辑委员会.中国新文学大系1937—1949·文学理论卷.上海：上海文艺出版社,1990：64.
④ 晓风.胡风家书[M].上海：复旦大学出版社,2007：102.

这一时期胡风的日记中,经常出现对某些事件加了引号的记录。在添加了引号之后,所记下的时间就略带一种嘲讽的意味:"(1949年7月8日)欧阳山同来,谈到十一时过,要我'自由发言',上午丁玲也曾提出过。""(1949年7月10日)上午,自由发言,周扬'亲自'来过。""(1949年7月12日)上午,文协筹委会开会,被指定为'常委'"①。这些加了引号的词语印证了胡风在写给梅志的信中所提到的对于新中国成立后"集体生活"的不适应。自以为紧紧跟随着毛泽东政策前进的胡风实际上并没有理解并接受解放区的文学生产和消费的组织形式,而新生共和国则在主体上延续了解放区政治文化运作思路。胡风在这样的文化环境中,并不能将自己所秉持的文学理念很好地坚持和发展下去。这个时候的胡风向夫人梅志诉说着他无法著文的痛苦,"文章,还无法写。从前是忙,现在是有些心情不定了"。② 但是,胡风毕竟是一名毛泽东和马克思主义的坚定追随者,尽管有着种种的不习惯和不安的预感,他还是努力地调整着自己,尽快地加入为这个新生国家和国家的缔造者们唱赞歌的队伍。"时间开始了——/毛泽东/他站到了主席台正中间/他站在了地球面上/中国地形正前面/他/屹立着像一尊塑像"③。胡风虽然有着许多的"小的见解",但是在思想上,他已经做好了被开始了的时间洗礼的准备,"一切愿意新生的/到这里来吧/最美好最纯洁的希望/在等待着你"④,而这并不仅仅是胡风在诗歌中的抒情,即使是有着种种的不适应,胡风也难以抗拒重新开始了的时间所具有的强大感染力,在与梅志的信件中,他迫不及待地向她分享着自己"新生"的喜悦:"(1949年11月14日)大前天晚上,我写了一首四百多行的诗。写着它,我的心像海涛一样汹

---

① 胡风.胡风全集・第10卷[M].武汉:湖北人民出版社,1999:85-87.
② 晓风.胡风家书[M].上海:复旦大学出版社,2007:119.
③ 胡风.时间开始了[M]//胡风全集・第1卷.武汉:湖北人民出版社,1999:105.
④ 胡风.时间开始了[M]//胡风全集・第1卷.武汉:湖北人民出版社,1999:106.

涌。多么幸福的时间！要尽可能早点给你看到。两个月来，我差不多每时每刻都活在一股雄大的快乐的音乐里面。我还要写下去的。""（1949 年 11 月 16 日）预定四章，第一章，就是上次说的，亚群等看了说'伟大'，现在总编辑哪里听审。如能发表，会使这小文坛震动一下的。第二章正在召回灵感，今天写了三节，还没有完全涌出来。上午想时，几次在热泪里边打颤。但写时又低落了，有些困难似的。这一章里，打算写到我那至善的母亲。第四章也恐怕不容易，写十月一日的大会，要写出别人感觉不到的神圣而美丽的东西。我亲爱的 M，我希望有力气写完它，向这时代献出我的一瓣心香。亲爱的，给我力量，给我力量！每天，我的心总有些时候像怒海一样沸腾。烧得好幸福又好难受呵！"在新的环境的熏陶下，胡风全然忘记了初到北京时的不快，甚至他已经选择忘掉两个月以来的种种不快和"小的见解"，开始全身心地去体会和认同那"雄大的快乐的音乐"。另外，虽然在组织上和生活上，胡风仍然有着种种有待磨合和未能解决的问题，但是他在兴奋中已经顾不得这些了，向共和国献礼的意愿压倒了一切。在形式上，他已经认同了这一套自己并不适应的文化资源整合方式。"我们多可怜，献出心去还要看人家要不要！然而我们是幸福的，我们有东西可以献出去，值得献出去"①。虽然之后的种种事件使得胡风对于这种文化资源的整合又产生了新的意见，并失去了与之契合的机会，但是这短暂而激烈的融合显示出了新生共和国以一种前所未有的方式整合文化资源的强大力量。在可以统御一个现代民族国家的巨大话语场之下，一些小的摩擦和龃龉都被暂时性地掩盖了。虽然随着战争话语被生活日常所冲淡，它们还会再一次显现出来，但是，新政权文化资源整合的成功是无法被否定的。

---

① 胡风.胡风全集·第 10 卷[M].武汉：湖北人民出版社,1999：126-128.

　　从本质而言,这种以经济为基础的新的文化资源整合方式是建立在一种现代民族国家意识之上的。而在现代民族国家意识所体现的种种特点中,一种对于既有资源的强大整合力成为这一时期的核心,尤其此时的中国正处于一种经济基础和社会阶级都在发生着重大变化的时期,这一整合力所表现出来的强大效果就更是显而易见了①。它将有着不同过往、属于不同阶级、有着不同政治立场的各类人群整合进了一个以统一的现代民族国家为基础的话语体系之内。在文学或思想领域,"现代型国家观念作为思想框架把它们收敛起来,形成一个跨越中华民国与中华人民共和国的完整性的文学系统"②,这个系统的能指极其宽泛,并以"统一战线"为呈现形式包容不同甚至是对立的作家,而这些作家在这种强而有力的文化整合方式下,也情愿放下自己的一些对国家、对个人的既有成见,以一种"求同存异"的姿态与各种有着不同立场、不同经历的人们共同加入这个新生共和国的建设之中。在胡风、常任侠等人的日记中,这种对于自己原有立场的妥协是显而易见的,在看到一些有着明显污点的人和自己站在同样的队伍中时,他们甚至会感到一种羞耻,但是毕竟号召这些人加入行列的这个崭新的现代民族国家,在这个新生力量的面前,个人的好恶是微不足道的,也必须予以主动的忽视。时代要求这些作家能够并且必须以一种更为广阔、宏观的视角去观察身边的一切,对共产主义的坚信使各路作家放弃了之前的身份、立场③,纷纷投身到信仰和宣传中。虽然这之中不乏龃龉,但是在大趋势上,新的文化资源整合使

---

① 参见韦伯,甘阳,等.民族国家与经济政策[M].甘阳,等译.北京:生活·读书·新知三联书店,1997:84.
② 朱德发."现代中国文学史"学科的四个基本特征[M]//现代文学史书写的理论探索.济南:山东人民出版社,2010:94.
③ 放弃身份者如草明,其在新中国成立之后停止了专业的创作工作,一直在东北地区从事钢铁冶炼的相关工作;放弃立场者如胡风,其在新中国成立之后放弃了他引以为傲的"主观战斗精神",并积极地向着延安讲话的精神靠拢,但由于其本身的局限性,这种转向并未获得显著的效果。

新中国成立初期的文学创作一直走在毛泽东文艺思想的道路之上，并且具有很强的先进性和动员作用。

　　3. 杂声与冷思考

　　1949 年 5 月，长期流寓香港的夏衍再次回到内地，刚到北京，即被周恩来约至中南海开会，商议筹备文代会的工作，其大意为："这次文代会是会师大会，团结大会，团结的面要宽，越宽越好，要团结一切可以团结的人，不但解放区文艺工作者和大后方文艺工作者要团结，对于过去不问政治的人要团结，甚至反对过我们的人也要团结，只要他们不反共、不反苏，都要团结他们，不要歧视他们，更不该敌视他们，假如简又文、王平陵还不走，也要争取他们，团结的总方针是凡是愿意留下来的，爱国的、愿意为新中国工作的人，都要团结、都要争取，这是一个'闻道有先后'的问题。今天在座的都是新文艺工作者，新文艺工作者有责任团结旧文艺工作者，可以肯定地讲，旧文艺工作者（一般所说的旧艺人）在数量上比新文艺工作者多，在和群众联系这一点上，也比新文艺工作者更宽广、更密切。当然，新文艺工作者内部，也还有消除隔阂，加强团结的问题"①。周恩来所召开的会议代表了党中央的决策，在这个决策中，周恩来意图抹平各种文艺类型之间的隔阂，途径就是赋予各种类型的文艺一个更加本质化的定位，即"爱国的、愿意为新中国工作"。换句话说，就是愿意遵循新政权所赖以立身的一套话语体系及其所推行的价值取向，也就是周恩来所谓"闻道有先后"中的"道"。在这个"道"的统筹和整合下，文艺方面存在的种种隔阂和分歧都是可以消除的，也是必须消除的，而这个"道"在其会议精神中无疑指的是毛泽东《在延安文艺座谈会上的讲话》，其核心还在于一种建立在经济关系上的"为什么人"的问题。在这种思想的指导下，文学的形式已经不再重要，重要的是文学创作的动机和目

---

① 　夏衍.懒寻旧梦录[M].北京：生活・读书・新知三联书店,2000：395.

的。这里边值得一提的是对于旧文艺的改造,由于戏曲作为一种旧形式的文艺,其中隐含的旧内容较多,甚至存在着许多如《杀子报》《庄子试妻》这样的较为糟粕的剧目,但是同时,戏曲也是和群众联系最为密切的文艺形式,所以在新中国成立初期,党中央对于如何整合戏曲的问题是下了大力气的。① 1951 年,政务院颁发了一个关于戏曲改革工作的指示,其中以新型经济关系整合戏曲的努力显而易见,这则指示开篇即这样写道:"人民戏曲是以民主精神与爱国精神教育广大人民的重要武器。我国戏曲遗产极为丰富,和人民有密切的联系,继承这种遗产,加以发扬光大,是十分必要的。但这种遗产中许多部分曾被封建统治者用作麻醉毒害人民的工具,因此必须分别好坏加以取舍,并在新的基础上加以改造、发展,才能符合国家与人民的利益"②。在这里,戏曲被赋予了一种阶级的色彩,分为"人民戏曲"和"麻醉毒害人民的工具",而在新生共和国的范畴内,这些戏曲如果想得到延续以至进一步的发展,则需要建立在一种"新的基础"上。显然,在新中国成立初期的历史语境下,这个"基础"有着源自经典马克思主义理论的特定意义,具体表现在:"戏曲应以发扬人民新的爱国主义精神,鼓舞人民在革命斗争与劳动斗争中的英雄主义为首要任务。凡宣传反抗侵略、反抗压迫、爱祖国、爱自由、爱劳动、表扬人民正义及其善良性格的戏曲应予以鼓励和推广,反之,凡鼓吹封建奴隶道德、鼓吹野蛮恐怖或猥亵淫毒行为、丑化与侮辱劳动人民的戏剧应加以反对"③。在这段表述中,一种根据经济基础而对戏曲思想作出划分是十分明显的。

　　既然是以经济基础作为整合依据,那么在新中国成立初期,对

① 参见夏衍.懒寻旧梦录[M].北京:生活·读书·新知三联书店,2000:395-396.
② 政务院关于戏曲改革工作的指示[G]//中央人民政府法制委员会.中央人民政府法令汇编·1951.北京:法律出版社,1982:553.
③ 政务院关于戏曲改革工作的指示[G]//中央人民政府法制委员会.中央人民政府法令汇编·1951.北京:法律出版社,1982:553-554.

于文学家和作家的经济成分鉴定就成为一件十分重要的事情,这关系到被鉴定者在新政权中的待遇问题,更重要的是关系到被鉴定者在政治身份上是否信得过的问题。大多数从解放区来的作家们对这种鉴定是接受和习惯的。早在根据地时期,在解放区作家之间,这种对于自己成分上的鉴定就已经开始了,并渐渐地成为一种惯例和常态。1940 年代发生在延安的"抢救运动"对于整个解放区知识分子群体的影响是巨大的。在茅盾女儿沈霞的延安日记中,诸如"检讨""审查""填表"这样带有明显政治鉴别色彩的词语比比皆是,而她本人也认为,虽然这种政治鉴别方式对于其个人生活有着许多影响,但是为了革命的发展,当事人也认为这种行动是十分有必要的。沈霞认为即使是朋友之间,在对彼此的阶级立场进行检查的时候也不应该有私心掺杂。"首先那是一种小资级的感情,我们找寻的'友情'实际上只是一种合乎小资级口味的感情,是失掉立场原则的,是图个人情绪上的温暖,是寻找幻想、逃避现实的。所以会产生这种情绪,那么就是因为一方面是自己小资级的情感的爆发,一方面是从小资级立场出发对现实生活的不满。……对延安同志间感情估计得不足——没有清楚地看到延安同志间那种自我牺牲,从政治、从需要上的帮助与关心。却是用小资级的观点来批评,强调着什么精神上的'安慰'。而且完全不是从集体出发,从革命需要出发,而是从个人情绪出发,从个人爱好出发"①。这种"整风"的氛围从延安向周边解放区扩散,并随着战争话语的延续进入了新生共和国之中。有过解放区经历的作家们大多数认为这种审查与鉴定是必要的。在延安"整风运动"中被审查的韦君宜,直到新中国成立初期也并没有对这种鉴定有过太多的怀疑:"解放初期那一阵,大家因为刚刚摆脱国民党那种贪污、横暴、昏庸无一不备的统治,的确感到如沐初升的太阳。……我记得

---

① 沈霞,钟桂松.延安四年(1942—1945)[M].郑州:大象出版社,2009:49-50.

刚进城时,我和杨述在北平街头闲步,指着时装店和照相馆的橱窗里那些光怪陆离的东西,我们就说:'看吧! 看看到底是这个腐败的城市能改造我们,还是我们能改造这个城市!'当时真是以新社会的代表者自居,信心十足的。……一些剥削阶级家庭出身的青年,拼命与其父母划清界限,衷心地以此为荣。……我们却把一切在国民党区和沦陷区的普通百姓都看成了'阶级斗争'的自觉参加者"①。在新生共和国的语境下,一种源自经济关系的阶级论将之前的社会关系重新组合,使曾经被压迫、失去社会地位的群体获得了经济上的独立与政治上的解放,这些来自解放区的作家在看到这一片大好的形势之后,再对比国民党曾经腐朽不堪的统治,就更加有理由相信这种以经济和阶级为划分标准的可行性与必要性。他们中的大多数都能自觉地接受新政权对他们政治身份的鉴定,并且对此有着充分的自信,并不觉得这种审查特别烦累,这种源自解放区的独特政治整合模式反而使他们产生了很强的自豪感。他们抱着一种改造社会的宏愿来到曾经被国民党占领的城市,并在道德上居高临下地俯视着城市中曾经流行的一切,来自解放区的"天生"的政治优势和解放全中国的壮举,使他们没有理由不相信自己的选择是正确的,也使他们乐于并迫切向着曾经陌生的城市展示着作为胜利者的欢欣与革命者的纯洁。

而对于没有解放区经历的作家和文学家来说,这种以经济基础和阶级立场为衡量标准的文化整合方式显然是新奇的。在从香港返回内地之后,夏衍来到了曾经熟悉的上海,并出任上海市委常委、上海市委宣传部部长、上海市文化局局长、华东军政委员会委员,其组织关系落在了上海。甫到上海,华东局秘书长吴仲超就派人来安排夏衍填表,当填到"级别"一栏时,由于夏衍不了解解放区的干部评价体系,所以该人事干部试图通过对夏衍的工资进行换

① 韦君宜.思痛录[M].北京:北京十月文艺出版社,1998:21-22.

算，从而算出其行政级别。"对方问：'那么你每月领几斤小米？'我说我从来不吃小米，也从来没有领过。他更加惶惑了，那么你的生活谁供给的，吃饭、住房子……我说我的生活靠稿费、版税，除了皖南事变后南方局要我从桂林撤退到香港，组织上给了我一笔旅费之外，我一直是自力更生、卖文为业。这一下对方只能问，那么你到上海之前，在党内担任的是什么职务？这倒容易回答的，我在香港时是南方分局成员、香港工委书记。他满腹狐疑地拿着我的表格走了"①。虽然该人事干部的名字已经不可考，但是从这名人事干部对于夏衍回答问题的反应来看，该干部应该主要活动在解放区，其领导吴仲超也主要活动在解放区。这样一来，夏衍有关"每月领几斤小米"这个问题答非所问，多少会使得这名人事干部有点不知所云，更重要的是，这名缺乏解放区之外生活经验的人事干部无法想象一种组织之外的文艺创作方式，也无法理解夏衍是如何仅凭着稿费、版税就可以维持生计的，进而对夏衍产生了一种政治上的不信任。从解放区组织生产的角度出发，如果一个人在经济上都没有和组织产生联系，那么他的身份就是很可疑的，而如果这个人又可以很好地维持自己的生计，就不得不让人怀疑他的背后是否有其他势力的支持。好在夏衍广泛的人脉关系和"左联"的老资格使他很快脱离了这种困境，并且很快地融入了新政权的整合之中。

与夏衍相比，长期隐居四川的李劼人对于这种新的文化整合方式则表现得并不十分适应。新中国成立之后，作家出身而倾心于实业救国的李劼人出任了成都市人民政府副市长。虽然新的文化资源整合对于李劼人的生活本身并无太大影响，他也积极参与成都地区文化资源的整合工作，但是从他这一时期频繁向上层打报告，维护一些非无产阶级知识分子的利益行动可以得知，兼济天

---

① 夏衍.懒寻旧梦录[M].北京：生活·读书·新知三联书店，2000：410.

下的李劼人对于新政权的这一套从经济基础与阶级立场出发的文化资源整合方式并不是完全认同的。新中国成立伊始,在四川省进行土地改革的时候,李劼人不止一次为熟悉的或不熟悉的被错划为剥削阶级的人出面说情,以自己的社会关系来维护他们被侵害的利益。在致当时中国西南局组织部第一副部长龚逢春的一封信中,李劼人为素不相识的陈佩鸾辩解:"关于陈佩鸾的事,她与她的丈夫正设法卖房子,已不再理论责任问题,只求能免去恶霸地主之名而已。其实仅仅有附郭坟地五亩,又从未与农民发生直接关系,实在也说不上地主"①。同时,他还为树德中学退押一事四处奔走。树德中学原是国民党所办学校,在共产党接管的过程中由于清退土地一事,多方有所推诿。李劼人利用自己在成都当地的名望,游走辗转于各方之间,终于成功地解决此事,可谓劳心费力。② 另外,李劼人还特别注意保护一些被错划成地主阶级的知识分子的合法权益,他在一封信中为川中名宿廖学章申诉:"廖学章先生是我与郭沫若、周太玄等在中学读书时的英文先生。一直到今,四十多年,廖先生仍在教书,现任成华大学英文教授,今年已七十岁,思想极前进。为了自动退押(皆系祖遗田产),及自动建议赔偿农民损失,凡房屋、衣物、家具等,都已卖完,至今除身上衣服外,只有一床二椅,除必须用之教本外,其余书籍、字画,片纸无存。但他的本身任务虽已了清得奖,而协助祠堂之担子犹难放下。廖先生向来反对宗法主义,然为宗族中坏人胁迫,仍不能完全摆脱,痛苦异常。故写有简略一件,请我反映,特封上。请阅后酌情可否商之王定一主任,将其协助祠堂之一千三百斤米之款予以豁

① 李劼人,王嘉陵.李劼人晚年书信集(1950—1962)[M].成都:四川大学出版社,2012:7.
② 参见李劼人,王嘉陵.李劼人晚年书信集(1950—1962)[M].成都:四川大学出版社,2012:1-10.

免"①。李劼人的这封信写得非常有意思，可谓是软硬兼施，并竭力为廖学章撇清其与宗族之间的关系，可谓煞费苦心。新政权以经济为基础来重新整合文化资源的方式自然有着其内在的合理性和合法性，但有时也难免会陷入"一刀切"的误区。李劼人一方面作为土地改革的执行者，积极对剥削阶级侵占人民的土地进行清退；另一方面，他还是一个有着丰富学识和良好修养的作家和知识分子，这赋予了他以官员之外的另外一重眼光，即从文化和人性的角度去看待这些被清算的人们。李劼人利用自己长期以来在四川积攒的深厚的人脉关系和良好的个人社会威望来帮助这些人讨回自己的正当利益，显示出了李劼人令人钦佩的人文关怀。必须承认，在新中国成立初期，新政权派往各地领导各种改革的负责人往往是行伍出身的干部，论阶级性，他们自然无可非议，但如果从文化审美角度出发，他们在土地改革过程中显然对于一些有着特殊价值的精神物质遗产缺乏应有的敏感。李劼人在致龚逢春的另一封信中记载着这样一件事："兹又有一事件代人恳求。缘老友刘鉴泉君，为成都（亦可说是川中）文化界、教育界最有成绩，亦最有身后之名者。其人历任大学教授，并未做过其他事情，平生积蓄全用买书，死已二十年矣。因有祖遗田二百亩，自从开始退押，其妻子便百方设法，卖房卖物，竭尽能力，仅退还一部分，现在将其全部书籍二万三千余册交与文教厅转与文物保管委员会。以书籍购价言，已属不资，何况更有极可宝贵之手稿，实为不可数计之文化遗产。张秀熟、谢无量以及川大各名宿皆知之。然文教厅文管委员会只能接受此种书籍手稿，而却不能付出食米二百多市石，为此，孤孀代了任务。文管会虽已函知七联，请与照顾豁免，但恐七联未必能允。因思刘季似确有困难，而其先夫又确系有功文化之人，并

---

① 李劼人，王嘉陵.李劼人晚年书信集（1950—1962）[M].成都：四川大学出版社，2012：11.

已将其书籍手稿全部送交政府,酌情酌理,似乎可以予以特别照顾。倘得鼎力函商七联,念其种种,将此实无力筹退之二百担食米,赐准豁免,则所感谢者,实不止刘君之孤孀孤子已也"①。刘鉴泉遗孀所捐献其生前所藏各种珍贵书籍,在对此颇为外行的文教厅文管委员会来说,只不过是普通的书籍而已,并不具有特殊的价值。在他们的眼中,这些书只有使用价值,其文化遗产价值并不在他们考虑范围之内,甚至连二百担食米的价值都不如。当然,在新中国成立初期百废待兴的社会条件下,书籍等文化资源的作用肯定不如粮食等战略物资的作用更大,但是从长远来看,这些文化资源显然要比粮食等物的作用要大得多。李劼人一方面对新生共和国的成长充满了希望,另一方面却对其中一些政策,尤其是文化方面的政策有所不满,但是身为成都市副市长的他出于从大局考虑,并不能公开地对之有所微词,只能利用其所掌握的各类社会资源对自己认为重要而未被新政权重视的文化资源进行抢救性保护,并争取将之并入共和国整体的文化资源整合体系中。在新中国成立初期的文学界,李劼人有着多重跨界的身份,他对这一点是有所认识的。李劼人曾经对其女儿李眉说:"我参加工作,时间是要花费一些,但我相信,我要写作,共产党是会支持的"②。也就是说,李劼人明白自己在政治上是共产党行政体系中的一员,而同时共产党也承认其作家的特殊身份。李劼人在这多种身份间跳来跳去,为更多有价值的文化资源被纳入新政权的视野做出了有价值的贡献。另外,李劼人虽然一向对共产党抱有好感,认为共产党都是好人③,但是,他却终身未曾入党,这也显示出了他的一种"同路人"的姿态。利用这种姿态,李劼人可以更多为共产党政府提出一

① 李劼人,王嘉陵.李劼人晚年书信集(1950—1962)[M].成都:四川大学出版社,2012:12-13.
② 李眉.李劼人轶事[N].四川工人日报,1986-8-22.
③ 参见李眉.李劼人轶事[N].四川工人日报,1986-8-22.

些具有独立性的建议,尽力实行党外人士的民主监督。① 李劼人多重"跨界"的姿态,本身就显示出了知识分子对于共产党在执政之后独特文化资源整合思路的支持与反思,为沉浸在欢欣中的人们提供了一丝冷静的思考,同时也显示出了这种文化资源整合思路之下的一些问题:以经济基础和阶级重新分配文化资源毕竟还是过于笼统,而各阶级之间文化上的差异也使得一些重要而有意义的资源被忽视和破坏。

在新中国成立初期,虽然相对于整体而言,这些来自知识分子的独特声音还是过于微弱,但是他们对于文化资源整合的重要意义却是不可忽视的。在现代民族国家意识的统筹下的 1950 年代是一个激越的时代,大多数人都沉浸在一种来自社会和经济制度变革的愉悦中,而正是在这个时候,更需要一些人对此有所反思。毕竟民族国家是一个太过宽泛的概念,在其中有着许多的结构性因素,而一种多样性的生态样貌也正是其显著特点之一。② 如果仅仅依靠经济这种单一的标准去建造这个新生的国家,未免过于简单和粗线条,其中许多细节问题在这种视角下都是难以被观照到的。在这个时候,一些杂声与冷思考的意义就显露出来了,它们沟通着新旧两个时代,为更多的人寻求着通向新生的道路。新中国建立所依靠的哲学基础——马克思主义是一种所指明确的行动纲领,其本身对于有资格加入以这种思想统领下的国家的人们有着一种纯洁化的要求。在《共产党宣言》中,马克思明确地写道:"共产党人不屑于隐瞒自己的观点和意图。他们公开宣布:他们的目的只有用暴力推翻全部现存的社会制度才能达到。让统治阶级在共产主义革命面前发抖吧。无产者在这个革命中失去的只是

① 参见雷兵."改行的作家":市长李劼人角色认同的困窘(1950—1962)[J].历史研究,2005(1).
② 安德森.想象的共同体——民族主义的起源与散布[M].吴叡人,译.上海:上海人民出版社,2005.

锁链。他们获得的将是整个世界"①。依照这个标准,在新中国成立初期,若是不经过改造和甄别,大量从旧社会走出来的人们将被重新置入被"暴力推翻"的范畴之内,这对百废待兴的共和国而言,无疑将大大拖累新中国的经济建设和削减人民对于这个新政权的信心。因为即使是在解放战争胜利之后,来自传统中国的经济运作模式仍保持着一种惯性,不会一下子就转向或者停止,在这种惯性面前,迈向"新人"的路上有着一道"门",能够进入的人毕竟是少数的。在这个时候,李劼人等能够跨越两个时代的知识分子的存在就显得尤其重要,他们在纯洁的共产主义目标和向往自由民主但却有着晦涩过往的人群之间盘桓辗转,使更多的人可以迈进新中国的门槛,加入为这个新生的现代民族国家建设效力的队伍中去,在"主义"和"人性"之间,他们尽力地维持着一种平衡,保持着1950 年代文学乃至社会生态的稳定。

第三节 新环境与作家的互动

1. 市场与阶级：两种环境的基础

尽管其中有着较多的裂隙,在新中国成立初期,那种源于解放区文化资源的整合模式还是在全国范围内被推广开来,并由此构成了这一时期文学生态所依赖的典型环境。文学的生产和消费都被纳入一个政治上可控的范畴之内,不仅如此,政治标准在很大程度上成为衡量一个作家或者一部作品价值与成就的终极因素。文学的生产需要政治的统筹,政治的宣传需要文学的消费,在这种双向的关系之下,文学和政治达成一种协议,而确保这个协议能够按

---

① 马克思,恩格斯.共产党宣言[M].中共中央马克思恩格斯列宁斯大林著作编译局,译.北京：人民出版社,1997：62 - 63.

照计划执行的中介就是起源于这一时期的各级文学组织。

以 1949 年第一次文代会为界，中国新文学的生产方式可以被划分为两个不同的阶段。在第一次文代会之前，中国文学界并没有一个统一的文学体制，各区域间由于经济发展和政治体制等不同，文学生产和消费的组织形式也各不相同。但总的来说，新中国成立之前的文学市场，市场规律的调节作用是最为显著的，它影响着作家的创作思路以及作品的审美品味。市场是作家在创作的时候不得不去考虑的问题，而往往作家在创作之初所坚持的目标和审美理念在迁就于市场的同时被冲淡了。1920 年代兴起的左翼文学中，"革命加恋爱"的叙事模式中，就有着很明显的市场运作痕迹。这一叙述模式的创始者和集大成者蒋光慈在与周作人的通信中谈及中国文坛的状况："在上海与达夫谈及中国文坛，深觉一般作家不努力，每每一小有成名，即自以为了不得。在内容方面，他们只了解男女学生恋爱等事，这真是一种无出息的现象"①。不难看出，蒋光慈在此时对市场于中国文坛的影响是颇有警觉的，并且从这封信中，还能看出一种想要对"男女学生恋爱等事"加以改造的意图。这封信写于 1927 年 3 月，而蒋光慈也确实是从此时起，开始对以恋爱为主要书写内容的通俗小说加以改造，创作出了一批所谓"革命加恋爱"的代表作品。② 从本质上来说，"革命加恋爱"的小说叙述模式并没有过多从民国时期通俗小说的范畴中溢出，当时就有评论者发现了蒋光慈小说中存在着自我复制的现象，并称之为"脸谱主义"，认为这样做"也许给与蒋光慈以多少便利，但我们认为这样'脸谱式'地去描写革命者与反革命者，未免单纯，又这样'脸谱式'地使读者去认识何者为革命，何者为反革命，也未免流弊滋多"，并部分地将之归结于"小资产阶级意识的残

① 蒋光赤.致周作人[M]//蒋光慈文集·第4卷.上海：上海文艺出版社,1988：316.
② 参见方铭.蒋光慈研究资料[M].银川：宁夏人民出版社,1983.

存"。① 实际上,这种"脸谱化"更多来自当时的消费市场。在二十世纪上半叶,主要的消费市场被小资产阶级所把持,文学作品如果想要赢得读者,则必须要和市场与主要消费者达成一种"协议",而蒋光慈批量生产这种"脸谱化"的人物形象在很大程度上是为了履行这种无形的协议,这样一来,所谓"小资产阶级意识的残存"也就在所难免的了。当年化名朱镮来批评蒋光慈的茅盾,在自己的大作《子夜》出版之后,也惊奇且无奈地发现自己的作品也陷入了一个"小资产阶级"的怪圈。《子夜》无疑在市场方面赢得了巨大的成功,按照当时的记载,"茅盾之《子夜》,不独此书本身之巨大,为过去文坛所仅见,即以销路论,亦前所未见者。据北平晨报月前某日《北平景况》一文中所记,则市场某书店竟曾于一日内售出至一百余册之多,以此推测,则《子夜》读者之广大与热烈,不难现象云"②。事实上,"子夜出版后三个月内,重版四次,初版三千部,以后重版各为五千部,此在当时,实为少见"③。在新文学的发展史上,能有这样广阔的读者,实在是一件值得铭记的大事,甚至于在几十年后,茅盾在提及此事的时候,仍然流露出一种骄傲的情绪。但是这巨大的销量和市场上的成功也给茅盾带来了很大的困惑:"究竟这大批的读者是谁呢? 是不是爱好新文学的青年学生? 当时,新文学的读者以他们为最多。陈望道在文化界的交游甚广,又是大江书铺的主持者,对于书的销路亦有实感,他说是向来不看新文学作品的资本家的少奶奶、大小姐,现在都争着看《子夜》,因为《子夜》描写到她们了。陈望道的话,也许合乎实际情况。我的表妹(即卢表叔正室所生之女)宝小姐,她向来不看新文学作品,但她却看了《子夜》,而且以为吴少奶奶的模特儿就是她"④。《子夜》在

---

① 朱镮.关于创作[J].北斗,1931(9).
② 《子夜》的读者.文坛消息[J].文学杂志,1933(2).
③ 茅盾.《子夜》写作的前前后后[J].新文学史料,1981(4).
④ 茅盾.《子夜》写作的前前后后[J].新文学史料,1981(4).

市场方面的成功,无疑是由于被"小资产阶级"的消费群体所关注,而其中原因是"《子夜》描写到她们了",正如鲁迅在同一时期论述文学的阶级性时所说:"文学不借人,也无以表达其'性',一用人,而且还在阶级社会里,即断不能免掉所属的阶级性,无需加以'束缚',实乃出于必然。自然,'喜怒哀乐,人之情也',然而穷人绝无开交易所折本的懊恼,煤油大王那会知道北京检煤渣老婆子身受的酸辛,饥区的灾民,大约总不去种兰花,像阔人的老太爷一样,贾府上的焦大,也不爱林妹妹的"①。

在新中国成立之前,作为消费市场的主要组成部分,小资产阶级对于文学的影响力是巨大的,一部文学作品如果想获得较大的影响力或者在市场方面获得成功的话,就要多多少少地迎合小资产阶级的审美品味,这对那些有着自己文学理想的作家来说是十分痛苦的。以沈从文为例,在他怀揣梦想来到北京之后不久,消费市场就给了他以当头一击,他曾经幻想着用"手与脑终日劳作来换每日低限度的生活费"②而不可得,只好将自己的创作捆绑在迎合市场的基础之上。在沈从文初登文坛的 1925 年,其发表作品数量达到了惊人的 60 余篇。③ 在作品获得丰收的同时,沈从文的生活上也略见起色,虽然还是时常捉襟见肘,但是至少已经不会在因经济问题而想到轻生。④ 然而,沈从文的痛苦并未因此而减少,他登上文坛的姿态与其来北京之前所期望的差距太大了,之前"半工半

① 鲁迅."硬译"与"文学的阶级性"[M]//鲁迅全集·第 4 卷.北京:人民出版社,2005:206.
② 沈从文.一封未曾付邮的信[M]//沈从文全集·第 11 卷.太原:北岳文艺出版社,2002:5.
③ 参见沈虎雏等.沈从文年表简编[M]//沈从文.沈从文全集·附卷.太原:北岳文艺出版社,2002:8.
④ 在《一封未曾付邮的信》中,沈从文曾经提到过,"我不能奋斗去生,未必连爽爽快快去结果了自己也不能吧?"(沈从文.一封未曾付邮的信[M]//沈从文全集·第 11 卷.太原:北岳文艺出版社,2002:5.)

读,读好书救救国家"①的梦想已经被"只要莫流血,莫太穷,每月不至于一到月底又恐慌到房租同伙食费用,此为能够在一切开销以外剩少许钱,尽妈同九妹到一些可以玩的地方去玩玩"所取代,而且,沈从文认为"这生活算很幸福的生活了"②。甚至为了生活,由于"戏剧"这一体裁的文学作品比较容易发表,并且稿酬较高,沈从文就去创作并不为他所擅长的戏剧去赚取稿费,并在两年之内写出了近二十篇来③,艺术成就自然不高,更遑论其"为人生"的写作理想了。在被唯刚先生等人赞为"天才"的背后,沈从文却为自己这样"工厂化"的写作方式深深困扰,他不禁扪心自问:"到这世界上,像我们这一类人,真算的一个人吗?把所有精力,竭到一种毫无希望的生活中去,一面让人去检选,一面让人去消遣,还有得准备那无数的轻蔑冷淡承受,以及无终期的给人利用。呼市侩作恩人,喊假名文化运动的人作同志,不得已自己工作安置到一种职业中去,他方面便成了一类家中有着良好生活的人辱骂为文丐的凭证"④。二十余年后,当沈从文回首自己当年在市场的泥沼与消费的大潮中挣扎的时候,他作出了这样的分析:"在革命成功的热闹中,活着的忙于权利争夺时,刚好也是文学作品和商业资本初次正式结合,用一种新的分配商品方式刺激社会时,现实政治和抽象文学亦发生了奇异而微妙的联系。我想要活下去,继续工作,就必得将工作和新的商业发生一点关系。……当时情形是一个作家总得和某方面有点关连,或和政治,或和书店——或相信,或承认,文章出路即不大成问题。若依然只照一个'老京派'方式低头写,写

① 沈从文.从现实学习[M]//沈从文全集·第13卷.太原:北岳文艺出版社,2002:375.
② 沈从文.不死日记[M]//沈从文全集·第3卷.太原:北岳文艺出版社,2002:406.
③ 参见沈从文.一个天才的通信[M]//沈从文全集·第4卷.太原:北岳文艺出版社,2002.
④ 沈从文.老实人[M]//沈从文全集·第2卷.太原:北岳文艺出版社,2002:65.

来用自由投稿方式找主顾，当然无出路"①。这一带有过来人的
"事后之明"意味的补叙，详细地描述了新中国成立之前中国文学
发展所依赖的文化环境。同时，由于资本市场和作为消费主力的
小资产阶级群体多集中于上海、北京等大型城市，这一时期的文学
活动也随之向这些区域聚拢，从而形成了一个个文学活动的中心，
而其他区域，尤其是西部内陆地区，除了解放区之外，文学尤其是
新文学的发展并不乐观。1936 年春夏之交，在四川地区轰动一时
的《川行琐记》事件充分证明了这一点。从北平赴成都任教的陈衡
哲在《独立评论》上连续发表了《川行琐记》，记述她在成都的生活，
其中对成都相对于北平、上海等地的落后多有描写，尤其是对于四
川地区在文化上的一些陋习的揭露，更是直接激怒了四川文化界，
最终导致陈衡哲黯然离川。② 这一事件显示出内陆与沿海经济集
中地区在文化上的巨大差别，甚至到了不能够平心静气地交流的
程度了。

而在第一次文代会之后，共产党作为执政者，则做出了种种对
于这种相对不均衡的文化环境改造的努力，其中最令人瞩目的就
是共产党在组织方面对于作家的统筹。虽然其中有着种种不同的
声音，但是在统一的现代民族国家这一具有强大感召力的政治主
体的作用下，共产党方面对于文化资源的整合无疑是成功的，在对
原先有着各自生活轨迹和文化背景的作家们进行源自阶级的整合
之后，一种建立文学界统一组织的意图就已经呼之欲出。在第一
次文代会周恩来的政治报告中，这种意图已经被明确地提上了新
中国文学的发展日程表。③ 在对曾经的国统区进行接管的时候，
共产党在薪酬方面给予这些原有的艺术人员以"保留工资"，即将

---

① 沈从文.从现实学习[M]//沈从文全集·第 13 卷.太原：北岳文艺出版社,2002：
　380.
② 衡哲.川行琐记：一封给朋友们的公信[N].独立评论,1936(190).
③ 参见周恩来.政治报告[C]//本书编辑委员会.中国新文学大系 1937—1949·文学
　理论卷.上海：上海文艺出版社,1990.

他们全部"包下来"①,这就在经济层面上确定了这些艺术人员的从属关系,他们不再像新中国成立前一样,由代表资产阶级的某些个人来养活,而是由代表人民利益的新民主主义共和国以及其种种下设机构来发放工资。新生共和国从经济方面入手,对作家们完成了组织上的整合,作家不再是一种颇具业余或兼职色彩的个人行动,而是更多地具有了"工作"性质;而"作协""文协"等新中国成立后成立的作家组织,也不再像新中国成立前那样有着明显的社团特征,并于某些时候有着一种抢地盘、占山头的行为。新中国成立后的种种文学组织更多地具有单位的意味,他们不仅掌控着作家的经济命脉,还在出版、刊发作家作品方面有着强大的话语权,更重要的是,这些文学组织掌握着作家们的组织关系,而组织关系在新中国成立初期对一个自然人来说又是极其重要的。在那套由战争年代延续而来的话语体系中,组织关系成为一个人政治上是否靠得住的唯一凭证。曾经参与过干部审查的韦君宜,对组织关系与个人命运之间的联系有过一些详实的记载。在肃反运动中,韦君宜负责审查在《文艺学习》编辑部工作的毛宪文,"是因为他的舅父曾在他上中学时替他填过一张参加三青团的登记表,于是我们就使劲轮番审问他。他硬说是实在没有参加,于是又被认为顽抗。到最后呢,还亏了黄秋耘同志细心,他说那张表上把毛宪文父亲的名字都写错了,这能是他自己写的吗? 这才核笔迹,对指纹,证明了那张表不过是他舅父为了向上报账(发展了多少团员)而替他填的。可是这样的事情,在当时恐怕发生过成千上万件。……还有一个重点对象是冯光。这一位就被我们监管了好几个月,从早到晚有人跟着她。而她的罪行呢? 是她在背历史中背出来的:她因为想抗战,投考过'战时干部训练团'。进去后只是

---

① 参见夏衍.懒寻旧梦录(增补本)[M].北京:生活・读书・新知三联书店,2000:410.

演过戏,没干过别的。出来后到一家小报当过编辑,未发表什么反
动言论。这一说可不行了。我们根据个人对于国民党的零星片断
认识纷纷进行追问:'战干团'是特务组织,你怎么说只演过戏?
你说的报不是进步报纸,不发表反共言论是不可能的,等等等
等。反正,她就因此变成了重大反革命嫌疑犯,上报中宣部干部
处审查"①。

新中国成立之后,在马克思主义思想的指导下,市场作为一种
资本主义时代的产物,其落后性是不言而喻的。按照构想,新民主
主义社会的经济形式应该是"大银行、大工业、大商业,归这个共和
国的国家所有",之所以还没有完全地将私有制度和商业从这片以
公有制为基础的土地上革除,只不过是因为"中国经济还十分落后
的原故"②。1950 年代,新中国在国家层面上开始逐步对原有的私
有制经济进行改造,对于包括文学在内的思想领域的改造更成为
重中之重。对于文学而言,原有的一套以市场为基础的模式被打
破,取而代之的是以阶级情感为基础的创作。现代民族国家以一
种不容置喙的态度将一种来自无产阶级的阶级情感置于作家创作
之上,使这一时期作家的创作具有了一种"创作公会"的性质。"公
会"提供给这些作家的并不仅仅是生活上的保障,对这些作家们影
响更大的是在"公会"背后所隐含的那一套包括动员、发展、审查、
惩戒等在内的生产机制。③ "作家"在新中国语境下,已经不再像
之前那样,是一种个人的"志业"④或是用来维持生计的途径,而是
成为一种与现代民族国家建设息息相关的具有浓重意识形态的政
治行为,其个人性渐渐地衰减,而对于公共领域的干涉成为其主要

① 韦君宜.思痛录[M].北京：北京十月文艺出版社,1998：24 - 25.
② 毛泽东.新民主主义论[C]//李田意.中国共产党文献选读.纽黑文：耶鲁大学远东
出版社,1974：12.
③ 参见中华全国总工会中国职工运动史研究室.中国工会历史文献(1945.9—1949.9)
[C].北京：工人出版社,1959.
④ 参见韦伯.学术与政治：韦伯的两篇演说[M].冯克利,译.北京：生活·读书·新知
三联书店,1998.

功能,而作家的创作也渐渐成为一种带有集体性质的创作,从生产到流通都有着现代民族国家内部的种种机制作为保障,作家只需要按照其中的一套规则生产出符合时代需要的作品即可。此时的市场作为一个被改造的对象,渐渐地淡出了作家的创作,而且,即使市场继续发挥着它的作用,创作公会强有力的组织和惩戒效用也使得作家们不敢或不愿再将自己的精力投入这个落后的存在。

2. 运动与创作:以中央文学研究所中的作家生活为例

在新中国成立初期,最早出现的专业性质的文学组织是 1950 年由丁玲牵头创办的中央文学研究所。这所被誉为"文学界的黄埔军校",为新中国成立后的文坛培养了如徐光耀、玛拉沁夫等一大批重要的作家和文学工作者,同时,也成为所长丁玲作为"反党集团"的重要证据之一。关于这一组织,最早参与者之一的徐刚回忆了文学研究所作为文学组织所担负的政治作用:"大约是在 1951 年 8 月,丁玲老师来讲话时有点伤心的样子,她说:有人说你们的方针正确,应该拿出作品。这次讲话实际是动员大家到火热的斗争生活中去"①。1951 年 8 月前后,适逢"三反"运动、"五反"运动和土地改革运动,在北京地区还开展了诸如"忠诚老实运动"等多种区域性的运动,以徐刚为代表的文学研究所的学员们大多数"少年时便为民族生存和人民解放投身战争,读书时间少,渴望学习",但是进入文学研究所以后,并不能如理想般实现"就想多读点书"的愿望②,而作为文学研究所所长的丁玲还同时否定了他们认为"写出好作品,得多读书"的写作认识,而是认为创作应该和斗争生活结合起来。从丁玲对学员们所说的话中不难发现,丁玲伤

① 邢小群.徐刚访谈——从文学研究所到文学讲习所[M]//丁玲与文学研究所的兴衰.济南:山东画报出版社,2003:109.
② 参见邢小群.徐刚访谈——从文学研究所到文学讲习所[M]//丁玲与文学研究所的兴衰.济南:山东画报出版社,2003:108.

心的是因为学员们没有拿出令人满意的作品来，而按照其逻辑，好的作品则一定是建立在"方针正确"的基础上的。很明显，丁玲这一逻辑来自延安时期毛泽东《在延安文艺座谈会上的讲话》，其旨在"研究文艺工作和一般革命工作的关系，求得革命文艺的正确发展，求得革命文艺对其他革命工作的更好协助，借以打倒我们民族的敌人，完成民族解放的任务"①。而文学研究所所得出的结论指向了"知识分子要和群众相结合，要为群众服务"②，这就首先要求文艺工作者要明确自己的阶级立场，即其创作要站在无产阶级工农大众的一边，而在新生的政权里，唯一代表无产阶级工农大众的组织就是中国共产党。在新中国成立初期，中共中央在组织上无疑有着最高的权力，其制定的方针政策也同样有着强大的指导意义，并且，这种指导是自上而下的，有着一定的普适性与强制性。文学研究所作为共和国第一所文艺教学、创作和研究单位，其在政策上自然是紧紧跟随着党的意志的，但是自文学研究所创办以来，其组织者和参与者却没能拿出令文艺的受众，也就是广大人民群众满意的作品来。而在丁玲看来，既然已经有了正确的"方针"，那么按照《在延安文艺座谈会上的讲话》中所提供的思路，拿出好的作品应该是顺理成章的事情，至于迟迟没有作品出现的原因，丁玲认为是由于"方针"的贯彻方面出了问题，即在文学研究所内的作家们并没有真正地全身心投入到火热的斗争之中。

　　丁玲的观察实际上是有一定道理的。之于文学研究所内的大部分作家来说，来到文学研究所本身就是冲着学习的目的，对"文化艺术修养不高"③的他们而言，各种运动和斗争已经成为生活中的常态。在解放区的组织生活中，这种特殊的日常行动对于他们来说并不陌生，而这些作家们更看重的是在短短两年时间内进行

---

① 毛泽东.在延安文艺座谈会上的讲话[M].北京：人民出版社，1975：1.
② 毛泽东.在延安文艺座谈会上的讲话[M].北京：人民出版社，1975：42.
③ 邢小群.丁玲与文学研究所的兴衰[M].济南：山东画报出版社，2003：107.

更多的文化方面的积累,以填补其创作上的空缺。随着解放区的建立,让曾经在新文化方面落后于东部沿海城市的中国腹地接触到了一种完全不同的生活体验,也使得在解放区的文化传统中的文字和文学被赋予一种神圣的象征意义,曾经对解放区进行过深入采访的斯诺对此有着生动的记载。在斯诺的记录中,解放区的军民们有着这样的言论:"咱们国家以前有过免费学校吗? 红军把无线电带来以前咱们听到过世界新闻吗? 世界是怎么样的,有谁告诉过咱们? ……你说这苦,但是如果咱们年轻人能学会识字,这就不算苦!"①"我已经认识了二百多个字。红军每天教我认四个。我在山西活了六十四年,可没有人教我写自己的名字。你说红军好还是不好?"②很明显,在解放区军民看来,文化或者说文字有着一定的类似于"资本"的功能,在解放区的民主建设过程中,共产党将"扫盲"这一文化上的行动成功地整合进了推行民主的框架内。既然共产党在解放区的民主是一种自经济基础而来的民主,那么文化作为无形资产的一部分,其自上而下的流动也正是解放区民主建设的题中之义,这一传统在解放区一直被保留了下来。而新中国成立初期文学研究所的成立,其宗旨就是要为共和国培养自己的作家,这一宗旨中包含的对作家群体更新换代的意思十分明显,而按照共和国发展的谱系而论,这些作家一定不会来自国统区,而是要在解放区成长起来,因为当时只有在解放区才能够接受到完整而系统的新民主主义理论的教育和熏陶。事实也证明了这点,从文学研究所几批学员的构成上就能明显感到一种浓浓的解放区工农大众的味道③。他们在延续了解放区文学传统的同时,也将对文化和文字的资本性认知带入了新生的共和国,在他们看来,能够提高写作水平甚至比领导文学活动更加重要。领导文学

① 斯诺.斯诺文集·第 2 卷[M].董乐山,译.北京:新华出版社,1984:219.
② 斯诺.斯诺文集·第 2 卷[M].董乐山,译.北京:新华出版社,1984:325.
③ 参见邢小群.丁玲与文学研究所的兴衰[M].济南:山东画报出版社,2003.

活动对他们来说只是一种组织上的能力，而提高写作水平却是一种实实在在的资本，以至于在文学研究所中许多人不愿意当领导，不愿意担任行政工作。甚至，还有一批诸如吴长英、高玉宝这样的革命干部，他们有着丰富的生活和长期的革命斗争经验，却苦于缺乏相应的文化基础；他们一腔热血地想将自己的故事以文字的方式固化下来，成为工农革命家史的一部分，为后人提供宝贵的精神资源，却无力操纵纸笔。对他们来说，干部的身份是不重要的，他们宁愿降低待遇水平，也要进行文学创作。另外，许多实际上在文学研究所中工作的行政人员也并不把行政职务放在心上，诗人田间的夫人葛文在接受采访时回忆道："来这里学习的，很多都是有斗争经验和想法的人。战争当中没有时间看书，性命难保。……丁玲让田间去文学研究所，一方面是他写了那么多东西，丁玲觉得还是好的；一方面，觉得他多年在地方上做领导工作，有工作经验。当时田间在文学研究所做秘书长，邢野同志做行政处长，管杂事，其实都是借庙修行"①。所谓"借庙修行"，实际上说的就是田间、邢野这些人把学习创作看得比行政要重，其担任行政工作只是碍于丁玲一再"相逼"。丁玲甚至为此放过一些"狠话"，她曾经对作家马烽说："你想安心学习，这我能理解。康濯、邢野他们也想专门学习，我是作家，我想专门去搞创作。这样咱们就只好散摊了。"而在当时，"文研所白手起家刚成立，到处都缺专职干部，只好拉先来的一些学员兼职工作。教务处长石丁，其实也是要求来学习的，还有徐刚、古兹鉴、刘德怀也成了兼职干部"②。

在风云初定的新中国成立初期，文学研究所在开办上遇到的种种困难自然是造成作家在学习生活中理想与现实之间差距的重要原因，但是由于工作和运动带来的时间和精力的浪费，也使得作

① 邢小群.葛文访谈[M]//丁玲与文学研究所的兴衰.济南：山东画报出版社，2003：184-186.
② 马烽.文研所开办前的一些情况[J].山西文学，2000(10).

家无法很好地全身心投入创作,在一定程度上埋没了一些作家的才华。除此之外,文学研究所针对一些重大政治军事事件而组织作家体验生活、创作作品的行动,在实质上也是不符合艺术发展的客观规律的。1952 年,身在朝鲜战场上的作家徐光耀写给丁玲一封信,信的内容虽然不可复查,但是从丁玲的回信中至少可以看出一些问题。丁玲在信中对徐光耀告诫道:"我劝你忘记你是一个作家。你曾写过一本不坏的书,你是一个文艺工作者,你忘记了,你就轻松得多。因为这就会使你觉得与人不同。这意思不是指骄傲,而是指负担太重。因为你发表过一本书,你就有读者,你的读者和朋友就要求你跟着写第二本更好的书。自然,他们的意思是不坏的,可是你却苦了,你怎么也写不出来,你焦急也没有用。我可以告诉你,读者又在慢慢忘记你,朋友的心也在冷了,这并不可怕,这就是说你可以不着急了,你可以慢慢来,你也可以把你的读者朋友忘掉,把那些好心思忘记掉,你专心去生活吧。当你在冀中的时候,你一点也没有想到要写小说,但当你写小说的时候,你的人物全出来了。那就是因为在那一段生活中你对生活是老实的,你与生活是一致的,你是在生活里边,在斗争里边,你不是观察生活,你不是旁观者,斗争的生活使你需要发表意见。所以你现在完全可以忘记你去生活是为了要写作的,是为了你的读者朋友等等的想法。……你不要着急任务。我们并没有加给你什么任务,你的任务是去生活,去好好改造自己,学习生活,学习做人,学习做一个好党员,一个有知识、有学问、有见解的好党员,一个有修养的党的文艺工作者"①。从丁玲的话中不难看出其对"生活"一词的强调,她认为作为一个作家,首先要有生活,而体验生活就要求作家真正地走进党和组织安排的每一个环境中去。以写《平原烈火》登上文坛的徐光耀在新生政权中给自己的身份定位已经是一名作家

① 丁玲.致徐光耀[M]//丁玲,张炯,蒋祖林,等.丁玲全集·第 12 卷.石家庄:河北人民出版社,2001:46-47.

了，"作家"这一在当时有着强大进步色彩的词语给予徐光耀的吸引力是巨大的。从丁玲的回信中可以看出，身在朝鲜战场的徐光耀对于重新回到文坛的愿望是急切的，他始终惦记着他的"第二本小说"，而文学带给他的那种与广泛的读者朋友交流的感觉也是令他难以忘怀的，而正当他有着强烈创作冲动的时候，组织却安排他远赴朝鲜，在战争环境中体验生活。在如此严酷的环境中，徐光耀不能和他之前所设想的一样，在文学研究所里专心学习知识并进行创作。事实上，即使从朝鲜战场回来以后，徐光耀也并未能创作出如其《平原烈火》《周玉章》那样有感召力的作品。在冀中的一段时间，徐光耀并没有一种明确的作家身份的概念，那时的他只不过是一名华北联大的普通学生而已，其创作的出发点只是想把一些已经发生过的革命事迹转化成文字，以便于它更好地流传下去。在这种思想的统领下，徐光耀本人即是其小说语境中的一部分，是解放区的一员，他只是简单地将自己所经历过的事情和自己的真情实感书写出来，可以和读者产生很好的互动；而到了朝鲜战场上的徐光耀，已经不再是那个来自解放区的华北联大学生，他头上顶着的"作家"光环使得自己在朝鲜战场上的生活经历只是一种"体验"性质的，是一种被强行植入的生活。丁玲劝诫徐光耀要忘了自己的作家身份，以一种融入斗争的姿态去体验在朝鲜战场上的生活，但是这本身就存在着一个悖论：徐光耀是以一名作家的身份被派遣到朝鲜战场上去的，组织上会给予这些来体验生活的人以特殊的照顾和保护，不可能再像解放区一样，给这些作家安排和战士们一样的待遇①，这样一来，对于朝鲜战场上真正的战士生活，徐光耀只能是一个观察者而非亲历者，只能做到肉体层面上的"在场"，而对于抗美援朝战士们的精神生活的体认，他却是无能为力

---

① 由于解放区时期的特殊历史语境，华北联大实际上是有着某些准军事特质的，华北联大的学生对于军事和战争并不陌生，甚至有的学生在联大学习期间，就参与过一些战争。

的,也很难形成一种可以影响创作的共鸣。另外,生活本身就是一种机制性的、生成性的审美范畴,是作家本身与环境达成的一种互动关系,并不是简单地去复制和置入就可以轻易达到体验效果的①,一种运动式的生活体验只能让作家看到事件的表面,却无法触及生活的灵魂。

新中国成立初期,"作家"和"文学"的内涵和外延相对旧时代而言都有着显著的变化,作家不再被要求"自己有些主见"②,也不再需要去学习"泰戈尔"或"惠特曼"。③ 党、国家和各种组织在各类运动和事件中不断地发动作家参与,为作家们设计好所要书写的对象和内容,并将作家所不熟悉或者不愿意去熟悉的"生活"强制性、任务性地强加给作家,如此一来,作家自然无法创作出好的作品来。这种将国家意志强加在作家的行为与艺术的发展规律背道而驰,艺术从审美的神坛上走下来,进入了实用理性的范畴之内。在《延安文艺座谈会上的讲话》精神的整合下,艺术成为一种"宣传",一种国家意志的表达。不过,在新中国成立初期的历史语境中,文学的这种嬗变也是无可厚非的,新生的共和国急于向世界、向人民表达自己的宏大的胸襟,而作家及其创作在此时就成为最理想的窗口。在新中国成立伊始的第一次文代会上,党和国家对作家的要求也正在于此,正如周恩来在第一次文代会主报告结尾所说:"我们的文艺作家的任务之一,就要向全国人民传布这个真理。我们要分清敌我,暴露帝国主义的罪恶,打击战争贩子的叫嚣,揭穿他们的恐吓、挑拨和欺骗。这个庄严的工作,是中国民族利益所要求的,也是世界人民利益所要求的,这正是爱国主义和国

---

① 参见沙汀.生活是创作的源泉[N].收获,1979(1).
② 鲁迅.我怎么做起小说来[M]//鲁迅全集.北京:人民文学出版社,2005:526.
③ 参见郭沫若.我的作诗的经过[M]//郭沫若著作编辑出版委员会.郭沫若全集·第16卷.北京:人民文学出版社,1989:209.

际主义的结合"①。这样的要求在当时的历史语境下确实有其必要性和实际指涉性，但是对于大多数作家而言，却偏离了他们内心在创作方面所期待的目标。有着一定创作经历的作家骆宾基在这种语境中就曾经陷入迷茫，"仿佛旷野中一个彷徨的旅客，不知道哪里是通向解除饥渴的村镇"②，而对于以文学研究所学员们为代表的有着解放区经历的作家们而言，这种现象就更明显了。虽然从延安时期，共产党就试图将文学纳入民主革命的序列之中，但是在对中国新文学的系统性梳理中，一些文学史发展中无法回避的重要问题，还是对于一种统一化、规范化的文学创作有着一定程度的偏离。延安时期，在周扬的《新文学运动史讲义提纲》中，对于鲁迅的研究成为整个课程安排的重要组成部分，而对于鲁迅的解读中，排众数、张精神、尊个性又是其中最重要的三个重点③，不难看出，这三个重点对于延安以及后来解放区的整个民主建设的精神而言是有着一定程度的背离的；而到了新中国成立后，文学研究所除了曹靖华、郭沫若、茅盾、叶圣陶、老舍、李广田、艾青、田汉等人所开设的常设课程之外，还大量聘请如周立波、胡风、冯至、郑振铎、王亚平等各路知名作家来为学员们授课，甚至连阔如这样的民间艺术家也被请到了文学研究所的讲台上。④ 这些授课人员由于自身的立场和姿态各有不同，甚至是互相冲突，这给文学研究所学员们带来的感觉肯定也是不同的，这样一来，一种对于"作家"这一身份的立体的感性的认知就会呈现在这些学员们的面前。尽管学员们大多希望成为像这些授课人员一样的有着独立品格甚至是传

① 周恩来.政治报告[C]//本书编辑委员会.中国新文学大系 1937—1949·文学理论卷.上海：上海文艺出版社，1990：66.
② 骆宾基.我的创作经历(代序)——为了悼念雪峰、荃麟和彭康等同志[M]//骆宾基短篇小说选.北京：人民文学出版社，1980：3.
③ 参见周扬.新文学运动史讲义提纲[J].文学评论，1986(1).
④ 邢小群.徐刚访谈——从文学研究所到文学讲习所[M]//丁玲与文学研究所的兴衰.济南：山东画报出版社，2003：36.

奇经历的作家,但是时代的要求却使他们失望了,在这种组织创作的文化语境下,创作上的一切都被纳入一个有规律可循的轨道,作家的身份和工人一样,只不过是新生共和国中的一个普通的工作,这使得这些共和国的新作家们很难写出令领导者们满意的作品;而包括丁玲在内的文学机构的领导者们却从理论出发,认为没有好作品问世的原因在于作家们对生活的感知和体验还不够。作家和领导人在文学创作的认知上无疑存在着一种错位,这种错位导致了这些新晋作家忙碌于运动和创作之中,却始终无法拥抱他们所体验的生活,也很难创作出可以使自己和读者满意的作品来。

3. 互动的消隐:新环境于作家

即使是这样,大多数作家还是乐于被组织吸纳,并在组织的规范中进行创作。各类文学组织代表国家意志的下延,使作家们对自己的身份有一种强大的认同感和归属感,甚至对于一些有志于文学事业的青年人来说,他们在文学创作上还有一种想要被国家意志整合的强大冲动。1958 年,随着长篇小说《青春之歌》的出版,一直游走于文坛边缘的杨沫正式地有了“著名作家”的头衔,同时,一直在北京电影制片厂工作的杨沫也收到了北京市文联的邀请,而有很强烈的作家情结的杨沫对于正式进军文学界可以说是盼望已久。早在 1956 年,杨沫由于身体问题在小汤山干部疗养院疗养的时候,她就在日记中表达了对于被派到同一地点专门写作的田间同志的羡慕:“(1956 年 10 月 13 日)在小汤山疗养院时,田间同志也到那儿去了。他去的目的不是休养而是写作。看他成天关着房门写作的情形,我很受感动,使我觉得自己有许多浪费时间的地方”①。使杨沫感动的不仅仅是田间奋力的创作,还有田间创作所要产生的意义。作为体制内专业作家的田间,其创作是受到党和国家允许的,并且党和国家还鼓励这些专业作家多进行创作,

① 杨沫.自白——我的日记[M].广州:花城出版社,1985:274.

甚至提供了许多常人无法获得的物质与经济方面的资助；而杨沫此时却是北京电影制片厂的一名中层干部，虽然电影和文学之间有着不可分割的关系，但是在当时她毕竟不是一名专职作家，只能利用剧本创作的间隙和病假疗养的时间来进行创作，从本质上来说，杨沫的创作是一种"业余行为"。杨沫的创作行为在北京电影制片厂领导的眼中自然是"不务正业"的，事实上，杨沫钟情于创作的行动，一方面确实为她后来进入文坛打下了坚实的基础，另一方面也确实影响了其本职工作。在杨沫的日记中，很多次都有关于因为沉迷写作而耽误了电影剧本创作的记录，她也因此多次受到领导的批评。① 但是，这一切都没有使杨沫打消写作的意图。杨沫并不满意于编剧的工作，她曾经不止一次地抱怨道："（1956 年 8月 16 日）我在这里也没有完全疗养。一得空，我就拿凳子当桌子，用一小板凳坐下当椅子，每天抓时间写那个电影剧本。我是电影编剧，可是，还从未写出个电影剧本来。难怪改了工资制，别的编剧都升级长了工资，惟独我——仍是六等文官。虽然，我去外调几个月，做了不少工作。但人家不承认，谁叫你没写出剧本来！"② 在新中国成立初期，电影承担着巨大的宣传作用，而对电影的改变过程中也加入了许多来自政治方面的意图。电影编剧这份工作在当时的语境下体现的并不是编剧的个人意愿，更多的是一种国家文化层面上的意图。而杨沫本身却是那样一个强大的主体性存在——她甚至在后来不顾读者诟病，一遍遍地改写《青春之歌》以显示自己的创作意图③——电影编剧这一职业对她来说实在是过于死板和僵化，她一直盼望着能和田间一样，成为一名专职作家。事实上，杨沫为了这一目标一直努力了十多年，直到 1962 年，当已经在文坛上小有名气的杨沫收到北京市文联的调用通知，而负责

① 参见杨沫.自白——我的日记[M].广州：花城出版社,1985.
② 杨沫.自白——我的日记[M].广州：花城出版社,1985：272.
③ 参见金宏宇.中国现代长篇小说名作版本校评[M].北京：人民文学出版社,2004.

联系的同志迟迟未到的时候,其沮丧之情溢于言表:"(1962 年 11
月 6 日)赵鼎新同志(市委文化部长)前几天来信,同意我调到北京
市文联去,说文联负责人会来找我,但未见来。他的信中又说怕文
联生活和创作条件不如北影好。似乎顾虑我有病。既然这样,当
初他们又何必叫作协向北影要我呢?……(1962 年 11 月 24 日)
北京市文联却一直没信,这可有点意思。管他呢,不成,就仍在北
影工作,也无不可。……(1962 年 11 月 29 日)北京市文联一直没
消息。有时想起这件事,怪不愉快。也不知是否应当和北影葛琴
同志谈谈这情况"①。虽然杨沫口中说着"就仍在北影工作,也无
不可",但其心里还是非常愿意调至北京市文联的,为此,她甚至动
过想找同在北影厂工作的邵荃麟夫人葛琴来帮忙调动的念头,而
当得知其关系已经被调至北京市文联的时候,杨沫丝毫不掩饰她
的兴奋:"(1962 年 12 月 8 日)昨天,市文联张季纯和另三个同志
来看我了。他们告诉我,我的关系已转到市文联了。我听了很高
兴。我可以到作协去,不必在北影受写电影剧本的限制了"②。杨
沫的经历说明了当时虽然组织对于作家的创作确实存在着种种限
制,但是由于它也能够为作家的创作提供经济以及时间上的保障,
还能够使作家在身份上有一种同志般的归属感,所以身为作家,大
都是愿意加入共和国的作家体制来进行创作的。

　　在体制的统筹下,作家们在创作方面所得到的优越条件并不
仅仅局限于有一个稳定而从容的创作环境,更重要的是,这些政府
性质的文学组织还在新晋作家与知名文艺工作者之间打通了一条
沟通的桥梁,使不同代际作家之间可以相互交换思路,促进新作家
的创作,同时,也为新晋作家结识文坛内部人士,从而更好地登上
文坛提供了一定的方便。杨沫正式走进文学界是在 1960 年代初,
而在这一时期,文学界的风向和种种政策基本上还是延续着 1950

---

① 杨沫.自白——我的日记[M].广州:花城出版社,1985:508-511.
② 杨沫.自白——我的日记[M].广州:花城出版社,1985:512.

年代的路子，所以，杨沫虽然是在 1960 年代初踏进的文坛，但是她
与前辈作家的交流也同样可以反映出 1950 年代文学生态的一些
特点。在杨沫加入北京市文联以后，最令她兴奋的事并不是可以
静下心来创作，而是与文艺界各路名流之间的交流，在其日记中，
有许多关于这方面的记载："前天，中国作家协会新年联欢、会餐，
我也去了。和曲波、侯金镜同志坐在一起。看到那么多平日难得
见面的作家，心里很高兴"①。"电影局把各厂联系的作家召到北
京看外国影片，北影也叫我参加了……今晚，他们请作家们在江西
餐厅吃饭，也叫我去。元宵节，文化部在人大会堂联欢，我也去了。
周总理讲话约一小时。其中他两次提到《青春之歌》，给我很大鼓
舞。那天碰到严文井同志，他说印尼已翻出《青》书，他有译本，说
可以给我。……在二月二十日的北京文代会上，我被选为常务理
事。二十八日文联理事会上，决定成立作家协会北京分会筹委会
（同时还成立剧协和美协筹委会），我是作协副主席之一（主席老
舍，副主席还有曹靖华、雷加、骆宾基），我感到很惭愧。……四月
二日，中央宣传部召开文艺工作会议，也通知我去。能够去开会，
很高兴"②。从日记中可以看出，杨沫对于开会是很热衷的。开会
对于初登文坛的杨沫来说并不仅仅是一种自上而下的精神传达，
在当时的历史语境中，能够被通知开会，首先就说明了党和组织对
于自己在政治方面的信任以及对自己的作品和创作能力的充分肯
定。此外，连第一次、第二次文代会都没有参加过的新晋作家杨沫
居然得以和老舍、曹靖华、雷加、骆宾基这样的在新中国成立前就
有较高声望的作家们共事，而且还是领导北京的文学发展，这对杨
沫本人来说，无疑是一种很大的荣耀。同时，这也给了杨沫以深入
接触这些文坛名宿的机会，为她积攒了人脉关系，使她在文坛上继
续驰骋打下了很好的基础。

---

① 杨沫.自白——我的日记[M].广州：花城出版社,1985：514.
② 杨沫.自白——我的日记[M].广州：花城出版社,1985：518－521.

除了人脉关系以外,在组织内的写作生活还给初出茅庐的作家们提供了发表作品的平台。在新中国成立初期还是大学生的徐成淼在日记中,对投稿后成功发表作品的困难有着以下记录:"我知道'老爷'们是很挑剔的,我们这种小卒恐怕又要失望了"①。这对于身在文坛之外又热心创作的少年徐成淼来说,并不是一个好的现象。当时立志"把一生献给文学事业"②的青年比比皆是,他们在跨入文坛之初,最直接的压力就是面对文学杂志的编辑。徐成淼称之为"老爷",这也表示了在新中国成立初期的语境下,编辑的权力之大。老作家孙犁在当时的文学领域有着多重身份,其中"编辑"是他这一时期较为重要的身份之一。当时,孙犁与长期从事编辑工作、时为文学研究所副秘书长的康濯之间信件往来十分频繁,有时候甚至达到了每日一封的频率,在这些信件中,是大量的对统稿和编审的工作事宜所进行的探讨。从这些书信中可以看出,对于那些在文学体制内的作家,编辑们会优先安排他们的稿件,甚至有时候还有着有意扶植的倾向:"(1950年7月15日)王炜来一信,很愿参加文研所,望兄努力争取把他调来。他有一个小说集,我正想法给他出版,他是有才能的。最好能通过组织指名调他,方为有效"③。在信中,孙犁对于王炜的帮助可谓无微不至,他不但向康濯推荐了王炜,而且其语气是不容康濯有讨价还价的余地的,此外,孙犁还详细地告诉了康濯将王炜调至文学研究所的方法和途径。依照孙犁和康濯的关系,在信件中用上这样一种带有胁迫性质的语言无疑是"将"了康濯一军,但同时也显示出了孙犁对于这件事情的重视程度。孙犁信中的王炜是一位来自解放区的作家,终其一生,其文学作品的产量并不算高④,他之所以能够得

① 徐成淼.我的复旦四年(1955—1958)[M].郑州:大象出版社,2005:6.
② 徐成淼.我的复旦四年(1955—1958)[M].郑州:大象出版社,2005:26.
③ 孙犁.孙犁全集·第11卷[M].北京:人民文学出版社,2004:45.
④ 现见到的王炜作品主要收录于2003年天津教育出版社出版的《王炜诗文集》,该书由李笙主编,印量仅有1 000册。可见,王炜作为一名作家,其影响力是十分有限的。

到孙犁的鼎力推荐，其原因除了二人可能有着一定的私交之外①，更重要的是王炜在文学创作上的背景可以说是"根正苗红"，其创作一直是走在以毛泽东《延安文艺座谈会上的讲话》为思想根源的解放区文艺的道路上的。1950 年夏季前后，包括孙犁所主持的《天津日报》的《文艺周刊》在内的一系列文艺类报刊都面临着"稿荒"。孙犁一再致信康濯求稿件来救急："寄小说稿可要回交我们，《文艺周刊》近稿荒。""《文艺周刊》希兄拉稿。万分紧急。""上次信关于七一稿件事，仍希兄主持催促一下，甚为稿缺，《文艺周刊》近来颇不起色"②。王炜在这时"恰逢其时"地想要加入文学研究所，这个举动无疑是想要加强自己与文学组织间的联系，而苦于稿荒的孙犁等人当然愿意为共和国文学体制再多灌注一些新鲜的血液，所以才会对这样一个在当时并不知名的作家大加扶植。但对于解放区文学思想有所游离的作家，编辑们的态度就显得并不是那么和蔼可亲。写出了新中国成立以来第一部被打成"毒草"的长篇小说的王林，其作品《腹地》的出版就显得困难重重，他在日记中记下了这部作品所经受的种种曲折："周对黄对林（注：周扬对黄敬对林铁，黄敬时任天津市委书记，林铁时任冀中区委书记）都说可以印，但就是不做声，想一压压死。其居心令人莫测。""昨接王力同志来信说周只看了《腹地》的一半，转交其他文委看去了，说为了怕耽误出版。但结果如何，我也犯了经验主义，毫不敢有信心了。""散会后出了礼堂门，周扬同志正和别人谈问题，我想一蹭过去算啦。他看见我，不得不点一下头。他问我有工夫改吧？我说是不是修改了再给他捎来？他说捎来吧，捎来再叫他们看一看。我一听这话又冷了半截。修改完了再捎给他，他又转别人看，别人

---

① 在 1950 年 8 月 4 日致康濯的信中，孙犁写道："王炜信已收到，如见面望转告他，如他有时间，我欢迎他来天津玩玩。"（孙犁.孙犁全集·第 11 卷[M].北京：人民文学出版社,2004：46.）从语气中可以推断，孙犁应是和王炜过去就已经相识，但是关系并不见得有多么紧密。
② 孙犁.孙犁全集·第 11 卷[M].北京：人民文学出版社,2004：46–48.

还不知道什么时候看！再等到联合政府文化部成立了再叫他们
看，他们刚一成立，行政事再挺忙，一拖这就是一年两年。一两年
以后还不知道看清看不清地做个结论。老天爷会知道《腹地》要遭
到什么命运。我的精神健康程度实在经不住这些老爷们的奚落
啦！"①王林虽然也出身于解放区，并于解放后长时间地在天津文
艺界担任领导工作，但是由于其作品《腹地》的出版问题，他与解放
区文学界的关系显得十分游离，甚至有时有着很大的裂隙。虽然
在表面上王林是属于共和国的文学体制之内的，但实际上他的创
作并不被这个体制或者体制的代言人（如周扬、邵荃麟、陈企霞等）
所认可，就像王林自己所意识到的，他的种种体制内的身份实际上
只是一个虚空的称号，他在共和国文学体制内的许多权利已经被
架空②，无论是对于文学事务的参与还是其本人作品的发表都受
到了很大的限制，从本质上，王林已经被排除出了新中国文学体
制。因此，文学刊物和出版社的编辑们也对他缺少一种来自组织
上的宽容，再加上其本身与文艺界高级领导之间的龃龉，其作品迟
迟不见出版也是可以被预料的了。另外，由于 1950 年代较为复杂
的国内外形势，共和国在政治、经济、文化等各领域一直处于一种
调整的态势之中，这就需要文学界以一种及时的姿态来配合这些
时常有所变化的政策宣传。身处各类文学组织内的作家常常能够
接受到这类任务而创作出一些应时而生的作品，编辑也乐于刊出
这类具有时效性的文章，至于艺术价值则不必要深究，因为在这一
时期，文学被赋予的意义就是宣传，而非纯粹的审美。在新中国成
立初期，文学编辑工作确实是十分严格的，但是这往往是对于文学
体制之外的作家，而对于各种文学组织内的成员，由于他们的作品
往往带有一定的政治意图或来自党和组织的计划，文学编辑则显
得十分宽容，他们有意识地优先发表一些如文学研究所等文学机

---

① 王端阳.王林日记·文艺十七年[J].新文学史料,2013(3).

② 参见王林,王端阳.第一次文代会期间日记[J].新文学史料,2011(4).

构成员的作品，并注意平衡文学作品的来源，有时他们甚至采用组稿的方式来增加这些作家作品问世的机会，所以相比在文坛之外的文学爱好者，这些组织内的作家发表作品相对容易得多。文学组织的成员或者体制内作家在新中国成立初期的创作往往带有一种国家意识形态的特点，并以文学的方式向读者和大众传达来自上层领导者的意志和对于这个新生国家的希望。这些作家的创作和文学编辑的工作从根本上看其实是一体两面的，他们共同构成了这个新生的现代民族国家对于自身的想象性建构，他们是一个行动的两个阶段，本身就有着很强的贯通性，这些创作本身即表达了现代民族国家对于自身发展的意愿。正因为如此，体制内作家的作品较体制外作家的作品容易被编辑采用也是在情理之中了。新中国成立初期以组织生产为代表的文学生产环境确实在一定程度上对作家和文学工作者的自由创作产生了阻碍，但是更多地提供了一种来自经济上和制度上的保障，并且在文学生产与消费领域都为身在其中的作家和文学工作者提供了最大的便利。

在新中国成立之前，文学生态和作家之间其实存在着一种互动的关系：文学生态决定着作家的创作，反过来，作家的创作所产生的社会效应在一定程度上又影响着文学生态。如在1920年代，社会风气的日益开放和五四运动退潮后的迷茫无助催生了以郁达夫为代表的创造社"自叙传"小说，而这种小说类型的出现形成了一种在文学创作上的新的审美原则，将对个人感官的书写和情感的宣泄添加进了中国新文学的书写范围，丰富了这一时期文学生态的构成。新中国成立之后，在作家的日记或书信中，这种作家和文学生态的互动和双向性建构渐渐地减少，取而代之的是一种来自组织上的命令式的创作模式。究其原因，可能有着某些出于个人利益的考虑，但更多的还是一种现代民族国家意识在背后起着作用。经过了数十年的战乱，是新生的共和国使这片被列强分割破碎的国土重新统一，并且在共和国的版图内，人们可以看到一种新型民主的希望,这也是长期处于国民党政府剥削下的人民所希望看到的景象,这样一来,谁又忍心破坏这一片令人们心中充满了盼望的和平景象呢? 对于许多新建立的现代民族国家而言,"知识分子,尤其是指那些曾在民族运动和争取政治独立的斗争中扮演要角的人们"经常感到一种"烦忧",他们"感到不安,感到自己遭到了背叛",研究者将这一问题的答案归结于"知识分子们对这场战争的令人目瞪口呆的胜利的反应,主要表现为拒不承认现实的空间维度与时间维度。几乎全然听不到对现实做任何实证的、分析的、批判的表述;唯见譬喻性的说法四处流传,把这场胜利夸成一次奇迹"①。而之于中国,这种情况实际上是不能作为一种普遍现象存在的,作家以及知识分子基于共和国成立而产生的大规模的"烦忧"几乎是没有的,原因正在于新中国的建立并不是一个只存在于譬喻中的"民族神话",在漫长的追求民族独立的道路上,共产党所发挥的作用和它通过出色的宣传而达成的社会效果,这是每一个在 1949 年前后决定留在中国的人所看见的和体会到的;另外,在这里,不存在任何时间和空间的扭曲,人们有理由相信这样一个带给中国解放的政党可以继续领导着这个国家走向新的辉煌。因此,在新中国成立初期,当国家意志与自己个人利益发生冲突的时候,大多数人都选择了以大局为重,尊重国家的安排。之于文学界,所表现出来就是作家和文学生态的双向互动消失,作家更加习惯于去适应文学生态,而非固执地要求对之加以改造;而文学生态作为一个有选择性的主体,也更愿意在其生产机制内部选择一些和它有着血肉联系的作家去表现时代中所蕴含着的现代民族国家意识。这样一来,作家和环境之间就形成了一个同盟,作家的主体意识被共和国所征用,失去了其原有的一些品格,但是也正是如此,他们才能更好地加入新民主主义建设的整体构建之中。

---

① 克伦·徐达山.笔、剑、民族国家[J].国际社会科学杂志(中文版),1991(2).

本 章 小 结

　　一定时期的某种"生态"性的存在从根本来说实际上就是一个"场域"，而"场域"是一个"位置间客观关系的一个网络或一个形构，这些位置是经过客观限定的"。① 对于新中国成立初期的文学生态来说，其中对其加以"限定"的"客观"就是那用来结构整个新中国的新民主主义理论；而马克思主义作为新民主主义的理论基础，其唯物性决定了在其中运行着的人与事物至少在认识论上同样也要是客观的。马克思主义认为经济本身就是一个客观的实在，而这个客观实在对于社会中的万事万物是有着强大的结构能力的。② 在新中国成立初期的文学生态的结构上，作为文学创作主体的作家们必须按照这种以经济状况为根本的认知方式，对过去的自己重新进行审视和界定，并要在现代民族国家意识的召唤下主动选择站入一个属于自己的队伍中去。作家被呼吁，当然也是必须站进人民即无产阶级的队伍之中，而无产阶级作为一个有广泛涵盖性的群众主体，其在本质上就具有一种强大的凝聚倾向。按照研究者们对于"群众"这一特殊的客观群体的观察。"群众喜好紧密地聚在一起。群众从来不会感到聚集得太紧密。不应该有任何东西插入他们之间，不应该有任何东西加入他们的队伍，应该尽可能地一切都是群众自己。群众在解放的时刻具有最大的紧密感"③。作家们既然被民族主义情绪所驱使，想要为新生的共和国做出自己的贡献，首先要做的就是清除自己身上与群众所存在着

① 李全生.布迪厄场域理论简析[J].烟台大学学报(哲学社会科学版),2002(4).
② 参见马克思,恩格斯.马克思恩格斯全集·第5卷[M].中共中央马克思恩格斯列宁斯大林著作编译局,译.北京：人民出版社,1958.
③ 卡内提.群众与权力[M].冯文光,刘敏,张毅,译.北京：中央编译出版社,2003：13.

的异质性,其最根本的方式就是使自己变成群众,而在马克思主义者看来,如果要达成这一目标,不对自己进行经济上的清算与改造是绝对不行的。这只是第一步,在对自己进行经济上的改造之后,那些在思想领域原先就具有的,属于个人的情感与认知是一定要被清除掉的,这对于作家这种有着较强主体意识的人群来说,确实不是一件很容易做到的事情,即使他们对于新生共和国和现代民族国家的心是诚挚的,并积极地按照国家的意志对自身进行改造,但是一种裂隙还是会不可避免地产生。就像胡风、沈从文等人,不可否认的是,他们确实在新政权的感召下不断地改造着自己,但是毕竟他们在旧中国几十年的生活经历所形成的惯性并不是一下子就可以改变的。群众对于自身在本体论意义上的认知的单一性和纯洁性导致了一些作家虽然上下而求索,但始终与新政权的要求有着较大的差距。

由于抗日战争持久性,异族入侵所带来的残暴统治使得战争和社会生活中的每一个元素都产生了联系,战争话语对于日常生活的改造是十分明显的;而在文学领域,战争话语更是成为一个时期文学作品所呈现出的主要样貌,当时的文艺界人士普遍认为:"在今日的中国,要使一个作者既忠实于真实,又要找寻'与抗战无关的材料',依我笨拙的想法实在还不容易,除非他把真实丢开。……即使是住房子,也还是与抗战有关的"①。事实上,直到新中国成立初期,战争话语一直是种种文学活动的底色,晚清以来形成的自由的文学市场,随着战争的持续而渐渐地被一种具有一定组织性的文学创作规范所收编,具有了一种配合现代民族国家建立的自觉。如此看来,实际上新政权在其范围内对于战争话语的使用其实并不是完全无意识的,究其原因,一方面,是语言和历史的惯性使得战争话语在新中国成立后很长一段时间内都不能被完全地清除;

---

① 罗荪."与抗战无关"[N].大公报,1938 - 12 - 5.

另一方面，在新政权中，其政治理念的执行者是希望看到一种战争话语延续至日常生活当中的。但是，战争始终是具有非常态性的①，战争话语的延续对于那些从解放区走出的作家来说确实是一种失却了陌生化的存在，而对于那些在市场体制下进行过创作的作家们来说，它始终是一个异质性的东西，从这些作家的书信或日记中不难看出，战争话语在新中国成立初期已经成为一种他们在创作上所无法摆脱的枷锁，在战争的要求下，作家与环境的互动变成一种单项的被迫的选择。站在民族国家的角度上来看，这自然是一种较为理想的状态，但是"民族国家"中所包含的"民族主义"却毕竟是一个有着丰富内涵的范畴，其具有的双刃剑的性质也导致了作家个人身份在文学生态中的淡出，对于一个场域性的存在来说，这种单一化的生态风貌的呈现并不是一个健康的预兆，它容易导致一种极端的和易碎的环境的出现。

---

① 参见华尔兹.人、国家与战争[M].倪世雄，林致敏，王建伟，译.上海：上海译文出版社，1991.

第三章　生产与规约：作家创作与文学作品

　　在文学生态的建构过程中,来自现代民族国家的大的外部环境可以被看作一种"气氛"或"空气",而在这种环境中产生的一系列对文学的生产制约机制则可以被看作文学生产的"土壤",在一定的时期内,文学生产必须在一定的"土壤"中才能得以发生。尤其是在新中国成立初期,生产制约机制对于文学生态的影响是极其明显的,但是,通过作家的个人材料来看,每一个个体与这套机制之间的关系并不像理论或宏观表述的那样,是一种完全的上行下效或反映式的关系,个人在这套生产制约机制的形成中所表现出的种种富有机能性的行为,是这一时期文学生态中张力的重要来源。另外,值得指出的是,新中国成立后文学的生产制约机制中,作家身份的逐渐固化是这一时期文学生态中很重要的一点,这种被固化了的社会身份对作家生活、工作的影响是不能被忽视的。

第一节　转型中的文学生产制约机制

　　1. 从"同人"到政府:文学生产制约机制的转变
　　在不同的历史语境下,文学有着不同的功能,它是一种社会性的实践，不单纯是个人的事情，而是具有一定的社会功能或"效用"。① 而在晚清以降的中国，由于外来入侵者的欺凌和西方语法的强行介入，中国社会呈现出一定的后殖民色彩。在这种后殖民语境中，文学所承担的社会功能就更加明显了，它"总是以民族寓言的形式来投射一种政治：关于个人命运的故事包含着第三世界的大众文化和社会受冲击的寓言"②。在中国新文学的发展过程中，意识形态就如同穿起珍珠的绳子一样，其影响是无处不在的，在很大程度上，对意识形态的重视可以看作中国新文学的一个传统。从新文学刚一诞生开始，意识形态就始终伴随着它的发展，即使是在新文学草创时期大力提倡"文学是直诉于我们的感情，而不是刺激我们的理智的制造"③的创造社同人，也承认文学有着"对于时代的""对于国语的""文学本身的"三重使命，并认为文学除了审美之外，还要将"我们的时代，他的生活，他的思想，……用强有力的方法表现出来，使一般的人对于自己的生活有一种回想的机会与评判的可能"，以"声讨""炮轰"这个被"虚伪和罪孽充斥了的时代"。④

新中国成立后，新民主主义给中国社会带来的是一种与以前完全不同的社会认知方式，它以阶级论为基础，对中国社会的各个领域进行重新划分和认识。对于产生在共和国之前的民族国家观念，以新政权的视角来看，无疑是陈旧和反动的；而新政权从诞生之日起，即急于将之分解和重组，这就意味着对原先既成的社会分工的调整和对这套社会分工体系内各领域利益的触动。在新的生产关系的整合之下，新政权寻找着一种对历史的属于自己的言说

① 沃伦.文学理论[M].刘象愚,邢培明,陈圣生,等译.南京：江苏教育出版社,2005：100.
② 詹明信.晚期资本主义的文化逻辑[M].陈清侨,译.北京：生活·读书·新知三联书店,1997：523.
③ 成仿吾.诗之防御战[J].创造周报,1923,1(1).
④ 成仿吾.新文学的使命[J].创造周报,1923,1(1).

方式:"新时代的人民的新品质,新的英雄气概,需要通过文艺的形象,对广大人民进行动员和教育"①。这样一来,文学的社会功用就被提升至了一个很高的程度,原有的一套文学组织生产机制已经无法满足新政权对于文学社会宣传功能的要求了。另外,原有的一套文学组织生产机制根植于晚清以来不断繁荣的文化市场,而这种带有浓重商业气息的文学组织生产方式在新政权看来,本身就是一种落后和反动的象征,其中诸如利益分配、市场营销、经营模式等许多方面,都成为新政权变革的对象。这样一来,在新中国成立之后,就必然对文学的生产制约机制有所改造,随之带来的转型对于在这种语境下进行创作的文学而言,其影响是巨大的。

新中国成立之前,文学组织大多是以民间结社的形式存在着。新文学社团中最具代表性的文学研究会在其成立宣言中就指出自己的成立理由是为了"联络感情""增进知识"和"建立著作公会",即使是带有政府意味的"著作公会",在文学研究会成员看来也不过是"著作同业的联合的基本,谋文学工作的发达与巩固",文学在他们眼里虽然是"与人生很切要的一种工作",并有着启人心智的作用②,但是他们并没有将文学直接与政治意识形态的灌输画上等号,而是更强调在文学的潜移默化中陶冶人性,达到启蒙的目的。而随后的左翼作家联盟虽然形成了一个广泛意义上的作家联合团体,并自觉运用马克思主义理论去发展和壮大无产阶级文学,但是就其各种宣言和理论纲领来看,其同人组织的性质还是比较明显的。一方面,他们积极号召一切爱好文艺的青年们,"你们的笔锋,应当同着工人的盒子炮和红军的梭镖枪炮,奋勇的前进"③,并将自己定位在"不独是中国无产阶级革命文学的基本队伍,且又

① 全国文学艺术界联合会首席代表沈雁冰发言[C]//中华人民共和国开国文献.香港:新民主出版社,1949:172.
② 文学研究会宣言[J].小说月报,第 12 卷,第 1 号.
③ 左翼作家联盟执行委员会.告无产阶级作家革命作家及一切爱好文艺的青年[N].文学导报,1931(6—7 期合刊).

负起了中国无产阶级文学总的领导任务"；①另一方面，"左联"并没有义务对其同盟内作家的生计提供常态性的物质保障，"左联"虽然为其成员提供了良好的作品发表平台和一定程度上的物质资助，但是这并不足以保障其成员的基本生活。"左联"成员们大多在文学之外还有着其他的谋生途径或社会身份，他们大多是文艺类刊物编辑、教师或者学生，"左翼作家"在很大程度上对他们来说只是一个业余的身份。虽然"左联"从属于国际革命作家联盟，并且作为苏维埃组织参加了全国苏维埃区域代表大会，但是在其各种文件中，均未将自身定位为共产党方面的政府文艺组织。另外，对于团体中的异见分子，"左联"显然也是缺乏处罚能力的，它只能在其刊物上刊发对这些异见分子的开除决定，而没有权利对其进行行政管理和处罚。② 从以上分析中可以看出，"左联"虽然是一个有着严格分工和体系化理论指导的文艺团体，但是其对于参与者的政治意识形态上的约束仍然是十分有限的，从本质上来说，它仍然是一个具有同人性质的团体，对于其成员是缺乏行政管理能力和强制约束力的。而抗战时期成立的中华全国文艺界抗敌协会，虽然呈现出与以往一般文艺团体不同的特质——它不再是一个"以共同社会文化空间或者文学观念为基础形成的文学组织"，而是一个"基于全国文艺作家对'抗敌'这一历史目标认同而建立起来的一个民众团体"③，但是就其本质而言，这个在中国现代文学发展过程中有着重要位置的组织仍然是一个民间的同人团体，只不过这些"同人"们所执的理念事关民族国家的存亡，比起那些基于某种美学理念或社会文化理念的"同人"来说更加具有广泛性和普遍性。另外，中华全国文艺界抗敌协会对于其中成员虽然也

① 秘书处.中国无产阶级革命文学的新任务：1931年11月中国左翼作家联盟执行委员会的决议[N].文学导报,1931,1(8).
② 左联执委会秘书处.开除周全平、叶灵凤、周毓英的通告[N].文学导报,1931,1(2).
③ 段从学."文协"与抗战时期文艺运动[M].北京：北京大学出版社,2012：26.

有着种种形式的资助和奖掖,但这毕竟不是常态性质的,而且它同样对于其中成员缺乏行政方面的约束能力,对于成员的管理只能靠成员对于其中规章制度的自觉和成员本身的良知。

新中国成立后,文学的民间性质被改变,新政权开始以国家的名义对文学工作者进行收编和整合,并且将他们纳入一个政府体制的范畴之内。上海解放后,陈毅在安排文艺方面的政策的时候对夏衍说,文化艺术方面的事不简单,要"先接后管"①,所谓"接",一方面是指对其原有的机构和文献进行接收,另一方面就是指将文艺工作者的经济命脉把握在体制的范畴之内。接管政策将原先的文学工作者全部"包下来","保留工资"②,看似与往常无差别的工资发放背后实际上隐藏着工资关系方面的巨大改变:曾经分散于各个行业的文学工作者在新政权的工资关系改革中完成了一次整合,其赖以生存的经济基础被新政权把握在手中,作家成为由政府支付工资的国家工作人员,其文学活动也同样由国家全面接管,文学活动必须与国家意识形态相契合才能得到相应的酬劳,而来自新政权的政治意识形态成为文学创作的重要约束力,国家甚至可以使用行政手段来约束和引导文学的发展。这样一来,一方面,对于文学工作者经济上的保障将作家们从窘迫的生活中解放了出来,使作家们获得更大的写作自由;另一方面,在这种写作自由的背后,在创作上所经历的由自由写作到国家统筹的改变,也使得许多作家感到了一种不适和束缚。

一直活跃于国统区的胡风在上海解放之前经过共产党方面的安排来到北京,参加第一次文代会,在北京生活的一段日子让胡风感觉到了新政权在文学生产机制方面与曾经的国统区的不同。虽然自认为是共产党的"同路人"的胡风看到解放后的北京形势一片

---

① 夏衍.懒寻旧梦录[M].北京:生活·读书·新知三联书店,2006:404.
② 夏衍.懒寻旧梦录[M].北京:生活·读书·新知三联书店,2006:410.

大好,不由得感叹"生在这个时代,我们是幸福的"①,但同时,时代的激变也给性格敏锐、善于以小见大的胡风一种不好的预兆。在看到共产党对北京地区的文艺机构进行接管和整合之后,胡风预料到了在即将解放的上海,文学方面将面临着一场怎样的变动。在得知共产党方面准备全面接管文学领域之后,胡风决定要"解放"自己及家人。所谓"解放",胡风有着明确的解释:"除了家务无法不管,其余的事务要暂时搁下。特别是出版方面,不要花精神去弄了"。② 在解放前的上海,胡风所主持或经营的书店和杂志构成了其文学生态中一个十分重要的环节,尤其是对于年轻的文学爱好者来说,经由胡风的文学组织发表作品,进而走向文坛,甚至可以被看作一条通向作家的"捷径"。胡风停止在上海的一切文学刊物和书店的经营,实际上就意味着胡风将自己的文艺实践和努力纳入中国共产党的文艺管理政策之中。胡风一直以来就视自己为共产党的"同路人",并认为有着无产阶级文学的正宗解释权,但是在新中国成立初期的北京,胡风却发现真正掌握着新中国文艺话语权的却是那些与自己有过诸多龃龉的"香港少爷们"。③ 这对胡风的影响是巨大的。一方面,胡风本来就是一名马克思主义思想的坚定信仰者,甚至可以说是一名较为激进的左派,既然一个新的政权是建立在自己所认同的政治理念之上,那么自己的文艺观念和"香港少爷们"的文艺观念谁是谁非已经不再那么重要,胡风在信中向夫人梅志剖明心迹:"我是无私的人,从来无所争,现在更无所争,但为人民,为革命,我不会向任何敌对思想屈服";④另一方面,胡风在此时也感到了一种失落感,新政权对于"香港少爷们"的重用也清楚地向他说明了之前他所坚持的文艺观念与中国共产党

① 晓风.胡风家书[M].上海:复旦大学出版社,2007:83.
② 晓风.胡风家书[M].上海:复旦大学出版社,2007:86.
③ 晓风.胡风家书[M].上海:复旦大学出版社,2007:93.
④ 晓风.胡风家书[M].上海:复旦大学出版社,2007:92.

的文艺观念有着种种隔膜。从上文胡风对梅志说的话中,不难体会到胡风此时的心境,对本已十分了解自己的夫人一再对自己进行本质性的描述和界定,显示了胡风对于自己曾经和现在的所作所为的迷茫。面对着新的政权,胡风也很难确定之前他在文坛上的所作所为就一定能合上中共中央的拍子,他只能在自己对共产党的"真诚"方面肯定自己。胡风作为一个共产党的坚定同路人,一直认为自己对党和国家是绝对真诚的,他在对梅志的信中说:"这是翻天覆地的历史时期,谁最真诚谁最幸福。"同时,在新中国成立初期的历史语境中,胡风的这种真诚只是一种掩盖失意的方式,他虽然看似豁达地说"至于具体的个别事情,我要退后一步,让得意者们得意去",①但实际上胡风对自己的文坛地位的下降一直耿耿于怀。胡风在新中国成立前后一直写信安排梅志对自己在上海文坛上的所作所为进行一次大清理,其原因正如他在许多信件中所说的那样,"局势改变"了,"现在是军事管理时期,要登记,而且,过去的关系,总有尴尬的"②。胡风在刚一进入共和国的时候所表现出的一系列失意和迷茫的根本原因还在于他对新政权所要推行的一套文学生产机制的陌生。胡风虽然一直认为自己是毛泽东思想和马克思主义的正确阐释者,但他在漫长的战争时期一直生活在国统区,对解放区的一套将文学审美与政治意识形态充分结合的文学生产并没有充分的了解,在北京生活的一段日子让他感觉到了一种与曾经的文坛截然不同的气氛,军事管理的那种严肃也让他意识到昔日文坛的"主义"之争或是意气之争已成为过去,当今文坛真正的盟主已经不会再是某一个人或某一个组织,国家意志已经开始接管文学领域。而在第一次文代会之后,身在会场的胡风进一步地感觉到了一种与过去的文学生产截然不同的气息。周恩来在文代会的主报告中对文艺工作者有着这样的要求:

① 晓风.胡风家书[M].上海:复旦大学出版社,2007:92.
② 晓风.胡风家书[M].上海:复旦大学出版社,2007:87.

"文艺工作者是精神劳动者，广义地说来也是工人阶级的一员。精神劳动者应该向体力劳动者学习。一般精神劳动的特点之一是个人劳动（当然许多歌咏队、剧社、电影厂等的活动是集体的），这就容易产生一种非集体主义的倾向。在这一个方面，文艺工作者应当特别努力向工人阶级的精神学习"①。也就是说，文艺的方向以及对于文学创作的审美理念再也不是由某一文坛领袖或是某一同人组织有权规定的了。

在文代会结束后，胡风给梅志写信表达他对文坛的新认识："《蚂蚁》能出，也是好的，但要他们完全自己去弄，你不要参与，也不要用希望社信箱。过去，我们用一切力量掩护一点工作，那时候只能如此。现在解放了，一切不同了，他们应该独立工作，让我们也独立工作，不要在事务上缠在一起才是。金、范等都是党员，化铁和他们一道去工作，那是顶好的"②。实际上，胡风在这段话中对自己在新中国成立前的文学工作做了一个总结，并将自己一直以来坚持的文学道路看作新中国成立之后文学生产体制的一个必要的前奏和准备阶段。现在既然新中国已经成立，自己原先的文学理想也已经实现，那么自己之前的文学工作模式也理所当然地有所转变。在新的文学生产环境中，原先的文坛盟主已经成为落后于时代的象征，新中国的文学已经不再需要胡风这样的人物来统领文学的创作和奖掖年轻的作家。此外，胡风还注意到了在文艺工作上"党员"这一身份的作用，由于历史原因，胡风追随共产党一生而未能加入其中，这里边固然有文学家们之间的个人恩怨，但其主要原因还是由于有关方面对他的一些历史细节上的不信任。③　周扬、夏衍等人的权力再大，面对着有着"日共"背景且又与

①　周恩来.政治报告[C]//本书编委会.中国新文学大系1937—1949·文学理论卷.上海：上海文艺出版社，1990：66.
②　晓风.胡风家书[M].上海：复旦大学出版社，2007：101.
③　参见赵浩生.周扬笑谈历史功过[J].新文学史料，1979(2).

周恩来等党的高层领导人有着密切往来的胡风的入党问题,也是不敢轻易拒绝的,胡风之所以未能入党的根本原因还在于其在日本的组织生活上有一些未能详细说明的历史细节。"党员"对于文学家来说并不仅仅是一种政治身份,更是一种信任的凭证,如果一名作家想要在文学方面更好地为人民服务,其思想一定是要正确的,而"党员"身份在很大程度上提供了这种正确思想的证据。胡风一直对他的"朋友们"关爱有加,当得知他的"小朋友"化铁与罗飞、樊康①等具有党员身份的文学工作者们交往甚密,并为具有政府性质的《文汇报》帮忙的时候,其内心还是十分愉快的。此时,从化铁等人身上,胡风看到了七月派同人在新中国更好的发展的可能性,也期冀着自己的落寞不会再落在那些年轻的朋友们身上。

在新中国成立初期所发生的一系列文学生产制约机制方面的转变无不表明了一个事实,那就是这个新成立的现代民族国家正在为自己找寻一个言说的维度。如果用结构主义的视角去观察新中国成立之前的中国文坛,无论是如"左联"这样的与新中国文学息息相关的文学组织,或是新月派这样的与共产党的文艺政策有着诸多隔阂的文学流派,都会在现代民族国家意识的面前显示一种"少数文学"的特征。"少数文学"的确可以将每位作者的言说都"汇聚到一个共同行动中,并使之产生一种巨大集体价值",但是由于现代民族国家意识和作家的个人生活往往有所抵触,而作家对于现代民族国家的融入也常常是一种自觉的或是被迫的选择。也就是说,现代民族国家意识对于作家们来说还是一种来自外部的介入,并不能完全成为一种自动或本能,所以作家在创作的时候,即使在表达一种"共同体意识",也难免携带着一些混杂的声音。如此一来,在文学的叙述过程中,一种"褶皱感"就自然而然地出现

---

① 即上文的"范"。在胡风的通信中,"樊康"多误作"范康","金"则是指罗飞,当时化名金尼。参见吴永平.《胡风家书》疏证[M].北京:中国社会科学出版社,2012:116.

了。① 虽然在新中国成立之后，这种"褶皱感"在现代民族国家的主体意识面前并不算得什么，但是它毕竟是一种具有异质性的存在，并且越多"同人"组织的存在，就意味着越多和越复杂的"褶皱"，而新中国得以安身立命的马克思主义又是那样一个对于思想的纯洁性有着严苛追求的理论体系，在这个体系中，一种消除区别的平面化要求是显而易见的②，这样一来，一种以共产主义民族国家意识消除所有"褶皱"的要求就是这个新生国家所必须要履行的义务了。而消除这些"褶皱"的根本途径就是以国家的立场对于产生这些"褶皱"的根源进行收编和征用，把这些曾经以事件的方式强行介入作家生活的现代民族国家意识变成一种带有理论体系的、常态化的生活方式，使作家自动地或本能地意识到自己是从属于这个新生的共和国的，而达到这一目的最有效和最迅捷的方式莫过于对于作家们在经济上的统筹了。新中国文学生产机制从"同人"向政府的转变实际上就是履行了其在文艺方面对于共产主义理想所应尽的义务，它借助民族国家的力量，使本来属于民间的行为成为一种带有行政约束力的政府行为，完成了对于原有作家资源的征用，并借助于党的组织和阶级理论逐渐形成了一套属于自己的话语体系。③

---

① 参见科勒布鲁克.导读德勒兹[M].廖鸿飞,译.重庆：重庆大学出版社,2014.

② 毛泽东在1940年代的《新民主主义论》中对这一点的论述主要是和苏联相比较,其结论是虽然中国由于政治经济等因素的制约,尚无法达到苏联的水平,但是苏联始终是作为一个目标存在于中国新民主主义乃至社会主义建设的道路上的。

③ 有研究者将其界定为一种"新古典主义"(参见杨春时.现代民族国家与中国新古典主义[J].文艺理论研究,2004(3).)。而事实上,每一个新生政权在阐释自己建立国家的合理性和合法性的时候,都会有一种"古典主义"的色彩在其中,法国新古典主义代表人物布瓦洛认为,新古典主义应具有理性、自然、古典、道德这样四种审美原则(参见布瓦洛.诗的艺术[M].任典,译.北京：人民文学出版社,2009.),而在新生共和国的框架内,一种以阶级性涵盖作家个性的社会主义新古典主义的形式规范显得尤为突出,并形成了一套称之为"典型论"的话语体系。这套话语体系对于上述四种审美原则作了来自阶级性的转译和阐释,其中阶级性对于个性的决定作用成为这一话语体系的显著特点。

2. 组织下的作家创作方式

而随着新政权的运作开始常态化,国家对于文学团体和文学家的整合和收编也基本完成。1953 年,在原先"文联"的基础上,文学工作者协会从中分出,改名为中国作家协会。谈及"文联"改组为"作协"的原因,"作协"第一任秘书长张僖回忆起这样一则文献:"去年八月全国文协常务委员会通过了关于《整理组织改进工作的方案》以后,工作开始有了若干改进,但是全国文协还没有成为真正名副其实的领导全国文协创作的统一的战斗的团体。目前有许多具有创作能力和经验的作家或者担任了行政工作,不能专门从事创作;或者分散在各个文艺单位,不能经常获得强有力的领导。这种情况严重地妨碍了创作力量的发展。常务委员会决定在最近征求全国委员会各委员的意见,召开代表大会,讨论改组全国文协机构"①。从这段话中可以看出,在共和国刚刚成立的几年内,由于种种历史条件的制约,文学并没有完全从"文艺"这样一个大的范畴内被分离出来,其相对于其他文艺形式的特点与重要性也没有被充分地认识到。按照可以被看作共和国历史的"史前史"的延安时期的习惯来看,文学并不具有特殊的独立性,而是与戏曲、墙头报等艺术方式一起合并进"文艺"这样一个冗杂的概念之内,而 1950 年代颇为著名的两套以文学作品为主的丛书也分别叫作"文艺建设丛书"和"中国人民文艺丛书",由此不难看出,在这样一个时代里,"文学"和"文艺"在很大程度上是以一种同义词的形式存在的。在文艺这样一个大的体系下,许多原先从事创作的作家被抽调到各个部门去担任行政工作,这就大大分散了作家的创作精力,其中不乏一些正处于创作旺盛期的作家。在解放区文学中崭露头角的作家孙犁在新中国成立最初的几年始终保持着较为

---

① 张僖.只言片语:中国作协前秘书长的回忆[M].北京:北京十月文艺出版社,2002:28.

旺盛的活力①,但是从他的书信中可以看出,此时的孙犁已经为行政性的工作所拖累,甚至在有的时候,已经无暇兼顾创作和行政,只得被迫放弃早已构思好的文学作品。1950 年 2 月,孙犁"以偶然相遇,被选为天津青联委员,因此时有讲演之类",这对于本来性格就较为内向的孙犁来说无异于"赶鸭子上架",在孙犁看来,"在一千多人场合讲三小时,真是力竭声嘶。昨讲一场,卧床一昼夜,尚未能恢复,身体之坏,实在只有用庄子方法才可解脱。故决定能推出者一概谢绝,安生写文章比什么也强"②。而事情的走向并没有能够像孙犁所期望的那样,之后,孙犁创作的时间越来越少了:"从京回来,我没写东西,总起来说,应该是从旧历年以来,两个月了还没动笔。懒散如此,实应警惕。最近报社根据新闻总署决定,组织机构又要有所变动,副刊工作变动尤大,因此又要开会什么的,最近又不能执笔,等行政工作确定后,当力求整饬,以期有成"③。"作协"的产生使得"文学"能够从"文艺"这样一个大范畴中独立出来,依照自己特有的方式来进行创作和发展。而"作协"内部也实行着一种"双轨制"的组织生产模式,作家和行政工作者各司其职,大多数的行政工作由原先的权限不明转移给了如张僖等较为有经验的"组织工作者"④,这些人可能在创作领域并不见长,但是在机构的领导和组织上,其工作能力绝非一般作家可以比拟。这样一来,一方面,作家得以从繁杂的公务中脱身而出,将更多的精力投入创作之中;另一方面,在这些有着专业党政及组织工作经验的人员的统筹下,作家的创作才可以更好地被纳入现代民族国家的路子,不至于有着太多的游离。"作协"的存在,保证了作家这样一个从事精神资源创造的群体可以最大限度地投入共和国

---

① 参见傅洪,黄景煜.孙犁年表[J].新文学史料,1984(3).
② 孙犁.孙犁全集·第 11 卷[M].北京:人民文学出版社,2004:33.
③ 孙犁.孙犁全集·第 11 卷[M].北京:人民文学出版社,2004:39.
④ 张僖在《只言片语:中国作协前秘书长的回忆》中记录的对于东北、华北等文坛的统筹,充分地表现出其出色的组织能力。

的建设之中。

"作协"的成立实际上将在中国从事创作的文学工作者以及其文学活动全部纳入一个庞大的文学生产体制之内,曾经分散在各个文艺单位或者行政单位的作家们在"作协"的旗帜下,统一由国家对其进行统帅和物质配给。这种制度尽管在现在看起来问题重重,但是在新中国成立初期物质极其缺乏的历史语境下,其存在是有着很强的先进性的。新中国成立初期,中国的经济发展相对落后,除了物质资源的匮乏之外,这些资源也缺乏很好的整合和交流,此时的"作协"除了领导作家创作之外,还承担了作家所需要的物质资源的查找和整理工作。"那时,中国作协机关院里有四十多个人(不包括机关院以外的刊物和文学讲习所),有个资料室比较庞大,差不多有二十个人,都是大学毕业生。这个资料室所担负的任务和现在也不大一样。那时,作家提出写作选题交给资料室,资料室的同志就要到北京图书馆和北京大学图书馆去找相关的材料,然后交给作家。我记得有一次周总理来电话,说要会见一位英国作家,需要资料……资料室的同志就连夜去查找"①。在那个人才资源极度缺乏的时代里,竟然动用二十个左右的大学毕业生来负责一个"资料室","作协"为作家创作的投入不可谓不大,而这种人力资源的密集型投入实际上是有其历史必然性的。在"作协"成立之后,由其中央机构中国作家协会收纳全国所有的文学工作者显然是不现实的,也是没有必要的,大量的文学工作者分散在全国各地的地方"作协"之中,而各地方"作协"的资料并不完善,而且由于当时经济条件的限制,无论从时间还是经济方面来讲,通信和交通都是一件十分奢侈的事情,这时,由一个专门的机关去进行资料查找和收集的工作无疑是最有效率和最经济的。这也是为什么在"作协"的所有机关中,资料室的人员配置最多,人员专业素养也最

① 张僖.只言片语:中国作协前秘书长的回忆[M].北京:北京十月文艺出版社,2002:31-32.

强大,他们担当了作家与写作资料之间的通讯员,保证了作家在写作的时候有足够的素材。在新中国成立初期,出于新民主主义政权对于一种新的史诗的书写要求,无产阶级劳动人民成为其书写和歌颂的主体,由于每个人的生活都具有片面性和局限性,并且有些来自国统区的作家对于工农兵大众的生活基本处于隔绝的状态,作家们对于这些新中国主人的日常工作和生活显然是无法充分了解的,因此,国家组织作家深入工厂、部队和农村,深入体验工农兵大众的生活,试图以生产生活实践来带动新中国英雄史诗的产生。早在丁玲的文学研究所开办的第一期,在对作家的培养方面,体验生活就被置于一个相当的高度。学员王景山"虽是文学研究所第一期研究员班的学员,但仅学习了中国现代文学和文艺理论两个单元,就到鞍山炼钢厂深入生活 3 个月,又到广西参加土改半年"①,这毕竟是一种走马观花式的体验,所以新中国的作家们对于真正的工厂、农村、战场还是有着相当的隔膜。当时同为文学研究所学员的王慧敏回忆自己下厂下乡的经历时说:"我记得1952 年大家就分别下厂下乡,但时间很短。为了写一个工人题材,我们就去了天津,体验了几天生活,回来写了一个剧本。没写好。辅导老师是张天翼,他给我们否定了。张老师还说我写的一场,没写出工人的气质来"②。

同一时期,在朝鲜战场上体验部队生活的巴金在创作上也遭遇了瓶颈,这在很大程度上也与他的作家身份有关。在朝鲜战场上的巴金虽然生活条件无法与国内相提并论,还真正经历了枪林弹雨③,但是与真正的志愿军战士相比,巴金在朝鲜的生活还是相当优渥的。在巴金当时的日记中,经常能看到诸如"秘书科送来克宁奶粉一听,下午又送来方糖一包""一点后刘卫生员给我洗鼻腔、

---

①　邢小群.丁玲与文学研究所的兴衰[M].济南：山东画报出版社,2003：175.
②　邢小群.丁玲与文学研究所的兴衰[M].济南：山东画报出版社,2003：180.
③　参见巴金.巴金全集·第 25 卷[M].北京：人民文学出版社,1986：24.

点药""喝了啤酒、绍酒、白兰地,有了醉意""参加舞会,看军首长和客人们跳舞到十点"①等记载,这与真正战场上的战争和生活是有着很大差别的。一方面,巴金等来到工厂、农村、部队体验生活的作家在实践和理论上都缺乏相关领域的专业素养,要求他们像真正的工人、农民、战士那样进行生产生活实践,实际上是不可能的,因此,在体验生活的时候,无论是其强度还是其危险程度都相应有所降低;另一方面,这些作家的组织关系并不在其接收单位,这就意味着他们在体验生活的时候是以一种参观者的身份出现的,其对于接收单位所展示的是一种外来的和接入的姿态,接收单位不仅需要为其安全负相应的责任,而且还需要将其生产生活中最好的一面展示在这些作家面前,以配合其创作和宣传的需要。这样一来,作家就很难深入到体验对象的本体,从而对其所要塑造的人民英雄形象常常有着隔靴搔痒的无力感。而即使是生活在同样一个语境中,体验生活的作家与那些以之为业的人们的心态还是有所差异的,因此,作家们对工人的摹写往往是只得其形,未得其神。与之相比,草明在工厂时期写下的《乘风破浪》等作品就要相对成功一些,其原因就在于草明在工厂体验生活的方式与巴金等作家体验生活的方式有着根本的不同:如果说巴金等人深入工农兵时的写作经历只是一次走马观花的话,草明的工厂体验则可以说是一次和工人的深度接触。在1954年以后,草明一直担任鞍山第一炼钢厂的党委副书记,其组织关系由鞍山第一炼钢厂负责,同时,草明要为炼钢厂的产出和安全担负起自己的责任②,这就要求草明对炼钢的各项工序有着深入的学习,并且对炼钢厂工人的生活和精神世界有着切身的了解,所以在这一时期众多的反映工农兵题材的小说中,草明的成绩就比较突出。而缺乏这种深度体验的其他作家则与其摹写对象在精神领域有着较大的隔膜,甚至出现

---

① 巴金.巴金全集・第25卷[M].北京:人民文学出版社,1986:1-46.
② 参见余仁凯.草明研究资料[M].北京:知识产权出版社,2009.

了"知识分子看不起工农的文化，工农看不惯知识分子的生活习惯，有一个知识分子不吃窝头，工农们就大不以为然"①的尴尬情况，这就需要在体验生活之外，有着足够的理论支持和文学想象空间。这样一来，文学机构内部资料室的存在就是一种必然了，它一方面可以为作家们提供工农兵生产生活方面的专业资料支持，另一方面则为作家们提供了可资参考的既成作品以拓宽其想象空间。事实上，文学资料室在中央文学研究所时期就已经发挥着重要的作用。"中央文学研究所的图书资料室，为了配合教学和教员学习，做了大量有益工作。俗话说：兵马未动，粮草先行。中央文学研究所尚未正式开学，购买新旧图书杂志的工作就开始了。……馆藏文学书刊之丰富在当年颇有名气"②。而到了"中国作协"时期，由于对文学生产在国家层面上进行了整合，在文学领域，资料室还具有一种"政府"和"权威"的意味，甚至连周总理都要来"作协"资料室查找文学方面的资料，而各地作家向资料室汇报选题，再由资料室将资料回馈给作家进行创作的行动，为作家的创作提供了前所未有的便利，鼓舞了作家继续为共和国的建设贡献出大量的作品。但同时，必须承认的是，资料室这一机构的设置也表明了作家除了生活体验之外，其所掌握的二手资料都是经过"作协"这一具有政府意味的文学机构所筛选出来的。由此，作家的创作资源也就被把握在了代表国家在文学方面意志的"作协"手中，"作协"通过对作家文学生产资料的掌握来对作家的写作进行着最初的规约，使作家的创作不会在起步阶段偏离共和国建设的主题，这不利于作家在写作上的自由发挥，在很大程度上也限制了作家的创作；而由于资料室人员的相对固定，从资料室提供给作家的资料也有一定的重复性，这对作家创作的多样性有一定程度的影响。

---

① 邢小群.丁玲与文学研究所的兴衰[M].济南：山东画报出版社，2003：175.
② 邢小群.丁玲与文学研究所的兴衰[M].济南：山东画报出版社，2003：176.

　　"人口调查""地图"和"博物馆"是一个"政府想象其领地的方式"①,这三点分别对应了一个国家内人民构成的性质、领地的地理要素和民族国家内政府执政的合法性问题。② 在新中国成立初期的语境下,在组织安排之下的作家的创作实际上也在实践着这三种要素。从"文联"到"作协"的转变中,一种"人口调查"的意味是明显的:作家身份被重新界定,其主体性被重新强调,其主体性地位再次从大的"文艺"的概念中被凸现出来。同时,在民族国家的意义上,这也为作家在创作方面提出了更高的艺术和思想要求。此时的作家既然已经被抽离于"文艺家"的整体范畴之外,就必须能够担当起独立在"文艺家"之外的责任,并以自己独有的方式参与到现代民族国家的构架之中,创作出让构成这个新生共和国的主体人群满意的作品来。而这些作家的创作则可以被看作一个在文学领域勾画民族国家"地图"的隐喻。与其他民族主义国家地图的构建不同,新中国的版图不但有着地理上江河湖海的区别,更由于执政者们有着用无产阶级思想改造国家的诉求,共和国还有着一张以阶级来厘定边界的政治版图,工农兵等国家新主人的生活,甚至知识分子或者富农等被改造的对象也都成为这一政治版图中的地理风景。这种版图的构成带有一种显著的意识形态的气息,执政者和构成国家的主体人群都希望文学能够表现一种他们理想中的风景,即一种无产阶级对于剥削阶级的改造和无产阶级在世界范围内的胜利。这样一来,这张政治版图就具有了一种"文化的人造物"③的性质,它是工农兵大众对于这个新生国家未来风貌想象的一种外在呈现方式,同时也承载了人民对于这个新生国家的

① 参见安德森.想象的共同体:民族主义的起源与散布[M].吴叡人,译.上海:上海人民出版社,2006:154.
② 原著中,对于这一点的论述所选取的对象多是殖民地国家,但是实际上这一理论对于包括新中国在内的许多国家都是有着广泛的适用性的。
③ 参见吴叡人.认同的重量:《想象的共同体》导读[M]//安德森.想象的共同体:民族主义的起源与散布.上海:上海人民出版社,2006.

认同。而正是因为这样，当作家本人对于生活的体验和被国家要求的想象性认同有所背离，或是自己的体验无法和被民族意识设置好的写作理论体系融合的时候，一个足以表达民族意志的"博物馆"就是对这些来自个人的体验进行理论提升和重新编码的最好场所。"作协"的"图书室资料"在新中国成立初期正是承担着这样一种职能，而且作为一个新生的民族国家，新中国对于这样一个机构的重要性是有着充分的重视的，这从对于图书资料室的人力物力投入即可看出。在国家意志的层面，领导人是希望作家们可以将这个"博物馆"充分地调动起来的，"博物馆"代表了一种对于想象中民族精神的构建，它像一面透视并且过滤着作家们的作品的棱镜，使得这些作品中时刻激荡着一种民族主义的情绪，从而更好地配合这个国家的各项建设。在新中国成立初期，组织下的文学创作保证了作家的作品可以最大限度地配合整个现代民族国家的建设，这在百废待兴的神州大地是有着其合理性和政治上的必然性的，也在一定时期内为鼓舞新民主主义经济和政治建设发挥了重要的作用。但是，作家毕竟是一个有着极强主体性意识的存在，恰恰是因为对于文学创作的组织从每一个方面都在制约着文学的创作，导致了文学作品的题材和思想内容出现了严重的雷同，这本身之于文学的发展规律就是相悖的。而且对读者而言，长期对于雷同的文学作品的阅读也会产生一种倦怠的情绪，对于文学内部思想资源的汲取也会由"自觉"转为"自动"，对于文学思想资源的陌生化语境的消失也使得文学作品对于读者的影响力减弱，进而部分消减了其对于现代民族国家的建构意义。

3. 民族国家意识下的"双赢"

在新中国成立初期的历史语境里，作家们对于这个刚刚诞生的新政权的期望是殷切的，他们无暇对于这种新的文学生产机制过多地进行反思，因为相比国民党统治下对于文学领域的严重忽视，共产党对于文学发展状况的重视已经让作家们感觉到了一种新的希望,他们愿意用自己的笔参与共和国的建设,而共和国起步时期百废待兴的状况也需要作家们对其政策进行文学形式的阐释和宣传。在这一时期,绝大多数作家无论是在写作选题或是小说技法上,都积极地向政治所要求的方向靠拢,在意识形态要求面前,作家并没有失去其主体性,而是主动地将自己的文学理想和新政权的政治诉求结合在了一起。在国民党统治末年,政治腐败和军事失利使国民党方面已经无暇顾及文化建设,身在北平的沈从文在看到北平的文化遗产即将毁于一旦的时候,表达出了对国民党政权的深深失望。穷极则思变,以沈从文为代表的作家和知识分子们对于国民党南京政府在内战中的表现(尤其是在文化建设方面)的失望,在国共交战的背景下,很自然地就转变成了一种对于变革和新的转机的期待。"旧的社会实在已不济事了,得一切重作安排"①。

而事实上,在新中国成立初期的历史语境中,被文学组织接纳在大部分作家看起来都是一件很光荣的事情,而在新中国成立后由于种种原因未能被"文联"或"作协"吸纳的极少数作家,也常常因为没有获得文学组织认可而耿耿于怀。杨沫虽然在解放区时期就开始了文学创作,但是她的主要工作一直是围绕着电影展开的,即使在 1950 年代她的长篇小说《青春之歌》在全国范围内形成了轰动效应,她也并没有成为一名"专业"作家。而"专业"作家指的是组织关系在"作协"或"文联",由"作协"或"文联"负责其组织关系并按照文学团体的意志进行文学创作的作家。这一时期的杨沫主要是作为北京电影制片厂的一名编剧出现的②,其主要工作是进行电影剧本的创作,而在新中国初期那种岗位意识的统摄下,她所热爱的小说写作对于她的本职工作来说只是一项副业,甚至是

---

① 沈从文.致吉六(1948 年 12 月 7 日)[M]//沈从文全集·第 18 卷.太原:北岳文艺出版社,2002:521.
② 参见老鬼.杨沫大事年表[M]//母亲杨沫.武汉:长江文艺出版社,2005:401.

"不务正业"。即使是因《青春之歌》一举成名之后，其对小说写作的热爱在北京电影制片厂领导眼中仍然是一种有碍分内工作的行为。① 杨沫正式加入"文联"已经到了 1962 年年底，在从新中国成立初期到成为一名"专业"作家的十多年里，杨沫一直对自己的游走于文坛之外的身份有着种种抱怨，而未在体制内也对杨沫《青春之歌》的创作完成增添了重重障碍。在日记里，杨沫多次记录了其创作被北京电影制片厂的工作打断的情况，面对着这种不利的创作条件，杨沫称自己的作品为"我的难产的《青春之歌》"。② 杨沫一直羡慕周围能够加入文学组织的人，特别是家在附近的熟人，能在体制内进行创作甚至一度成为杨沫的一种"情结"。在毫无办法的状况下，杨沫甚至开始对自己的创作和能力产生了质疑，她在日记中告诉自己："把自己看得渺小些吧！人民对你已经够好了。如此一想，心情坦然。一个人，是应该有点自知之明的。我这两下子，除了偶然写出一本《青春之歌》小说来，有什么本事？"③而在得知自己的"关系已转到市文联了"，杨沫第一个反应就是："我听了很高兴。我可以到作协去，不必在北影受写电影剧本的限制了"④。杨沫的心路历程颇能代表新中国成立初期的一批文学工作者。新政权初创时期，由于广大人民处于刚刚被解放的阶段，其对于社会的认知尚无法与共和国的执政理想相适应，在这精神文化急需建设的时期，作家的身份无疑是十分重要和光荣的，能获得作家的称号并得到文学团体的认可，对于文学工作者来说是一件十分值得庆贺的事情。新政权通过具有政府性质的文学组织，将作家的创作和现代民族国家的建设合在了一起。自新文学产生以来，文学与政府意识形态的距离从未如此接近过，在新文化运动之

---

① 参见杨沫.自白——我的日记[M].广州：花城出版社,1985.
② 杨沫.自白——我的日记[M].广州：花城出版社,1985：269.
③ 杨沫.自白——我的日记[M].广州：花城出版社,1985：500 – 512.
④ 杨沫.自白——我的日记[M].广州：花城出版社,1985：512.

后的新作家身上所固有的那种对现代民族国家的关心和社会责任感,使得作家们一直努力地创造条件使自己被组织接受,而作家这一称号在新中国成立初期的神圣感也使得作家们对创作充满了热情。在这一时期,即使是与新政权颇为脱节的沈从文也曾经一度想要重新拿起笔进行创作,并表现出了创作宏大作品的愿望:"至于写作,头脑能否使用到过去一半样子,也无多大把握了。……初步拟想把所收小说材料重誊一份,理出个顺序线索,万一我不能用,另外同志还可利用这份材料。最好当然是我自己能用它,好好整理出来成个中型故事。初步估计用十六万字安排,可以写得清楚。如顺手,也不会要半年时间的"①。从沈从文的书信中可以看出,其外出考察、调研等工作多由"文联""作协"等安排,由此可知,新中国成立初期的沈从文并不像之前被人塑造的那样,是一个与体制负隅顽抗的斗士,即使是坚持着自由主义的理想,沈从文在面对和自己曾经的政治设想殊途同归的新政权时,也努力地想在体制内部发出一些声音。而事实上,沈从文在新中国成立之后并未停止其创作,除由于自己不满意销毁的作品之外,公开发表的有《管木料场的几个青年——十三陵水库民工十大队青年尖刀队突击队先进小组》,虽然写作并不算成功,但是与之前的作品相比,还是能够明显感觉到沈从文正在努力地将自己的创作理想纳入体制内写作的轨道。②

"五四"新文化运动以来,文学就承担着重要的社会职能,而作家因其创作和新中国成立之前的半殖民地半封建性质息息相关,则带有一种来自民族主义的荣耀。因长期处于一种对于现代民族国家的期望中,在新中国成立前,现代中国文学有着明显的"民族寓言"③

① 沈从文.复张儁(19610718)[M]//沈从文全集·第 21 卷.太原:北岳文艺出版社,2002:75.
② 参见沈从文.管木料场的几个青年——十三陵水库民工十大队青年尖刀队突击队先进小组[M]//沈从文全集·第 12 卷.太原:北岳文艺出版社,2002:321.
③ 参见詹姆逊.政治无意识:作为社会象征行为的叙事[M].王逢振,陈永国,译.北京:中国社会科学出版社,1999.

性质,作家在一定程度上可以被看作民族精神的代言人,作家所书
写的内容也充满了一种象征的意味。在新文学的发轫时期,仍在
日本的郭沫若在写给父母的信中,曾经对自己的理想有着这样的
描述:"男想古时夏禹治水,九年在外,三过家门而不入;苏武使匈
奴,牧羊十九年,饍齽冰雪。男幼受父母鞠养,长受国家培植,质虽
鲁钝,终非干国栋家之器,要思习一技,长一技,以期自糊口腹,并
藉报效国家;留学期间不及十年,无夏、苏之苦,广见之福,敢不深
自刻勉,克收厥成,宁敢歧路亡羊,捷径窘步,中道辍足,以贻父母
羞,为国家蠹耶!"①而在新中国成立之前,中国的版图虽然在形式
上基本完成了统一,但是国民政府的执政理念本身就是相当混杂
和冗芜的,在"三民主义"的指导下,很难对人民的思想领域进行整
合。因此,从本质上来说,国民政府对于中国版图的控制只不过是
一种形式上的,它所提出的一套民族国家建设的构想与作家基于
民族主义情绪而对这个国家所抱的希望是有着相当大的差距的,
这种差距就在作家与国家之间产生了一种裂隙,导致了作家在这
样一个国家中,常常处于一种苦痛的光景之中。闻一多在给他弟
弟的信中曾经多次写到这种痛苦:"我知道环境以迫得我发狂了;
我这一生完了。我只做一个颠颠倒倒的疯诗人罢了!世界有什么
留恋的?活一天,算一天罢了!我的思想太衰飒了吗?'谁实为
之?孰令致之?'"②在闻一多的信中,"孰"字下面的着重号是原文
就有的,这表明了闻一多此时的思考重点并没有停留在苦痛生活
的表象上,而是更深入地想要找出那个产生这一现象的根本原因。
旧时代的作家们对于其自身痛苦的根源已经有了一定程度的认知
和反省,但是由于本身站在时代的大背景中,很难将自身的境遇以
一种理论的方式提升到另一个高度,所以,在这一时期,作家们虽
然多有迷惑,却无法为自己寻找到一条适合自己生存和创作的路

---

① 郭沫若.樱花书简[M].成都:四川人民出版社,1981:97.
② 闻一多,闻立雕,闻铭,等.闻一多全集·第12卷[M].武汉:湖北人民出版社,1993:34.

径。在国民党统治时期,其治国思想仅仅借用了民族国家的外壳,而内在仍是繁冗驳杂,以致其所指在能指的不断发散下被耗散,无法与时代产生互文性,从而被历史和人民所抛弃。新中国建立之后,文学和现代民族国家被更紧密地捆绑在一起,马克思主义提供给了中国一个新的现代民族国家的成立方案,并且由于马克思主义思想的纯粹性,在这个以新的民族国家建设方案为指导思想的国家中所进行的一切将是有着明确的指涉性的,这种明确的指涉性与时代互文所产生的强大的机能性作用是前一个时代所无法比拟的。在这种文学氛围的影响下,大部分作家对于新政权所创立的这一套有着明显政府色彩的文学生产机制还是愿意接纳的,因为在这种机制下,自己的创作可以与长久以来对于民族国家的内在期望相合,自己可以以创作的方式投入现代民族国家的构建之中。在生产资料相对匮乏的新中国成立初期,这种文学生产机制也确实发挥着其强大的作用:新的文学生产机制将资源最大限度地集中,保证作家创作,并将作家的创作维持在一个现代民族国家建设的大的框架之内;而作家在这种生产机制的保障下,能够贴近自己之前所不了解的生活(虽然这种贴近常常并不足以完全支撑起其创作),以文学的方式对生产机制背后的政治理想进行生动解读和宣传,双方在新中国成立初期的历史语境下,以现代民族国家为名,在很大程度上达到了一种"双赢"。

第二节　作家身份与作品生成

1. 阶级与土地革命：被重新界定的作家身份

在新中国成立初期,"作家"这一称号的内涵较民国时期有着较大的改变。作家的主要工作是写作,而写作在新文学产生到新中国成立这一段时间内一直是一种属于个人的行动,文学的创作、

研究以及争论主要发生在若干写作主体之间，除了在和后来诞生
的共和国在精神上有着血缘关系的解放区外，作家的写作一般只
对自己负责，并无须在更高的层面上承担直接责任。新中国成立
之前，在文学领域上发生的论争大多数都与现代民族国家的建设
有着种种的联系，从新文学发轫时期的语言是该改良还是该革命
开始，中国新文学一直在各种论争中调整着自己与现代民族国家
的关系。可以说，"论争"这一特殊的文学活动形式构成了中国新
文学发展的机制性因素，在一定意义上可以被看作新文学的自我
调适。在调适中，中国新文学得以与每一个所处的时代发生互文，
从而保持其充足的动力和机能。新中国成立之前的文学论争虽然
与现代民族国家的建设着密切的联系，但是就论争的程度和范畴
而言，这一时期的文学论争主要还是集中在文学内部，作为执政党
把持着中央政府的国民党方面对于这一系列发生在文坛上的论争
无意或无力去涉足。纵观整个国共斗争的历史，国民党方面对于
文化方面的建设明显要薄弱于共产党方面，无论是指导性的文
艺理论还是组织文艺批判，国民党的所作所为均显得有些倦怠
或力不从心，相反地，共产党方面则一直对文坛上的各种论争颇
为关注，并不失时机地利用文学来宣传自己的政治理想。作为
文学论争的实践者，作家在新中国成立之前的活动并不能直接
与国家意志相挂钩，这也是为什么在许多文学论争之后，论争的
双方还能够以各自的姿态继续活跃在文坛上：在新文学与鸳鸯
蝴蝶派进行论争之后，许多新青年开始认识到诸如《礼拜六》等
杂志的落后，但是这并不能阻碍民国时期通俗杂志的发展，相反
地，在这次论争之后，通俗杂志与新文学成为中国现代文学领域
中齐飞的"两翼"，互相吸收对方的优长，构建了中国新文学发展
的崭新样貌。① 发生在 1930 年代末的有关"抗战文学"的论争，在

---

① 　参见范伯群.中国现代通俗文学史[M].北京：高等教育出版社，2000.

新中国成立之前各种文学论争之中可以说是与现代民族国家的存亡联系最紧密的一次。1938 年,梁实秋提出了所谓的"与抗战无关论",认为"现在抗战高于一切,所以有人一下笔就忘不了抗战。我的意见稍为不同。于抗战有关的材料,我们最为欢迎,但是与抗战无关的材料,只要真实流畅,也是好的,不必勉强把抗战截搭上去。至于空洞的'抗战八股',那是对谁都没有益处的"①。而他的批判者们则明确地指出:"在今日的中国,要使一个作者既忠实于真实,又要找寻'与抗战无关的材料',依我笨拙的想法实在还不容易,除非他把真实丢开。……即使是住房子,也还是与抗战有关的"②。"现在抗战高于一切"③。反映在文学创作上,当时有人评论道:"抗战使中国的新文学变了质,像脱下华服的青年踏上了征程,文学在中国就成为'反侵略'的一种武器而存在着了"④。面对着这两种针锋相对的论调,与国民党政府不同的是,共产党方面一直自觉地将"文学""作家"和现代民族国家的建设和利益结合在一起。

以在关于"抗战文学"的论争中表现最为突出的沈从文为例,他在新中国成立前后的遭遇可以看作一个典型例子。在抗战时期,沈从文错误地将"国防文学""抗战文学"等一些对于民族国家在战火中重生起过重大的文学运动看作经不起"时间"来"陶冶清算"的"空洞理论",而应时代所需出现的文学思潮只不过是"一个明眼人是看得出的""活泼背后的空虚",作家们"事业或职业部门多,念念不忘出路不忘功利"而"搞文学""充作家",是"民族自杀的工具"⑤,这使得沈从文在 1948 年前后成为郭沫若等人所重点批

① 梁实秋.编者的话[N].中央日报,1938 - 12 - 1.
② 罗荪."与抗战无关"[N].大公报,1938 - 12 - 5.
③ 姚蓬子.一切都"与抗战有关"[J].抗战文艺,1938(3).
④ 狄遒.对于小说作者的要求[J].弹花,1938(2).
⑤ 参见沈从文.从现实学习[M]//沈从文全集·第 13 卷.太原:北岳文艺出版社,2002.

评的对象。1948年起，以邵荃麟等左翼人士在香港所办的《大众文艺丛刊》为阵地，香港文学界开始对沈从文进行猛烈地批判。对沈从文的批判最为严厉的当属郭沫若的《斥反动文艺》，文中写道："特引是沈从文，他一直是有意识地作为反动派而活动着。在抗战初期全民族对日寇生死存亡的时候，他高唱着'与抗战无关'论；在抗战后期作家们正加强团结，争取民主的时候，他又喊出'反对作家从政'；今天人民正'用革命战争反对反革命战争'，也正是凤凰毁灭自己从火里再生的时候，他又装起一个悲天悯人的面孔。谥之为'民族自杀的悲剧'……而企图在'报纸副刊'上进行其和革命'游离'的新第三方面，所谓'第四组织'"①。同时，冯乃超也在同一期杂志里，将沈从文怀念其远房姨父熊希龄的文章《芷江县熊公馆》定位为"掩盖地主剥削农民的生活现实，粉饰地主阶级恶贯满盈的血腥统治"，是"今天中国典型的地主阶级的文艺，也是最反动的文艺"，它甚至是"企图重新团结一些反人民的'精神贵族'来反抗人民的胜利"的一种文艺形式；冯乃超还在其所著的批判性文章中，将沈从文的创作从阶级论的维度上纲上线，认为沈从文是"奴才主义者""地主阶级的弄臣"②，而此时的沈从文在创作上显然还没有形成一种阶级自觉。从郭沫若和冯乃超等人对沈从文的批判中不难看出，原本是发生在文学领域上的论争，经过左翼文艺界人士的表述，就明显带有一种意识形态的色彩。左翼文艺界在批判以沈从文为代表的自由主义文学家的时候，明显是站在了一个相当高的道德高度，而这种道德高度的背后是对于一套崭新的话语体系与阐释方式的掌握。左翼文艺界在这套新的话语体系的指引下，其文中流露出来的道德优越感是不言而喻的，因此，在面对与自己文学见解不同的沈从文等人时，左翼文艺界常常使用一种论断性的语调，以一种居高临下的态度对其作

---

①　郭沫若.斥反动文艺[J].大众文艺丛刊,1948(1).
②　乃超.略评沈从文的《熊公馆》[J].大众文艺丛刊,1948(1).

出判决和定论。这种文学批判与论争方式在之后的一段时期内还成为新中国文学批评的标准范式,影响了很长一段时期的文学的发展。

从内在的一致性上来看,延安时期的文学发展可以看作新中国文学发展史的"史前史",新中国文学在后来所表现出的一系列具有机制性的文学行动大多产生于这一时期。从延安时期一些作家的记录中,我们可以看出作家之于延安的意义。第一个到达延安的"名作家"非丁玲莫属。丁玲"投奔"延安这一举动在当时的文艺界引起了轰动,有人甚至出书来记载丁玲在延安的生活和创作。[①] 而毛泽东给予她的赠词"纤笔一支谁与似,三千毛瑟精兵"[②]足以表明在文化生产相对落后的延安,丁玲作家身份的意义。在毛泽东的赠词中,丁玲的作家身份的类比对象是精兵。也就是说,在以延安为中心的解放区,作家承担着和战士同样的社会职能,写作在解放区的政治文化语境下成为一种和作战等同的行为,在民族解放的共同目标下,作家和文学的内涵都发生了巨大的改变,笼罩着一层源自现代民族国家的神圣光晕。在一次采访中,丁玲对自己在解放区的生活这样评价:"在这里红军的生活中间,使人觉得非常快乐和年轻。他们是那么坦白活跃,又那么年轻。红军兵士们是一个完全新的典型,中国别的地方所不能找到的。除了革命,他们无所知。因为他们本来住在苏维埃化的地方,他们没有财产的意识,没有家庭观念。心里从来不会有不快乐。他们只想到如何去克服他们工作的困难,从不想到他们的困苦。红军有一种特殊的性质,因为它不是从土地而是从土地革命产生的,它的组织坚强得惊人。我喜欢此地简单的生活,我正在长康健长肥起来,虽然我来此之前是神经衰弱,睡不着觉的。我来的时候,我希望帮助

① 史天行.丁玲在西北[M].汉口:华中图书公司,1938.
② 陈明.丁玲在延安——她不是主张暴露黑暗派的代表人物[J].新文学史料,1993(2).

此地苏维埃区的文化水准，并教文学。现在我有好几课，正在教青年红军中文写作。他们有几个已会写很好的短篇小说了。至于我的文学工作——我还没有许多生活经验，但未来是在我前面，因为我现在不过 30 岁而已。我希望我现在真能开始做好的工作，比过去好得多；我觉得，我能做。1936 年末我又开始写作，近来出了一本新书名叫《意外集》"[①]。丁玲在来到解放区之前就已经是一个有着丰富写作经验的作家了，面对着进入新语境后的身份和写作转型，丁玲显然表现得十分适应，并认为自己在进入解放区之后的创作比以前有了很大的提高，其原因主要在于解放区的基于民主主义的政治语境打通了原有的固化的社会阶层，使得作家可以与更广泛的人民以及他们的生活接触，在一直坚持着左翼立场的丁玲看来，这种扎根于人民的创作相对曾经颇为个人化的书写来说，更能发挥文学的社会功用，通过这种新的写作方式，丁玲实践着其提高解放区文化水准的愿望。虽然后来的研究者普遍认为丁玲在解放区时期的写作成就未能超越其前期《莎菲女士的日记》等作品，但就丁玲本人看来，解放区的生活使她找到了写作与现代民族国家建设的契合点，在这种体制下，写作可以在最短时间内、最有效率地转化成社会动力，并为广大的人民服务，终其一生，丁玲都对其这一时期的文学作品喜爱有加。[②] 在丁玲的表述中，作家的身份并不具有独立的地位，而是"苏维埃化"了。也就是说，作家是作为红军的一个部分存在的，其生活是在"红军中间"而不是作为一个旁观者寄居于解放区的。丁玲敏锐地察觉到解放区与其他区域不同的精神特质，即相对其他区域是从"土地产生的"而言，解放区精神特质的形成并不在于"土地"这一生产资料，而是在于"土地革命"这一具有明显阶级色彩的社会活动。也就是说，解放区实际上正在进行着一次特殊的现代民族国家构建的努力，从共产党方

---

① 威尔逊.续西行漫记[M].陶宜，徐复，译.北京：解放军文艺出版社，2002：269.
② 参见李辉.丁玲自述[M].郑州：大象出版社，2006.

面来看,形成现代民族国家的首要基础并不是那种后来所谓的以民族与国土所构建的"想象的共同体"①,而是一种以经济为划分标准的阶级立场,这在之前是前所未有过的。解放区以阶级置换民族的设想使整个解放区的机能性都被充分地调动起来,人们在这种氛围的带动下积极地进行着根据地建设,而作家也借此将自己的写作冲动与国家意志高度地合二为一,并为国家培养新的创作人才,以便在接下来的"土地革命"的任务里更好地发动人民,起到宣传和精神文化建设的作用。

新文学产生之后,在其形成的文化场域内活动着的作家实际上对于自己的作家身份并没有一种充分地自觉。换而言之,他们只是成为作家,而对自己借由什么成为作家和成为作家之后应该如何配合现代民族国家的形成并没有一种体系的、完整的认知。在解放区以外,作家们的创作在事实上处于一种明确方向的状态,他们只认识到了"土地"也就是中国的社会现实对于自己创作的重要性,并试图以创作来达到一定的社会功用,以便改变当时并不诗意的栖居环境,却没有意识到自己在对于"土地"的描述中已经被土地改造,进而失去了与土地的主体间性②,成为"土地"这一广泛范畴的一部分,失去了对于所描述对象的变革性力量。对于这样的一批作家而言,自身所意识到的"土地"所存在的致命性缺陷和对于土地本身的依赖之间形成了一个悖论,作家们想在土地上拼命地找寻一个归宿,却没有认识到其目光根本不能放在土地本身上。这样一来,这些作家就注定在文学的空间内找不到一个落脚点,其精神也只能在土地的表层游荡,这也是从 1920 年代后期起,现代派在中国文学上大放异彩的

---

① 参见安德森.想象的共同体——民族主义的起源与散布[M].吴叡人,译.上海:上海人民出版社,2005.
② 参见伊格尔顿.二十世纪西方文学理论[M].伍晓明,译.西安:陕西师范大学出版社,1987.

原因之一。① 而对于解放区而言，作家的诞生，其根源已经不是土地本身，而是"土地革命"，即对于土地这一客体的改造。在这个改造过程中，作家们对于其生活的环境是有着充分的主体性的，"革命"这一动词在这一过程中可以被看作一个在不停运转着的、充满了动能的"装置"，借由这个装置，作家们得以脱离了土地，不再从已经在新的理论框架下显得落后的土地上寻求自己的出路，而是加入一场行动之中，借由行动所产生的力量来摆脱这场身份认同的危机。从一些社会学家们的研究中可以看出："在分析身份认同和自我身份认同的困难上，要想保持协调一致性，就必须参与到对归属性群体之未来的引导和掌控尝试中去，那是一种政治参与、真正的公民参与的必要性"②，解放区的作家经由对于土地的"革命"找到了一种新的身份认同的方式，他们不再经由种种理念来对土地进行阐释，而是对土地采取了一种颠覆性的态度，即对其采取暴力革命，以此来寻求一种新出路的可能性。更重要的是，由于这种新出路是建立在马克思主义阶级论的基础之上的，在当时的历史语境下，其在理论上的先进性和对于现代民族国家的构建作用是显而易见的，这就使其在道德和智力上对之前的种种思想和理论都有着明显的超越性，也使得"土地革命"这样一个社会活动的合理性难以被撼动。而通过"土地革命"重新被界定的作家，也被自然而然地安置进了"红军"内部，其独立性看似被取消，但是在现代民族国家建构体系的内部，作家的身份却是被凸显的，并成为这一历史潮流不可缺少的一部分。在新中国成立初期，来自解放区的这种对于作家身份的重新界定依然发挥着它的作用，并在一定时间内保持着其对于现代民族国家建设的先进性和动员作用。

---

① 这种情况不但发生在一些思想自由的作家的身上，连一些"左倾"或者党内作家也难以避免。比较有代表性的作家有：1920年代、1930年代的蒋光慈、穆时英、刘呐鸥、徐志摩、丁玲等；1940年代的巴金、沈从文等。
② 格罗塞.身份认同的困境[M].王鲲,译.北京：社会科学文献出版社,2009：91.

2. 作家的岗位与岗位上的作家

新中国成立后,由解放区而来的那样一套经济政治体制借助一种民族主义的名义被迅速地推广至全国。解放区的种种政治理想在共和国的建设中都展现出了重要价值评判的标准意义,从很大程度上来说,解放区的经济政治体系可以看作新中国经济政治体系的一个缩影。而在新中国,作家们的集体身份也随着经济政治的改变而改变,作家的写作行为不再是一个属于个人或某一团体的行为,而是一种国家意志的体现,在写作行为的背后,是共和国想要以阶级这样一个范畴来重组现代民族国家的政治抱负。这样一来,作家的创作就被提升至了一个事关民族国家建设的高度,并受到了特别的重视,而作家的称谓也就不再仅仅是一个能够创作文学作品的"个人",而是成为一种具有国家工作人员性质的身份。

在第一次文代会之前,周恩来曾将众多文艺界人士召集至中南海,共同商讨文艺界建设的问题。从当时兼负作家和文艺界管理人员两重身份的夏衍的记录来看,新中国成立时对于作家的组织计划是以"团结"为主的。在新中国建立初期的语境下,"团结"并不是一般意义上的接受或者是文化审美层面上的融汇或妥协,背后有着明显的组织层面上的意义,"团结"某人换而言之就是要将此人吸收进在党的领导下的组织,成为党和国家宣传工作的一部分。而"团结"是"党中央的决策",这再次证实了对于作家和文艺工作者们的统筹工作已经超越了文艺界内部,新成立的新民主主义国家正试图以一种"苏维埃化"的阶级理论重新整合现代民族国家的建筑根基,并努力将文学镶嵌进"现代阶级国家"的构建之中,作家和文艺工作者们被吸纳进具有国家性质的组织中,其创作以及其他文学活动都被国家意识形态所统筹,而这种统筹的开始一般是国家对于文艺工作者的"接收"。

一方面,在第一次文代会之后,夏衍接到了任务,即和于伶、黄

源、陆万美、钟敬之、向隅等人一起负责即将解放的上海的文教接
管工作。虽然夏衍实际上负责着整个文教接管工作，但是这支接
管队伍的真正负责人却是开国十大元帅之一的陈毅①，这样的编
制本身就是一个有"意味的形式"②，让夏衍等人代表的文艺界人
士实际主持文教方面的工作预示着文艺本身的内在规律，这一规
律的存在让对于文艺方面的管理工作需要由文艺方面的专门人才
去管理，而且由于文艺工作者对于自身的认同，由文艺工作者负责
其内部的接收更有利于其工作的效率和进度；但是另一方面，文教
方面的接管工作在整体上却都是处于国家意识形态的统御之下，
文教接管工作在组织上真正的领导人是代表着国家和军队的陈
毅，陈毅对"文管会"的领导实际上可以看作国家意志在文艺方面
的统御，同时，隐藏在国家意志背后的强大国家机器的力量也是为
当时的文艺工作者们所不能忽视的。夏衍在回忆陈毅对于工作安
排的时候，也证实了这一点。陈毅曾经对夏衍说："文管会我当主
任，实际工作由你负责，我挂个名，是为了你工作上的方便，我这个
名字还可以压压那些不听话的人。你人头熟，情况熟，你认识许多
大文化人，所以可以放手工作，不要害怕"。③ 事实上，在新中国成
立初期对于作家和文艺工作者接管的方方面面都体现出了军事化
的痕迹，较为敏锐的作家很早就对这种军事化的氛围在文艺领域
的蔓延有所察觉，并表现出了强烈的不适。胡风在上海解放前后
与夫人梅志的通信中常常提到"现在是军事管制时期"，并一再提
醒梅志谨言慎行，而且要尽快清算自己在上海文坛上的旧账，关停
各类自己创办的文艺组织，以应对共产党方面的接管。④ 而作为
接管者的夏衍更是对这种军事化或准军事化的文艺管理方式有着

---

① 参见夏衍.懒寻旧梦录[M].北京：生活·读书·新知三联书店,2000：399.
② 参见艾布拉姆斯.镜与灯——浪漫主义文论及批评传统[M].郦稚牛,张照进,童庆
　生,译.北京：北京大学出版社,2004.
③ 夏衍.懒寻旧梦录[M].北京：生活·读书·新知三联书店,2000：400.
④ 参见晓风.胡风家书[M].上海：复旦大学出版社,2007：63.

切身的体会:"走出会客室,一位管总务的同志等在门口,发给我一套黄布军装,一支手枪,和一根皮带,穿上这套军服,就算入了伍。""当时还没有给我配备警卫员,也不知道接管初期,负责干部不准单独行动的规矩……当惯了地下党的人,觉得回家看一看是一件平常的事情,可是文管会负责保卫工作的人却认为这是一次'冒险'行动,他们立刻向公安局的杨帆作了报告,第二天一早,杨帆急急忙忙地来找我,指着一个年轻的军人对我说,今后,他当你的警卫员,出门一定得带着他,由他保护你的安全,有什么事都可以要他做,还给你一辆汽车,这是上级决定的"①。诸如这类对于"文管会"干部生活和工作方面的一系列改造,显示了军事化向着日常生活的渗透,也向这些曾经的文艺工作者们时刻提醒着自己的实际归属。

对于新生的共和国来说,对作家进行的岗位制意识的改造是卓有成效的,也是在马克思主义理论框架下建设民族国家必然要经过的一个步骤。马克思本人即认为一种由国家来集中和分配工作的组织形式是有着其充分的优越性的:"它一方面取缔国家寄生虫的非生产性活动和为非作歹的活动,杜绝把大宗国民产品浪费在供养国家恶魔上的根源,另一方面,以公认的工资执行地方性和全国性的实际行政职务。由此可见,公社是以大规模的节约,不但以政治改造,而且以经济改革来开始其工作的。……通过公社的政治组织形式,可以立即向前大步迈进,他们知道,为了他们自己和为了人类开始这一运动的时刻已经到来了"②。经过长期的战乱与分裂,新中国刚一诞生即面临着经济上的困难,在这个时候,将一切精神物质资源集中在国家手中再进行统筹和分配,无疑是避免重复和浪费的最好手段,而国家对于资源的分配依据则在于

① 夏衍.懒寻旧梦录[M].北京:生活·读书·新知三联书店,2000:401.
② 马克思.法兰西内战(初稿)[M]//马克思,恩格斯.马克思恩格斯全集·第22卷.北京:人民出版社,1965:593-594.

接受分配的对象所处的岗位。作家也不例外，以马克思主义为指导思想的现代民族国家对作家这一岗位有着这样的要求："文学在教育革命一代的事业中起着巨大的作用。请你们帮助我们，帮助工人阶级的政党，帮助共产国际，用艺术的形式——诗歌、小说提供可靠的斗争武器吧！请你们以自己的艺术创作帮助革命干部进行自我教育吧！"①对于作家岗位制的改造，确保了作家可以完全按照现代民族国家的内在需要来进行创作，在最大限度上提高了作家创作对于共和国的利用率。

　　而对于文艺工作者的接收过程，也多是沿着军事化这一条路线进行的。军事化以一种强有力的国家意识形态对作家的身份做出了强制性的征收，它代表了一种国家意志，在新中国成立初期的历史语境中，军事化的路线使得作家进一步地巩固了其岗位意识。对于文艺工作人员的接收工作的基本思路是将"原技术、艺术人员全部'包下来'，对他们实行'保留工资'"。② 也就是说，新生共和国以一种强有力的保障体系将整个文艺界在经济领域纳入自己的旗下，文艺工作者也就自然而然地成为国家工作人员。在这之后，国家就要对这些已经被纳入自己旗下的文艺工作者们进行国家意识形态方面的再教育了。虽然大多数文艺工作者在面对新政权的时候都表现出积极的态度，并在思想和行动上都有着诸多的调整和努力，但是相对于新政权的要求来说，其表现实际上还是有着相当的距离的。许多文艺工作者都期待着能对新政权的一系列组织模式与精神内涵有着更深的了解，即使是在外人看来与新政权格格不入的沈从文，其内心也是非常渴望得到新政权的认可和进一步的征用的。在日记中，沈从文写道："给我一个新生的机会，我要从泥沼中爬出，我要从四月五日《进步日报》辛群一文中的认识，对

---

① 革命的文学要向法西斯主义作战！[M]//季米特洛夫.论文学、艺术和文化.北京：人民文学出版社，1982：50 – 51.
② 夏衍.懒寻旧梦录[M].北京：生活・读书・新知三联书店，2000：410.

于一个知识分子的弱点和种种过失,从悔罪方法上通过任何困难,留下余生为新的国家服务。我需要这点机会。衡量全生命过程,我应当还可要求在一切试验和斗争中,即在狱中苦役,看这个国家发展,也心悦诚服"①。而当其时,沈从文的夫人张兆和刚进入华北大学进行政治学习,在张兆和的眼中,华北大学的政治教育有着特别的吸引力:"我对我这个环境感到生疏,但我一点也不怕它不讨厌它。我不知道有一天我穿了八路制服回到老胡同的时候是怎样情形,我想我一定很难为情的"②。此时思想已经偏向共产党方面的张兆和对于革命学校的政治教育的看法,实际上可以看作这一时期文化界人士对于共产党政治教育方面的整体态度。张兆和信中所说的"穿了八路制服回到老胡同"带有一定的隐喻性质。文艺工作者经过了思想政治改造,以共产党的思想装备了自己,实际上就等于是为自己套上了一件新民主主义的"外套",穿着这件"外套"再回到原来的生活当中的文艺工作者相对于生活本身来说是一个异质者、介入者,而同时,在新政权的一套符号表述体系中,"穿了八路制服"实际上意味着一种来自国家层面上的政治认同,文艺工作者得到了这种认同,实际上在内心是有着一定的优越性,种种情感的复合导致了张兆和感到"难为情"。而之后不久,一直在新中国门槛前徘徊的沈从文终于向共和国的方向迈出了第一步,继张兆和之后,沈从文也被批准进入革命大学进行政治学习,这实际上就意味着共产党在国家层面上对沈从文思想的初步认同,认为沈从文是可被改造的,而进入革命大学的沈从文也在思想上更加向着共产党的方向靠拢。从 1950 年沈从文在革命大学期间所记的一些日记中,可以看到他甚至开始对革命大学的干部培训工作有着种种涉及,构想了一种"生命经济学",他认为:"毛泽东的思想,人力解放,使用到政治军事上若干方面,已见出伟大空前

① 沈从文.沈从文全集・第 19 卷[M].太原:北岳文艺出版社,2002:26.
② 沈从文.沈从文全集・第 19 卷[M].太原:北岳文艺出版社,2002:40.

无比成就。但是，其实只是用到人力的一小部分。为补充这个思想，还应当有种生命经济学"①。对新政权的建设由被迫、自动转为有能动性的自觉，说明了沈从文对于国家真正的关心。而从长久以来对于自身和人性思索的困境中走出，转而开始主动关心国家乃至新政权的运作模式，也意味着在沈从文心中开始有了一种主人公的意识，他已经开始逐渐认同自己作家身份在不同的历史时期所经历的转换，开始准备在新中国为他安排的岗位上进行新的工作了。值得指出的是，沈从文在同时期的日记中还留下了对于革命大学乃至新政权的政治运作和思想教育模式的一些冷思考："而竞争，却活在那么一个新的时代里，将来且在这种空气中，习惯中，学成国家部分负责人，不免使人忧虑。因为并自己申明是什么，能什么，应当什么，还缺少认识，还缺少真正的理会，还缺少思索，怎么能思索到更广大的方面？ 自己还不知有效管理自己，使生命更有效率的用到国家需要的方面去，还是浮浮泛泛的把一部分生命交给老牛拉车式的办公，完全教条的学习，过多的睡眠（一般的懒惰更十分可怕），无益的空谈，以及纯粹的浪费，怎么能爱国？"②沈从文对于新政权的冷思考实际上代表着很大一部分文艺工作者对于国家建设的态度，表现出了他们的智慧和良知，同时也说明了他们并不是像大家普遍认为的那样，是被新中国成立以来的政治教育给规训、洗脑了的，这些文艺工作者对于国家的建设有着一套自己的见解，但同时他们也明白，这见解总归只是个人的见解，或难以代表大多数人，或于当下并不适合实行。在现代民族国家的统御下，他们大多数主动放弃了自己的独特见解，转而遵从来自国家的一套许多地方还不甚完善且与自己的期待有着较大差别的设计，其中那种对国家对民族深沉的爱是不言而喻的。同时，那种对作家身份的岗位意识和作家在新政权中所要承担社会任务的

---

① 　沈从文.沈从文全集·第 19 卷[M].太原：北岳文艺出版社,2002：77.
② 　沈从文.沈从文全集·第 19 卷[M].太原：北岳文艺出版社,2002：77.

潜台词也隐藏其中,成为新中国成立初期作家对自己身份的一种普遍性认同。

3. 创作:以新的作家身份

在新中国成立初期,许多爱好文学的青年人倾向于将文学或是艺术的创作等同于自己对于这个新生政权的贡献,他们在新的国家中急于确立一种主体性的身份,以便达成一种自己参与到了现代民族国家的构建之中的一种想象性认同。1955 年,当后来成为散文作家的徐成淼刚刚走进复旦校园的时候,他就在日记中暗暗发誓:"黎明,我起得最早,我看窗外远处的田野,大地的尽头,黎明正悄悄然来临,一抹金黄的彩霞,缓缓然飘动。啊!我可爱的世界与祖国,让我用文学与艺术将你打扮得更美丽吧!"①在这段话中,对于"黎明"的描写并不仅仅是单纯的风景描写,作为共和国最早的几批大学生之一,徐成淼是有着充分的理由认为自己能够最早看到祖国的繁荣富强的。在他的眼中,自己作为一个大学生,还"很年轻,应该树立一个非常正确的人生观,为自己一生的幸福,为后代千万代的幸福贡献一切。……人生是很有意义的,要好好努力。我不知道造化为什么要把一个卵胞发展成我这样一个人,然后又亲手予以毁灭。我是一个矛盾的生物啊!我在这荒凉的人生征途中深感寂寞,于是我追求爱,追求壮烈。但在事业面前,在祖国的飞跃面前,我的这种想法是何等渺小啊!我要引以警惕!!"②不难看出,作为一个在旧社会有着十余年生活经历的人③,徐成淼的潜意识中还是有着很强的宿命论成分在里面的,但是面对着"祖国的飞跃",这种宿命论的色彩被消解了:"这样的生活太难过,灰色的,淡味的。我真希望早日开学,参加我们青年的队伍,到那火热的生活中去,使我灰色的心也得到燃烧,愿在群众中重新奋发起

① 徐成淼.我的复旦四年(1955—1958)[M].郑州:大象出版社,2005:5.
② 徐成淼.我的复旦四年(1955—1958)[M].郑州:大象出版社,2005:7.
③ 徐成淼生于 1939 年。

来，像我那少年时代一样。让我的全部青春、智慧和热情，都献给祖国吧！"①同时，通过新中国所带来的民族国家意识的转译，个人与国土之间不再是一种分离甚至对立的关系，徐成淼意识到自己想要追求的"爱"和"壮烈"，其能够涵盖的人生的宽度与广度都无法与"祖国"这样一个现代民族国家元素的集合体相提并论，而且，在民族国家所形成的巨大文化场域中，原本属于私人范畴的"爱"和"壮烈"一旦被新中国所统御，其意义也会得到一种明显的提升，进而成为一种更能够在国家意识面前彰显自己存在的行动。在1956年的上海，社会主义的"提前到来"②更是将徐成淼的这一认知转化成为一种试图用文学的形式来向这个飞速发展的国家显示自己存在和做出自己贡献的冲动，而且这种冲动是非常强烈的，甚至有时还能够体会到这位年轻的文学爱好者内心中的焦灼："明天放假，因为要迎接社会主义的到来。在这宇宙都为之震荡的日子里，我真不知道该把感情作如何的表达。光明啊！让我跑步迎接你的来临！祖国啊！让我用全部热情为你欢呼：'祖——国——万——岁！'……一天又匆匆过去，因为我的心一直不能平静，祖国一日千里，令人振奋的消息频频传来，使我激动万分。晚间，东南方的天空一片红霞，是城里人在庆祝社会主义啊！"③一种来自民族和阶级感情的自豪，使得徐成淼对身边的一切风景都产生了一种社会主义的联想，同时，上海市整体迈进社会主义这一事件也给了徐成淼一种催促。徐成淼在来到复旦大学之前，就立志要用文学的方式参与到现代民族国家的建设中去，可是一年多以来，除了在少年儿童出版社发表了一篇短稿之外④，他在创作上并无所收

---

① 徐成淼.我的复旦四年(1955—1958)[M].郑州：大象出版社，2005：2.

② 1950年代，在城市范围内，大多以私营工商业是否已经完全接收公私合营改造为标准，来判定这个城市是否已经由新民主主义社会进入社会主义社会。就上海而言，政府宣布进入社会主义社会的时间是1956年1月19日。

③ 徐成淼.我的复旦四年(1955—1958)[M].郑州：大象出版社，2005：11-12.

④ 徐成淼.我的复旦四年(1955—1958)[M].郑州：大象出版社，2005：9.

获，而对上海这一共和国经济最发达的城市社会主义改造的完成明显地刺激到了徐成淼，在这一年期末考试之后，他在几天之内就创作出了质量较高的小说《勇敢的伙伴》，并受到了上海市文学类权威刊物《文艺月报》的认可①，而徐成淼也意识到了之所以能够以这样的速度创作出令自己和编辑都满意的作品，其根本原因在于"国家的进步，深深地激励我！"②在徐成淼的眼中，能够发表作品还不仅仅是获得了以文学的方式参与现代民族国家建设的资格，更重要的是对于在经济上被划为小资产阶级成分并且其家庭成员与国民党有过交往的徐成淼来说，能够参与到民族国家建设中去这一行为本身还具有一种其身份得到新政权认可的意味。徐成淼在《文艺月报》让其第三次修改文章的时候，"心中虽然有些烦躁，但我知道万万不能这样。编辑提意见是要我好，是要我的作品对读者有更大的感染与教育"。徐成淼意识到了自己在成分上是有着严重的问题的，"我的养父虽然被关了，但对他，我是丝毫感情都没有的。我相信我与他无所关联。虽然因为养父的被捕我的生活上增加了不少困难，可是我从来没有对国家的怨言。我知道我虽然因此有些个人的痛苦，而国家却因此更加繁荣，我个人的利益与此相比又算得了什么呢？"而能够发表作品，则是这一时期徐成淼所能够得到的仍然被这个国家所信任，能够参与到民族国家建设中的确证："现在的国家是多么关心我们啊！我相信我能成为作家的。为了这，我更好地修改这篇稿子，好好地写，写好了6月号登出来，也好证明党和政府是怎样对待一个家庭出身不好的人"③。而被《文艺月报》邀请至上海市作家协会去开会并见到了

<hr/>

① 虽然《勇敢的伙伴》一文最终未能刊出，其中原因大多是因为徐成淼的养父与国民党的瓜葛以及其小资产阶级的成分，但由于《文艺月报》对该文的肯定以及徐成淼被《文艺月报》邀请到上海市作家协会并会这一事件可以看出，就艺术水平而言，徐成淼的这篇小说应该还是有着一定的文学高度的。
② 徐成淼.我的复旦四年(1955—1958)[M].郑州：大象出版社,2005：21.
③ 徐成淼.我的复旦四年(1955—1958)[M].郑州：大象出版社,2005：30.

王若望、魏金枝、陈山等人①，更是让徐成淼坚定了自己仍是被国家和人民所认可的信念。王若望、魏金枝、陈山等人不但是当时上海文坛上举足轻重的人物，更是共产党的意志在上海的代表人和传达人，这些人的接见使得徐成淼在内心中获得了一种来自意识形态的政治确保，而能够进入作家协会开会，也使得这位年轻的文学爱好者获得了一种准作家的身份。这样一来，徐成淼的作家身份以及其创作在现代民族国家意识下得到了确认和保障，其作品的思想和内容接受住了来自马克思主义思想和《延安文艺座谈会上的讲话》的考验，便有资格以作者的身份对读者亦即人民说话，以一个作家的姿态来完成现代民族国家对于自身理念的宣传工作。

不单单是年轻的作家和新创作出的作品，即使是像巴金一样有着成熟作品的资深作家，在这一时期也在对自己的创作进行着调整。首先是巴金作家身份的转变：在新中国成立之前，巴金一直深受着克鲁泡特金的无政府主义的影响，并且对于无政府主义早已形成了自己的一套理论体系，甚至"因深感觉得对于主义缺乏深的研究，所以跑到近代无政府主义的发源地——法国来，专门研究无政府主义"。② 一套理论体系一旦产生，就必然不能够那么轻易地转变，所以，虽然巴金与左翼文学阵营走得很近，但始终保持着自己一定的独立性，一直以一种"同路人"的形象出现在公共视野中，并终身未曾加入中国共产党；③甚至有研究者指出，即使是在抗战时期，巴金的作品中仍然保有一定的无政府主义的成分。④而在新中国成立之后，虽然巴金的无政府主义思想并不能在现代

① 参见徐成淼.我的复旦四年(1955—1958)[M].郑州：大象出版社,2005：43.
② 巴金.无政府主义与实际问题[M]//巴金全集·第18卷.北京：人民文学出版社,1993：112.
③ 参见徐开垒.巴金传[M].上海：上海文艺出版社,2003.
④ 晓行.论无政府主义信仰对巴金抗战文学的潜在影响——兼谈《火》三部曲的价值取向[J].中国文学研究,2008(1).

民族国家的统御下完全消除,但是巴金在新中国成立之后出任了
中国作家协会上海分会主席①,这一举动本身就表明了巴金的无
政府主义理念在人民政权面前有了一定的松动。另外,加入"作
协"也意味着巴金从新中国成立之前的一名自由作家变成此时的
体制内作家,而巴金"作协"领导人的身份也意味着其创作具有一
定的公众效力和风向标意义。因此,新中国成立之后,在文学创作
领域,巴金将很大的精力都投入到对过去作品的修改之中,这也表
明了巴金正在对自己的思想进行全面的反思,试图以一种新的身
份加入共和国文学的创作之中。对于像巴金这种在新中国成立之
前就出版或发表过较为有名的作品的作家,由于其作品的产生有
着和新中国截然不同的历史语境,所以,以新中国的视角去审视这
些作品,其中有些思想和语言未免显得有些过时或者不够"纯洁",
面对新生共和国意图以阶级论思想来整合民族国家的努力,巴金
等人也只能将以往作品放在这一框架下进行修正,从而使这些作
品在这种新的语境下重新获得合法性地位与一种时代的机能性。
对于巴金本人来说,这一修改和他本人对于作品创作的理念是互
通的,他"更希望读者们看到我自己修改过的新版本。我常说我写
文章边写边学,边校边改"②。甚至巴金在人民文学出版社重印
《家》的时候,曾经想过"重写这本小说"。③ 在对于《家》的改动中,
其中有一处的改动是具有根本性意义的,即在新中国成立前,初版
到第十版的序中,作品里的"高家"一直是作为"资产阶级的大家
庭"的形象出现的,而到了新中国成立后,无论是人民文学版还是
全集版,巴金却认为"高家"是一个"地主阶级的封建大家庭"。④

① 参见徐开垒.巴金传[M].上海:上海文艺出版社,2003.
② 巴金.为香港新版写的序[M]//巴金全集·第1卷.北京:人民文学出版社,1993:464.
③ 巴金.新版后记[M]//巴金全集·第1卷.北京:人民文学出版社,1993:454.
④ 参见金宏宇.中国现代长篇小说名著版本校评[M].北京:人民文学出版社,2004:93-94.

无论是资产阶级还是地主阶级，"高家"无疑都是作为一个被批判
的样本存在的，但是在这一看似无关紧要的改动背后，却能够显示
出前后两个时期，巴金对于中国社会认知维度的重要改变。巴金
在创作《家》的时候，还只是一个怀有无政府主义梦想的二十七岁
的文学青年①，其对于世界的理解尚未曾经过一个阶级论的改造，
在此时的巴金心中，凭着个人的努力是完全有希望冲破家庭束缚
的，他习惯于将"高家"这样一个家庭归结于一种环境的自动，高觉
新的反抗只在于现象本身，而非在现象背后隐藏着的深刻的阶级
本质。这一点在 1940 年代就已经有批评家为巴金指出："巴金在
《家三部曲》里，把中国家庭的崩溃，是仅仅放在礼教传统和新思想
的争斗下崩溃的。他没有在那里描绘出由于国际资本主义的侵
入，因而摧毁了中国的封建经济基础，使家族制度崩溃的画面。"这
位批评家②还站在一定的道德高度上敏锐地指出："巴金的世界，
是单纯的。单纯到绝对化的地步。这单纯是巴金创作的成功的原
因，但也是失败的根源"③。而在新中国成立之后，在巴金对于阶
级论的社会分析方式有了更多的了解之后，他对于这种共和国
的叙事伦理有着结构意义的世界观和方法论产生了一定程度的
认同。在对《家》的修改中，巴金克服了那种因对于阶级无知而
产生的"单纯"，积极从"高家"产生和衰落的根源与历史必然性
出发，将高觉新从一个无政府主义的理念中带出，并放置进了一
个具体的历史空间中，将一种阶级属性赋予了在大家庭中挣扎的
年轻人，这样一来，高觉新的人物形象在新政权中才有了一种政治
的合法性，其反抗才能够被纳入共和国所确立的新文学经典的序
列中。

---

①　参见巴金.为香港新版写的序[M]//巴金全集·第 1 卷.北京：人民文学出版社，
　　1993：464.

②　这篇评论署名"无咎"，应是巴人（王任叔）的笔名之一。参见王欣荣.王任叔别名笔
　　名考录[J].杭州师院学报（社会科学版），1986(2).

③　无咎.略论巴金家的三部曲[J].奔流文艺丛刊·第二辑（阊），1941.

在对作家和文艺工作者们进行一系列制度、组织和思想上的改造背后，实际上隐含了新政权试图更新作家资源和改变作家的本质化定义的内在逻辑。虽然中国新文学的逻辑起点是在"五四"新文化运动前后，但是由于 20 世纪的中国国内形势风起云涌，新文学无论是从外在形式或是内在意蕴上都发生了较大的改变。尤其是在解放区，文学被重新赋予了意义。毛泽东的《在延安文艺座谈会上的讲话》之后，文艺或文学更是超越了原先"写什么""怎么写"的固定思路，转而向"为什么而写""为什么人而写"的接受论角度。事实上，共产党在解放区实行的一套类似于以接受理论为基础的文艺理论和新文化运动时期由作家们通过吸收外来文学经验创造出的那套文学理论是正好相反的。一位在延安进行过深度采访的记者曾经对解放区的文化做出了这样的总结："共产党开始就认为在全国土地未经改革，地主剥削制度和腐化官僚任意抽税的制度没有打倒之前，空谈大众教育与农村建设是毫无用处的。国民党却想由读书人——地主——绅士这一阶级来领导着做逐步改良的工作"[1]。在新中国成立之前，文坛也是如此，解放区和国统区的文学呈现出不同样貌的背后是两种截然不同的政治构想；在新中国成立之后，解放区所依托的民族主义成为文学活动的根本出发点，而毛泽东《在延安文艺座谈会上的讲话》也成为检验文学运动方向正确与否的标准。虽然在现代民族国家的感召下，那些没有解放区经历的作家们大多都能积极主动地向着国家所要求的方向靠拢，但是这些作家来源复杂，过往生活的经历使他们不能像丁玲所说的"红军兵士"那样，眼中没有其他目标，单单向着党的方向。从"五四"新文化运动发展而来的新文学作家们毕竟还是"从土地而生"的，而并不是由"苏维埃化"了的"土地革命"生出来的，他们对于"土地"的眷恋也会导致他们在"革命"上的惰性和共产党

---

① 克兰尔.新西行漫记[M].斐然,何文介,吴楚,译.北京：新华出版社,1988：379.

倡导的方向脱节。① 在对《讲话》接受的问题上，国统区与解放区之间本身就存在着较大程度时间差，《讲话》真正在国统区广泛传播开来已经到了 1945 年前后②，而一些国统区作家们对于《讲话》精神的理解也明显存在着偏差，甚至一些左翼人士的文学理想处处与《讲话》精神相违背，其中最为明显的就是胡风的"主观战斗精神"说和"精神奴役的创伤"说。胡风的文艺观念在抗战开始后的很长一段时间内实际上是对现代中国文学的发展起过积极的作用的，但是在《讲话》提出并成为共产党方面用来团结国内文艺界以建立新的民主主义共和国的旗帜理论的时候，胡风自成一派的文学观念自然就显得颇为不合时宜，并且，胡风理论中的"作家应该去深入或结合的人民，并不是抽象的概念，而是活生生的感性的存在。那么，他们的生活欲求或生活斗争，虽然体现着历史的要求，但却是取着千变万化的形态和复杂曲折的路径。他们的精神要求虽然伸向着解放，但随时随地都潜伏着和扩展这几千年的精神奴役的创伤。作家深入他们要不被这种感性存在的海洋所淹没，就得有和他们的生活内容搏斗的批判的力量"③等论断，实际上是和延安《讲话》精神相违背的或是有着强烈的消解意义的：在胡风的理论体系中，"人民"与"作家"和"解放"之间的关系是紧张的，甚至"人民"身上有一些所谓"精神奴役的创伤"与作家的精神是对立的，是需要被克服的，这显然与毛泽东《在延安文艺座谈会上的讲话》中"拿未曾改造的知识分子和工人农民比较，就觉得知识分子不干净了，最干净的还是工人和农民，尽管他们手是黑的，脚上有牛屎，还是比资产阶级和小资产阶级知识分子都干净。这就叫做

---

① 参见威尔逊.续西行漫记[M].陶宜，徐复，译.北京：解放军文艺出版社，2002：269.
② 1945 年之前，在国统区范围内，毛泽东的《在延安文艺座谈会上的讲话》并没有以正式的形式出现在公众的视野里，党内或左翼人士对于这一指导性文件的了解多是口口相传或是通过一些见见性的材料。
③ 胡风.置身在为民主的斗争里面[M]//胡风全集·第 3 卷.武汉：湖北人民出版社，1999：189.

感情起了变化,由一个阶级变到另一个阶级。我们知识分子出身
的文艺工作者,要使自己的思想感情来一个变化,来一番改造。没
有这个变化,没有这个改造,什么事情都是做不好的,都是格格不
入的"①的精神是背道而驰的。尽管胡风始终坚持认为自己是共
产党的同路人,一个激进的左派人士和毛泽东的坚定拥护者,但是
正如何其芳对于《讲话》传入国统区之后接受情况的总结:"《讲话》
传入国统区后,不久就成为那个区域的革命文艺工作的指南,胡风
坚持自己的文艺思想,就实质上成为一种对毛泽东的文艺方向的
抗拒了"②。

　　一些西方文学理论家将文学作品生产的整个过程整合进了
"世界—作者—作品—读者"这样一个由四个要素构成的坐标框架
内,并认为:"由于强调了艺术观念在理智中的位置,艺术家们便习
惯于认为艺术作品是一面旋转着的镜子,它反映了艺术家心灵的
某些方面。偶尔这种强调甚至导致这样的看法,认为艺术是一种
表现形式或交流的方式。……艺术内容有其内在的起源;艺术的
创造性影响并不是那些解释宇宙结构的理式或原则,而是艺术家
本人的情感、欲望和不断展开的想象过程中固有的力量"③。按照
这样一个理论体系看来,"作家"这一要素并不直接与"读者"产生
联系,而是要通过"作品"来表现或再现"世界",从而达到与"读者"
沟通的目的。这样一来,对作品的创作就成为体现作家精神世界
的一个很好的指标,而这与新中国成立初期中国文学界所依赖的
一套文艺理论观点是不谋而合的。毛泽东《在延安文艺座谈会上
的讲话》中有着一个著名的论断,即"从效果看动机"④,而这一论

---

① 毛泽东.在延安文艺座谈会上的讲话[M].北京:人民出版社,1975:7.
② 何其芳.《关于现实主义》序[M]//何其芳文集·第 4 卷.北京:人民文学出版社,
　 1983:195.
③ 艾布拉姆斯.镜与灯:浪漫主义文论及批评传统[M].郦稚牛,张照进,童庆生,译;
　 王宁,校.北京:北京大学出版社,1989:62.
④ 参见毛泽东.在延安文艺座谈会上的讲话[M].北京:人民出版社,1975:7.

断在左翼文学批评家的阐释下，形成了一套带有一定理论高度的对于文学生产和消费领域的认知，他们认为："'存在决定意识'这是唯物论的一个基本原则，……特别是在社会变革猛烈的时代……艺术家意识的内在矛盾是非常剧烈的。从这种矛盾之间，我们才能看到一个作家世界观本身的矛盾和创作本身的矛盾；这种矛盾，却不是绝对的矛盾，而是复杂的矛盾的统一。……所谓效果（社会实践），就是指一篇作品在社会上实际所产生的积极或消极影响，从作品的社会实践的具体认识上，才能检验出作家的动机。任何作家都可以自命他的动机是善良的，他的世界观是正确的，或自命为马克思主义者，但是我们不是'看他的宣言，而是看他的行为'，'我们是辩证唯物主义的动机和效果的统一论者'。因此，我们绝没有理由把产生动机的作家世界观和作为效果的现实主义表现对立起来，我们决不能象主观唯心论者，先判定人家作品是什么主义，然后去检验它，或因为某一作家是什么主义，就全盘抹煞他可能的效果，也不能象机械唯物论者只问他表现如何，而不管他的动机，或甚至嘲笑世界观是无用废物，这一切全是非毛泽东的，也是非马克思主义的方法。向来一般批评家往往是先研究一个作家的思想，然后根据他的结论去分析作品，而马克思主义者总是先分析作品的内容，然后指出他的思想的正确与错误以及发觉它的根源——这是一个重要的区别"[1]。这一段话原载于 1948 年在香港出版的《大众文艺丛刊》上，其作者是邵荃麟，有研究者明确地指出该刊物实际上是有着非常明显的中国共产党的背景的："《大众文艺丛刊》的主要著作者都是当时及 1949 年以后中共主管文艺工作的重要领导人，或作为主要依靠对象（'旗帜'）的文坛领袖人物。[2] ……《大众文艺丛刊》的办刊方针、指导思想、重要文章与重要选题，都

---

[1]　邵荃麟.论马恩的文艺批评[M]//邵荃麟评论选集·上册.北京：人民文学出版社，1981：192，195-196.
[2]　如邵荃麟、冯乃超、胡绳、林默涵、乔冠华、郭沫若、茅盾、丁玲等。

不是个人(或几个人)的意见,而是代表了'集体'即至少是中共主观文艺的一级党组织的意志"①。而且在《大众文艺丛刊》上受过批判的胡风、沈从文、姚雪垠等人,在新中国成立后无不受到了进一步的批判。由此可见,虽然这份刊物的编辑和发行在香港,但是其代表的意志却是解放区,邵荃麟作为当时那个时代在左翼阵营中较为有分量的文艺批评家,在这样一个刊物上所发表的文章自然代表了一种毋庸置疑的倾向于马克思主义理论的高度。这样看来,在新中国成立前夕,中国共产党已经考虑好了如何评定作家们在新政权中的思想,那就是以一位作家的文学作品作为其精神世界的外在表征,以此来判定其内心世界与新政权所赖以立国的马克思主义和毛泽东的思想是否合拍。

第三节　共和国视域下的文学权力话语

1. 体验生活与文学创作

　　既然文学中本身就蕴含着一种意识形态或者一种政治,那么在文学的生产和消费中,一种权力话语的出现就是在所难免的了。② 所谓"权力话语",指的是一种在历史中的话语构造,是在客观历史背后的意识形态的力量,它是一个时代中形成各种知识体系的根源。③ 在新中国成立初期,权力话语在文学上的表现最早可以追溯到文学创作的准备阶段,即作家对于世界的认知阶段。新中国成立后,为了配合共和国新史诗书写的需要,文学的书写对象也要有所改变,而工农兵大众则成为这一时期文学作品中当仁

---

① 钱理群.1948:天地玄黄[M].济南:山东教育出版社,1998:30.
② 参见詹姆逊.政治无意识——作为社会象征行为的叙事[M].王逢振,陈永国,译.北京:中国社会科学出版社,1999.
③ 参见刘北成.福柯思想肖像[M].北京:北京师范大学出版社,1995;福柯.知识考古学[M].谢强,马月,译.北京:生活·读书·新知三联书店,1998.

不让的主人公。作为新中国成立初期文学创作指导思想的毛泽东
《在延安文艺座谈会上的讲话》，对作家和这些新史诗主人公们的
关系有过明确的界定："这个问题，本来是马克思主义者特别是列
宁所早已解决了的。列宁还在一九〇五年就已着重指出过，我们
的文艺应当'为千千万万劳动人民服务'…… 为什么人的问题，是
一个根本的问题，原则的问题。既然必须和新的群众的时代相结
合，就必须彻底解决个人和群众的关系问题。……知识分子要和
群众结合，要为群众服务，需要一个互相认识的过程。这个过程可
能而且一定会发生许多痛苦，许多摩擦，但是只要大家有决心，这
些要求是能够达到的。"而向来在文艺方面有着敏锐嗅觉的毛泽东
也洞察到了一些由解放区时期一直延伸进共和国的问题，即作家
们"有某种程度的轻视工农兵、脱离群众的倾向"，"文艺界中还严
重地存在着作风不正的东西，同志们中间还有很多的唯心论、教条
主义、空想、空谈、轻视实践、脱离群众等等的缺点"，①这就要求作
家不但要有意愿去写这些工农兵大众，还要深入他们的生活，去了
解他们的所做所想。按照毛泽东《讲话》的要求，这些作家在书写
这些新政权的主人之前，要真正成为这些人之中的一员。这一要
求对于那些在解放区有过生活经历的作家来说并不是一件十分困
难的事情，因为在解放区的社会分化中，作家并不是一种与解放区
人民生活隔绝的存在。作家在解放区并不是一个独立的职业，作
家身份在解放区并没有使文艺工作者们游离于人民生活之外，由
于艰苦的环境与民主主义执政思想的指导，包括作家在内的文艺
工作者们在从事其创作的同时，必须担负起一定的工农劳动，甚至
有时候需要随军转移②，在这个过程中，文艺工作者们自然就融入
了解放区军民的生活，与他们打成一片。另外，解放区文学聚焦于
宣传的内在要求，也使得文艺工作者们时刻注意着与解放区百姓

①　参见毛泽东.在延安文艺座谈会上的讲话[M].北京：人民出版社，1975：2-43.
②　参见王培元.抗战时期的延安鲁艺[M].南宁：广西师范大学出版社，1999.

的联系,发生在 1942 年延安的"马蒂斯之争"生动地显示了这一点,虽然"在一切服从抗战、服从于民族革命的前提条件下,延安美术青年对艺术问题探讨的热情依然是高涨的",但是"艺术是趣味的反映,同时也是表达情感和传达思想的语言,艺术上民族语言的建立与政治上建构一个新型的现代民族国家的愿望和想象是一致的"。① 解放区的文艺工作者在意识形态的导向之下,基本上可以做到自觉地将自己的文艺工作调整至解放区人民所能够接受的水平,他们描绘着解放区军民,并为解放区军民进行着文艺创作,沿着这条路径一路走来的文艺工作者,在面对共和国对他们的创作要求时并不会感到陌生,反而十分熟悉在这种创作要求背后所运行着的文学权力话语。例如,在孙犁和康濯有关文学刊物编辑的信件中,新中国成立之前和新中国成立之后,无论是在内容还是在语气上,都很难读出有什么不同,那些在新中国成立之前的文学编辑业务仍在有条不紊地进行着。② 与之相比,那些没有解放区生活经历的文艺工作者则对解放区的这一套权力话语相当陌生,即使是在新中国成立初期对这些过往经历较为复杂的文艺工作者们进行过集训③,仅从理论上把握在解放区长期的生产生活实践中形成的一套文艺思路,也无法毕其功于一役。如果胡风等人对于毛泽东《讲话》的理解是一种"同质异构"的偏差的话,那么在共和国成立之前还有一批如沈从文、林徽因甚至老舍这样偏向于自由主义的文人和作家们,他们或对于人民的能力始终抱有一定程度的怀疑,或者因持着文人的立场而无法真正地融入人民、理解人民。在林徽因给张兆和的信件中,表明了其之所以站在共产党这边,主要是因为在共产党控制下的地区与在国民党控制下的地区

---

① 周爱民."马蒂斯之争"与延安木刻的现代性[M]//唐小兵编.再解读：大众文艺与意识形态.北京：北京大学出版社,2007：75,85.
② 参见孙犁.孙犁全集·第 11 卷[M].北京：人民文学出版社,2004.
③ 在新中国成立之后,许多没有解放区经历的作家都被要求进入各种"革命大学"进行政治和思想上的短期培训。

相比，"气氛……完全两样，生活极为安定愉快。一群老朋友仍然照样的打发日子，……而且人人都是乐观的，怀着希望的照样工作"①。他们所追求的是一种生活的常态，他们只是希望共产党将中国从国民党的腐朽统治中解放出来，而并不是真正的认同共产党所提出的以人民为主体的政治理想。所以，即使对这些作家进行了政治教育或集训，使他们渐渐地认同共产党的政治构想，他们在以往文学创作上的惯性和积累生活经验的路径也会将他们拖住，使他们不会习惯于主动深入劳动人民的生活中，去进行真正属于劳动人民的创作。在这种状况下，组织体验生活就作为一种带有一定强迫性质的文学创作模式，出现在共和国文学的权力话语体系中。

大多数作家和文艺工作者们对于这种在组织下的创作和体验生活还是比较支持的，毕竟他们曾经抱着极大的信心和热情从旧时代走进新中国，也愿意继续以文学的方式为新中国的建设出一份力，甚至有些作家还主动要求前往危险而艰苦的地方。巴金在写给夫人陈蕴珍的信中说："现在分组大致已定，罗荪子、家宝都去工厂，这是组织上分派的，我到的那天，家宝就劝我下工厂。我想还是去朝鲜好，可以锻炼一下，对自我改造也有帮助。丁玲他们也赞成我去朝鲜。所以决定去了。在朝鲜不一定半年，也许过一两月就会跟着部队回来。丁玲他们给我安排一切，主张我先到各处看看，然后找个回国部队跟着回来。回国后就可以跟你通信了。不要常常想我"②。从信上内容可以得知，巴金虽然一再强调自己去朝鲜是"组织上分派的"，但是这里边敷衍夫人陈蕴珍的成分明显是占了多数的，原因可能是出于对自己人身安全的担心。从巴金的信中可以感觉到陈蕴珍是不愿意巴金远赴朝鲜战场的，在她

---

① 沈从文.梁思成、林徽因复张兆和(19490130)[M]//沈从文全集·第19卷.太原：北岳文艺出版社，2002：12.
② 巴金.致陈蕴珍[M]//巴金全集·第23卷.北京：人民文学出版社，1986：296.

看来,既然是组织体验生活,去到相对比较近并且安全系数较高的工厂也不失为一个很好的选择,在之前的信中,陈蕴珍已经得知与巴金交往甚密的万家宝(曹禺)由分派去朝鲜改为去工厂①,便建议巴金也和万家宝一起去工厂。但是巴金显然不愿意选择这个轻省的担子,既然选择了要走近工农兵大众,那么从内心就乐意与接受共产党提倡的文化改造的他,自然不愿意放弃这样一个深入军队体验部队生活的机会。为了说服陈蕴珍,巴金一再强调是"组织分派"的,并提到了丁玲的赞同,而丁玲在当时的文艺界可以说是代表了国家的意志,这样一来,陈蕴珍就没有什么理由继续反对巴金去朝鲜战场了。及至巴金到了抗美援朝的部队中,其对于体验生活的积极态度也显示出了他对于这种组织生产文学作品的形式是理解和支持的,以至"回到祖国,掉头望朝鲜,感想很多"②。在使作家能够切身地融入工农兵大众去,以便更好为新的国家主人创作史诗的同时,组织创作这样的模式中也存在着诸多显而易见的问题。在有文学上的"黄埔军校"之称的中央文学研究所的发展过程中,组织创作往往带给其中学习和进修的作家们以很大的困惑。曾经在中央文学研究所工作过的朱靖华在接受一次采访的时候,针对以组织生产的形式来创作文学有着这样的评价:"邢(采访者邢小群):徐刚说,第一期一直搞运动。你从搞教学的角度看,当时怎么想的?朱:我看是个悲剧。运动一来全都停。第一期有一半是搞了运动。邢:还要下去深入生活。朱:这要从两方面看。一方面,原来有生活基础的,提出想到生活中去走一走。我记得邢野当时正在写《游击队长》,就想再去看看当年的'地道'是怎么挖的。另一方面,随着在政治形势的不断变化,让学员配合形势写作品,就是赶任务。不熟悉工厂生活的,去了几天,写出的都

① 巴金.致陈蕴珍[M]//巴金全集·第23卷.北京:人民文学出版社,1986:292.
② 巴金.巴金全集·第25卷[M].北京:人民出版社,1986:99.

是标语口号式的东西。我想起来了，当时还说文研所是'文艺党校'"①。在朱靖华看来，组织化的文学生产是一场悲剧，虽然在一定程度上，进一步地了解生活是一些作家们的客观需要，但是在整体上，对于体验生活的内容却是随着政治形势而变的，文学创作成了一种政治任务，面对着来自政治方面的种种要求，文学只能"全都停"。在新中国成立初期，政治的要求可以视作是一种共产党方面对于现代民族国家建设的诉求，而对从现代民族国家产生并为着现代民族国家服务的文学来说，无论是由于外在力量的束缚或是内在要求的规约，对于现代民族国家所提出的要求，文学无力也无意去违背。这样一来，文学作为一种艺术形式的审美属性就被埋没在了现代民族国家的阴影之中，虽然新时期以来颇为流行的"再解读"的研究方式重新挖掘并赋予了新中国成立初期文学作品一些新的意义，但是从新中国成立初期文学中权力话语的运作方式来看，在这些作品产生的时候，无论是作家的创作动机或是读者对这些作品的审美预设，都不可能超出现代民族国家的审美范畴。被组织后的生活对于作家来说呈现出了一种单一的色调，再加上作家们在体验生活的时候所持的创作理念和创作动机有着极大的相似性，这样一来，对于生活的体验中的个人色彩就渐渐地消退，生活不再是那种个体化的，属于个人的生活，而是更接近于其抽象的意义，那是一种被现代民族国家本质化了的生活，充满了明确的指涉性。这样被提纯过的生活给文学所带来的单一化的局面在一段时间内变得很严重，甚至即使是那些对这样的文学政策有过制定和执行工作的文学管理者也无法对其过多赞同。即便是丁玲等文学界的领导人一再为这一套组织化的文学权力话语的组织形式

---

① 邢小群.朱靖华访谈[M]//丁玲与文学研究所的兴衰.济南：山东画报出版社，2003：171.

以及其产生的社会效果感到骄傲①,但是在具体的文学实践中,这种提纯后的生活所达到的文学效果显然也无法让他们满意。在文学研究所中担任工作并进行创作的徐光耀回忆起这一段时间的创作情况,传达出了一种写作困境:"9 月到 12 月,学员分别到朝鲜前线、工厂、农村中体验生活。……在朝鲜生活了近 4 个月,满以为很有收获,回国后测验,还不及格。……我们设计的故事、人物、情节,甚至和场景都和《打击侵略者》差不多。这时才想到我们到朝鲜之后 4 个月,生活感受还很肤浅;也说明我们过去形成的赶任务的创作方法,并不很灵,但一时又改不过来。我们各有各的特性,各有不同的生活感受,集体创作,只能求同——战斗打响了,预备队渴望艰巨的战斗任务;怀念祖国与亲人,坚定保家卫国的意志;后勤补给困难,粮断了,搞精神会餐,说祖国东西南北的家乡饭;预备队变成突击队,浴血奋战;勇敢忠心的同志为祖国流尽了最后一滴血……我们设想的剧本落入了一般化、概念化的套子里"②。可以看出,对于战争形势的扭转、战斗英雄的牺牲、后勤与祖国的支持、保家卫国的意志等情节的设定,都是新生共和国对于其新的史诗书写的要求,在这种要求下,千人一面的文学创作局面就不可避免了。在新中国成立初期的历史语境下,利用权力话语来组织文学创作,导致了生活成为一种集体性的体验,其本身对于某些对创作题材缺乏深度感知的作家可能是重要的,但是以权力话语的形式强行推入文学创作领域的组织创作的形式,也导致了文学和作家丧失了其主动接近和选择生活的能力,从根本上说,他们所接近的并不是丰富的和充满未定元素的生活,而是被现代民族国家意识所规约和折射后的生活的某一个侧面。

① 参见邢小群.朱靖华访谈[M]//丁玲与文学研究所的兴衰.济南:山东画报出版社,2003:171.
② 邢小群.徐光耀访谈[M]//丁玲与文学研究所的兴衰.济南:山东画报出版社,2003:109-110.

　　既然新生共和国有着强烈的意图去建立一种新的文学秩序，那么对文学生产和消费领域原有的一套权力话语的更新就是不可缺少的了。事实上，在新中国成立初期的历史语境中，由于市场这一重要的因素在文学运作过程中的事实缺失，文学的约束力主要是来自一种国家意志，也就是一种现代民族国家层面上的权力话语。来自现代民族国家层面上的权力话语可以被看作一套特殊的语言体系，它的存在可以使文学牢牢地被控制在国家意识形态所认可的范畴之内。另外，这套权力话语还衍生出了一种新的对于世界的认知结构，意在作家代际被更新之后，新的作家可以自动地将政治指导思想代入自己的作品，谱写新中国的革命英雄史诗。"在任何社会中，话语的生产是被一些程序所控制、筛选、组织和分配的，它们的作用是转移其权力和危险，应付偶然事件，避开其臃肿麻烦的物质性"，①新民主主义政权对于文学有着一种阶级性的内在要求，其话语的生产必须遵循一定的阶级规范。对在新中国成立初期由非解放区进入共和国的大量的作家们来说，能够自动地将这种规范纳入自己写作的人数毕竟不多，而从共和国的角度来说，以文学的内在规律来对这些有着复杂过往的作家们进行统一化的写作要求显然是不现实的。所以，最为经济和有效的办法就是形成一套对文学工作者们的创作进行种种规约的文学权力话语，它本质上是为着新生的现代民族国家服务的，并在有关具体的文学行动中表现出丰富的形态，这些形态形成一条完整的线索，从文学生产的准备时期开始，一直延续进文学被消费之后。这套权力话语对于文学的规约构成了新中国成立初期文学生态中的基本气候，在当时特定的历史条件下，这套权力话语的实行对文学本身是有着积极的意义的，它将原本因为文学代际和战争原因变得纷繁复杂的思想重新以现代民族国家的名义聚集起来，并使之可以

---

①　刘北成.福柯思想肖像[M].北京：北京师范大学出版社，1995：201.

更加集中地为新生共和国和共和国所依托的政治主体即工农兵群众服务,最大限度地利用文学所能发挥的能动性,调动其宣传和动员的力量,积极投入共和国的建设之中,保证文学社会功用的充分发挥。但是同时,这套权力话语背后有着太多的意识形态和人为痕迹,它以现代民族国家的名义强制性地实行,使得文学的内在规律被打破,曾经"作家—作品—读者—世界—作家"①的反馈系统被解构,并在"作家和作品"间置入了"国家意志",作家在写作作品的时候不得不将这一因素考虑在内。这样一来,"国家意志"就像是一面棱镜,作家在写作的时候,其感触到的世界都要经过它的折射,故而其展示给读者的样貌也自然不再是作家感受到的那个"世界"的样貌,而且,由于新中国成立初期所有作家的写作都要经过同一面"棱镜"折射,所以,就难以避免地呈现出同一种"光谱",即同一种文学品格或气质,这对文学生态的多样化也是不利的。

2. 作家与作品的经典化

在新中国成立初期,文学中的权力话语还衍生出了一套"经典化"的筛选体系,在文学生产的背后规定着文学创作的整体思路。这首先体现在一系列文学组织和文学会议对人员的选择中暗含的文学权力话语中。由于新生共和国带给生活在其中的人们以一种新的生活的可能性想象,大部分共和国的居民对于国家事务都会抱有一种特别的热情,这直接表现为人民对于新生共和国中种种事务的积极参与,大多数人民都希望自己能够直接参与进现代民族国家的建构之中,为新生共和国添一份力。后来渐渐远离文学创作而成为一名博物馆工作人员的沈从文在日记中记录下了其在新政权中的所见所想:"深觉对国家不起。……深觉愧对时代,愧对国家。且不知如何补过。也更愧对中共。个人痛苦已不是个人所难受,只是游离于时代以外,和一切进步发展隔绝。我应当多为

---

① 参见艾布拉姆斯.镜与灯:浪漫主义文论及批评传统[M].郦稚牛,张照进,童庆生,译.北京:北京大学出版社,2004.

国家做点事。应当把精力解放出来交给国家。……我正在悄然归队。我仿佛已入队中。……初生之犊照例气盛，对事无知而有信，国家如能合理发展，必可为一好公民，替人民作许多事！……一个真正的社会主义建设期时，或者还是有用。我个人，可能即在这个时代过程中，永远碎了心，无可望神经再生，对历史已无望做出本可作成的一件小事。过去或未来我的小友或读者，会有二三人从身受的得到一点力量，再生长些力量。唉，人生就是如此，你对人生、对国家，尽管无私热爱，只由于游离于群的××以外，你既可能因偶然或必然而毁去……从兵士苦斗所起联想所得教育极有意义，因可为个人所能完成事只是一小部分，唯人民能共同完成社会理想"①。在新中国成立初期，沈从文与新政权之间的关系虽然并不像一段时间内研究者们所认为的那么紧张，但是从沈从文身上显示出的那种特异性，使得他成为作家与新政权之间关系的一个带有极端性的例子。通过对沈从文的日记的分析，可以看出，沈从文一直在寻求一种"归队"的途径，他觉得由于自己之前的文学理想与新政权的要求相差甚远，而自己一直未能为新政权所代表的现代民族国家做出贡献，这使他耿耿于怀，他意识到要为国家做一些事，并且对于这个新生的"人民共和国"充满了希望。沈从文认为这个国家是好的，是有希望的，自己也愿意为国家尽力，而达成这一目的的途径就是结束"游离于群"之外的生活，从"兵士苦斗"也就是人民对于共和国的群体性的建设中，切入这个在外表上显得和自己格格不入的新政权。而身为作家，最直接能让自己感觉到对于国家事务参与的行动，莫过于被某一文学组织吸纳和参加大大小小的文学会议了。实际上，在对于现代民族国家的构成和运行的规律的实证研究中，这种通过会议和组织完成的对于个体

---

① 沈从文.日记四则(19491113～22)[M]//沈从文全集·第19卷.太原：北岳文艺出版社,2002：57-61.

参与现代民族国家建构的想象往往是最直接和最有效果的①,个人通过参加与现代民族国家息息相关的组织和会议,完成了一种对于自身参与现代民族国家建构的想象,同时,也加深了自己与新生共和国在政治血缘上的联系。

在新中国成立初期,作家们被互相劝勉着加入各类文学组织和文学会议。这一时期,被文坛排斥在外的沈从文在夫人张兆和和友人们的感召下,主动地提出进入"革命大学",迈出了走向人民、走向新政权的第一步。② 而第一次文代会更是一次新政权对于即将纳入其体制内的作家的一次集中检选。在第一次文代会上,周恩来的政治报告一开始就说明了新政权所要接受的作家的类型:"让我首先向你们庆贺全国文学艺术工作者代表大会的成功,庆贺从中国第一次大革命失败以来逐渐被迫分离在两个地区的文艺工作者在今天的大会师。……文艺工作者几乎全部都团结在新民主主义的旗帜之下,并且他们的主要代表人物也几乎全部都来参加了这个大会"③。从报告中不难看出,在共产党看来,对于新民主主义这一执政思想的接受是决定作家能否被团结的重要指标,作家们能够参加第一次文代会,就在很大程度上说明了新政权容许并愿意让这些作家加入新型现代民族国家的建设中来,这对于作家来说自然有着莫大的吸引力;而这次文代会中"大会师"的性质,带给了这次会议以一种"统一战线"的意味,其中必须要达到一种均衡,所以在对于会议代表的选择上,新政权文艺的领导者们可谓煞费苦心。在会议开始之前的很长一段时间里,会议代表的名单就成为文艺领导者们关心的重点所在,阿英曾经就此问题

---

① 参见安德森.想象的共同体——民族主义的起源与散布[M].吴叡人,译.上海:上海人民出版社,2005.
② 参见沈从文.沈从文全集·第 19 卷[M].太原:北岳文艺出版社,2002:33、39、44、45.
③ 周恩来.政治报告[M]//本书编委会.中国新文学大系 1937—1949·文学理论卷.上海:上海文艺出版社,1990:66.

数次被召至北京,其讨论的项目为"大会主席团、各代表团组织、章
则及《大翻身》问题",不但如此,在阿英的记录中,这次会前的讨论
是以"党组会"的形式进行的,①除了会议的规格较高之外,还意味
着决定会议最终结果的并不仅仅是来自文艺领域的"自律",更多
地是来自一种现代民族国家对于在其中发展的文艺路径的构想。
在第一次文代会的人员构成中,当选代表人员与否以及在当选后
代表团中一些细节的分配,都显示了在新中国成立初期文学权力
话语所展示出的强大的宏观调控力量。而由于文代会在很大程度
上可以说是即将成立的新型现代民族国家的缩影,所以作家对于
能否当选文代会代表,以及以什么样的姿态参与文代会的问题,自
然十分重视。阿英长期以来作为左翼文学界的领袖,又一直有着
在解放区生活的经历,其长子钱毅还由于在解放区编辑报刊的缘
故而为国民党所杀害,对于阿英来说,被列席参加第一次文代会是
意料之中的事情,并且就阿英的资历来看,他深谙文坛掌故,对于
新中国成立前文学界的人事关系了如指掌,故其参与文代会的筹
备工作本身就是理所应当的。即使如此,从阿英参加文代会前后
的日记中,仍是可以感觉到他在得知可以列席文代会并参与文代
会的筹划工作之后,其心情仍是非常激动的。在来到北京之后,阿
英拜访了许多曾经一起战斗、工作过的旧友;在文代会期间,阿英
的记录事无巨细,可见其对于会议的热情与认真;在文代会后,阿
英又和妻子前往车站,为冯雪峰、巴金、陈子展、赵家璧等人送行。
在这一系列忙忙碌碌和迎来送往中,阿英展示出了一种做主人的
姿态,在他看来,新生的共和国既然是由自己参与开创,那么自己
自然可以在很大程度上代表着党和国家对文学方面的诉求,进而
就有着对于共和国文学发展的解释权,尤其是对于文代会筹备工
作的参与,使阿英具有了文学权力话语制定者的身份。阿英在遵

---

① 阿英.阿英全集·第12卷[M].合肥:安徽教育出版社,2003:452.

循文学权力话语带来的种种规则的同时,也是文学权力话语的象征,他代表着共和国对于文学发展的新要求,代表了现代民族国家构架一种新的文学想象的需要。

　　与阿英相比,新中国成立之前一些在文学界影响力并不大或者与共产党的文艺路线有所偏离的作家们,在对会议与组织的参与上就不如阿英那样一帆风顺。有着解放区文学血统的作家王林,其参加第一次文代会前后的经历就具有很强的代表性。王林在解放区时期就写过一些文学作品,但其成就并不高,直至1945年前后《腹地》的完稿,王林才渐渐地引起解放区文艺界的关注。按照第一次文代会对与会作家的选择来说,王林虽然文学资历尚浅,但是作为解放区文艺界的代表,参加这次盛会也是在情理之中的,可是,王林的会议代表身份的确定却遭受了许多挫折。"(1949年2月26日)周巍峙同志昨说他们到北平开文委会会议去。过去文委还拿我凑个数,今天连这个数也不凑,倒也干脆。开工人这个会,总比到北平开那个无聊的'文委会'有益!"①虽然有着纯正的"解放区"文学血统,但王林并没有在第一时间被邀请至文代会来共同商议新中国的文学建设问题,这在王林看来,自己似乎被新中国的文学界孤立了。从解放区到新中国的逻辑联系并没有让他在文学上得到一席之地,筹备召开文代会的北平文委会议居然没有给他任何通知,自己只能留在天津开工人会议,于是,王林对第一次文代会有了一种吃不到葡萄却嫌葡萄酸的心态。由此可见,王林在心中实际上对于这次文代会以及周边所要举行的会议是十分重视的。由解放区来到共和国的王林自然明白那一套隐藏在会议参与者名单背后的权力话语,未能参与文代会从很大程度上就代表了新生共和国对自己的文学创作水平的不认可以及对于自己政治立场的怀疑。而就王林本人的创作经历来看,早在其在解放区

① 王端阳.王林日记·文艺十七年[J].新文学史料,2013(3).

时期的文学创作中,确实已经存在着一种异质性,尤其是其《腹地》
一文,从诞生之日起,就在解放区文学界产生了一场争论。沙可夫
很早以前就写信提醒王林应注意其写作时存在的立场问题。解放
区的文学界觉得王林的作品"其中主题思想内容和今天放手发动
群众的精神似乎多少有些不合,对贫民打击多于鼓励,而对富农财
主却描写成《双十纲领》的真正拥护者。……对于你似乎问题不在
于如何丰富生活(当然不是完全不需要)而是属于创作方法一类的
问题。……没有爱护党如爱护自己的眼睛一样"①。解放区的生
活是一种高度符号化的生活,其用意在于重新建立一种关于现
代民族国家的话语体系,王林虽然生活在解放区,并且有着深入
战场的生活经历,但是对于这一套重新塑造现代民族国家的符
号体系显然并没有充分领会,这就导致了其创作在解放区文学
的整体脉络上呈现出了较强的异端性,难以被解放区主流文学
和那些编辑们所认可,其引以为傲的《腹地》也是被辗转多方,最
后经过大幅删改才得以出版,其原因也正在于此。而《腹地》一
书在出版之后,很快又成为新中国第一部遭到批判并认为是"毒
草"的文学作品,这也从侧面说明了王林由于并未从根本上理解
新中国从解放区延伸而来的那一套话语体系,其文学创作,还是
难见容于当时的政治文化语境。这样一来,即使最终得到了第
一次文代会的通知,王林也对其抱着一定程度的抵触和冷眼旁
观的态度:"(1949 年 6 月 25 日)午后到全总,遇刘子久、许子祯
等同志。许初对我很冷淡,后听说我是文代代表,忽又对我近乎
起来。想不到尚有这用处。……(1949 年 7 月 6 日)毛主席这时
忽然来到(我早就这样估计)。……(1949 年 7 月 8 日)六月三十
日周恩来同志召集座谈会,冀中去的是胡苏和孔厥,天津去的是周
巍峙和孟波。他们去连征求别人的意见也不。大概指定圈定人名

---

① 王林.关于《腹地》的日记摘抄[J].新文学史料,2008(2).

单时,就预防不同意见会在会上破坏文艺名门之威信"①。当选与
会代表时的不顺利,使王林对于这次文代会怀着一种不信任的态
度,而与此同时,文代会与会的其他人对于王林的态度也有着一种
不信任。从刘子久、许子祯等人在得知王林"文代代表"之后对其
态度的转变可以看出,这并不是单纯的由于社会地位不同而造成
的转变。刘子久和许子祯本身就不是文艺界的人物②,文艺界的
是非风波与他们两人并无太大关系,而他们对于文艺界的纷争也
不会多加留意,更不会主动将自己卷入进去,造成这一现象的根本
原因还在于二人对于王林政治身份是否能够信任。王林由于其
《腹地》长期未能发表或出版,在解放区时期已经发过许多牢骚③,
这使得王林的"异端"形象在解放区范围内有着一定的知名度④,
也就是所谓的"影响不好"⑤,刘、许等人一开始对于王林的政治身
份其实是有所怀疑的,所以才显得"冷淡",而在得知王林当选"文
代代表"之后,这种来自政治上不信任的戒备才渐渐解除,其态度
自然就变得"近乎起来"。从王林的文代会遭遇中可以看出,当时
文学中所运行的那套权力话语已经将原本自然形成的人际关系
破碎,并且以政治正确的方式重新组织起了个人与组织间的信
任机制,而这套机制背后则是一种试图以阶级重新塑造现代民
族国家的意图。文学权力话语在当时的作用大都超出了一般文
学的范畴,其对于作家的筛选和剔除已经深深地影响了作家的
生活。

新中国刚一成立,就开始对以往既有的文学或文学行动进行

---

① 王林.第一次文代会期间日记[J].新文学史料,2011(4).
② 刘子久时任中华全国总工会文教部长,许子祯则时任解放军43军129师第385团
副政委。
③ 参见王林.关于《腹地》的日记摘抄[J].新文学史料,2008(2).
④ 参见孙犁.孙犁全集·第11卷[M].北京:人民文学出版社,2004.
⑤ 解放区对于一位带有公众色彩的人物的社会影响是十分重视的。(参见王培元.延
安鲁艺风云录[M].桂林:广西师范大学出版社,1999.)

一种带有明显经典化意味的整理，其中，较为系统而有成效的是后来被称为"两套丛书"的"中国人民文艺丛书"和"新文学选集"。从宏观上来看，"两套丛书"的出版"以丛书形式来确立新文学权威、排列作家队伍、形成新文学史"。① 在第一次文代会上，作为共和国新文艺的发言人，周扬的《新的人民的文艺》集中阐述了对以往已经借由时间或是市场经典化的文学或文艺作品再次进行经典化的可能性和必要性，"文艺座谈会之后，在解放区，文艺的面貌、文艺工作者的面貌有了根本的改变。这是真正新的人民的文艺。文艺与广大群众的关系也根本改变了。文艺已成为教育群众、教育干部的有效工具之一"②。在周扬看来，在新中国成立前后，文学和文艺是有着根本性的变化的，这集中表现在"新的主题、新的人物和新的内容"上。③ 新中国成立之后，既然文学和文艺无论是外在表现形式还是内在思想内容都发生了这样大的变化，那么，还有什么理由不在新民主主义框架下对它重新进行整合呢？相比"中国人民文艺丛书"而言，"新文学选集"在文学方面更加集中地体现了周扬的这种思想："这套丛书既然打算依据中国新文学的历史的发展的过程，选辑'五四'以来具有时代意义的作品，换言之，亦即以便青年读者得以最经济的时间和精力获得新文学发展的初步的基本的知识。"而丛书编辑所谓的"新文学的发展过程"基本上是沿着一条现实主义文学发展的脉络行进的，并且明确地阐述道："一九四二年，毛主席《在延安文艺座谈会上的讲话》发表以后，革命的现实主义便有了一个新的更大的发展，并建立了自己完整的理论体系和最高指导原则"④。实际上，在"中国人民文艺丛书"和"新

---

① 陈改玲.作为"纪程碑"的开明版"新文学选集"[J].中国现代文学研究丛刊,2005(6).

② 周扬.新的人民的文艺[M]//中国社会科学院科研局.周扬集.北京：中国社会科学出版社,2000：63.

③ 周扬.新的人民的文艺[M]//中国社会科学院科研局.周扬集.北京：中国社会科学出版社,2000：64.

④ 参见胡也频.胡也频选集[M].上海：开明书店,1951：1.

文学选集"出版之前,由于毛泽东《讲话》思想在解放区和共和国两者之间是以一种一以贯之的姿态存在着的,因此,共产党的文学编辑们早就有重新对"五四"以来的文学进行经典化整合的意图,并一直有所尝试,东北书店印行的《东北解放区短篇创作选》①、华东新华书店出版的《解放区短篇创作选》②、中国书局出版的《大众文艺丛刊批评论文选集》③等具有选集性质的刊物就是这一意图的具体表现。但是一个必须正视的事实就是,在这类选集中选择的作品是有着很大的局限性和主观性的,编者多将目光投向某一区域或某一团体所发表的作品,虽然编者已经在一定程度上进行了经典化的努力,但是由于此时共和国尚未成立,其经济、文化、军事等诸多条件都不足以使编者将各种文类、各地域的作家都有所收录,所以呈现在读者面前的选集大多是带有强烈区域色彩和集团色彩的,并且其中所选择文章多以短篇和直击当下的杂文式文学评论为主,而一些真正具有长远价值的文学作品,却因为和当时战争的时局相隔绝而无缘与读者见面。正如周扬在《解放区短篇创作选集》的按语中说的一样:"解放区七八年来,特别是一九四二年文艺座谈会以后,文艺创作各部门都有许多重大收获和成就,这里所选的只是小说和报告方面的作品,而且还不过是其中很小一部分。由于交通条件的限制,编辑时间的仓促,很多解放区这方面的创作我们一时无法搜集,因此,我们的选择就不能不以延安所发表的为主。但就以我们现存的材料来说,我们的选择也还是远没有达到精当完善的地步。好在将来还继续选下去,希望以后能弥补

---

① 《东北解放区短篇创作选》为 1948 年哈尔滨东北书店所发行,收录有刘白羽的《政治委员》、西虹的《英雄的父亲》、关寄晨的《立功,抓地主》、方青的《高祥》、陆地的《大家庭》、井岩盾的《瞎月工申冤记》、林蓝的《红棉袄》等七篇小说。
② 《解放区短篇创作选》为 1949 年 1 月华东新华书店所发行,编者为周扬,收录范围较广,有丁玲、康濯、葛洛、孔厥、刘白羽、萧三、师田手等人作品。
③ 《大众文艺丛刊批评论文选集》为 1949 年 6 月北平中华书局所发行,收录有邵荃麟、胡绳等人发表于香港《大众文艺丛刊》上的文艺批评 25 篇。

这个缺点"①。周扬并没有明确说明这个"将来"是什么时候，但是就共产党在 1940 年代末期所持有的政治理想来看，这个"将来"指的就是新的人民民主政权的建立。对于文学的经典化过程，实际上就是一个将文学纳入统一的现代民族国家框架内的过程，其所反映的社会意志和民族国家所希望执行的社会意志是一致的，所以，民族国家会提供给文学的经典化过程以莫大的帮助，无论是财力或是物力，将原来已经被经典化了的中国新文学以马克思主义和毛泽东《讲话》精神再重组，都不是某一个人或是某一个单位与团体可以轻易做到的。在新中国成立前夕，孙犁就迫不及待地想要实现对于文学在解放区框架内的重新整合，他给兼有编辑和作家两重身份的好友康濯写信道："关于这里的丛书的情况，补报如下：书店是读者书店，是个小书店。我们的名目是十月文学社，这原是方纪、劳荣两同志主持，定拉我参加，现在又加上鲁藜等人。那天开了一个会，由书店参加，我们提出了以你的长篇'打炮'，并说明了号召性。但因书店很小，资本不大，听到十五万字，有些胆小［兹附上他们的来信］。这些出版上的事，真是如你所说扯淡的时候多。我个人意见，《人民日报》连载更好，如不能，我们另想办法，找一家较大的、正在办起来的丛书付印。这些新安锅灶的事，真不容易"②。孙犁在丛书的编辑过程中明显感受到了一种掣肘，来自经济上的限制让孙犁感到无比气闷，甚至在信中骂道"扯淡"。而康濯作为 1940 年代末期较为知名的解放区作家③，以其长篇小说来"打炮"④，按照常理来说，应是没有任何问题的，而且孙犁作为一个有着长期编辑经验的作家来说，对于康濯的作品也是有着充分的信心，可是由于这一时期的文学生产和消费必须遵照一定

① 周扬.编者的话［M］//解放区短篇创作选.上海：华东新华书店总店,1949：1.
② 孙犁.孙犁全集·第 11 卷［M］.北京：人民文学出版社,2004：17 - 18.
③ 孙犁称之为"红作家"。（参见孙犁.孙犁全集·第 11 卷［M］.北京：人民文学出版社,2004.）
④ 此处应是借用了京剧的说法，意为"开头第一篇"，并有"一炮走红"的意味。

的市场规则，对于十五万字的作品，出版社因为资本不足，害怕难以收回本钱而迟迟不敢接单，这实在是在市场条件下对于现代民族国家建设的一个重要限制。在信中，孙犁也向康濯提出了解决方法，那就是借助《人民日报》这一平台进行连载，使其作品能够出现在公众的面前，而《人民日报》在当时实际上就可以看作即将诞生的现代民族国家意志的集中体现，它可以以国家的名义超越物质和资本的束缚，来完成民族国家的内在需求。孙犁的建议实际上传达出了一个信号：新生共和国想要重新整合文学资源，而市场对其来说已经成为一个不可能被指望的对象，只有充分发挥国家的统筹作用，这个宏大的任务才有可能最终完成。正如马克思所论断的那样，资本家的本质是唯利是图，追求剩余价值的最大化才是他们行事为人的最终目的[①]，这不仅仅指的是那些坐拥大工厂的资本家，只要资本流通的形式存在，它本性中对于剩余价值的追逐就不会消失，它要保证剩余价值的增长，至少是不会萎缩。这样一来，这些经由晚清以来文学市场的繁盛而形成的出版社就无法保证其在运营上可以毫无保留地将自己的财力物力都纳入现代民族国家的轨道，并随时与新生的人民民主共和国保持一致。

从以上事例可以看出，新中国成立初期新政权对于文学和作家的重新经典化的范畴是十分宏大的，它不仅包括了作家与作品，还包括了由客观文学实在和文学事件一起构成的文学史的书写。新生政权基于马克思主义和毛泽东思想所形成的一套新的价值体系相对于由新文化运动以来所形成的那种对人和社会的认知，虽然有着内在逻辑上的不可分割的联系，但是两者的异质性也是非常强烈的，故此，由新文化运动产生的文学以及那一套基于文化市场而形成的文学自律体系在新的政权面前已经不再适用。一方面，以往的文学面对一种新的对于世界的认知方式的时候，已经渐

---

① 参见马克思.资本论[M]//马克思,恩格斯.马克思恩格斯文集·第5—8卷.北京：人民出版社,2009.

渐失去了其对于时代的机能性，甚至有些曾经鼓舞人心的经典作品，已经无力在新的时代面前承担起建设现代民族国家的任务；另一方面，新中国新民主主义思想内在所要求的纯洁性和单一性，也不允许文学自律这种具有多种可能性和发散性的因素再在文学的场域内发挥作用。这样一来，由国家出面来对文学进行新的经典化的整理就是顺理成章的了，首先，它克服了个人与民间机构由于市场和经济所带来的束缚，其次，它的执行者实际上和现代民族国家的设计者是一个主体，可以更好地执行由民族意识分派下来的工作。而作家在基于对于现代民族国家构建的立场上，对在国家意义上的文学整合还是抱着基本认同的态度，并有着较为积极的配合。

本 章 小 结

站在现代民族国家的角度上，新中国成立之后，作家和主流意识形态之间确实达到了一种"双赢"的状态：一个独立自主的现代民族国家为作家的创作提供了坚实的物质保障和安全保障，而作家的创作则可以在很大程度上满足新生国家在外部对自身的宣传和增强内部凝聚力的两方面需要。从理论上来看，两者之间确实是相辅相成的，其中一方的繁荣会带来另一方的繁荣，毕竟，中国新文学从其产生和发展的过程来看，和民族国家之间的关系是无人可以否认的，而一个统一的民族国家又称为文学发展当中合力的产生根源和重要靶向。有研究者指出："中国现代文学在中国现代民族国家的创造和建构中发生了重要的作用。与此同时，中国现代文学在主题内容和表达形式上都发生了深刻的、根本的变化"①。这样看来，发生在新中国框架内的对于

---

① 旷新年.民族国家想象与中国现代文学[J].文学评论,2003(1).

文学生产消费方式的一系列改造,实际上是顺应了新文学诞生之后文学内部的要求:新文学自诞生以来,就期望着能够在一个新的、统一的、自主的国家内部进行写作,但是长久以来的战乱和半殖民地的国家性质导致了这种诉求始终不能突破构思的层面,只有新中国的诞生达成了文学的这种内在诉求。

但是,文学毕竟不是一种机械性的生产,文学生产的主体是人,正如钱谷融在1950年代所说的那样,在文学中,一切问题的根源都要归结到作家对人的看法、作品对人的影响上面来,而文学的任务也正是在教育人、影响人。① 按照马克思主义的理论来看:"人的类特性恰恰就是自由的自觉的活动"②。也就是说,人的本质是具有很强的实践性质的,实践就意味着一种基于自身而对世界所进行的探索,这种探索是一种对话性质的存在,并且是面对每一个时代发声的。之于文学,这种探索表现在作家以一种亲身的经历对于世界的描摹和叙写。新中国成立之后,在统一的民族国家框架之下,这种亲身的经历被一种已经安排好了的、理论化了的"体验"所代替,背负着为现代民族宣传的重要工作,作家们有权也必须优先享受到共产主义阶段所能够享受到的种种优越性,但是这样一来,原先从生活现象本身出发向生活本质渐渐渗透的动能就消失了,随之而来的是一种达到一定的理论深度之后而对生活本身作出的论断。在新中国成立伊始,这种论断显然对于凝聚人心,增加民众对于共和国的信心,是有着不可替代的作用的,但是同时,对于同一种理论的运用也使得作家们只注意到生活的本质真实,而忽视了生活的现象真实的重要性,那种被称为"共名"的想象在新中国文学中就大量地产生了。③ 虽然"共名"有助于更好地

---

① 参见钱谷融.论"文学是人学"[M].北京:人民文学出版社,1981.
② 马克思,恩格斯.马克思恩格斯全集·第42卷[M].中共中央马克思恩格斯列宁斯大林著作编译局,译.北京:人民出版社,1979:45.
③ 参见陈思和.中国当代文学史教程[M].上海:复旦大学出版社,2005:14.

反映出大时代的风貌，但是，它对于"无名"状态下折射出的时代中丰富的侧面却是有所欠缺的。这样一来，以理论高度俯察生活的作家们失却了与生活本身对话的能力，这显然对于文学的发展与文学生态的健康是不利的。

第四章 新中国成立初期的 作家人际关系

人是一切社会关系的总和①，一切政治文化活动归根到底都是人的活动，作家也不例外，作家在从事文学生产的过程中所面对的种种人事关系都直接或间接地影响着作家及其创作，同时也影响着文学生态。有研究者对于文学做出结构主义分析之后得出了一个结论，即文学不但有本质主义的一面，更是一种关系："相对地说，我们更多地关注多元因素之间形成的关系网络。……相对于固定的'本质'，文学所置身的关系网络时常伸缩不定，时而汇集到这里，时而转移到那里。这种变化恰恰暗示了历史的维度。历史的大部分内容即是不断变化的关系。'本质'通常被视为超历史的恒定结构，相对地说，关系只能是历史的产物。……每一个历史时期的文化相对物并不相同，文学所进入的关系只能是具体的，变化的；这些关系无不可以追溯至历史的造就。所以，文学所赖以定位的关系网络清晰地保存了历史演变的痕迹"②。同理，文学生态本身也是一种由关系所形成的网络，这种关系中最微观的就是人和人之间的关系。在新中国成立初期的文学生态中，作家与团体、作

---

① 参见马克思.马克思恩格斯选集·第1卷[M].中共中央马克思恩格斯列宁斯大林著作编译局，译.北京：人民出版社，2012：56.
② 南帆.文学研究：本质主义，抑或关系主义[M]//关系与结构.长春：吉林出版集团有限责任公司，2009：7-10.

家与亲友以及作家与他人构成了一层层丰富的关系,种种关系相互交织,使新中国成立初期的文学生态呈现出独特的面貌。文学生态究其实质,是一种由不同关系组成的关系网络,而人与人之间的关系则是这一关系网络表层最细微的部分。本章将从新中国成立初期作家个人化视野中的人际关系入手,通过作家与作家、作家与亲属、作家与团体的关系的考察,显示"同声歌唱"背后的种种裂隙。虽然在现代民族国家意识的感召下,作家之间的人际关系并不会像新中国成立之前那样对一些文学流派或者文学整体的发展有着质的影响,但是这种裂隙对于这一时期的文学生态的影响也是不容忽视的。而作家个人作为文学生态的最小的组成部分,同时又是文学生态所产生结果的最后作用对象,最后成为这些重重关系的承载者,人际关系中的种种最后都会被落实到在文学生态中行动的作家们身上,从而影响着作家们的内心,也就是自我,这包括了作家对自己社会身份的认知和定位,作家对于自己作品的认知和定位,以及作家如何在种种矛盾中对自己进行救赎和规训。

第一节 作家人际关系的重新整合

1. 借鉴与替代:作为文化资源的国统区作家

人是构成社会的最基本的元素,人和人之间的关系是形成社会生态的最基本的关系,同样,在文学生态的构成中,作家和作家之间的种种关系也成为各种关系的源头,作家之间在互相产生联系的同时所产生的那种富有张力的接触,最终作用于整个文学生态,并在很大程度上影响着作家们的创作以及文学的发展走向。

在新中国成立初期,出于对新型现代民族国家构想的建设需要,共产党通过对生产资料、生产基础的改造和一系列思想"整风"

运动,对原有的社会人际关系进行解构和重组,在新的现代民族国家中,阶级性成为组织其中所有社会关系的基础,一切自然形成的人与人之间的关系都要经过阶级论的棱镜去重新成像,才能获得在新政权中的合法身份和地位。作家的生活也并不例外。在新中国成立初期,由于经历过较为复杂的历史政治环境,作家们的来源与思想资源也相对复杂,在第一次文代会上,郭沫若对新中国成立初期文艺界纷繁复杂的思想状况有着这样的总结:"三十年来,除了代表地主阶级的封建文艺已经在理论上解除武装,代表大资产阶级的国民党法西斯文艺,一直受到全国文艺界和全国人民的唾弃以外,中国文艺界的主要论争是存在于这样两条路线之间:一条是代表软弱的自由资产阶级的所谓为艺术而艺术的路线,一条是代表无产阶级和其他革命人民的为人民而艺术的路线"①。而这种纷乱复杂的文学生态,显然不能达到共产党对于新生共和国文艺体制内"统一战线"的建设要求。由于在新政权的期待中,文学更多地承担着一种对于统一战线内部成员"再启蒙"和宣传共产党执政方针和思想的作用,文学生态的"纯洁性"在这种状况下就显得十分重要,而在如郭沫若所总结的那种文学生态中,过多异质性成分的混杂使得文学虽然在表面上和新政权有着良好的互动,但是实际上内在却有着太多的分歧的可能性,这些可能性为新政权以文艺作为宣传的有力工具的设想带来了很多的不确定因素,而这对于一个有意于建设一个高度统一的共和国的政党来说是具有一定危险性的。基于以上因素,早在新中国刚成立的时候,共产党就意识到这种作家对于共和国政治体制的"后天"学习并不完全可靠,从各种过去中走进共和国的作家们由于思维的惯性和定势,对于共产党的各种政策的理解往往会夹杂有各种来自主观的理解

---

① 郭沫若.为建设新中国的人民文艺而奋斗:在中华全国文学艺术工作者代表大会上的总报告[C]//路文彬.中国当代文学史料文论选 1949—2000.北京:中国文联出版社,2006:2.

和诠释,而这对于共和国的整体政治构想存在着一定的解构性,要解决这一问题的根本方案就在于对作家进行整体性的更新。事实上,在新中国成立初期,以国家的名义对作家所作的甄别是十分严谨的。胡风在第一次文代会之前写给梅志的一封信中,对他的那些"朋友们"是否能够参加文代会有着一些推测:"周而复大概已经到了。大概文艺方面他很重要。如果来看你,在物质上受照顾,那就接受。老朋友方面,雪苇到上海。黄源也回上海,恐怕不会理我们。小孙不知会来否? ……朋友方面,嗣兴、守梅、绿原可能被邀请来开会(此时不要说出去),方然、冀汸是否可能尚未决定。能来开会的,以后再说(指工作)。不能来的,就有些不好办。……雪峰不知肯来开会否?"①从信中可以分析出来,围绕在胡风周围的年轻人们,即使是有着相似的理论资源和创造水准,生活经历基本相同,共和国对于他们的容纳程度也是有所区别的。从后来参加文代会的结果来看,即使是胡风多方活动,并借助周而复等人的力量,能够获得代表资格的也只有绿原、路翎和阿垅三人,至于方然和冀汸,却是始终没有能够通过。② 凭借胡风在当时文学界的地位,其主动多方动员,想要让多一些的"自己人"加入共和国文学的书写队伍中去尚不可得,可见在那个时候,文学界中所起的一些本质变化已经不是胡风能够左右得了的。这个时候的胡风仅仅感觉到了是否能够参加文代会对于自己这些"小朋友们"找工作十分重要③,却没有意识到共和国文学体系对于方然、冀汸等人的拒斥,实际上意味着共和国政治体制本身和那些代表着共和国意识形态的文艺管理者们对这些人乃至自己在思想和组织上的不信任,直到胡风的思想已经被中共中央视为异端而遭到批判的时候,他才反应过来。

① 晓风.胡风家书[M].上海:复旦大学出版社,2007:88-89.
② 参见吴永平.《胡风家书》疏证[M].北京:中国社会科学出版社,2012:102.
③ 参见吴永平.《胡风家书》疏证[M].北京:中国社会科学出版社,2012:103.

在新中国成立初期,许多有关文学方面的机构和规章的设立都和新政权迫切地更新作家代际有关。"对一位老同志的访谈中,他不经意间说了一句话:'丁玲创办文学研究所,解决了共产党培养自己作家的问题。'这句话颇有意味,不仅说明了创办文学研究所的一种主观动机,同时起码还包含着这样几层意思:其一,在此之前中国有没有一定规模的作家群? 其二,这个作家群是不是适应新政权的需要? 其三,新政权需要建立什么样的培养作家的机制? 从丁玲的角度,她当时未必想到这么多,但是党的领导人能够支持她去创办文学研究所,不能说没有考虑这些问题"①。以上所提出的三个问题,都将矛头指向了现有的这批从各种语境下走进共和国的作家们,这些作家有没有能力担负起建设新中国文学的问题倒在其次,更为核心的问题是这些作家有没有资格担负起新中国文学所要求承担的内在历史使命。从后来包括中央文学研究所在内的种种文学组织和机构的设置来看,党中央对于这些作家的资格自然是质疑的。新生共和国意图通过培养一批从新民主主义思想中来的作家,以此来进行一次全面的作家体系更新,这样一来,在新中国成立初期的文坛上,在不同语境中成长起来的不同代际的作家们,就因为原有知识体系和写作习惯的不同,产生了明显的代际区别,而这代际区别成为新老作家之间沟通的障碍,影响着这一时期的文学生态。

在共和国刚刚成立的时候,由于写作经验与文坛名声等关系,来自解放区的作家对一些来自国统区的知名作家是怀着相当程度的尊敬的。在王林留下的大量日记中,不难看出,虽然作为一名有着纯正"解放区血统"的作家,但是王林对待来自国统区的大多数知名作家还是抱着一种尊敬的态度的。"晚七时同汉元访沈从文先生。他精神还有些恍惚,但要求进步的心很强。这种人才是可

---

① 邢小群.丁玲与文学研究所的兴衰[M].济南:山东画报出版社,2003:5.

怜,过去受胡适的提拔,就无条件捧胡,今天又苦恼。丁玲那天说他胆子太小,可能是。……他在文学上是有成就的,却吃了胡适辈的亏了。……沈老问长篇大作,'伟大作品'的意识还是很浓厚的"①。虽然王林与沈从文有着一定程度的旧交,并且王林最初的作品即是由沈从文引荐而发表的,但是这毕竟已经是十余年前的事情了,在这十余年的时间中,由于生活的区域和受到的熏陶不同,两人的思想已经有了很大的差别,再加上沈从文在新中国成立初期的境遇,多数与沈从文有着故旧关系的人避之唯恐不及,而王林一到北京就去主动拜访沈从文,可以看出其对于沈从文的关心与尊敬。而对于在新中国成立前后的文坛上闹得沸沸扬扬的沈从文自杀事件,王林也并没有像其他人一样,将目光紧紧盯在沈从文愿不愿意走进人民或愿不愿意与共和国合作这样阶级色彩浓厚的地方②,而是尽力为沈从文开脱,王林认为,在沈从文的自杀悲剧中,胡适应当负主要责任,相对于那些处于阶级立场而"一时找不到和你熟习,真能了解你的人和你谈,所以就耽搁下来了"③的革命工作者而言,王林对于沈从文的态度可以说是非常尊重了。这一情况并不是孤例,甚至在一些文学机构中,非解放区文学工作者也受到了相当程度的重用,一些曾经在丁玲所主持的文学研究所中工作和学习过的作家,在谈及新中国成立初期颇为引人瞩目的"文研所"图书馆的创办,将主要功劳都不约而同地归给了一个笔名为"杨六郎"的人。杨六郎本名杨祖燕,原是日据时期在北平生活的一名作家,其作品多以通俗小说一类为主,多发表在北平地区

①　王端阳.王林日记·文艺十七年[J].新文学史料,2013(3).
②　如杨刚在致沈从文的信中,开头就写道:"那天看过了你之后,就到文管会把你决心向人民中间走的意思和他们说了。他们很感动。他们说常常听到说你是在经历一种追求新生的极大痛苦和努力。"(杨刚.杨刚致沈从文[M]//沈从文.沈从文全集·第19卷.太原:北岳文艺出版社,2002:33.)
③　杨刚.杨刚致沈从文[M]//沈从文.沈从文全集·第19卷.太原:北岳文艺出版社,2002:33.

有进步倾向的通俗杂志《麒麟》①上。这些曾经的文学研究所成员在回忆他们的图书馆时认为："家具和办公用具好办，焦点在文研所需要的图书资料怎么搞？北平有个文化人叫杨祖燕，解放前常用杨六郎的笔名在报刊上发表文章。他对古旧市场很熟悉，他为文研所能拥有一个藏书五万余册的图书馆出了力。很多学员都称赞这个图书馆。今年②河南的第四期学员庞嘉季还来信说，当年文学研究所的图书很适用，他们当年总是熬夜读书"③。"曾以笔名'杨六郎'写通俗小说的杨祖燕，在搜求旧书旧杂志方面是一大功臣"④。在新生的共和国中，一个有着国家支持的文学机构，在图书馆这样的硬件设施的建设上，居然完全倚重于一个与共产党自身要求的政治上的纯洁相距甚远的敌占区人员，这对于新政权和新文学的从事者而言不能不说是一种无奈之举。这充分证明了随着共和国的诞生，中国的政治经济文化中心之都由原本相对经济落后的解放区向国统区迁移，作家们的生产生活也随着进行了一次跃迁式的改变。在这次改变中，虽然在理论建设和政治实践上，新民主主义都有着难以撼动的先进性，但是对于从晚清、民国甚至更早以来形成的那种文化生态，这些以胜利者姿态进入城市并准备接手新秩序的人们却无力去把握，原先在解放区形成的一套带有浓重"地方性"色彩的知识经验在原本底蕴深厚的城市文化中暴露出了自己的短板，而城市文化可以看作一个城市的"民族志"，"法律与民族志，如同驾船、园艺、政治及作诗一般，都是跟所

---

① 杨六郎曾在《麒麟》杂志上发表《燕子李》(1941 年第一卷第一期)等作品，多为武侠类型，且背景多选择在抗日战争时期。从内容上看，杨六郎和《麒麟》杂志的思想应是偏向左翼，并且《麒麟》杂志的主笔刘云若、李季疯等人都有比较明显的"左倾"色彩。

② 即 1999 年。

③ 邢小群.徐刚访谈——从文学研究所到文学讲习所[M]//丁玲与文学研究所的兴衰.济南：山东画报出版社,2003：106.

④ 邢小群.王景山访谈[M]//丁玲与文学研究所的兴衰.济南：山东画报出版社,2003：176.

在地方性知识相关联的工作"①。新政权尝试以一种阶级性的方式从经济基础层面上强行对原有的地方性知识进行重组，这在解放区这种原本地方性知识相对薄弱的地方尚可实现，并且替代原有的地方性知识体系，但是对于国统区所在的一些大城市，其地方性知识的强势使得新政权无法在更新知识结构上毕其功于一役，而在全国范围内建立一个地方性知识基本一致的新型共和国，其任务之艰巨更是可见一斑。事实上，在新中国建立初期的文学领域，来自解放区的作家发现自己曾经所依赖的那套文学运作方式和文学活动实践方式在原本已经相当成熟的大城市里并不适用，甚至在一些领域，原有的思维方式根本无法介入，而面对这些领域存在着的"潜规则"，更是只有长期生活在这里的行家里手才能够了解。因此，在新中国成立初期，解放区出身的文学工作者们在面对曾经在国统区生活过的文学工作者时，对其专业领域有着相当程度的尊重和倚仗，也是一种无可奈何的让步性选择，对于那些掌握着大城市中地方性知识的"专业人士"，新中国文学的建设者们也只能暂时性地放弃自己的阶级立场，与之合作，建立统一战线，甚至在某些方面还对其显示出特别的优待。曾经在文学研究所担任图书资料室主任的刘德怀对书籍等硬件设施采购的过程有着这样的描述："杨六郎对北京风土人情、世故习俗非常熟悉，但他对共产党还不摸底，面对文研所的许多老八路，他谨小慎微，对工作认真负责，艰辛勤劳，开始购书，他都要经我批条，我鼓励他大胆放手工作，我放权，表示对他信赖，买的书直接凭条到财务上报销。我和老杨一到西单和东安市场的书市，书商们见我们大批地选购书，很气魄，纷纷凑过来和我们拉生意套近乎，对旧书还可以打折扣，对奇缺

---

① 吉尔兹.地方性知识——阐释人类学论文集[M].王海龙,张家瑄,译.北京：中央编译出版社,2000：222.

的版本,也有高于原定价几倍价格购买的,都实报实销"①。从这段
描述中不难看出,即使是被共产党方面纳入了文学上的统一战线,
但由于对于共产党的那种相对以前政体所显示出的异质性的领导
思路,以及那一套源自经济基础和阶级论的阐释和表述体系,这些
没有在解放区的生产生活中接受过教育的人们还是由于陌生而显
得畏惧。杨六郎等人对共产党"不摸底",也就是不能完全信任,就
势必影响到其为新政权服务的效率和质量,而新政权与城市地方
性知识的绝缘又使之无法寻找到一种替代性的资源,所以,在权衡
之下,为了更好地介入城市原有的地方性知识体系,共产党方面的
确作出了较大的让步,将曾经从这些人手中收回的权利重新放还
给他们,在这些"旧人"的带领下,文学领域的"新人"才得以从解放
区走向全国,并逐渐对旧文化进行更新和取代。

另外,在新中国成立初期,由于解放区的文学界开始和国统区
的文学界相接触,在整体的中国现代文学面前,解放区作家开始认
识到了自己在文学创作和理论资源上的不足。丁玲在与康濯等人
商讨文学研究所办所方案的时候就认识到了这个严重的问题。
"先定八个字:'自学为主,教学为辅。'大家文化艺术修养不高,要
学点理论、哲学、古今中外文学史。不过大家的理解不会很低,自
学的效果会更大。要多讲作品,古典文学、外国文学,也要多请作
家谈创作"②。而文学研究所的学员们对待学习先进创作理论和
创作经验的兴趣也远比参与其他事物的兴趣要大:"确实有些同学
不喜欢听那些教授讲作家作品,希望多作艺术分析,少讲点时代背
景、主题思想、现实主义精神、人民性等。对待紧跟运动这类事,有
些同学也是有意见的,他们在少年时便为民族生存和人民解放投

---

① 邢小群.徐刚访谈——从文学研究所到文学讲习所[M]//丁玲与文学研究所的兴
衰.济南:山东画报出版社,2003:108.
② 邢小群.徐刚访谈——从文学研究所到文学讲习所[M]//丁玲与文学研究所的兴
衰.济南:山东画报出版社,2003:107.

身战争,读书时间很少,渴望学习,孟冰就发牢骚说:'到所里来就想多读点书,这事那事,事情真多。'"①解放区的作家们与国统区作家相比,普遍在教育上有着明显的落后,尤其是那些从解放区成长起来的解放区"原生"作家,其所接受的大多是一些通识性质的教育和培训,以便更好地组织和参加革命工作,从丁玲的秘书张凤珠对于陈登科文学创作的记录中,这点得到了证实:"对陈登科,主要是因为他当时的小说《活人塘》比较轰动,他又是真正的工农干部,原来文化水平很低,丁玲就比较重视他。但她也认为,陈登科必须好好读书,否则没有多大前途"②。甚至还有更极端的事例:"有个叫吴长英的女学员,是农村来的童养媳,连小学程度都没有,算是一种类型。她很朴实,没有作品,连自己的名字都写不好,就是因为身世较曲折,受过很多苦,算是生活丰富的。让这样的人进来,是希望经过一段时间的学习,把她培养成作家。可是事实上怎样? 不行。这样的例子不少,尤其表现在重出身、重经历、重对党的忠诚,不管他是否具备作为作家所必需的条件"③。在这种情况下,能够受到来自成名了的前辈作家的指导,对这些在文学创作方面有着"先天不足"的解放区作家们来说,是一件求之不得的事情,甚至在多年之后,文学研究所的学员们对这些前辈作家和文学工作者的言传身教还记忆犹新:"他(周扬)老是挺着脖子。他讲过左联,我是两期学员,他都来讲过。茅盾也来过。来文研所讲课的大部分老师都没有讲稿。他们讲完,所里再整理成讲义发给大家。那时的讲义,我原来保留了一套,给丢了,不然可以当文物了。多少名家来讲啊……胡绳讲过哲学,何干之讲过党史。胡风来讲课,

---

① 邢小群.徐刚访谈——从文学研究所到文学讲习所[M]//丁玲与文学研究所的兴衰.济南:山东画报出版社,2003:108.

② 邢小群.张凤珠访谈——关于丁玲[M]//丁玲与文学研究所的兴衰.济南:山东画报出版社,2003:108.

③ 邢小群.朱靖华访谈[M]//丁玲与文学研究所的兴衰.济南:山东画报出版社,2003:167.

梅志给他在黑板上写;赵树理来讲,讲着讲着就蹲到椅子上去了;老舍、叶圣陶都来讲过。……作家是形象思维的多,讲一个场面,一个人物……教授讲得系统,比如讲巴尔扎克,说他写的形象怎么体现主题思想呀,他的立场和形象有什么矛盾啊。而作家爱有声有色地讲作品。赵树理、老舍、聂绀弩都讲得好,我爱听。那几个讲鲁迅的也都不错"①。时隔多年,曾经听过这些名家讲授课程的文研所学员们,仍然能够清晰地记得当年授课老师的名单、内容以及一些上课时的情节,可见在文研所学员们的心中,面对着这难得的直面名家的机会,他们还是十分珍惜的。同时,这些讲授课程的人员中,不少国统区作家甚至非党员作家的存在,也从侧面证明了在共和国文学界建立最初的一段时间内对这些"异质性"作家的尊重。在这段时间内,这些作家实际上起到了一种引路的作用,带领着本不熟悉"五四"新文化运动和城市地方性知识的解放区作家一步一步地了解并熟悉他们所要接手的新局面。

尽管对于文学创作的指导思想和价值取向有着很多不同,但是新中国成立之前和新中国成立之后的文学在本质上是有着明显的内在关联性的。"由于现代型民族国家观念的开放性、灵活性和多元性,由于我国进入 20 世纪后依据不同的现代化方略先后建立起社会性质有别的中华民国和中华人民共和国,由于我国是个在经济、文化、思想、习惯演化中极不平衡的多民族国家,所以适应不同民族现代化意识需求、适应各民族各阶层人群审美取向,以及承续不同文化传统而兴建的现代中国文学,无疑是形态各别、异彩纷呈的。尽管如此,现代中国文学却以不同的审美形式或深或浅或浓或淡地体现了现代民族国家想象,民族主义意识或爱国主义情思应是现代中国文学的主魂,正是从这个意义上说,现代中国文学

---

① 邢小群、王慧敏、和谷岩访谈[M]//丁玲与文学研究所的兴衰.济南:山东画报出版社,2003:182.

实质上是现代中国的民族主义文学"①。不仅如此,由于在中国范围内,早起共产主义运动的主题和思想资源都和"五四"新文化运动有着密不可分的关系,而共产党在对于自身历史的修订过程中,也将自己历史逻辑的起点定在了"五四"新文化运动,并认为:"一九一九年的五四运动,中国工人阶级在政治上开始成为一个重要的力量,到一九二一年中国共产党的成立,就根本改变了中国历史发展的方向,结束了前八十年的殖民地方向,开辟了近三十年的新民主主义方向。从此以后,中国革命就由旧民主主义革命转变为新民主主义革命了,由资产阶级领导的民主主义革命转变为工人阶级领导的民主主义革命了。这是近代中国历史上的一个伟大的转折点,这是新的历史的开端"②。也就是说,新中国文学界的阐释者们如果想要在文学领域建立一种具有合法性谱系脉络,对于既有的文学资源加以搜集和整理就是一项不可或缺的工作。而由于解放区培养的人才对于城市文化知识方面的严重欠缺,这项具有"修史"意义的工作就不得不落在那些解放区并不能完全信任的国统区人物身上,新生共和国借助他们的力量建立了一套属于自己的价值阐释体系,并渐渐地弥补自己在对作为现代民族国家中重要组成部分的城市在认知方面的不足。而正因为共和国在阐释自己的谱系脉络时强调了解放区文学和新中国文学与"五四"新文学之间的血缘关系,从代际上对于"五四"颇为疏远的共和国的作家们,对于"五四"那样一个充满了理想的时代是有着许多被无产阶级思想净化过了的想象和期待的,所以,他们对于那个时代走来的作家们有着十分的好奇。另外,由于文化本身带有的资本性质,在创作上显得还十分稚嫩的新中国作家也盼望着能够得到这些业已成名的老作家的帮助和指点,从而更好地将自己的经历固化成

---

① 朱德发."现代中国文学史"学科的四个基本特征[M]//现代文学史书写的理论探索.济南:山东人民出版社,2010:92.
② 梁寒冰.中国现代革命史教学参考提纲[M].天津:天津通俗出版社,1955:24.

得到保存的文字,或者是实现自己成为作家的梦想。但是,这些对于国统区作家和文化界人物的借鉴和尊重只是共和国在新型现代民族国家兴建过程中的权宜之计,毕竟他们思想中那些并不"纯洁"的元素在马克思主义的光照下始终不能改变其异质性,并且在人民民主政权的框架下早已显得过时,当共和国所培养的作家开始渐渐成熟的时候,他们将以一种道德高度来审视这些已经成为过去的事件和人物,并在智力上对其有所超越,那么,对于这些人物的替代也就成为理所当然的事情了。

2. 阶级立场上的人际关系整合

从共和国对自身构架的期待和内在要求上来看,在共和国的框架内长时间地保有这些来自旧社会的"异质性"的因素毕竟不是一个长久之计,新政权对于一种完全崭新的社会的期望还是十分急切的,从新中国成立开始,共产党就发挥了现代民族国家的强制作用,在生产资料与经济基础方面都做了大量的改造工作,一些工作甚至在当时就有人认为是操之过急的。作家李劼人在新中国成立初期担任成都市副市长,在对于四川地区的文化改造方面,以他一个作家的经验和敏感,察觉到了一些在如火如荼的工作中存在的问题。在一些讨论工作的信件中,李劼人表达了他对于文化改造的意见:"关于私立树德中学(校址在宁夏街)退押事,在二月以前曾由市文教局转下川西行署批示准免,并已通知贵处。为最近工作小组催促甚迫,谓迄未得到贵处明白指示,且限期于四月三日必须持得贵处正式准免文件方能有效,否则将任农民自由活动。若果如此不惟学校难于维持,而行署批示之威信亦不免有损。伏祈查明前文即行分别通知下去,则公私皆宜也"①。当建设现代民族国家的诉求以一种摧枯拉朽式的姿态将旧社会的一切卷入并摧毁的时候,作为作家的李劼人注意到了作为文学和素养的基础,教

---

① 李劼人.致王定一[M]//王嘉陵.李劼人晚年书信集(增补本 1950—1962).成都:四川大学出版社,2012:15.

育在这转型期里所受到的冲击。由于教育本身的特殊性,它要求其受体在时间上保持着一种连贯性,而新中国成立初期对旧社会原有的一切所作出的破坏式的改造使得这种连贯性被打破,在一定程度上,在新的现代民族国家的构建过程中,操之过急的改造工作造成了旧的制度和新的制度之间存在一种张力。这样一来,一种基于新政权所坚持的阶级论而对于原有人际关系所作出的整合就是十分必要的了。

正如周恩来在第一次文代会上对当时的文学界所观察到的一样:"这次文艺界代表大会的团结是这样一种情形的团结:是从老解放区来的与从新解放区来的两部分文艺军队的会师,也是新文艺部队的代表与赞成改造的旧文艺的代表的会师,又是在农村中的,在城市中的,在部队中的这三部文艺军队的会师。这些情形都说明了这次团结的局面的宽广,也说明了这次团结是在新民主主义旗帜之下、在毛主席新文艺方向之下的胜利的大团结,大会师"①。之于共产党,这次会师实际上是分为两个层次的:第一,是新旧文艺、老解放区与新解放区(即一般所说的国统区)之间的文艺会师;第二,是一次新民主主义和毛主席新文艺方向下的文艺会师。相比之下,第二个层次对于新中国文学界来说有着更为深远的影响和意义。在新中国成立初期,文学界的会师归根结底是统一在毛主席新文艺方向下的,新民主主义成为影响文学活动的主流话语,对于非解放区作家的倚重,从很大程度上来说,只不过一方面是因为共和国所要培养的新生作家尚缺少创作经验,需要这些创作经验丰富的作家前辈们带领,另一方面是由于共产党为自身所设定的执政伦理的合法性与"五四"新文化运动有着较为密切的关系,而文学又是"五四"新文化运动的重要组成部分。事实上,早在延安时期,共产党就已经试图建立一种新的文艺范式,用来对

---

① 周恩来.政治报告[C]//本书编辑委员会.中国新文学大系 1937—1949·文学理论卷.上海:上海文艺出版社,1990:68.

"五四"新文化运动以来既成的文艺发展路线进行更替,以建立一种适应解放区的新型文艺体系。如果"五四"新文化运动的基本态势是一种居高临下的"启蒙",被启蒙的对象只有认真聆听启蒙者的训诫的话,那么延安所代表的一种文化姿态却是和"五四"有着根本性的区别,在解放区民主政治建设的内在要求下,在解放区文艺的基本范式里,作家并没有站得比人民更高,作家被要求从群众中学习其生产生活经验,并且,作家创作从根本上来说就是为人民群众服务的。或者说,在经由"五四"新文化运动成长起来的作家的眼中,文学是一个基本上自足的主体,对文学问题的讨论大多集中在文学的内部,其思想、形式、修辞等成为这类作家所主要考虑的内容;但是在以延安为代表的解放区文学界中,文学的自给自足本身就是一个有着很强资产阶级色彩的"伪命题",文学本身就是政治的一个侧面,它应该为解放区民主政治建设和解放区人民服务。

当时,以个人身份来到延安进行访问的著名国民党左派人士黄炎培对解放区民主政治的观察是较为可信的,在他记录延安的政治文化生态景观的日记中,他写道:"这里有延安大学,有医科大学,有自然科学研究院,地方军队大多是土著,他们的责任在保卫地方,从事生产,不开赴前线。……政府好像对每一个老百姓的生命和他的生活是负责的。……唱歌欢迎以后,接着音乐,秧歌剧,话剧,到夜半十二时才散会。使我最欣赏赞美的是一出'兄妹开荒'的秧歌剧,表演得特别绵密而生动。据说表演的不是北方人,而方言,音调和姿态,十足道地的写出北方农村,这真是'向老百姓学习'了。我是读过王大化关于演出'兄妹开荒'经过的报告的。他说:要表现出边区人民活跃而愉快的民主自由生活,要表现出他们对于生产的热情。事后,我怀疑这位主角就是王大化,可惜当时没有问"①。黄炎培的日记代表了一个解放区方面的"局外人"

---

① 黄炎培.延安归来[M].重庆:国讯书店,1945:31-50.

对于解放区文艺的看法,这种"向老百姓学习"的文艺表现方式对于来自国统区的知识分子来说是十分新颖的,同时,这种文艺形式背后所表现出的那种将文艺和生产生活紧密联系在一起的新的创作倾向也向人们传达出一种信息:解放区政府正在为每一个老百姓的生命和生活负责,而解放区的一切政治经济文化活动都是围绕着保障和促进老百姓的生产生活而展开的,从阶级属性上来说是完全属于无产阶级工农大众的。黄炎培的观察证明了毛泽东《在延安文艺座谈会上的讲话》所制定的那一套文艺政策在实行上获得了较大的成功,而《讲话》的中心思想就是围绕着"文艺的目的"以及"如何实践这个目的"展开的。在《讲话》中,毛泽东有一段颇为著名的自剖心迹的论述:"在群众面前把你的资格摆得越老,越像个'英雄',越要出卖这一套,群众就越不买你的账。你要群众了解你,你要和群众打成一片,就得下决心,经过长期的甚至是痛苦的磨炼。在这里,我可以说一说我自己感情变化的经验。我是个学生出身的人,在学校养成了一种学生习惯,在一大群肩不能挑手不能提的学生面前做一点劳动的事,比如自己挑行李吧,也觉得不像样子。那时,我觉得世界上干净的人只有知识分子,工人农民总是比较脏的。知识分子的衣服,别人的我可以穿,以为是干净的;工人农民的衣服,我就不愿意穿,以为是脏的。革命了,同工人农民和革命军的战士在一起了,我逐渐熟悉他们,他们也逐渐熟悉了我。这时,只是在这时,我才根本地改变了资产阶级学校所教给我的那种资产阶级的和小资产阶级的感情。这时,拿未曾改造的知识分子和工人农民比较,就觉得知识分子不干净了,最干净的还是工人农民,尽管他们手是黑的,脚上有牛屎,还是比资产阶级和小资产阶级知识分子都干净。这就叫做感情起了变化,由一个阶级变到另一个阶级。我们知识分子出身的文艺工作者,要使自己的作品为群众所欢迎,就得把自己的思想感情来一个变化,来一番改造。没有这个变化,没有这个改造,什么事情都是做不好的,都是格格不入的"①。从这段话中可以看出,毛泽东从一个代表着小资产阶级的学生向一个无产阶级革命者转化的过程,而且完成了这一系列"蜕变"的毛泽东渐渐地发现,人民群众不仅仅是思想情感上"干净",他们在生产生活上的经验和智力都要超越小资产阶级,那种源自书本和理论上的知识在面对来自生活实践的检验的时候变得不堪一击,而由于解放区特殊的政权组织模式,其政治文化实践都要随着不断变化的局势而调整,这就更加要求知识分子出身的文艺工作者向人民大众学习。曾经在群众面前有意无意地充"英雄",以一种思想导师身份出现的文学家们,在解放区的文化语境下需要接受人民大众的思想改造,从经济基础和阶级立场上服膺于人民群众所代表的无产阶级。

但是,这样的思想改造对于已经在漫长的历史语境中形成了固定的价值观和文学观的作家来说又是何等困难。从解放区在1940 年代的数次大的论争中不难看出,由"五四"新文化运动而来的一套文学生产机制在解放区的内在要求下仍然在顽强地运转着,事实上,解放区一方面要积极欢迎已经有一定积淀的文学家们加入自己的行列,一方面又要对他们进行思想改造,这一工作实际上是非常困难的。最根本的方法还是能够建立一支出身于人民群众的作家队伍,来对之前所不得不倚重的作家进行一次群体性的替代。而实际上,这种对作家队伍进行替代的计划早在整风运动之前的 1936 年就有了初步的表现。在 1936 年中国文艺协会成立大会上,毛泽东就提出要"发扬苏维埃的工农兵大众文艺,发扬民族革命战争的抗日文艺"②,而延安鲁迅艺术学院的创建更是基于培养属于解放区自己的作家这样一个思路上,在其创立缘起里记载着"艺术——戏剧、音乐、美术、文学是宣传、鼓动与组织群众最有力的武器。艺术工作者——这是对于目前抗战不可缺少的力

① 毛泽东.在延安文艺座谈会上的讲话[M].北京:人民出版社,1975:5-6.
② 毛泽东.毛泽东论文艺[M].北京:人民文学出版社,1983:4.

量。因之,培养抗战的艺术工作干部在目前也是不容稍缓的工作"①。由于处于战争时期,纷繁复杂的形势导致"鲁艺"试图更新作家群体构成的想法并没有像预期那样实现,从"鲁艺"出身的大多数作家还都是那些由于向往光明和自由而从国统区一路奔波而来投奔延安的青年们。② 从东北来到解放区的青年作家马加初到延安的时候,曾经对作家不公待遇有着较大的怨言,凯丰对其劝导正好说明了解放区所希望作家被改造之后的样貌:"我对文艺界的情况不大了解,不知道哪位作家应该享受什么待遇。但我想,你是个党员吧?""我是党员。""你是党员,就应该好好读一读刘少奇同志的《论共产党员的修养》。要能够做到吃苦在前,享受在后,不能够搞平均主义"③。凯丰长期以来担任党内的宣传工作,并对马克思理论和毛泽东思想有着深刻的认识,其看法自然可以代表中共中央对于作家改造效果的期望。从凯丰劝导马加的话中可以体会出一层意思,即中共中央对于作家的改造和以往文坛上对于作家地位的排序是有着根本的不同的:共产党关注的重点在于这些作家被改造后的集体身份,即共产党员,作为共产党员,就应该服从于党的安排,在以共产主义理论兴建新的现代民族国家的集体愿望面前,就应该主动地将自己的需求放下,首先站在现代民族国家的立场上考虑大局。而从马加的回忆录来看,对于在国统区时期,其回忆大多局限于与一些青年作家和社会活动家谈论一些"主义"和抱怨社会的不公,而进入解放区之后,其回忆多集中于一些具体的社会生产实践和创作实践,这些内容的不同也可以从侧面表现出解放区对于文学工作者的改造。④ 社会上的种种不良现象已经不是文学所要表现的主要内容,而种种的主义也被马克思

---

① 沙可夫.鲁迅艺术学院创立缘起[N].新中华报,1939-5-10.
② 参见王培元.抗战时期的延安鲁艺[M].桂林:广西师范大学出版社,1999.
③ 马加.漂泊生涯——我的回忆录[J].新文学史料,1997(2).
④ 参见马加.漂泊生涯——我的回忆录[J].新文学史料,1996(2)、1996(8)、1996(11)、1997(2)、1997(5)、1997(8)、1997(11).

主义和毛泽东思想整合在其旗帜之下，文学家所要面对的就是所生活的当下，所要描写的就是在当下活动着的人和所发生的事。和以往的种种社会理想不同，马克思主义不仅仅是一种"主义"，更是一种富有实践性的行动，在这个行动的范畴里，一切对于当下的书写最终都指向了一个目标，这个目标的超越性远在任何一个"主义"之上，而对于马烽等早已以文学的方式和现代民族国家有了血脉联系的作家而言，这显然是有着很强的吸引力的。

　　新中国成立之后，曾经在解放区未能完成的任务就再次落到了文艺界的肩上。在新中国成立初期，"文研所"的建立，其初衷是如丁玲所想的："当时（1950 年），田间、康濯、周立波、马烽和我们都住北京东总部胡同 22 号。他们与丁玲有的是在延安、有的是在晋察冀就认识。大家长期相处，丁玲有一种感觉：这些同志，在战争年代就开始写东西，但是在战争环境中读书的机会很少，看作品的机会很少。如果在和平、安定的环境下给这些同志们创作一个学习的机会就好了。在和田间、马烽、康濯他们聊天时，他们都甚有同感。丁玲也觉得对他们有一种责任，就决定搞一个一边学习一边创作的环境。并向组织反映了这些想法"①。但是丁玲的想法经由国家领导人员的研究和转译之后，就有了新的内涵：基于1949 年末，在新闻传媒领域已经创办了北京新闻学校，为新政权培训出了一大批急需的新闻宣传人才的成功案例，共产党方面对"文研所"的期望是办成一个"互助组"，这个"互助组"的组成模式是要仿照苏联的文艺培养方法来进行的，其目的是在于"培养新的文艺青年"。② 也就是说，在共产党看来，包括丁玲等人在内的既成的文坛的历史使命已经基本完结，而即将书写的新生共和国的史诗将由血统更加纯正的"新的文艺青年"去书写。在这种思路之

① 邢小群对陈明的采访。邢小群. 丁玲与文学研究所的兴衰[M].济南：山东画报出版社,2003：1-2.
② 邢小群. 丁玲与文学研究所的兴衰[M].济南：山东画报出版社,2003：3-4.

下,原先既有作家在文坛上的地位渐渐地有所下降,一些舞台"新秀"渐渐地凭借着新中国成立初期文学领域的轰动效用而登上文坛,在这种双向的升降运动之下,新作家的文化水平和写作水平都有着较大的提高,作家身份的高贵和文字带来的那种魅惑渐渐地褪去,新作家们发现曾经为自己所敬仰的老作家的创作水平也不过如此,对这些作家的尊重也就随之而渐渐淡去。特别是当这些文学界的新生力量在发现那些在以往有所成就的文学界的老前辈们,居然在思想方面甚至连和自己相比都相距甚远的时候,那种对于自我身份的强烈认同的自豪感和对老一代作家们的轻视与排斥就产生了。1956 年至 1957 年之间,身为复旦大学学生的徐成淼给上海文联主办的《文艺月报》投过两次稿,但最后因为种种原因都被拒稿了,在其对这两次投稿失败的日记记载中,可以清晰地看出在这一段时间内,徐成淼对于文学界和老一代文学工作者们在态度上的变化:"(1957 年 5 月 14 日)瞿乃翔在吃饭的时候告诉我,《萌芽》①托他带来东西。当我把一卷稿纸和一封信拿在手上时,我反而麻木了,我一点感觉也没有。信上说:你的稿子太长,'六一'已有一篇要登,所以不能登你的了。打响第一炮是如此困难。我真的麻木了。我只想到我太对不起我的朋友,如柴莉、立民,我都写了信告诉他们了,可是今天我又叫他们失望了,我'欺骗'了他们。可是这怎能怪我呢? 我已想到给母亲写信的开头:'你所异常关切的稿子,被意外地退回来了,是我太低能,无勇无谋,请你原谅。'"②"(1957 年 11 月 5 日)《文艺月报》的要目上,没有我的名字。我把希望寄托在 12 月号上,但是黄昏时分,我收到了他们的退稿,又说不用了。这是《文艺月报》对我的第二次欺骗。我将在我的布满创伤的心中,深藏起这种欺骗给我的新的伤痛,我

---

① 徐成淼的作品《勇敢的伙伴》于 1957 年 1 月被《文艺月报》转给了《萌芽》。(徐成淼.我的复旦四年(1955—1958)[M].郑州:大象出版社,2005:71.)
② 徐成淼.我的复旦四年(1955—1958)[M].郑州:大象出版社,2005:99.

永远不会忘掉他们的这两次欺骗的。……现在没有办法,只有暂时安定下来,要深深地思索啊,思索怎样平静地度过这一巨大的灾难。把对《文艺月报》这种欺骗的怨恨化为力量。成淼啊,你是以自己的力量对付过不少灾难的,相信你的力量吧——没有任何人能支持你,没有任何东西可以依靠,一切都依靠你自己的力量!你,自己的,力量!"①对比两次被退稿后徐成淼对于《文艺月报》编辑的态度,可以明显地看出在后一次中,徐成淼说话要比第一次有底气得多,他敢于站在一个鲜明的主体性的位置上向《文艺月报》的编辑们发出质问,认为编辑们的行为就是一次"欺骗",并认为编辑的力量是靠不住的,要想在文坛上闯出名号,还得靠自己;而在第一次被拒稿时,徐成淼的态度是谦虚的,他一再在自己身上找原因,认为之所以其稿件不被录用,完全是因为自己创作上的因素。除却对于编辑的私人感情因素,这一态度上的转变实际上意味着一种基于阶级立场的对于文学界关系的重新整合:虽然徐成淼出身于小资产阶级家庭,但是他在新中国成立之后一直在培养并形成一种对于无产阶级的意识和认知,他"尽量去看那些美好的事业:想祖国和自己的将来","让一切的一切都从颓唐中解放出来",使"青春的光热,得到全部的发挥",并把自己作为"献给祖国的全部礼物"。② 在做好登上文坛的种种准备之后,徐成淼其实对那些对于文学作品能否发表有着决定权的编辑们是心存敬畏的,能和王若望等上海文艺界的主要人物见上一面曾经使他十分激动。③ 而在上海文坛中,1957 年反右斗争扩大化之后,有许多重量级人物因为各种原因被"下放",这里边就包括了身为《文艺月报》副主编的王若望④,当时,上海甚至有过自印的《王若望反动言论》

---

① 徐成淼.我的复旦四年(1955—1958)[M].郑州:大象出版社,2005:176.

② 徐成淼.我的复旦四年(1955—1958)[M].郑州:大象出版社,2005:3.

③ 参见徐成淼.我的复旦四年(1955—1958)[M].郑州:大象出版社,2005:43.

④ 参见王若望.王若望自传·第 2 卷[M].香港:明报出版社,1992.

出版，可见其被"下放"这一事件在上海文艺界的影响力。这样一
来，王若望等人作为上海文学界的权力话语的主体，其神圣感与来
自阶级论的道德高度就被消解殆尽。而反观徐成淼，1957 年是他
在复旦大学不断接受阶级论这一思想体系的一年，徐成淼积极地
以阶级论改造着自己原有的价值观，并以工农兵大众的意识不断
地对自己进行着规训，在这一年里，他的思想已经趋于成熟，并立
志以文学的方式来为人民作出贡献。在两者地位和思想的上下双
向位移中，在上海文学界曾经掌权的人们的话语对于徐成淼来说，
其中的能量已经殆尽，徐成淼完全可以用一种来自阶级论的眼光
和优越感看待这些不让自己的作品出现在世界上的人，并将之转
化成一种来自阶级和思想上的仇恨，对于自认为掌握了一套和现
代民族国家相匹配的话语体系的徐成淼而言，有理由认为编辑们
的拒稿是一种"欺骗"，是反人民的，是对于年轻作家的压制。

　　正如郭沫若在刚一接触到马克思主义思想的时候所形成的那
种感性印象一样："我要充分地写出为高雅文士所不喜欢的粗暴的
口号和标语。我高兴做个'标语人'，'口号人'，而不必一定要做
'诗人'"①。马克思主义提供给了中国以一种新的社会及人际关
系组成模式，借由阶级论的大门，人们得以将曾经感性的或是模糊
的对于社会的印象转化成一套带有理论色彩和高度阐释世界的方
法，这套方法无疑是一种对民众在世界观上的启蒙，而新生现代民
族国家也提供了一种强制性的措施，使这套阐释世界的方法得到
推广。在新中国成立初期，一种新的阶级论的话语正在逐渐地形
成并完善，它将取代原有文学界人际关系的基础，并形成了一种价
值尺码，借此，作家们得以重新审视身边的人际关系，并以阶级论
的视角给自己一个全新的社会定位。但是，这种对于人的社会关
系的重新结构也存在着一个很大的问题：虽然马克思在著作中认

---

① 　郭沫若.我的作诗的经过[M]//郭沫若全集·第 16 卷.北京：人民文学出版社，
　　1989：221.

可在通往共产主义社会的过程中这种人际关系上的改变，但是，那毕竟是建立在"物质极大丰富，精神极大满足"的基础之上的。就新中国成立初期现代民族国家意识对于人际关系的介入来看，人们迫不及待地和以往产生于生产资料的人际关系告别，并重新加入以阶级意识为基础的人际关系群落中，而对于共和国来说，"阶级"这个词本身就有着一种无产阶级的特质性和纯洁性，这就导致了重新组成的人际关系中充满了一种"人为"的、"非自然"的痕迹，并呈现出单一化的特征，原有的各种人际关系之间的制衡被打破，人与人之间除了阶级的关系之外并无他物。但是人毕竟是一种具有较强主体意识的存在，其社会关系也常常处于多重交叉之中，而这种单一的关系线索在这种人际关系的嵌套和重叠中毕竟是不稳定的和易于断裂的，以至于现代民族国家不得不动用许多外在的方式，如批判或各种运动，来维持它的运转。实事求是地说，中国共产党以阶级立场来整合人际关系的举动，在新中国成立初期是有着必要性的，也是以马克思主义立国的现代民族国家所期待的一种必然，但是操之过急和忽视经济基础而进行的人际关系阶级化改造，却使得人际关系变得单一、易碎而敏感，也使得作家之间缺少了一种文学范畴内的互动，从长远来说，这对作家、作品、文学生态以及现代民族国家而言都是不利的。

3. 旧的摩擦和新的阐释：作家间矛盾的生成

虽然在延安文艺座谈会上，毛泽东主席已经明确地指出："世上决没有无缘无故的爱，也没有无缘无故的恨。至于所谓'人类之爱'，自从人类分化成阶级以后，就没有过这种统一的爱"[1]。但是，人毕竟是一种生活在社会实践中的复杂的存在，其生活，尤其是内心世界的情感生活，是无法用某种理论完全囊括的，以阶级情感整合所有人的感情，从宏观上来说是符合现代民族国家建构要

[1] 毛泽东.在延安文艺座谈会上的讲话[M].北京：人民出版社，1975：34.

求的,但是仍会有一些溢出的情感是无法完全用阶级论来解释的。对于新中国成立初期的作家而言,虽然他们已经积极地将自己认识世界的方式向着阶级论上靠拢,但不可否认的是,那种基于主观印象或者刻板偏见而与他人产生的摩擦仍是有着相当程度的存在的。时任由《晋察冀日报》合并改组而成的《人民日报》①文艺稿件编辑的杨沫,在新中国成立前夕的一则日记上就记载了她与Z领导之间的日常摩擦。即使是如杨沫一样激进②的共产主义者,其内心还是存在着相当程度的个人化情绪的,她对于与Z在人际关系上的摩擦,对于她这一段时间的工作产生了非常不利的影响,她觉得:"(1948年12月14日)Z同志每天(有时隔几天)给我几篇稿子,看看、退退、改改,如此而已。关于选稿、编排完全没有叫我参加。我不知道我这个编辑有多大用处。我很想对Z同志说:'如果不需要我,那还不如叫我去干别的呢。'后来又想,不久一切都要大变,到了北平再说吧,我决心不再干这个编辑,我愿做个记者,或者去做其他工作"③。虽然杨沫对于Z的指摘口口声声都是在其为人上,她认为Z在工作中任人唯亲,对自己的态度是"有无皆可",但是从相关日记来看,杨沫对于Z的不满,根源还在于进行统筹全部编辑工作的Z对于她的工作分配问题上。杨沫认为Z没有把重要的选稿、编排工作交给自己是对自己工作能力的否定,进而Z的这种行为被杨沫认为是对于她作为老共产党员的党性的不信任,故此,她对于Z就有了一定的刻板化的偏见,尤其是从日记中可以看出,杨沫与Z未在一起共事时,二人并不属于同一系统,这种刻板化的偏见就更强了,这也正符合偏见之所以产生的一个原理:"我们获得的有关一个人的信息越少,我们对他或她的反应越可能

---

① 1948年6月15日,《晋察冀日报》与在河北邯郸出版的晋冀鲁豫解放区的《人民日报》合并为中共华北中央局机关报《人民日报》。
② 参见老鬼.母亲杨沫[M].武汉:长江文艺出版社,2005.
③ 杨沫.自白——我的日记[M].广州:花城出版社,1985:79.

是刻板化的或基于流行的社会规范之上的"。① 基于这种刻板化的偏见,杨沫对 Z 的误解渐渐加深,以至于 Z 的所作所为都被杨沫认为是针对自己的,更由于 Z 和 U 之前与杨沫来自不同的解放区系统,杨沫自然而然地就感觉到了一种由阶级感情建立起来的认同感被派系之间的区别所打破,她认为 Z 的所作所为是党内"山头主义"文化的产物②,是应该被批判的,而她的行为则是正义的,是一个布尔什维克所应当坚持的举动。不难看出,杨沫在日记中将自己用马克思主义理论武装了起来,从而使自己站到了一定的道德高度和理论高度,在这种高度上,杨沫得以俯瞰 Z 的一举一动,并以一种无产阶级革命者的姿态来对其进行审判和指责。有研究者在对于偏见的作用机制进行了实证研究后,得出了一条带有普遍的原理:"偏见有两种类型,他们互相其作用。一种偏见产生于人格结构和需要,另一种偏见是由错误的信息引起的,有些错误的信息是有文化根基的,因此这一种偏见是由减轻认识的负担的要求而产生的"③。在日记中,杨沫明显地用一个布尔什维克应有的态度,也就是马克思主义衡量自己与 Z 的关系。马克思主义作为一种"文化根基",其对于杨沫在思想领域的规训,使得杨沫在判断

① 贝斯黑莱姆.偏见心理学[M].邹海燕,郑佳明,译.长沙:湖南人民出版社,1989:183.
② "山头主义"这一概念是由毛泽东在整风运动中提出的,他认为"山头主义的社会历史根源,是中国小资产阶级的特别广大和长期被敌人分割的农村根据地",并且指出,"目前在我们党内严重地存在和几乎普遍地存在的乃是带着盲目性的山头主义倾向。"(毛泽东.学习与时局[M]//毛泽东选集·第 3 卷.北京:人民出版社,1991:940.)按照毛泽东的构想,"只有在将来全国胜利了,有了大城市,到处交通很便利,报纸能够销到全国,电讯能够通到各地,开会也很方便,那个时候才会彻底消灭山头主义。"(毛泽东.时局问题及其他[M]//毛泽东文集·第 3 卷.北京:人民出版社,1996:253.)而从理论根源上解决"山头主义"的方式就是马克思主义,正如毛泽东所认为的:"有山头而没有主义,另外来一个主义叫做马克思主义,叫做山上的马克思主义。从前有人讲山上无马克思主义,现在我们把这个'无'字改一下,叫做山上有马克思主义。"(毛泽东.第七届中央委员会的选举方针[A].毛泽东.毛泽东文集·第 3 卷.北京:人民出版社,1996:364.)
③ 贝斯黑莱姆.偏见心理学[M].邹海燕,郑佳明,译.长沙:湖南人民出版社,1989:183.

事物善恶是非的时候都要经过马克思主义的过滤,因此 Z 的行为越发地失去了其合理性,这样一来,杨沫与 Z 的摩擦就日益加剧了。而实际上,参照杨沫这一段时间前后的日记,不难发现,杨沫对工作的倦怠很可能与 Z 的态度关系不大,主要是因为其身体上的不适。在这一段时间里,杨沫正经历着种种病痛:"(1948 年 9 月 10 日)近来头痛、头昏仍严重。卵巢需烤电一时期,荷尔蒙药针仍需时常注射。这次的病是在四月间,我刚从土改的村子诚信沟回到麻棚村,突然下腹剧痛,下部流血不止。到石家庄来检查,一时又检查不出是什么病。几次昏厥,几乎痛死过去。后来,已经耽搁一个多月了,才找到白求恩医院一位有经验的妇科大夫(院长),诊断为子宫外孕,并立即开刀动了手术。已经满腹是淤血。再晚一点手术,我必定会因腹膜炎而丧命"①。"(1949 年 1 月 2 日)从上月二十六日,我每天头痛欲裂,一点工作也不能做。我真难以启齿再请假。这病整整治了半年多,可是,才工作一个月,又停了下来。真像做了什么坏事,我不好意思请假,也不好意思向人说自己的病。一个能吃能喝能动的人却做不了工作,这如何能叫人理解呢?"②从时间上来看,杨沫在和 Z 产生冲突的时候,正是她身体极度不适的时候,而且在日记中她也提及其与 Z 之间的矛盾的产生主要是由于她头痛请假而 Z 的态度不好。那么,这个问题就十分明显了,杨沫与 Z 之间冲突的根源还是在于杨沫本人,长久的病痛使她无法全身心地投入到她所热爱的新民主主义建设中去,使她产生了一种对于布尔什维克身份的愧疚感,但是对于杨沫这样一个有着较强主体性的作家而言,这种愧疚感通过自我批判无法达到消解的目的,她想要减轻认识的负担,就必然要找到一个可以产

①　杨沫.自白——我的日记[M].广州:花城出版社,1985:74.
②　杨沫.自白——我的日记[M].广州:花城出版社,1985:82.

生偏见的对象①,而 Z 对其态度的不佳,正好使杨沫的愧疚找到了一个发泄口,杨沫对 Z 产生成见,进而对 Z 从阶级高度审判的同时,也重新确认了自己的布尔什维克身份。从杨沫的案例可以看出,作家作为社会个体而言,其在互相交往的过程中所产生的矛盾是不可避免的,但是,由于现代民族国家意识的观照,作家们在对这种矛盾进行阐释的时候,往往借用无产阶级理论将之提升到一定的高度,有了这种高度,作家之间属于个人的摩擦才能在现代民族国家的层面上找到合理的位置,树立自己的理论合法性。由此可见,在新生的民族国家,一套无产阶级民族主义理论的运行将作家们的人际关系席卷进去,作家们也渐渐习惯于在自己的人际关系领域代入马克思主义的理论,即使是具有很强主观因素的人际关系上的偏见,也能够找到一种源于阶级意识和现代民族国家意识的客观必然性。

相对于这种在无意识下将马克思主义和阶级意识带入到自己与他人的人际关系摩擦中的事例来说,在新中国成立初期,在更多的作家间的矛盾冲突中,这种现代民族国家的意识是作为一条明线存在着的,作家们自觉地利用马克思主义,将自己与他人的矛盾置于民族主义的大脉络下,并以一种理论上的必胜信念与矛盾的另一方进行着论争。新中国成立之前和之后与文艺界多数主要领导人物都有过龃龉的胡风,就是这样一类作家的代表。胡风作为左翼作家在国统区的代表,其立场和感情都是接近于中国共产党的,但是由于胡风对毛泽东思想有着自己的一套解释,这对于延安方面的正统的毛泽东思想阐释体系来说是不被接受的,所以,胡风一直无法与周扬、冯雪峰等人保持一种友善的态度;而新中国成立之后,胡风和周扬、冯雪峰等人对于毛泽东思想的阐释,实际上形

① 贝斯黑莱姆.偏见心理学[M].邹海燕,郑佳明,译.长沙:湖南人民出版社,1989:183.

成了两个水火不容的阵营,双方都相信自己拥有着对于毛泽东文
艺思想的最终解释权,而新中国的成立和刊登在《人民日报》上胡
风与梅志的文章也给了他足够的确据,让他认为自己对于毛泽东
思想的领会是没有错误的。这也是胡风之所以敢于在给党中央的
信中,一开头就充满自信地写道:"在学习四中全会决议的过程中,
我作了反复的考虑和体会。我反复地考虑了对于文艺领域上的实
践情况要怎样说明才能够贯注我对于四中全会决议精神的一些体
会。当我逐渐明确地感到了我的体会同时也是对应着我身上的自
由主义因素,这才真正打痛了我自己,也终于解放了我自己"①。
值得注意的是,胡风这封信上的署名是写给"习仲勋同志、毛主席、
刘副主席和周总理"②的,而实际上,由于习仲勋并不分管文艺工
作,其在这封信的流通中只起到了转交作用,刘少奇副主席对于文
艺工作并无太多的发言权,而毛主席并不一定有时间看他的长篇
大作,所以,这封信实际上是针对周恩来而作的。周恩来一直是胡
风在新中国成立后想要见到的共产党高级领导人之一③,其信中
所指其实是针对周恩来而发声的,这样,其中自剖心迹的成分就显
得多了起来。在信的附件中,虽然其题目为《作为参考的建议》,实
际上胡风却是以一种自信满满的语气将这些建议提出的,这分明
显示出胡风对于文艺界了如指掌:"这个建议是作为说明这样性质
的一个方面的工作方式的例子。这是我从苏联文学斗争史得到的
一些经验,从五四文学发展史和我自己二十多年来的一些工作经
验,针对着我所理解的当前实践基础归纳出来的一个看法,不管有
错有对,仅仅提出来作为中央考虑问题的参考之用。同时,这也应

---

① 胡风.胡风三十万言书:关于解放以来的文艺实践情况的报告[M].武汉:湖北人民
　出版社,2003:34.
② 参见胡风.胡风三十万言书:关于解放以来的文艺实践情况的报告[M].武汉:湖北
　人民出版社,2003:34.
③ 胡风在与梅志的书信中,将周恩来和周扬看作新中国文艺界的实际掌门人,他称周
　恩来为"父周",周扬为"子周"。(参见晓风.胡风家书[M].上海:复旦大学出版社,
　2007.)

该能够成为检查以周扬同志为中心的领导倾向的反注材料之一"①。胡风信中所流露出的对于替代周扬而重新成为文艺界领导者的语气是十分明显的,他认为凭着自己在文艺界的丰富经历和地位以及对于毛泽东思想的坚定信仰,自己完全可以代表毛泽东思想体系在中国文艺界发声。正因如此,胡风在与丁玲、冯雪峰、周扬等人的人际冲突与矛盾中,始终保持着一种理论上的自信,在与夫人梅志的信中,他写道:"新花样又来了:开始整风。明天要听大约是军师、子周之类的报告。还要我参加一组开会呢!他们是,尽可能地在玩耍权威。我想,要参加就参加罢。将尽量给他们面子。不过,我将不说什么意见。此事不必为外人道。昨天欧阳山到此。完全做官的心情。他劝我到军队去搞一工作,搞点成绩出来,云。我笑了笑。说真的,真想到柏山那里搞一两年,过点安生日子,也写点东西,完全不管这个文坛。不过,不是像欧阳山所说的,要当权者承认我的成绩。照现在这样,住到北京来,也是决不会让我们安静的。……现在丁太太当权,此次整风是她领导的呢!世事就是如此,也可以看出上面实是没有办法。但这样一来,不整得完全完蛋才怪呢!"②可见,胡风对于丁玲、冯雪峰、周扬等人实际上是十分轻视的,在他眼中,这些人只不过是在玩弄伎俩,利用党和国家交给他们的权力在"玩耍权威",自己现在不与之计较完全是出于大局考虑;胡风认为中央之所以放任这些人掌管文学事务,是掣肘于他们长期以来在文坛上的权威和资历,是这些人绑架了新中国的文学,影响了文学更好地为现代民族国家服务。而对于自己,胡风则认为自己有义务也有责任担负起新中国文学的重建工作,所以即使有机会能去彭柏山部队中工作,也不能就这样轻易地将正在发展中的新中国文学界拱手交给那些"当权者";

① 胡风.胡风三十万言书:关于解放以来的文艺实践情况的报告[M].武汉:湖北人民出版社,2003:43.
② 晓风.胡风家书[M].上海:复旦大学出版社,2007:255.

在胡风的眼中,自己永远是那个毛泽东思想最正确、最坚定的追随者,而他与丁玲、冯雪峰、周扬等人的矛盾的实质也成为其为捍卫新生的现代民族国家始终能走毛泽东思想和无产阶级道路所作出的斗争。

　　按照马克思主义的理论来说,人不仅仅只是自然的产物,人之所以为人是因为人有着社会属性,"人的本质并不是单个人所固有的抽象物,实际上,它是一切社会关系的总和"。① 既然人是生活在社会中的,那么对于种种社会关系就一定有所依赖,这种依赖就形成了一定的人际关系网络,在这种网络中,不仅存在着顺向承应的关系,逆向摩擦也是其中非常重要的一部分。有研究者对这种关系下了一个定义:"人们对人际关系确实心怀种种期望,而这些期望又非总能实现。这种情况不妨称之为人际冲突。又因为我们为了满足自我利益而免不了要建立各种关系,随着我们寻求建立最佳关系,人际冲突也就成为我们社会中不可避免的一部分。我们无法躲避交换关系及其潜在的难题"②。同样地,作家也是人,其行为也必然会被纳入一个与其生活环境息息相关的人际关系网络之中,其人际关系中顺向承应的部分由于与其主观意图相符,呈现出一种常态化的姿态,对其分析所获得的结果的价值并不大;而那些背离了其主观意图的,由于在其社会关系网络中的异质性姿态,常常会形成一种"褶皱"③,这种"褶皱"实际上就是一个心理期望被压抑的过程,既然被压抑,它必然会通过某种形式释放出来。④ 对于以创造文字为职业的作家们来说,对这些被压抑的期望进行编码,再以文字的形式呈现出来,无疑是他们最习惯和最有

①　关于费尔巴哈的提纲[M]//马克思.马克思恩格斯选集·第 3 卷.北京:人民出版社,1960:5.
②　罗洛夫.人际传播:社会交换论[M].王江龙,译.上海:上海译文出版社,1991:90.
③　参见科勒布鲁克.导读德勒兹[M].廖鸿飞,译.重庆:重庆大学出版社,2014.
④　参见弗洛伊德.精神分析导论[M]//弗洛伊德,车文博.弗洛伊德文集·第 4 卷.长春:长春出版社,2004.

效的方式了,但是能够超越文本而成为"文学"的文字毕竟会由于其社会属性而带有过多的属于作家私人世界之外的东西①,"从认识的观点看,文学家不得不受制于某些条件。他们在影响着读者情绪的同时,还必须挑起智性的与美学的快感。因此他们不能直言不讳;他们不得不分离真相的某些部分,隔离一些与之有关的扰乱成分,再填补空隙,粉饰全局"②。在新中国成立初期的历史语境下,作家在自己的创作中要承担起现代民族国家和新民主主义所交给自己的任务,并且在新中国范围内作家的岗位意识也不允许作家在其作品中显示过多的个人化成分。这样一来,书信和日记等对于作家来说,就存在着一种文学作品无法企及的意义:它在宏观层面上完全是属于个人的,是作家对于世界的沉思,而非与世界对话,"作品处在技巧的掌握之中,而文本则由语言来决定:它只是作为一种话语(discourse)而存在。文本不是作品的分解成分;而恰恰是作品才是想象之物。换句话说,文本只是活动和创造中所体验到的"。③ 所以与公开的作品相比,相对私密一些的日记和书信更接近于作家内心的真实,成为作家们释放被压抑的期望的机制中非常重要的一环,也成为了解作家之间摩擦和冲突的一扇窗户。而在新中国成立初期,中国作家之间的矛盾又多与现代民族国家的兴建捆绑在一起,其根源在于在不同的作家的心目中,那个来自单一理论资源的共产主义国家理想并不全然相同,一位作家在实现自己心中的民族主义理想的时候,就可能不由自主地被卷入与另一位作家心中所期待的共产主义国家理想相背离的境

① 文本理论的提出者罗兰·巴特对于"文本"一词有着一个形象的譬喻:"文(texte)的意思是织物(tissu);不过迄今为止我们总是将此织物视作产品,视作已然织就的面纱,在其背后,忽隐忽露地闪现着意义(真理)。如今我们以这织物来强调生成观念,也就是说,在不停地编织之中,文被制就,被加工出来;主体隐没于这织物——这纹理内,自我消融了,一如蜘蛛叠化于蛛网这极富创造性的分泌物内。"(巴特.文之悦[M].屠友祥,译.上海:上海人民出版社,2009:89.)
② 弗洛伊德.爱情心理学[M].林克明,译.北京:作家出版社,1986:121.
③ 巴特.从作品到文本[J].文艺理论研究,1988(5).

地中,在同一个现代民族国家的框架下,单子化的个人消失了,取而代之的是一个个与国家命运紧紧相连的新生命,这样一来,一种矛盾或冲突就不可避免地产生了。但是,无论如何,从这种对于同一理想的不同阐释方式的冲突中,那种属于新中国成立初期的对于现代民族国家所抱有的热情与希望是值得每一个时代的人们去学习的。

第二节　新中国成立初期的作家
家庭关系

1. 解放区：传统家庭模式的瓦解

新中国成立之后,马克思主义成为共和国土地上人们安身立命的基础,而这一理论体系对于家庭这一社会基本组成单位有着与之前人们截然不同的看法。按照马克思主义的理论,原先在漫长历史中自然形成的那一套有关于家庭的认知以及建立的家庭与社会的关系,在新的社会组织结构中已经成为即将被淘汰的、落后的东西,建立在父权社会的家庭关系在马克思主义的理论框架下显得陈旧、过时且处处充满了剥削和压迫的阶级气息。在《共产党宣言》中,马克思写道:"你们的利己观念使你们把自己的生产关系和所有制关系从历史的、在生产过程中是暂时的关系变成永恒的自然规律和理性规律,这种利己观念是你们和一切灭亡了的统治阶级所共有的。谈到古代所有制的时候你们所能理解的,谈到封建所有制的时候你们所能理解的,一谈到资产阶级所有制你们就再也不能理解了。消灭家庭！连极端的激进派也对共产党人的这种可耻的意图表示愤慨。现代的、资产阶级的家庭是建立在什么基础上的呢？是建立在资本上面,建立在私人发财上面。这种家庭只是在资产阶级那里才以充分发展的形式存在着,而无产者的被迫独居和公开卖淫则是它的补充。资产者的家庭自然会随着它的这种补充的消失而消失，两者都要随着资本的消失而消失。你们是责备我们要消灭父母对子女的剥削吗？我们承认这种罪状。但是你们说，我们用社会教育代替家庭教育，就是要消灭人们最亲密的关系。而你们的教育不也是由社会决定的吗？不也是由你们进行教育时所处的那种社会关系决定的吗？不也是由社会通过学校等等进行的直接的或间接的干涉决定的吗？共产党人并没有发明社会对教育的作用，他们仅仅是要改变这种作用的性质，要使教育摆脱统治阶级的影响。无产者的一切家庭关系越是由于大工业的发展而被破坏，他们的子女越是由于这种发展而被变成单纯的商品和劳动工具，资产阶级关于家庭和教育、关于父母和子女的亲密关系的空话就越是令人作呕"①。在马克思主义理论体系的观照下，家庭这一延绵了千万年的社会组成形式到了资本主义社会后期就已经丧失了其存在的社会基础，占人口比重庞大的无产阶级以其清除了剥削意识的先进文化强制性地介入了对家庭观念的重新整合中，在无产阶级看来，家庭只不过是经济发达到一定程度时随着阶级分化而出现的一个临时产物而已，它不是一成不变的，而是在历史中必定要消亡的，随之，由于家庭的瓦解，以之为基础的一套伦理道德体系也将日渐崩塌，而这在马克思主义者的眼中并不是一件值得哀悼的事情，在旧伦理旧制度被消灭之后，一种新的社会组织形式将会建立并取代原有的社会组织形式，并由此展开一条通向共产主义终极目标的道路。在新中国成立初期，由于封建社会长期形成一种文化上的积淀，使得马克思、恩格斯的理论体系不能如想象般实行，但是，基于马克思主义发展而来的中国共产党还是迫切地对旧有的家庭观念加以共产主义改造。

---

① 马克思，恩格斯.共产党宣言[M].中共中央马克思恩格斯列宁斯大林著作编译局，译.北京：人民出版社，1997：44-45.

　　在作为中国现代史逻辑起点的"五四"新文化运动中,对于家庭观念的改造本身就是一个十分重要的问题,几乎所有"五四"先驱们都对这一问题有所涉足。在晚清日益腐朽的封建王朝体制之下,家庭作为维持封建统治的最基础一层的工具,其对于思想日益解放的青年人的压迫也越来越大,陈独秀在《敬告青年》一文中写道:"呜呼吾国之青年。其果能语于此乎。吾见夫青年其年龄。而老年其身体者十之五焉。青年其年龄或身体。而老年其脑神经者十之九焉。华其发。泽其容。直其腰。广其膈。非不俨然青年也。及叩其头脑中所涉想所怀抱。无一不与彼陈腐朽败者为一丘之貉"[①]。日趋末路的封建统治在其长久以来形成的机制的作用下,向着代表着国家未来命运的青年人施加压力,阻止青年人将目光投向更远的世界,而其所采用的最基本的方式就是利用传统的家庭关系和家庭对青年人在经济上命脉的把握来限制青年人的行动,青年人在这次家庭关系的变革之中成为被奴役压迫的对象。早期新文化运动中以理念带动社会变革的构想在一次次残酷的现实中被破碎,正如鲁迅所说:"然而娜拉既然醒了,是很不容易回到梦境的,因此只得走;可是走了以后,有时却也免不掉堕落或回来。否则,就得问:她除了觉醒的心以外,还带了什么去? 倘只有一条像诸君一样的紫红的绒绳的围巾,那可是无论宽到二尺或三尺,也完全是不中用。她还须更富有,提包里有准备,直白地说,就是要有钱。梦是好的;否则,钱是要紧的"[②]。在剥削社会里,统治阶级以经济来把持着那些试图对之有所突破的人们,使他们的突围很难真正地对统治阶级的根基造成影响。鲁迅也半开玩笑地说:"如果经济制度竟改革了,那上文当然完全是废话"[③]。但是"可惜中国太难改变了,即使搬动一张桌子,改装一个火炉,几乎也要血;而

---

①　陈独秀.敬告青年[J].青年杂志,1915,1(1).

②　鲁迅.娜拉走后怎样[M]//鲁迅全集·第3卷.北京:人民文学出版社,2005:167.

③　鲁迅.娜拉走后怎样[M]//鲁迅全集·第3卷.北京:人民文学出版社,2005:170.

且即使有了血,也未必一定能搬动,能改装。不是很大的鞭子打在背上,中国自己是不肯动弹的。我想这鞭子总要来,好坏是别一问题,然而总要打到的。但是从那里来,怎么地来,我也是不能确切地知道"①。而在 1930 年代到 1940 年代,共产党在解放区的民主建设正回应了鲁迅的预言。共产党在根据地试图以新的生产制度来重组社会赖以运转的经济,对社会制度的彻底改造正如鲁迅所谓的"很大的鞭子",它从根本上瓦解了旧的社会存在基础,建立了一套以经济来划分的新的社会准则,从而在经济基础上保证了每一个人的平等。这样一来,传统的家庭关系就被打破,由"五四"新文化运动所形成的一套充满着理念和思想的家庭观被一种行动的、实践的、革命的家庭观念所替代,曾经对"灵肉一致"婚恋关系的追求也随之变成一种同志般的革命感情。

茅盾的女儿沈霞在其所生活的年代里可以说是一个具有典型意义的"时代文艺青年"。换而言之,沈霞就是一个经由"五四"所形成的强大话语场域而成长起来的知识青年,她"从小聪明过人,在尚公小学,以及在大同附中、培明女中、大夏附中读书时,一直都名列前茅"。其作文还"因有文采兼故事性,常作为班上的范文"②。她在延安四年中的情感经历的变化为世人展示了一个前一时代的知识青年所持着的家庭观念是如何向无产阶级家庭观念转变的,而延安或解放区时代作为新中国的"史前史",在其中发生的种种家庭关系方面的变化对于新中国成立初期的情况而言,也有着明显的借鉴意义。

1942 年,沈霞与爱好文艺的青年作家萧逸③在延安大学认识并迅速发展为恋人关系,在这一年,沈霞的日记中有着许多关于两

① 鲁迅.娜拉走后怎样[M]//鲁迅全集·第 3 卷.北京:人民文学出版社,2005:171.
② 沈霜.怀念姐姐沈霞[M]//沈霞,钟桂松.延安四年(1942—1945).郑州:大象出版社,2009:182.
③ 此时萧逸在解放区长期从事记者工作。

人关系的记载,其态度和语气大抵如下:"(1942 年 1 月 3 日)反正,我就是这么一个人,压制自己是完全可以的,只要在必要的时候,什么不能做呢?! 一个我平日这么相信的人,差不多已是全心灵寄托给他了,还对我表示不信任,而且是对我视为很神圣的日记加以蔑视,那么很好,难道我真不能非有'他'不行吗? 不妨大家试试看!"[①]"(1942 年 5 月 1 日)是的,我麻木了,什么也不希望,什么也不欢喜,好像一切都就是那么一回事,也用不着朋友知心,也不去做别人的知心。不祈望别人的关心,也不关心别人,只是这样一日一日下去。就像爸妈既生了我出来,我就必得活下去一样。实在说,有些时候,对自己的生命很看轻,对自己也很失望,觉得没有存在的必要。可不是吗? 活着是为什么呢?"[②]从沈霞记录日记的笔触中不难感觉到,初到延安的沈霞很像是"莎菲女士"在解放区的翻版。在刚进入解放区的沈霞身上,那种个人化的情感表现得十分明显,就像在病院里的莎菲女士,其喜怒哀乐都是从自己的角度出发的,对于男女感情的处理也非常自我,这种情感上的"孤绝"显然是和"五四"退潮之后小资产阶级知识分子的那种迷茫是一脉相承的。沈霞追求者萧逸和"灵肉一致"的爱情,其内在要求是"男女两本位的平等"和"恋爱的结婚"[③],所以,当萧逸和沈霞在精神领域上出现分歧的时候,沈霞就对自己的生活、工作、学习等一切毫无兴趣,甚至对一切失去希望,成为一个自怨自艾的解放区的"莎菲女士"。但是,经过在解放区的长时间的学习和居住,特别是经过延安文艺座谈会和整风运动之后,沈霞对于萧逸的情感产生了明显的变化:"(1943 年 12 月 5 日)抢救运动中,我是有温情主义的,失掉了立场,而且我检讨到我对萧逸的态度也是失掉立场的。我,是个班长,但在抢救运动前却自己犯了行政纪律,未向支

①　沈霞,钟桂松.延安四年(1942—1945)[M].郑州:大象出版社,2009:3.
②　沈霞,钟桂松.延安四年(1942—1945)[M].郑州:大象出版社,2009:22.
③　周作人.人的文学[J].新青年,1918,5(6).

部汇报。现在我想一切都已经过去了,自己反省后,应好好实行,提高自己的积极性,应该像个党员才是。支部的批评是对的,我应该好好地整顿自己,做一个更健全的人。一九四四年快来了,做一个新人! 一九四三年要解决所有有政治问题的人,我想萧逸的问题也可以水落石出,我对他的关系也可以最后确定。昨晚去杨家岭时,周恩来他对我说,爸爸把我的信给他看了而且很满意有这样一个女婿。可是天知道,现在是这个样子。我轻描淡写地说了一下,还没有确定关系,在被审查呢。如果有问题,不就完蛋了?! 只可说是给我一个好的锻炼。看这最后的一个月吧!"①"我想我是有进步了,你看在刚来延安时,多么地反动呀,什么反党的话都说的,而现在,应该这样想,基本上是正确了。不是满足,我说是应该看到自己的进步,然后才能有自信,才能继续前进。……心绪又不安起来,很想念逸,不知他究竟如何了,我感觉到需要一些感情上的抚爱。不正确的要求吧?!"②甚至,沈霞还做过这样的梦:"昨晚上梦到我和萧逸在一起。我们谈了许多话,我把妈妈给我的东西一件件给他看,我又把毛线给他看,他不要,说还是留给我。他很瘦,苍白,老了很多。到最后,我想起他的问题来了,问:怎么啦?他说:'没有怎样,现在还是那样。'立刻我不安了,我想起组织上对我说的话:他有问题,因此你不能和他来往。我离开了他的怀抱,站起来,恐慌的情绪占着我的心,筋肉都紧张起来了。而,突然,那边有人声说:'我看见他去找沈霞的。'我慌了,催他赶快走,而且叮嘱再也不要在问题没有解决前来找我,我不可能见他。但他不走,说:'怕什么?'而外面的追声更近了,我急,于是醒了"③。按照现代心理学的一些对梦境的研究,在成年人的梦境中,被伪装、被象征的成分要远远大于真实的成分,通过凝缩、移置、意象化和象征

① 沈霞,钟桂松.延安四年(1942—1945)[M].郑州:大象出版社,2009:138.
② 沈霞,钟桂松.延安四年(1942—1945)[M].郑州:大象出版社,2009:139.
③ 沈霞,钟桂松.延安四年(1942—1945)[M].郑州:大象出版社,2009:139-140.

化,现实生活中的种种事件被梦境中的元素所代替,然后梦境还要对这些元素进行二级加工,这些梦境中的元素在二级加工的过程中得以变得连贯、系统,成为一个完整的、有情节的梦境。而梦境在人们的精神世界里意义重大,在生活中,人的欲望和情绪总是被现实中的种种规约所束缚,其行为也常常是被很大程度上规训过的,而梦境则以间接的方式对现实中欲望和情绪所受到的挫折找到了一种代偿,人在醒着的时候不能完成的行动和被压抑的言语就会在部分上以一种扭曲、伪装的形式出现在梦境中,从而在一定程度上获得心理上的满足。① 因此,沈霞在日记中对于梦境的记载,可以被视为这一时期她在延安生活的精神世界的写照,通过对其梦境进行分析,可以得出对研究新中国成立初期作家家庭关系有着很强关联性的文学女青年的较为真实的内心活动。其实沈霞的梦境和她 1943 年前后在延安的活动是有着很强的关联性的。在 1943 年的整风运动中,沈霞的恋人萧逸被查出在过往的思想中有问题,而沈霞同时兼有萧逸的恋人和茅盾的女儿这双重身份,这也使她处于夹缝之中难以取舍,但是通过沈霞的梦境,明显可以感觉到曾经为了爱情和自由的生活可以不顾一切的"莎菲女士",此时在思想上已经发生了很大的变化。1942 年到 1943 年这短短的一年间,沈霞已经从一个有着明显"五四"气息的文学女青年成为一个解放区的女文艺工作者,当面对个人与集体的冲突时,她可以做到将自己的爱情、私欲置之度外,坚定地跟着党的方向前进;当梦中的萧逸回答她问题"现在还是那样"的时候,沈霞十分坚决地选择了站在党的那一边,其在梦境中的"不安"正是其个人的感情被党性所规约的结果;而"组织上的话"对于此时的沈霞来说显然有着非同寻常的意义,曾经为了个人情感可以"什么反党的话都说的"沈霞,在此时心中却只有"恐慌的情绪"。究其原因,一方面是

---

① 参见弗洛伊德.释梦[M].孙名之,译.北京:商务印书馆,1996.

由于在中国共产党的执政之下，"组织"这一庞大的国家话语主体对于一切事件有着最高解释权；另一方面是因为在中国共产党的执政体系中，"组织"的话语权是属于人民的。在延安文艺座谈会之后，人民在各方面的地位都有着明显的提高，能不能经受起人民的检验，对于知识分子和文艺工作者来说是一个十分重要的考验，作为解放区文艺发展的过渡性资源，这些非解放区"原生"人员本身在心理上就有着一种强烈的自卑感，而沈霞正是这些人员中比较有典型性的一个，这样一来，她更需要一种政治正确给自己带来安全感，其梦中出现的"外边的追声"正是这种安全感缺乏的表现。沈霞的梦境和现实的契合，同时也显示了毛泽东《在延安文艺座谈会上的讲话》对于知识分子群体和作家的强大整合力，这种整合已经深入家庭组织内部，从根本上改变着中国共产党执政体系下的文学及思想生态，以沈霞为代表的知识分子和文学工作者们在共产党种种行之有效的组织整合中渐渐服膺于《讲话》的精神，自觉地成为新民主主义政治制度的积极参与者，并在家庭层面上积极维持着这一制度的内在秩序。对于萧逸而言，沈霞并不是对他失去了兴趣，沈霞曾多次在日记中记下了其对于萧逸的想念，但是她往往将这种处于个人私欲的想念和"感情上的抚爱"归为一种"不正确的要求"，在这里，这种"正确"显然指的就是政治上的正确。沈霞坦言："我要宣告，我忠于幻想中的你，过去那个在我脑中占了极大位置的你，那个真挚的温柔的大胆的调皮鬼。我要永远爱他，永远永远为这个成了幻想的东西而爱。我不管现实的他是怎样，现实的他消失了的时候，在我，也是一样的总会幸福地、坚决地爱着与被爱着。……这种日子里，没有人能获得我的爱，没有人能使我真正快乐，除了为学习、为工作、为党做一些事外，我不会有别的快乐的！"①很明显，这"幻想"中的萧逸正是代表了萧逸身上的党性和人民性，此时的沈

---

① 沈霞.钟桂松.延安四年(1942—1945)[M].郑州：大象出版社,2009：126-127.

霞爱着萧逸,倒不如说是爱着萧逸身上的党性和人民性,当作为自然人的萧逸背离了这一底线要求的时候,"幻想中的"萧逸,换而言之,就是从萧逸身上抽离的单纯的共产主义品格,就成为萧逸的替代品,被植入沈霞的内心。沈霞在萧逸政治上出了问题之后的行为和表现,说明了"五四"青年们曾经所执着追求的"灵肉一致"的爱情在解放区的新民主主义新语境下已经不再适用,并且失去了其曾经所拥有的对青年的吸引力,而家庭问题也已经不再成为一个具有独立性的社会问题,而是变成整个解放区民主建设和思想改造的一个有机组成部分,在很大程度上来说,解放区完成了马克思曾经所设想的"消灭家庭"的政治蓝图。正如毛泽东在这一时期所说的那样:"世上决没有无缘无故的爱,也没有无缘无故的恨。至于所谓'人类之爱',自从人类分化成为阶级以后,就没有过这种统一的爱。过去的一切统治阶级喜欢提倡这个东西,许多所谓圣人贤人也喜欢提倡这个东西,但是无论谁都没有真正实行过,因为它在阶级社会里是不可能实行的。真正的人类之爱是会有的,那是在全世界消灭了阶级之后。阶级使社会分化为许多对立体,阶级消灭后,那时就有了整个的人类之爱,但是现在还没有。我们不能爱敌人,不能爱社会的丑恶现象,我们的目的是消灭这些东西"①。在解放区,家庭的组成问题已经不是简单的个人问题,而是成为一个事关新民主主义政权建设的阶级立场问题,家庭中每个成员的出身、成分、政治立场等都和整个社会紧紧地相联系。在原本既成的家庭组织模式的框架下,其内容基于阶级论而发生了本质性的变化,曾经一对一、属于个人的家庭关系变成要全社会负责的政治关系,而家庭关系中的私密性也被一种源自阶级立场的公开性所取代,那种家庭成员之间的个人化的情感成为小资产阶级意识的残余,在解放区的语境中被广泛地鄙夷且不被允许。尤

① 毛泽东.在延安文艺座谈会上的讲话[M].北京:人民文学出版社,1975:33-34.

其是在爱情领域,曾经源自私欲和人的自然属性的"灵肉一致",也成为源自对自身阶级属性有着深刻察觉后形成的阶级同志般的"革命友谊"了。

2. 革命与家庭的相互促进

在共和国成立初期,家庭关系领域的组织模式仍然延续了解放区所形成的那一套样式,在所谓的"旧社会"里形成的通常的家庭组织方式被进一步地破坏分解,经济或城乡的差别已经不能成为阻碍人们在新民主主义共和国所形成的话语场域中对于家庭的组织标准;相反,由于中国共产党所依赖的工农兵大众往往在经济层面上并不占优势以及共和国所倚重的马克思理论内在的无产阶级性质,在阶级成分上往往存在着一种翻转,曾经作为社会下层的劳动人民在新的政权中扮演了主人公的角色,其审美标准、价值取向成为主旋律性的东西,并通过理论的宣喻和大众文化的浸染融入现实生活,在成为作家们创作的生活基础的同时,也影响着在共和国语境下新成长起来的作家在家庭组织和创作取材上的选择。从新中国成立初期的大众流行文化的构成上不难发现,一种源自内部的社会变革正在家庭的组织之中悄悄展开。虽然在西方马克思主义的理论框架内,研究者们一再地提醒"应该消除一种误会,即防止人们望文生义,认为大众文化的主要特点是从人民大众出发,为人民大众服务"①,但是在新中国成立初期的历史语境下,由于"人民大众"成为共和国和历史的新的主人公,大众文化的接受主体自然而然地就和"人民大众"画上了等号;同时,按照一般社会规律,"文化(及其意义和快乐)是社会实践的一种持续演进,因而它具有内在的政治性,它主要涉及各种形式的社会确立的分配及可能的再分配。大众文化由各种组合的居于从属地位或被剥夺了权利的人群所创造,他们丧失了推理的物质的资源——这由剥夺

① 陈学明,吴松,远东.社会水泥——阿多诺、马尔库塞、本杰明论大众文化[M].昆明:云南人民出版社,1998:5.

了其权利的社会体系所提供"①。共和国的建立却给了这种大众文化赋予了一种新的面貌,由于新民主主义政权和社会主义理论对于人民大众在政治主体方面权利的认同,由人民大众所创造的大众文化是一个相对自给自足的体系,大众文化的资源、生产、消费、再生产在人民大众这里合而为一。因而,在新中国成立初期,共和国土地上所流行的大众文化也能够更好地折射出其政治主体的心态,并且,由于大众文化所内在的娱乐性,其内容对于现实中受众的文化认知有着强有力的渗透,并深刻地影响着其受众对外部世界的认知和处理方式。而新中国成立初期的大众文化,由于背后国家意识形态的强烈影响,其在价值取向方面有着很明显的一元性,这也在一定程度上影响着个人化领域对于家庭构成的认知。

萧也牧的《我们夫妇之间》是在新中国成立初期有着较大影响力的作品,尤其是在1951年由名导演郑君里搬上荧幕后,其包含了赵丹、蒋天流等一批当红演员的强大阵容,更是将大众的目光紧紧吸引。这样,电影中所隐含的那一套社会伦理和家庭观念,也自然对人们生活的个人化领域产生影响,作家自然也不例外。而且,《我们夫妇之间》的流行本身就属于文艺领域的事件,作为对共和国有着热忱和对进步有着追求的作家们,不可能不对这部作品有所关心。在作品中,李克和张同志的婚姻"也很难说是好还是坏",两人爱情的生理性基础被"好好为人民服务"这一硬性政治期待所破坏,但是这种破坏在作者看来是进步的,也是必要的,在代表着新中国新的政治文化主体的张同志眼中,"多谈些问题"远远比"说些婆婆妈妈的话"要来得重要,而在张同志的影响下,作为知识分子形象代表的李克也渐渐地服膺于这套社会伦理规范,向着张同

① 约翰·菲斯克.解读大众文化[M].杨全强,译.南京:南京大学出版社,2001:2.

志趋同,在生活中实现着"知识分子与工农的结合"。① 这部作品从文本和叙事上来看,其主要接受对象是一些知识分子,萧也牧在创作的时候也明显有一种来自知识分子方面的焦虑,在《我们夫妇之间》中,萧也牧在通过文学对家庭伦理重建这一重大问题进行宣喻的同时,也表达着一种担心知识分子在新社会"失声"的隐忧。②而同时期另外一部被改编成电影作品,则将新社会对于家庭的要求演绎得更加纯粹,并且其中对于新社会择偶标准做出了明确的解释。《刘巧儿》是一部由发生在解放区的真人真事改编的影视作品,并通过当时较为流行的评剧形式,由著名评剧表演艺术家新凤霞将其呈现在银幕上,不仅影响力甚大,而且无论是在取材方面还是在演出形式方面,这部电影都可谓是"根红苗正",其中有一段唱词为人所传唱:"巧儿我自幼儿许配赵家,我和柱儿不认识我怎能嫁他呀。我的爹在区上已经把亲退呀,这一回我可要自己找婆家呀!上一次劳模会上我爱上人一个呀,他的名字叫赵振华,都选他做模范,人人都把他夸呀。从那天看见他我心里头放不下呀,因此上我偷偷地就爱上他呀。但愿这个年轻的人哪他也把我爱呀,过了门,他劳动,我生产,又织布,纺棉花,我们学文化,他帮助我,我帮助他,争一对模范夫妻立业成家呀"③。而电影中刘巧儿的扮演者新凤霞表达了她尝试通过此剧来推动社会新风的意图:"回顾过去的艰难历程,是想说明在解放前,尽管你有改革的良好愿望,但实现起来却是多么困难啊!解放以后,我拍了《小二黑结婚》《刘巧儿》《祥林嫂》等新戏,不论从思想内容或是人物形象来说,都是全新的,是以往评剧舞台上从未出现过的新人,因此一定要为新塑

① 萧也牧.我们夫妇之间[J].人民文学,1950(3).
② 参见吴辰.暧昧的趋同:《我们夫妇之间》再阐释[J].海南师范大学学报(社会科学版),2011(4).
③ 参见王雁.刘巧儿[M].北京:中国戏剧出版社,1960.

造出新的音乐形象,唱出新时代的新的声音"①。新凤霞是著名文学家吴祖光的夫人,其在艺术表达上的追求也势必会带入其日常生活。新凤霞对于新中国在艺术上的奉献得到了吴祖光家中成员的全力支持,她回忆道:"为了方便演出,我住在天蟾舞台的后台,很少时间回家。公公老问婆婆我为什么不回家?婆婆耐心向他解释。……我在上海演出近两个月,一共回家看望老人孩子两三次,一夜都没住过,连祖光的姑妈都有意见了,婆婆却没一句怨言,还常为我向亲友解释。每次我回去,婆婆都说:'你工作忙,不要老惦着家,孩子有我们,放心吧……'"②众所周知,在各种家庭关系中,婆媳关系一直是一个比较难以解决的问题,也是各种家庭矛盾冲突的中心,而工作与家庭的关系,是个人与社会之间冲突的根源。因此,婆婆能够理解新凤霞的工作,这对于正在试图以艺术的形式阐释新生的现代民族国家的新凤霞来说,不啻是一个莫大的帮助,这有助于她放下家庭的负担,从而可以尽自己最大的力量投入新中国的文化建设中去。在对现代民族国家建设的过程中,由于个人对于国家宏观层面上的事务和个人或家庭微观层面上的事务无法也无力全部涉及,家庭与国家之间常常产生一些冲突,这对于家庭的维持与国家的构建来说都是不利的,而新凤霞的婆婆却站在现代民族国家的立场上,积极地支持新凤霞的工作,并以一种具有民族主义的思维向他人宣传新凤霞的所作所为,这就将家庭与工作之间可能存在着的冲突化解了。戏里戏外,新凤霞及其家庭很好地诠释了一个在新生现代民族国家中成长起来的革命家庭应有的作为。而在新凤霞的丈夫吴祖光对于二人日常生活的记录中,也常有记载新凤霞追求进步的文字。③"读凤霞《朝鲜纪事》,真挚

---

① 新凤霞.创新腔不易[M]//我当小演员的时候.北京:生活·读书·新知三联书店,1985:326.
② 新凤霞.我的婆婆[M]//我当小演员的时候.北京:生活·读书·新知三联书店,1985:490.
③ 参见吴祖光.吴祖光日记(1954—1957)[M].郑州:大象出版社,2005.

动人,非常惊喜,就写作来说她也是很有前途的,她真是一个天才。"在新中国成立之前,新凤霞由于旧社会艺人从小作艺和家境贫寒,其文化水平并不高,甚至在识文断字方面尚有难度①,但是她克服了种种不利的条件,记录下了她在朝鲜战场慰问时的情境。另外,吴祖光对于新凤霞的写作是有着大力的支持的,"今日厂星期,整理凤文","整理凤稿完"。② 在有着丰富文学创作经验的吴祖光看来,新凤霞的创作显然是有着真挚的感情的,这可以鼓舞人们更加积极地投入现代民族国家的构架之中,但是如果单单就文学领域的艺术水平来说,新凤霞显然有明显的欠缺,这就需要有着丰富创作经验的吴祖光为其作品进行修改。吴祖光在为新凤霞修改文章的时候,正值其导演生涯中最为忙碌的一段时间,在工作之后,他仍然牺牲了自己的休息时间,以最快的速度为新凤霞将文章改好。吴祖光为新凤霞改文章并不仅仅是出于夫妻情谊,更重要的是在新中国成立初期,写作往往是和现代民族国家的建设紧紧联系在一起的,在吴祖光的眼中,新凤霞写的《朝鲜纪事》显然是一部在现代民族国家框架下形成的作品,而且对于新中国民族主义的生成和发展是有着很强的积极因素的,培养新凤霞向创作道路上发展显然对于新中国是有益处的。而对于吴祖光和新凤霞这对有着丰富革命经验的夫妻来说,对于这种将自己生活中的一切纳入现代民族国家轨道的做法是有着充分的自觉的。由于新凤霞舞台演艺工作的特殊性质和新中国成立后文艺工作的特殊地位,其生育必须服从国家的安排,在第二次怀孕之后,迫于工作压力,新凤霞必须进行人工流产手术,在日记中,吴祖光记载道:"孙大夫来谈凤人工流产之事,须文化部径与卫生部交涉。此事谨记。当诫欢欢今后勿娶演员为妻,并生育之自由而不

① 参见新凤霞.我当小演员的时候[M].北京:生活·读书·新知三联书店,1985.
② 吴祖光.吴祖光日记(1954—1957)[M].郑州:大象出版社,2005:101.

可得也"①。此时，吴祖光显然已经认识到了他和新凤霞的生活是
和现代民族国家的建设有着紧密的关系的。在新中国成立初期，
作为演员，由于现代民族国家建设的内在要求，新凤霞并不能完全
地主导自己的生活，但是对于这一切，夫妻二人并无太多怨言，而
是积极地配合国家对自己的要求，哪怕牺牲的是自己的健康和子
嗣。当人工流产手术进行之后，吴祖光虽然有所忧伤，却对国家和
组织并无太多抱怨，"四时一刻至医院看凤，身体略见复原，询至流
产结果为双胞女胎，懊丧万分，真为国家牺牲矣，伤哉伤哉！"②此
时的吴祖光一心想要一个女孩，并且已经为之想好了"吴双"这个
名字③，面对这样一个结果，吴祖光心中的沮丧是可想而知的，但
是既然已经生活在现代民族国家的框架内，就要做好个人利益与
国家利益之间冲突的心理准备。从吴祖光日记中的语气中可以得
知，他和新凤霞两人早已做好了这个准备，两个人以及以两个人为
核心的生活从本质上都是献给国家的，吴祖光与新凤霞的婚姻本
来就是建立在现代民族国家的名义下的。新凤霞有着"共和国美
女"之称，从其称号来看，就不难发现新凤霞固然十分美丽，但是她
的美丽是属于共和国的，在她的美丽中，属于个人的成分并不多，
更多的是为了现代民族国家而服务的；而新凤霞对于吴祖光的选
择，显然也多是从现代民族国家层面上来考虑的，她在婚前就放出
风声来，说是自己"要嫁一个人，他得是一名电影导演，而且是 34
岁的，会写文章，会写话剧，还会写电影的"。④ 从新凤霞这番话中
可以得知，新凤霞看重吴祖光的正是其擅于在自己所从事的领域
中配合现代民族国家的建设，更难得的是吴祖光所从事的领域正
好与新凤霞从事的领域有所交集，新凤霞此时正担任北京首都实

---

① 　吴祖光.吴祖光日记(1954—1957)[M].郑州：大象出版社,2005：42.
② 　吴祖光.吴祖光日记(1954—1957)[M].郑州：大象出版社,2005：43.
③ 　参见吴祖光.吴祖光日记(1954—1957)[M].郑州：大象出版社,2005：42.
④ 　参见韩斌生.吴祖光新凤霞传[M].北京：人民出版社,2006.

验评剧团的主演和团长,如何使话剧和其他姊妹艺术形式相结合,获得更加充实的艺术生命力,进而在现代民族国家的发展中起到更大的作用,是这一时期新凤霞所关心的重点所在。① 从新凤霞话中的"得"字可以看出,她眼里的吴祖光已经不是作为一个简单的自然人而存在,而是一个属于共和国的导演。吴祖光、新凤霞二人的结合,虽然其中不乏真挚的感情因素,但是从本质上讲,却是一场在共和国名义下的婚姻,现代民族国家的建立与发展给了他们的家庭以坚实的基础,而他们二人组成的家庭也在时刻回馈着新生的共和国,二人在共和国的名义下共同进步,并以自身的进步参与着共和国的建设和发展。可以说,两人的婚姻是在现实中演绎着评剧《花为媒》中刘巧儿和赵振华的美好故事,为共和国的其他家庭树立了一个良好的典型。

由以上材料可以看出,在新中国成立初期,人们对于新生活、新社会的向往与共和国大众文化互相推动,形成一个强大的话语场域,积极地改变着原有的家庭结构,形成一种基于阶级感情的特殊家庭组织模式。在这种家庭组织模式的变革中,如刘巧儿与赵振华、李克与张同志这样的互相促进的情况并不少见。现代民族国家毕竟是"一种有意义的实体"②,生活在其中,其生活自然避免不了一种被意义赋予的痕迹,那么一种民族主义对于生活本身的浸染就是显而易见的了。

3. 在家庭与革命之间

在新中国成立初期,如吴祖光和新凤霞所组成的家庭一样,夫妇二人都可以在现代民族国家名义下共同追求进步的情况自然不是少数,但是由于"五四"新文化运动将人们,尤其是女性,从父权制社会在理论层面解放出来,并造就了一批具有独立人格的新女

① 参见新凤霞.我当小演员的时候[M],北京:生活·读书·新知三联书店,1985.
② 杜赞奇.从民族国家拯救历史:民族主义话语与中国现代史研究[M].王宪明,译.北京:社会科学文献出版社,2003:221.

性,而由解放区所推行的一套民主建设政策又在经济基础这样的
人际关系的根源上保证了女性在家庭生活和社会生活中具有独立
自主的地位。这样一来,人们,尤其是女性,就得以从旧社会原有
的一套父权制价值评价体系中解放出来,形成属于自己的对于自
身和世界的认知,在家庭关系中,女性的附属地位得到改善,并可
以在宏观层面上对自己所处的世界发声,且得到回馈。而这一问
题在民国时期的社会条件下是无法得到真正的解决的。潘光旦在
对于家庭的研究中,得出民国时期婚姻的本质即是"家庭之目的",
而决定"家庭之目的"的话语权仍是掌握在男性手中①,由此,潘光
旦得出了一个令人悲观的结论:"中国之家庭问题,我恐将永无解
决之一日"。② 也就是说,在家庭生活中所存在的诸多问题,若是
想要得到根本性和系统性的解决,一种对于当时中华民国的社会
制度的改变是不可缺少的。事实上,有研究者在对于中国的一个
乡村进行考察之后的结果,可以明显地反映出家庭或婚姻变化的
一些基本状况:"1946 年土改开始,下岬发生了天翻地覆的变化,
村民的社会生活也有了许多改变。政府颁布新婚姻法的目的,是
要全面改造中国的婚姻制度。1951 至 1952 年间新婚姻法正式施
行。村民们通过一系列学习而了解到,新法律禁止了包办婚姻、纳
妾、买卖婚姻等传统习俗。老一辈的村民回忆说,镇上来了个人将
印好的婚姻法带到村里,每个人都要参加会议去学习婚姻法"③。
虽然这一举措在私人生活领域产生的效果并不如在公共领域中或
在现代民族国家的想象里表现得那样出色④,但是这个调查所得

---

① 参见潘光旦.中国之家庭问题[M].上海:新月书店,1929.
② 潘光旦.中国之家庭问题[M].上海:新月书店,1929:324.
③ 阎云翔.私人生活的变革:一个中国村庄里的爱情、家庭与亲密关系:1949—1999
　　[M].龚晓夏,译.上海:上海书店出版社,2006:56-57.
④ 参见阎云翔.私人生活的变革:一个中国村庄里的爱情、家庭与亲密关系:1949—
　　1999[M].龚晓夏,译.上海:上海书店出版社,2006.

以产生的客观背景是一个名叫"下岬"的小村庄①,生活在其中的
人们文化水平并不高,生活的空间相对封闭;另外,生活在这样一
个环境中的人们,其拥有的文化资本也是有限的,对于法律法规的
理解也是有限的。既然在这样一个环境中,新《婚姻法》的颁布都
能产生令人刮目相看的成绩,那么对于那些文化资本相对丰富,人
民文化水平较高,且在新中国成立初期有着明显的在新生现代民
族国家框架内追求进步表现的城镇居民来说,新《婚姻法》对于其
家庭关系和结构上所带来的改变就是显而易见的了。

正如新中国成立后第一部《婚姻法》中所规定的夫妻间的权利
与义务那样:"夫妻为共同生活的伴侣,在家庭中地位平等。""夫妻
有互爱互敬、互相帮助、互相扶养、和睦团结、劳动生产、抚育子女,
为家庭幸福和新社会建设而共同奋斗的义务。""夫妻双方均有选
择职业、参加工作和参加社会活动的自由。""夫妻双方对于家庭财
产有平等的所有权与处理权。""夫妻有各用自己姓名的权利。""夫
妻有互相继承遗产的权利"②。曾经被各种来自父权和家庭的规
训所物化的女性,在新的现代民族国家的框架下被赋予了完全的
主体权利,她们不再是丈夫或家庭的从属物,故此,在家庭生活中,
妻子或女性的观点并不会再像旧社会那样,只不过是丈夫或男性
思想的补充或回声,而是有着自己充分的主体意识,以一个全新
的、独立的姿态站在共和国的土地上。在共和国的框架内,由于每
个人对自身的归属体认趋于独立,家庭不再是组成社会的基本单
位,无论是男性还是女性,在婚姻与家庭中,其所要面对的只有那

① 下岬村位于黑龙江省哈尔滨市双城区,距省会哈尔滨并不算太远,但是由于城乡教
育的差异,其文化相对封闭和保守。就《私人生活的变革:一个中国村庄里的爱
情、家庭与亲密关系:1949—1999》一书所提供的样本来看,其中村民对于当时一
系列有着先进性意义的社会改变还是乐于去积极接受的,但是由于社会发展的惯
性,特别是农村宗法制社会所存在的种种遗俗和惰性,一旦回到了私人领域,这种
积极性又为原先的生活所抵消。就总体来说,下岬村还是可以为本书提供一个与
城市家庭生活进行互参的对照性样本。
② 新华时事丛刊社.中华人民共和国婚姻法[M].北京:新华书店,1950:2.

个让他们得到解放并获得民族认同感的崭新的人民政权,其婚姻和家庭生活的评价标准也和这个政权的内在要求息息相关①,而"倘若人类不能明确自己的生活理想,那么就永远不能摆脱似是而非、患得患失的矛盾心理,去勇敢地追求自己的目标,甚至会误入歧途或者错过良机,使幸福失之于交臂之间。因此人类最需要的是一套评价自己婚姻生活质量的标准"②。女性通过与男性的同工同酬而得到了一种与男性有着一致性的身份认同,通过劳动所获得的经济基础与自主权参与到了现代民族国家构建的实践当中去,并且在实践中产生了一种基于自身体验的对这个新生共和国的独特认知。既然这一认知的起源来自个人与现代民族国家之间的交互,那么在每个人的心中,基于自身对于新生共和国的独特体验,所形成的对于这个国家未来的期望和对于当时正在进行的社会主义革命和社会主义建设中出现的一系列问题的态度也是不同的。至于家庭内部,这种对于现代民族国家认识层面上的区别往往会导致家庭成员之间的一些冲突。

在 1949 年前后,沈从文受到了以郭沫若为代表的"左翼"文学家们的群体攻击,这使他十分苦闷,甚至一度试图以自杀了结自己的一生。"一九四九年二月、三月,沈从文不开心,闹情绪,原因主要是郭沫若在香港发表的那篇《斥反动文艺》,北大学生重新抄在大字报上。当时他压力很大,受刺激,心里紧张,觉得没有大希望。他想用保险片自杀,割脖子上的血管……"③时隔四十余年,沈从

---

① 虽然有调查报告声称,新中国成立初期对于婚姻和家庭的改造"在南部与西北部却看不到这种作用,那里包办婚姻依旧盛行,童婚、童养媳习以为常,甚至像媵婢和纳妾也屡见不鲜",但是这份报告同时也承认,在当时人口比例占到多数而且文化相对发达和集中的东部和中南部,这部法律的作用是明显的。(参见[美]马克·赫特尔.变动中的家庭——跨文化的透视[M].宋践,李茹,等编译.杭州:浙江人民出版社,1988:408.)
② 赫特尔.变动中的家庭——跨文化的透视[M].宋践,李茹,等编译.杭州:浙江人民出版社,1988:145.
③ 陈徒手.午门城下的沈从文[J].读书,1998(10).

文夫人张兆和在回忆沈从文时这样说道。沈从文这一时期精神状态的其他见证者在回首往事的时候，也大都倾向于将沈从文塑造成一种在新政权与新的文艺政策面前不愿被"规训"而自动转向沉默的形象。① 可正如张兆和所说："当时，我们觉得他落后，拖后腿，一家人乱糟糟的。现在想来不太理解他的痛苦心情。"②从沈从文这一时期的书信和日记中也可以看出，新中国成立前后的沈从文与包括张兆和在内的几乎每个人都十分隔膜，他人从外部观察只能观察到沈从文的痛苦，却难以触及其痛苦的根源，而其内心则在放弃写作之后深深地被封存起来，连沈从文的亲友们甚至是最亲近的夫人张兆和，在当时都无法很好地切入沈从文的精神世界。将沈从文与其夫人张兆和当时的思想动态做一个对比，不难发现，面对这样一个刚刚诞生的现代民族国家，张兆和的思想明显要比沈从文激进很多。沈从文当时一直处于一种患得患失的状态之中，在他的眼里，国民党自然是靠不住的，而对于共产党接手中国之后会发生什么情况，沈从文的心中并没有一个明确的答案。

但是沈从文对于新政权合法性以及自己该如何加入这个新生共和国的思考终究只是停留在观念之中。事实上，相对于独自默祷式的思索，沈从文身体力行地参与到新生民族主义国家实践中的成分并不多，以至于他无法充分地获得一种对于新政权的切肤的感受，所以新政权对于沈从文来说，始终是一种异质性的存在，他无法将自己全神贯注地投入其中。相对而言，张兆和对于新生政权的认同度就明显要高于沈从文，她很早就认识到了沈从文身上对于新政权认知所存在的问题，她常常告诫沈从文不要"流于空想"；③张兆和在北平解放之后不久，较早地进入了有着政治短训

① 参见陈徒手.午门城下的沈从文[J].读书,1998(10)；沈虎雏等.沈从文年表简编[M]//沈从文.沈从文全集·附卷.太原：北岳文艺出版社,2002.
② 陈徒手.午门城下的沈从文[J].读书,1998(10).
③ 张兆和.致沈从文(1949年1月30日)[M]//沈从文全集·第19卷.太原：北岳文艺出版社,2002：8.

班性质的华北大学①进行政治与教学方面的培训，在她的眼中，新
生国家中的一切都是充满希望的，她劝导沈从文要对身边发生的
种种改变"能有一个乐观的看法"②，在写给沈从文的信中，张兆和
为沈从文的病开出了"药方"："想象有许多朋友为你的病担一份
心，多么希望你忽然心胸开朗，如同经过一个梦魇，修正自己，调整
自己，又复愉快地来好好使用你这副好头脑子！真正有许多朋
友，担心你会萎悴在自己幻想的困境中"③。从这段话中可以发
现，张兆和认为沈从文当时"病"的根源在于他的心态并没有跟上
现代民族国家建设的步伐，他耽于对过去既成事实的回忆，止步在
那个已经不复存在的旧日时光里，其思想是落后的、保守的，张兆
和希望他可以和自己一样，迅速地摆脱那些使自己与新生的现代
民族国家有所隔阂的过往，用自己的力量为新民主主义国家的建
设出一份应尽的力量。张兆和和"许多朋友"固执地认为，沈从文
的一副"好头脑子"应该也必须为新生的共和国服务，他们从民族

---

① 华北大学即原先的华北联合大学，校长为吴玉章，1948 年华北联合大学各部经由
　体系化整合，成立了一个较为规范的、有着独立校舍和完整办校章程的综合性大
　学。但是就本质而言，其革命政治短训班的性质仍然是十分明显的，其中每期结业
　时间较短，与其说是在培训技能，倒更像是在培训思想。在成立的时候，华北大学
　即明确了其四部的性质："第一部是短期政治训练班性质；第二部的任务是训练和
　提高中等学校的师资；第三部的任务是训练和提高人民艺术的干部；第四部为研究
　部，包括各项专门学问的高级研究组，培养高级的师资。"（华北大学正式成立[J].
　新华社电讯稿，1948(9).）而华北大学迁至北平之后，张兆和算是比较早地进入其
　中进行培训的，可见其对于新政权是有着相当的好感的。张兆和入校后与之有关
　的主要是第一部和第二部，在对华北大学校庆的一则报道中，可以看出这两部的基
　本情况："华北大学成立后，中央任命吴玉章为校长，范文澜成仿吾为副校长，北平
　解放后，学校于今年三月间移至北平城内。她现在的机构是颇为庞大的，共分四
　部、两院、一所、另两分校。第一部是政治训练，学生程度由中学生到大学生都有，
　学习期为三月至六月，毕业后大部分发到各地或军队作下级干部，也有小部分转学
　的。正定分校和天津分校，均属第一部，主任是聂真。第二部是师范学院性质，学
　生多为中学教员和大学毕业生，学习期为半年，主任是何干之，蔡仪李何林等人均
　在该部任指导员。"（萧贤.革命战士的摇篮：华北大学[J].展望，1949(11).）
② 张兆和.致沈从文(1949 年 1 月 30 日)[M]//沈从文.沈从文全集·第 19 卷.太原：
　北岳文艺出版社，2002：9.
③ 张兆和.致沈从文(1949 年 2 月 1 日)[M]//沈从文.沈从文全集·第 19 卷.太原：
　北岳文艺出版社，2002：15.

国家的层面上去尽力开导沈从文,却始终未尝顾及沈从文作为一个有着丰富情感的主体基于自身体验而对于这个新生现代民族国家所产生的感受。这样一来,在革命与家庭之间,沈从文被撕扯着,他和张兆和仿佛是两个世界的人,二者所使用的话语体系不能完全兼容,这让沈从文感到了一种家庭安全感的缺失,同时一种前所未有的孤绝也成为沈从文这一时期情绪的主要色调。在沈从文与张兆和互相往来的信件中,有一封信是张兆和写给沈从文的,沈从文在张兆和原信下边批注后,寄返尚在华北大学学习的张兆和。从两人对位式的复调中,可以看出属于一个家庭中的两个人对于新中国的事物的看法上出现的分歧:"(张)里面玩的人很少,静得很,如果二十年前,在我还是个女孩子的时候,在这样孤寂情形下,我一定又要伤感了,现在我虽然也还是一个人玩,因为有你们,我从来不感到孤独或伤感。(沈)三三,你太伟大了,你太好了,我怎么说呢? 还有日子要挣扎,不能伤感! 从(张)我入学以来,我的感觉很奇特,因为我究竟不是女学生时代了。我这种感觉,在我同许多同学一块学唱歌的时候,在我同大家在大院子排队听报告的时候,在我在夜间从睡眠醒来的时候,时时都有。是不是我比别的人多了你们,我的感觉便和别人不同? (沈)盼望你爱工作和家中人一样永远热忱不变。从(张)我对我这个环境感到生疏。(沈)总要慢慢习惯,世界已变了! 从(张)但我一点也不怕它不讨厌它。(沈)都是人,不能讨厌!"[①]。从以上材料可以看出,当时沈从文和张兆和之间的交流在很多时候都不是在一个层面上的。从张兆和写给沈从文的话中可以看出,张兆和对于华北大学中的生活实际上还是非常喜欢的,她在信中一再提及家庭,一方面是为了引起沈

① 张兆和.致沈从文(1949 年 5 月 11 日)[M]//沈从文.沈从文全集·第 19 卷.太原:北岳文艺出版社,2002:39 - 40.着重号为引文中原有,下有注释:"信中重点号为沈从文所加。"(张兆和.致沈从文(1949 年 5 月 11 日)[M]//沈从文.沈从文全集·第 19 卷.太原:北岳文艺出版社,2002:41.)括号中人物区别为引者所加。

从文对于其所生活的新环境的兴趣,另一方面是为了安抚这一时期本来已经处于崩溃边缘的沈从文的情绪。可以说,在信中出现的张兆和对沈从文来说,已经不仅是一个家庭成员的形象了,更像是一个现代民族国家对沈从文发出邀请的信号,而在沈从文眼中,张兆和始终是那个属于家庭内部的三小姐,她之所以不感到孤寂和伤感,全是因为她背后家庭的支持。站在沈从文的立场上,张兆和在华北大学里对新环境虽然陌生却不怕不讨厌,全是因为她将对家庭的爱带入到"工作"之中,但是事实恰恰相反,现实中的张兆和实际上是想通过对"工作"的热情,将整个家庭带进现代民族国家的框架之内。沈从文在很长一段时间内都无法很好地在新生现代民族国家中找到自己的位置,突破不了精神上的困境,自然更无法为共和国献上自己的一份力量。从沈从文、张兆和夫妻二人在对于现代民族国家理解的错位上可以看出,当时,对于社会主义革命或建设的不同态度实际上成为作家家庭内部产生分歧的一个重要因素。

在新中国成立初期,现代民族国家意识重新结构了家庭,使得家庭中的每一分子不再以家庭的名义,而是以个人的名义加入现代民族国家的建设中去,通过实践,每一个人对于新生共和国都有着自己的认知和态度。而家庭从本质上是私有制的产物①,对于建立在马克思主义基础上的新生共和国的理想是有着消解作用的,家庭与民族国家之间往往保持着一种张力,而家庭成员中关于这种认知和态度的分歧如果过于激烈,则会导致这种张力所形成的场域不平衡,甚至破裂,一旦发生了这种状况,无论是对于作家个人还是现代民族国家而言,都是一种损失。当时,由于与旧的社会制度的种种联系以及家庭本身的私有制属性,在超越时代的共产主义理想面前,虽然两方都在极力地维持着一种相对的平衡,但

---

① 参见恩格斯.家庭、私有制和国家的起源[M].中共中央马恩列斯著作编译局,译.北京：人民出版社,2003.

是这种张力所形成的场域的破裂还是时常发生，尤其是在对世界常常有着独特感知的作家家庭内部，作家们对世界的独特感知与切入现代民族国家的个人化的方式往往与家庭成员的循规蹈矩形成了严重的对立，这对于作家的创作而言，显然是不利的。

本 章 小 结

人的社会性质导致了人必须生活在一定社会关系所构成的场域之中。长久以来，这种关系的产生和维持所依靠的都是一种自动的、未经理论阐释过的力量，这种力量源于个人与个人之间那种与生俱来的带有动物性色彩的张力。而新中国成立之后，站在现代民族国家的立场上，共产党将原本存在的人与人之间的社会关系进行了阶级论意义上的界定，而这种经过理论阐释了的社会关系场域自然不同于之前处于自动状态下的社会关系场域。被理论界定之后，构成社会关系场域的方方面面就会向着这个理论的最优方向发展，这样就会导致个人与个人之间的最基本的链接被打断，进而以一种符合这套理论的形式被重新组合，形成一种新的人际关系结构模式，而这种结构模式相对于之前而言，显然具有一种"断裂"的姿态。从作家们的日记或书信等材料中可以看出，大多数作家对于能够拥有这种新的对世界的阐释方式而高兴，他们尝试着用这种新的理论资源去分析身边的一切，且首先从身边的人际关系、家庭等方面开始入手。在新中国成立初期，许多作家的家庭都存在着一个显著的"国家化"过程。虽然从新文化运动一开始，新的家庭组成方式就已经和现代民族国家有着千丝万缕的联系，但是这种联系并没有一种国家层面上的自觉，大多数人倾向于把这种新的家庭组织方式看作一种个人对于传统礼教与文化的反抗。新中国成立后，越来越多的作家们意识到一个家庭的组成意义更多的并不是对于个人解放而言的,而是对于一个新生的民族国家而言的,更多的人认识到了自身并不是一个完全单子化的、自由的个体,在新中国的语境下,自身还要成为国家意志的承载体,担负起现代民族国家交给自己的使命。人际关系的重组使得作家们的身份更加紧密地被现代民族国家所征用,其劳动也可以保证紧密地针对现代民族国家的建设,作家在最大程度上成为现代民族国家的一个有机的组成部分。但是,也正是由于这种新的人际关系在整合过程中所显示出的"断裂"姿态,既有的物质生产资料在这次断裂中并没有跟上新民主主义理论的步伐,在许多作家对人际关系的客观状况并没有做好准备的时候,就对其进行新的整合和改造,这使得新的人际关系的表现方式显得有些生硬,已经形成了新的价值尺度的作家们在面对周边还习惯于旧的价值尺度的亲人和朋友们时,往往持着一种训诫与教导的态度,这样的话,一种人际关系中的平等就渐渐地失却了,这对于一种健康的人际关系的营造显然是不利的。另外,来自马克思理论的对于人际关系的改造中,对思想纯洁性的要求导致了人际关系在结构上的单一化,而对于作家来说,无产阶级的内在要求使得其创作始终要保持在一个反映论的框架内。也就是说,在新中国成立初期,艺术的根源必须是生活本身,单一化的生活使得艺术渐渐地失去了多样的色彩,成为一种单色调的重复,这对于文学本体来说显然是不利的。

第五章 国内外社会事件 与文学生态

　　在新中国成立初期,通过影响个人进而影响文学生态的元素并不仅仅只发生在属于个人的生活当中,由于新中国成立初期整个中华民族都有着一种极为强烈的民族国家意识,意识形态的影响被自觉地纳入了日常生活当中,在这一时期,国内外所发生的政治社会事件实际上对于个人生活的影响是巨大的。新中国成立初期的中国作家处于社会主义理想之中而对苏联以及整个社会主义阵营的强烈好感与认同感,使得他们对发生在国外的事件都极为关注,并试图将之赋予一种具有社会主义意识形态的解读方式;而对于国内的社会事件,处于现代民族国家角度,作家们也有着一些不同于以往研究成果和认知的独特感触。本章选取了民间外交、与苏联的关系和国内对于作家的批判作为切入点,试图以个人化的视野找出国内外社会事件与新中国成立初期文学生态的关系。

第一节 学习与突围:新中国成立 初期的文学与国际关系

1. 民间外交:突围的途径

　　在新中国成立初期,由于受到国际冷战形势的影响,这个刚刚成立的人民民主共和国并不广泛地为国际社会所认可,直到1971年,中华人民共和国在联合国获得了其合法权利,成为联合国五大常务理事国之一。① 然而中国即使是以76票赞成、35票反对、17票弃权的压倒性票数获得通过了联合国决议,仍然不难看出其中所存在的潜在问题:即便时间到了1971年,还是有近一半的国家对于这个以马克思主义为立国基础的新生共和国不认可或存有戒心,在新中国成立初期,情况更是如此。在一则来自在新中国成立前后来到中国进行学术交流访问的美国学者的日记中,可以清晰地看出当时西方社会对中国的一种普遍看法:"许多美国人都喜欢为美国自己争辩说,不管怎么样,我们的所作所为仅仅是为了支持中国的合法政府。假如那个政府被证明是不值得支持的,那也不是我们的错"②。由此可见,在新中国成立初期,中华人民共和国中央人民政府的主体性地位是不太被西方主流社会所承认的,甚至许多西方国家对于这个新生政权抱着一种无视的态度。在新中国成立后一直担任外交工作的文学家师陀,在访问国外期间,也受到了来自所谓"资本主义阵营"的重重阻挠。

而外交对于一个主权国家来说是有着非同寻常的意义的。在新中国成立初期,中国一方面在大是大非的问题上始终与"资本主义阵营"的国家保持着一定的距离;而另一方面,在不违背社会主义阵营国家基本原则的情况下,中国也在积极地走出去,在国际舞台上寻找自己的伙伴,不断加强与国际社会的联系,在重大政治问题上展示着自己的智慧和实力。新生共和国从新中国成立伊始就宣布:"本政府为代表中华人民共和国全国人民的唯一合法政府。凡愿遵守平等、互利及互相尊重领土主权等项原则的任何外国政

① 参见许嘉璐,路甬祥,任继愈,等.中华人民共和国日史·1971[M].成都:四川人民出版社,2003:230.
② 博迪.北京日记:革命的一年[M].洪菁耘,陆天华,译.上海:东方出版中心,2001:240.

府,本政府均愿与之建立外交关系"①可是在面对来自西方资本主义势力的压制和无视的情况下,这样的宣言所能发挥的效力毕竟是有限的。因此,在新中国成立初期,一条有着明显第三世界国家特色的"民间外交"之路就在中国与世界各国之间展开。新中国成立后,即使是面对着西方资本主义国家阵营的政治封锁,中国仍是较早地加入了各类非政府或是半政府的组织,此时的中国在国际舞台上并不是完全隔绝。以世界和平理事会为例,1949 年 10 月,中国即主动成立了中国人民保卫世界和平委员会,显示了自己意图加入这一国际组织的决心;1950 年初,中国又为其发起《斯德哥尔摩宣言》,筹集了数以亿计的签名;1950 年末,在第二届保卫世界和平大会上,郭沫若当选世界和平理事会副主席。如果对这一年的主席团名单进行考察,不难发现,包括主席居里夫人在内的所有成员,如副主席南尼、法捷耶夫、贝尔纳等,在其本国都有着一定的社会地位和政治影响力,南尼在当时更是意大利社会党的总书记。② 虽然中国和一些如法国、意大利等资本主义国家尚未建立正式的外交关系,但是由于在国际事务上的共同参与,也能就一些问题达成某些非政府的共识。1953 年,世界和平理事会在华沙召开会议,时为《人民文学》主编的茅盾带领中国代表团前去参加③,其在波兰的日记中记载了他与一些尚未与中国建交的国家之间所进行的带有明显民间性质的往来:"(1953 年 2 月 4 日)三时与阿玛多谈两事:一为美洲文化届代表大会事,二为和平奖金颁发问题。……阿玛多又询及他的作品《希望的骑士》译为中文,已未出版。答以查询,并许将中文本寄往'布拉格世和理事会转'"④。阿玛多即若热·亚马多,为巴西知名的左翼作家,同时,他也是保卫

① 毛泽东.中央人民政府公告[N].人民日报,1949-10-2.
② 参见张左企.全世界人民为保卫和平而斗争[M].上海:文光书店,1951;许嘉璐,路甬祥,任继愈,等.中华人民共和国日史·1950[M].成都:四川人民出版社,2003.
③ 参见查国华.茅盾年谱[M].武汉:长江文艺出版社,1985:368.
④ 茅盾.茅盾全集·第 39 卷[M].北京:人民文学出版社,2001:3.

世界和平理事会的理事。此时中国与巴西并未建交,直接在国家层面上来商讨事项显然是不甚合适的,但是,由于有了保卫世界和平理事会这样一个半民间半政府的组织,一个宽广的平台就在中国与世界其他国家之间展开了,使得中国可以在一定程度上与这些国家磋商事务,甚至可以在这个框架内讨论一些超越国家的事项。同时,这个具有明显左翼背景的国际组织还为这些来自资本主义国家的参与者在国家之外开辟了一条新的途径,让他们有可能接触到社会主义阵营内部的种种异质文化。中华人民共和国作为一个有着独特历史经验的新生国家,自然会希望通过这种方式走上国际舞台,所以,在新中国成立初期,这种民间外交是十分繁盛的。除了茅盾,艾青在这段时期,也常常担负着民间外交的使命。1954 年,艾青以诗人的身份被邀请前往智利为著名诗人聂鲁达祝寿。"当时,我们和智利没有外交关系,只有通过维也纳的智利领事馆办签证,在办签证的时候,忽然得到智利政府通知不让我们去。我们就打电报给发邀请电报的众议院议长,众议院议长就发动群众游行,结果还是让我们去了。……本来,智利和中国只隔了一个太平洋,飞机走很容易,但是那时,太平洋的美国势力很大,我们只能经苏联、绕道欧洲——奥地利、布拉格、瑞士,再穿过大西洋到了南美洲。在空中飞行了八天"①。由此可见,在新中国成立初期,以美国为首的西方资本主义阵营对于新生共和国的压制是十分严重的,同时,艾青等人能够发动智利众议院议长为自己的访问提供便利,自然与这次访问祝寿的目的有关,而聂鲁达与艾青和中国的良好关系在其中也发挥了重要作用。在艾青访问智利期间,来自意识形态的压力无处不在:"我们到智利的当天,政府的报纸就发表了蒋介石的大使给智利总统授勋章的大幅照片,用来表示智利政府和国民党的关系。到智利的第二天,政府报纸发消息:

---

① 艾青.我和聂鲁达的交往[M]//艾青全集·第 5 卷.石家庄:花山文艺出版社,1991:309-310.

说我们不是什么诗人,最多写一点'毛泽东颂'、'戈德瓦尔德颂'之类的东西;说我们是商人。聂鲁达就特意为我们举办了一个诗歌朗诵会,请拉丁美洲的著名演员们来朗诵。朗诵会结束时,很多人来祝贺,并且幽默地说:'你们这些商人,诗写得真好!'我们也参加了一些集会。关于巴勃罗·聂鲁达的活动,警察也在门外旁听。每次会完了,都有些小朋友伸手到汽车里喊:'Amigo,Amigo!(朋友,朋友!)'要和我们握手。我们送他们纪念章"①。虽然来自政府意识形态的言论对于艾青等人访问智利多有不利,但实际上艾青等人的智利之行已经为两国之间的交流打开了大门,尤其是艾青所参加的种种集会、朗诵会等活动,更是让中国的形象和那些纪念章一样进入智利人民的心中。虽然在当时,中国与其他国家在政治上的交往常常由于意识形态上的差异和种种误解而宣告失败,但是由于这些民间外交活动的存在,中国得以在世界各国面前显示自己的实力,而同时,有关外交的消息在往往占据了当时中国各大报纸的很多版面,民间外交无疑在政府间外交的基础上丰富了人民的视野,拓展了人民对于世界形势的想象。另外,一些政府间不适合直接阐明或显示出鲜明立场的事项在民间外交中还可以得到很有力的补充。1951 年,由于麦卡锡主义的横行,美国联邦司法部对当时的美国共产党总书记丹尼斯等 12 人进行审判,之后丹尼斯与美国共产党的处境十分困顿。在 1954 年丹尼斯五十寿辰之际,《新华日报》上以专栏的形式刊登了两则"我国文艺工作者三十三人"给时任美国总统的艾森·豪威尔和丹尼斯的国际电报,两则电报都一再强调"我们,中国的文学艺术工作者们"②,表明这样的行为并不是中国政府的行为。此时,中美尚未建交,且关系十

---

① 艾青.我和聂鲁达的交往[M]//艾青全集·第 5 卷.石家庄:花山文艺出版社,1991:310.
② 我国文艺工作者三十三人电艾森豪威尔,抗议美国政府迫害丹尼斯和其他政治犯;我国文艺工作者三十三人致电丹尼斯同志[N].人民日报,1954 - 8 - 8.

分紧张,由政府直接出面对美国进行谴责或干涉,对于中美两国都会产生不利的影响,而作家群体作为民间组织,其出面致电美国方面,一方面可以使美国政府了解到中国人民对其国内事件的基本态度,另一方面则不会过多地触碰到两国政府间早已十分敏感的关系。在新中国成立初期,新中国政府在国际关系上较多地动用民间外交,以艺术、和平等内容和方式沟通不同政体、不同民族的国家,而在这种沟通之中,作家的作用是不可忽视的。

从新文学在中国诞生以来,在启蒙之外,一种试图与各个社会阶层进行沟通的向度就没有消失过,郭沫若的《晨安》、创造社众人的书信体小说以及巴金的《家》《春》《秋》等,无不向读者显示出一种倾诉的欲望。这种向度到了与新中国文学的精神向度有着直接联系的延安时期就更加突出了,《在延安文艺座谈会上的讲话》的理论思想本身就是以读者对于文艺作品的接受为基础的,它要求作家要充分地体验人民的生活,以人民的语言创作出人民喜闻乐见的文艺作品。[①] 文艺工作者,特别是作家和文学家,在新文化传统和延安文艺座谈会思想的双重影响下,天生就具有一种想要和外界沟通的冲动,再加上在新中国成立初期,人民群众以及军队出身的很多领导干部在文化水平上有待提升以及在外事和交流领域的能力相对不足,新中国在这一时期的外交大多数都自然而然地落在了文艺工作者的肩上。而且,文学艺术作为一种相对抽象的艺术形式,在一定程度上可以突破语言的障碍,让更多的人了解到中国的文化,而对外交流活动中的文学工作者们的加入,也可以使这一系列活动在较短时间内变成文学语言出现在公共媒体上,从而满足大众对于世界各国的想象。如艾青在访问智利期间,经过巴西里约热内卢时写下《黑人居住的地方》一诗,并发表于同年十一月的《人民文学》杂志上,其中写道:“无数的黑人生活在这

---

① 　参见毛泽东.在延安文艺座谈会上的讲话[M].北京:人民出版社,1975.

里,/男的赤着脚,女的光着臂,/有的在咒骂,有的在哭泣,/都同样
虔诚地相信上帝。/离这儿不远,隔着一个旷场,/那边就是白人居
住的地方,/一幢幢高楼直矗到天上,/一阵阵传来爵士的声
响……"①对于当时绝大多数中国人来说,黑人是一种想象中的存
在,艾青通过细致的文字叙述,使一幅黑人日常生活的画面浮现在
读者面前,使中国人民可以在脑海中构建出一幅和自己所生活的
空间完全不同的画面。不仅如此,艾青还以一个旁观者的姿态,用
一些中国读者较为熟悉的词汇白描另一群人的生活,让读者了解
到这群人一直生活在绝望的边缘,而诗的后半段对于"白人居住的
地方"的描写与"黑人居住的地方"形成了鲜明的对比,"爵士的声
响"和"咒骂""哭泣"相对照,这一认同与中国人民对之前中国社会
阶层的想象是基本一致的,很容易使当时的中国人民对之产生一
种阶级论意义上的情感认同,从而形成一种在世界范围内阶级斗
争无处不在的印象。在那个传媒并不发达的时代,电视等新兴媒
体尚未出现或普及,文学作品以及对世界文学性的描述成为中国
人民了解外部世界的主要途径,艾青的诗发表在权威文学刊物上,
保证了其对于异域的描述在最大范围内被传播开来。在同一期
《人民文学》中,收录了艾青的《一个黑人姑娘在歌唱》《黑人居住的
地方》《怜悯的歌》《自由》《在世界的这一边》《在智利的纸烟盒上》
等一系列诗歌,为读者描绘了一幅完整的画面:在那个"快乐多,
苦难更多"的"黑人居住的地方","有钱可以上天堂,没钱就要下
地狱";而"'中国人'到处受到欢迎",世界人民和中国人"在一种崇
高的感情下,各个都像是久别的爱人"②。同时,以作家为对外交
流的主体还可以突破语言的界限,以文学语言的生动代替外交辞
令的僵硬,在国与国之间建立一种心灵上的沟通。1954 年,《人民
日报》就刊发了作家王亚平的一篇题为《给和平战士——诗人聂鲁

① 艾青.黑人居住的地方[J].人民文学,1954(11).
② 艾青.怜悯的歌,黑人居住的地方,自由[J].人民文学,1954(11).

达》的文章,文中写道:"巴勃罗·聂鲁达! 在这前进的岁月里,你唱着真实的歌,献出了真诚的心。今天,欣逢你光辉的五十寿辰,我没有更好的礼品馈赠你;我只能拿'是战士,也是诗人!'这一句喊着深挚意义的话祝福你,坚强的和平战士。今天,我站在北京一个明丽的楼窗下,我不能奔驰到你面前同举庆贺的酒杯;我只望你为和平创造更多的诗篇,我只望你再活五十年,看到全人类理想的实现!"①在文中,那种超越国境、超越外交的封锁而对地球另一边的阶级同志所传达出的诚挚问候显而易见,而且对于以一个诗人为契机的民间外交,这种类似于文学家之间的"唱和"也显得更自然和有效。文学,尤其是诗歌,由于有着独特的艺术组织形式和内外在的韵律,在文化领域的交流中更显出其无可替代的价值。艾青在访问智利期间,聂鲁达曾专门邀请拉丁美洲著名演员来朗诵艾青等人的诗歌,并得到了在场各界人士的一致好评②。诗歌由于其不可翻译的性质,一般在朗诵的时候大多使用原文,而且艾青的作品在国外被译介的并不多③,而这一点也能从智利政府认为艾青等人只会写"毛泽东颂""戈德瓦尔德颂"一类文章的态度中看出。艾青等人的诗歌一经朗诵就获得智利方面一致好评,主要原因还要归结于文学本身独有的魅力,它超越了语言的樊篱,成为中国与世界人民之间精神沟通的一座桥梁。

由于在新中国成立初期一系列的外事活动中文学工作者的身影总是被摆在比较突出的位置,在这一时期,一个类似于"小传统"④的自我认同在文学工作者内部渐渐地形成,文学工作者开始自觉地希望能够担负起与外界沟通的责任。除了一些在文学界有

① 王亚平.给和平战士——诗人聂鲁达[N].人民日报,1954-7-12.
② 参见艾青.我和聂鲁达的交往[M]//艾青全集·第5卷.石家庄:花山文艺出版社,1991:310.
③ 参见北塔.艾青诗歌的英文翻译[J].中国现代文学研究丛刊,2010(5).
④ 参见芮德菲尔德.农民社会与文化:人类学对文明的一种诠释[M].王莹,译.北京:中国社会科学出版社,2013.

着较大影响力的作家经常性地以非政府的身份出现在国际舞台上之外，其他一些著名作家的抉择也是颇为耐人寻味的。赵树理当时主动放弃了文艺二级和较高的月薪而选择了行政十级和较低的月薪，这一事件背后不仅仅是赵树理对于其政治待遇的看重，在高政治级别所带来的种种权限中，能否阅读《参考消息》成为赵树理等作家所要考虑的一个重要内容。① 长期以来，《参考消息》一直是一份有着重要作用和特殊意义的报纸，中国共产党在新中国成立之初就对其性质有着明确的界定："《参考消息》是一种内部读物，它选载当天收到的各外国通讯社、台湾国民党通讯社所播发的消息，和各国报刊、台湾香港报刊所发表的有参考价值的材料。"而《参考消息》作为一份中国共产党在瑞金时期就创刊了的报纸，其过去"仅供高级的党内外领导干部阅读"，而在新中国成立后，"把阅读范围扩大到县委委员以上或相当于他们的党内外干部。……有必要使我们的干部，及时地知道我们敌人的情况和敌人的观点，以及我们朋友的那些和我们有所不同的观点，以便避免他们在观察时事问题时的片面性和思想僵化现象"②。可以看出，《参考消息》从本质上就是一份"走出去"的报纸，尤其是在新中国成立初期，大众传媒尚不发达，西方资本主义国家也一直在对新生的共和国进行着封锁，这些从"五四"新文化运动以来就一直抱着与世界对话梦想和传统的作家们了解世界的主要窗口就是《参考消息》。赵树理虽然身在国内，并一直从事着颇为乡土的文学创作，但是通过《参考消息》这样一扇窗口，他一直对国际事务保持关注，这也是为什么赵树理敢于一次又一次在接待外宾的时候演唱上党梆子，并在苏联的塔什干众多亚非作家友人面前演唱，而且得到了在场

---

① 参见陈明远.知识分子与人民币时代[M].上海：文汇出版社，2006.
② 参见中共中央关于扩大《参考消息》订阅范围的通知(1956 年 12 月 18 日)[C]//中共中央宣传部办公厅，中央档案馆编研部.中国共产党宣传工作文献选编·第 3 卷(1949—1956).北京：学习出版社，1996：1197 - 1198.

观众的一致好评,赵树理自豪地说:"咱上党梆子也出过国!"①赵
树理的表演并不是对于自己家乡艺术的盲目热爱和自信,作为一
个有着丰富政治经验的老作家,赵树理早在1940年代就接见过美
国记者②,在与美国记者会谈的记录中,赵树理在外交领域的表现
还是十分游刃有余的;③在新中国成立之后,赵树理之所以敢于做
出这种在外事场合中演唱上党梆子的"非常规"举动,更多的还是
因为其在新中国成立后对于国际事务的持续关注。在新中国成立
之后,由于国内形势趋于稳定,《参考消息》的发行量变大,发行范
围也较从前宽广,而且以前主要是为军事服务的消息也逐渐向常
态事务报道发展,一些关于国际文艺界的消息也进入《参考消息》
的编辑范围之内,赵树理正是通过这些片段式的报道而产生了一
种对于国际社会所希望看到的中国的侧面的判断,从而选择了上
党梆子——他所认为的最能反映中国气象的文艺形式来展示给
外宾。

　　在新中国成立初期,中国所施行的一系列"民间外交"政策,实
际上意味着一个现代民族国家日渐走向成熟。在20世纪中叶,由
于在国际上美苏冷战的大环境和苏联主导整个社会主义阵营,新
生共和国的现代民族国家主体性并不能得到充分的体现和发挥,
民族国家的内在要求驱使中国必须寻求一条突破苏联和西方资本
主义阵营封锁的途径,但是因为中国和苏联的特殊关系,以及苏联
在社会主义国家建设方面有着独一无二的经验和话语权,中国并
不能在外交方面公开地违背苏联的旨意,只能以一种较为曲折的
方式,通过"民间"这一手段为自己在国际舞台上争取一定的空间。
而事实上,外事的独立在很大程度上反映了一个现代民族国家能
否被称为"现代民族国家",民族主义对于国家的内在要求即包含

---

① 参见栗守田.上党梆子·下卷[M].太原:山西人民出版社,2007:846.
② 参见山西省史志研究院.赵树理传[M].北京:当代中国出版社,2009.
③ 参见贝尔登.中国震撼世界[M].邱应觉,等译.北京:北京出版社,1980.

了一种基于本民族意识而对其他民族作出的"区分",这种"区分"必须要在"走出去"之后,与一种异质性存在作出对比,才可以被民族主体深切地感觉到,而外事活动实际上就是这种"走出去"的唯一途径。① 来自苏联和西方资本主义国家的阻挠实际上成为摆在新中国日益高涨的民族主义诉求面前的最大障碍,在这里,不妨把社会结构进行一次人格化的转喻:"民族主义"在新中国成立初期作为一种经由新中国才逐渐深入人民②这一最广泛主体之中的一种民族性期待,这种民族主义情绪可以被视为一种社会性质的"力比多",而苏联和西方资本主义国家对于中国在国际上的压制导致了这一"力比多"欲望的压抑,这样,它就必须以一种"潜意识"的姿态运行在人民这一社会主体之间。③ 在种种以民间为主体开展的外事活动中,文学和艺术,由于其特殊的内在品格和自产生以来就一直保持着的与现代民族国家的血肉联系,自然成为最能够代表现代民族国家意志和最有意愿代表现代民族国家发言的方式。在一定程度上,文学,尤其是以正在建设中的新中国为代表的第三世界国家的文学,可以被看作一个基于"政治无意识"④而形成的有关现代民族国家产生和结构的文本性隐喻,文学作品不能再现历史,同样,也不能完全地"虚构"一个不曾发生过的故事,文学在现代民族国家层面上来讲,其本质是一个社会的象征行为,它代表着一个现代民族国家如何阐释和建构自己的过程。⑤ 所以说,在新

---

① 参见霍布斯鲍姆.民族与民族主义[M].李金梅,译.上海:上海人民出版社,2000.
② 虽然民国乃至于晚清时期,民族主义在中国范围内早有传播,但是其接受主体大多是受过教育的人群,而且传播方式也是一种继/后发性的,经由压迫和困境才觉察到的;新中国成立后,作为国家的主人,人民的民族主义觉醒,无论是其觉醒的自觉程度还是觉醒的广度,都不是前一时代可以企及的。
③ 参见弗洛伊德.精神分析导论[M]//弗洛伊德,车文博.弗洛伊德文集·第4卷.长春:长春出版社,2004.
④ "政治无意识"指的是"文本或叙事作为一种社会象征行为所投射的社会集团或阶级集体的意识形态或政治幻想"。(马新国.西方文论史[M].北京:高等教育出版社,2004:568.)
⑤ 参见詹姆逊.政治无意识:作为社会象征行为的叙事[M].王逢振,陈永国,译.北京:中国社会科学出版社,1999.

中国成立初期,作家被选择成为新生政权民间外交的重要构成人员并不是一种偶然的现象,而是充满了社会学层面上的理论必然性的。从新文学的产生开始,作家的身份就已经和现代民族国家捆绑在了一起,而在毛泽东《在延安文艺座谈会上的讲话》的指导下,经过新民主主义转译后的共和国文学更是产生了一种承担现代民族国家构建与发展的自觉,作家们开始渐渐意识到去向外界显示和阐明新中国的风物人情是他们出于民族主义而对国家应尽的义务①,他们有着承担起这一历史任务的冲动,并积极地以一种"中国气派"②来回应苏联和资本主义阵营的压制,在一种试图消解新中国现代民族国家精神的境地中找出一条突围的途径。

2. 苏联文学的影响

在新中国成立初期,国际社会对我国影响最大的就是苏联,同样地,文学作为现代民族国家中具有象征意义的一部分,苏联的一举一动对于我国当时的文学生态的影响也是巨大的。作为当时世界上最为强盛的社会主义国家和社会主义国家的盟主,苏联的一举一动对于包括中国在内的所有社会主义国家而言,都有着风向标一样的意义。而对于中国当时的文学界来说,对于苏联的模仿和歌颂也成为一种时代潮流和进步的表征,尤其是当作家们看到诸如郭沫若等对于整个中国文学界都有着重要影响的作家对苏联和苏联领导人不遗余力的歌颂,甚至称之为"全人类的解放者"③

---

① 参见柄谷行人.日本现代文学的起源[M].赵京华,译.北京:生活·读书·新知三联书店,2003.

② 毛泽东早在1938年就已经对现代民族国家和国际舞台之间的关系作出过反思,他认为"洋八股必须废止,空洞抽象的调头必须少唱,教条主义必须休息,而代之以新鲜活泼的、为中国老百姓所喜闻乐见的中国作风和中国气派。把国际主义的内容和民族形式分离起来,是一点也不懂国际主义的人们的做法,我们则要把二者紧密地结合起来。"(毛泽东.中国共产党在民族战争中的地位[M].北京:人民出版社,1975:24.)此时,他这样的论断主要是针对有着苏联背景的李立三、王明等人的。可见,早在解放区时期早期,毛泽东等后来新中国的主要领导人就认识到了独立的文化品格对于新的现代民族国家的建立的重要性。

③ 郭沫若.我向你高呼万岁[M]//新华颂.北京:人民文学出版社,1953:17.(1989版《郭沫若全集》第三卷所录《新华颂》中此诗删去。)

的时候,他们开始接收到一个明显信号,即苏联的文艺就是新中国文艺发展的方向。而事实上,从新文学甫一诞生开始,苏联对于中国文学界的影响就是巨大的,尤其是在解放区,苏联文化的影响更是随处可见。如在当时作为中共晋察冀分局机关报的《抗敌报》①上,就借着纪念高尔基的名义点明了"高尔基所代表的世界无产阶级革命的社会主义文化方向,是今天全世界文化运动的总方向,而中国今日新民主主义的文化运动恰是这一世界文化运动的一部分。新民主主义文化,是世界无产阶级的文化在中国现阶段历史条件下的具体表现"②。

　　随着新中国的诞生,其在文学领域的设置更是有意识地向着苏联的方向靠拢。早在第一次文代会期间,茅盾就曾经在座谈会上说过:"苏联作家协会有文艺研究院,凡青年作家有较好成绩,研究院如认为应该帮助他深造,可征求他的同意,请到研究院去学习,在理论和创作方法方面得到深造。培养青年作家是非常重要的事。学生们经常提出问题来,有时个人解答觉得很难中肯,文协应该对青年尽量帮助和提高"③。而据"文研所"学员徐光耀的回忆:"文研所的创办,与苏联友人的重视也有关系。苏联的一位青年作家(可能即龚察尔,记不太清了),一到北京便找文学学校,听说没有,表示很失望","少奇同志去苏联时,斯大林曾问过他,中国有没有培养诗人的学校?"④在新中国成立初期,苏联的文学在世界范围内的影响都是深远的,它代表着社会主义国家在文学领域的最高成就,新中国在文学领域积极吸收苏联的先进经验,并以之作为一种培养作家的必由途径,对于苏联文化的接受成为一个作家进步与否的标志。在老作家巴金的日记中,可以找到这样的记

---

① 《抗敌报》于 1940 年 11 月改名为《晋察冀日报》。
② 社论.纪念高尔基与我们文化运动的方向[N].抗敌报,1940 - 6 - 17.
③ 邢小群.丁玲与文学研究所的兴衰[M].济南: 山东画报出版社,2003: 3.
④ 徐光耀.昨夜西风凋碧树[M]//徐光耀文集·第三卷.石家庄: 河北教育出版社,2005: 303.

载："(1952 年 3 月 17 日)在室外念俄文一小时"①,其时,巴金正身
处朝鲜战场,在这种时刻仍然不间断对于俄语的学习,可以看出巴
金对于苏联文化的热情。老作家尚且如此,那些怀揣文学梦想的
新作家们更是对于苏联文化心向往之。其时,已经开始逐步迈向
文坛的年轻作家徐成淼对俄文有着以下的认识："(1956 年 4 月 25
日)俄文因为粗心,已经好几次测验 4 分了。吴老师显然不满起
来,我应该赶上了。不只是为了让吴老师晓得我也可以学得好,可
以考 5 分;而是我知道,俄文在将来有莫大用处。我不愿重复'俄
文对祖国建设作用很大'等等话了,因为当我想起我正学着列宁、
斯大林的话时,我便有了力量。22 日晚,我在收音机中听到了列
宁的声音,我听懂了里面的几个单词,我深感兴奋"②。对于青年
徐成淼来说,学习好俄文不但意味着能够更好地为祖国的文学
事业作出贡献,而且还可以亲耳聆听到伟大革命领袖的教诲,这
对于一个怀揣着社会主义理想的青年人来说是极有吸引力的。
在徐成淼日记中,俄文单词经常会突兀地冒出来,他称北京为
"наша столица",用"Анна на шее"来记录刚刚看过的电影的名
称③,这其实是对于自己掌握俄语知识的一种自我体认和炫耀,但
在徐成淼日记的记载中,其俄文的水平远没有达到融会贯通的程
度,他故意模仿苏联的一些符号,以显示自己对于苏联文化的了
解。事实上,在当时,对于徐成淼这样的文学青年,苏联化的痕迹
不仅仅是停留在几个单词的使用上,而是遍及其生活中的角角落
落："(1956 年 1 月 7 日)今天真冷啊,我的手都要冻出血了,温度
不知还要降到哪儿去? 天气陛下,饶恕我们吧"④。其中提到的
"天气陛下"就是一部苏联作家伊林所著的科普小说的名字;而当

---

① 巴金.巴金文集·第 25 卷[M].北京:人民文学出版社,1993:4.
② 徐成淼.我的复旦四年(1955—1958)[M].郑州:大象出版社,2003:27.
③ 徐成淼.我的复旦四年(1955—1958)[M].郑州:大象出版社,2003:10,17.
④ 徐成淼.我的复旦四年(1955—1958)[M].郑州:大象出版社,2003:8.

徐成淼接到少年儿童出版社的稿费的时候,心中最先想到的也是俄国作家普希金的诗句,"快乐和悲伤都需要镇静",并认为自己"要锻炼这样的性格和毅力";①甚至在受到批判的时候,徐成淼也要摆出一副苏联作家的做派来:"家俊斥道:'我以支部书记的身份和你谈话!'我心中正痛苦得要命,谁要你一本正经啊。于是我把脚一伸说:'就这样谈!这是马雅可夫斯基的姿势!'"②徐成淼在这样说的时候,其实在其内心中已经形成一个价值判断的基本向度,即苏联在文化的建设上是要优于中国的,甚至苏联的"社会主义"也要比中国的"社会主义"来得权威得多,"马雅可夫斯基"自然要比"支部书记"的效力大。不仅自己的日常生活如此,徐成淼对于苏联文学家们生存的处境也抱有极大的关心:"(1956 年 5 月 16日)当代伟大的作家法捷耶夫同志因重病忧郁自杀(5 月 13 日),对于他的死,我们有什么办法呢?医学呀,科学呀,创造呀!连一个作家的病痛都解决不了。法捷耶夫就是因病痛自杀的。于是我又想起了马雅可夫斯基,他,也是自杀的!"③新中国成立初期,在徐成淼这样的文学青年的心中,莱蒙托夫、马雅可夫斯基等一批著名苏联作家无疑就是当代文化英雄的代表,他们的作品代表着社会主义阵营在文学领域的新高度,他们的死一方面使徐成淼感到了一种悲哀,另一方面也催促着这位正在一步步迈向文坛的青年人抓紧时间进行创作。在《文艺月报》上发表了一系列小说之后,徐成淼连续接到了文学方面的好消息,其作品要作为单行本出版、上海市作协开会要其列席。在上海的作协会议上,徐成淼还见到了当时在上海文学批评界有着重量级地位的王若望、魏金枝、陈山等人物。④ 在这之后,徐成淼的创作热情被激发起来,他在日记中

① 徐成淼.我的复旦四年(1955—1958)[M].郑州:大象出版社,2003:9.
② 徐成淼.我的复旦四年(1955—1958)[M].郑州:大象出版社,2003:37.
③ 徐成淼.我的复旦四年(1955—1958)[M].郑州:大象出版社,2003:31-32.
④ 徐成淼.我的复旦四年(1955—1958)[M].郑州:大象出版社,2003:43.

写道:"我早就想看俄文、读俄文了,可屡次的决心都没有做到,这不好。明天开始,看三天俄文,然后写小说。不要让宝贵的生命随随便便地跑掉啊! 我的意志力是不够的,我怎样培养自己的意志力呢?"①从徐成淼以"读俄文""看俄文"来激发自己创作的意志和行动可以看出当时苏联文化对于中国作家们的影响:对于这些作家来说,苏联就是一个方向,是一个标杆,作为社会主义阵营中文化最为发达的国家,其在文学上的追求和方向代表了整个社会主义建设在文艺方面的意志,文学工作者们追随苏联的脚步是一种必然,也是在文学领域保持先进性的表现。在这里,俄文不仅仅是一种学业上的象征,更多的是充满了一种现代民族国家层面上的意义,徐成淼想要学好俄文,并以俄文写作成为像法捷耶夫、莱蒙托夫一样的世界级大作家。中国作为一个新生的社会主义国家,苏联文学在当时的社会主义阵营中的独一性和领先性一直影响着中国文学界的发展,并成为其最重要的效法对象,而对于超越苏联文学的成就,中国的作家们当时并没有太多的企图和奢望,即使是在1950年代已经对苏联有所防范和反思的毛泽东也不得不在这时承认:"整个说来,国际共产主义运动还只有一百年多一点的时间,从十月革命胜利以来,还只有三十九年的时间,许多革命工作的经验还是不足的。我们有伟大的成绩,但是还有缺点和错误。如同一个成绩出现了接着又创造新的成绩一样,一个缺点或错误克服了,新的缺点或错误又可能产生,又有待于我们去克服。而成绩总是多于缺点,正确的地方总是多于错误的地方,缺点和错误总是要被克服的。……在他们面前站着一个比较过去更加强大和永远不可战胜的以苏联为首的和平和社会主义的伟大阵营,而讥笑者们的吃人事业却是很不美妙的"②。而对于苏联文学的模仿则

① 徐成淼.我的复旦四年(1955—1958)[M].郑州:大象出版社,2003:48.
② 中国共产党中央政治局扩大会议的讨论(《人民日报》编辑部.关于无产阶级专政的历史经验[N].人民日报,1956-4-5.)

成为新中国文学和作家们从起步时期就具有的题中之义。

然而苏联作为当时世界上两个超级大国之一,并且以社会主义阵营的盟主身份自居,其在社会主义国家内部的组织和安排方面都有着明显的沙文主义倾向文学作为现代民族国家内部的一个具有建构性的组成部分,苏联的阴影也形成了一种压制,给新中国的文学发展带来了一些不利的影响。新中国成立之后,在北京电影制片厂担任导演的作家吴祖光在日记中记录下了苏联专家来到"北影"之后给他的工作造成的影响。一开始,在未接触苏联专家之前,吴祖光对苏联是充满好感的,基于这种好感,他对苏联的电影成就评价颇高:"第二片放苏联片《小黑人》,极深刻动人"①,"晚七时在剧本创作所看苏联及阿尔巴尼亚合作之《伟大军人》,场而②宏大,气魄甚不可及"③,"晚看苏联纪录片《舞蹈大师》,内有乌兰诺娃的《天鹅湖》及《普希金长诗》及《巴黎的火焰》都很精彩"④。刚接触到苏联专家时,吴祖光对他们的第一印象也还是不错的:"上午得组通知苏专家将于今日到京,偕曼青至机场,机场人到甚多。三时半接得苏摄影师雅科夫列夫、录音师加尔考,送至国际饭店。二人均极朴实,晚由厂组在西单全聚德设宴,至十时始散,饮酒甚多"⑤。因对苏联的好感和对其文化先进性的认同,即使是有着丰富电影创作经验和导演经验的吴祖光在一见到苏联专家的时候,立即对他们产生了一种阶级同志般的认同和好感,日记中对于苏联专家"极朴实"的记录,显示出此时在吴祖光眼中,苏联专家并不是以一副指导工作的高高在上的姿态出现的,而是有着相当的亲和力,是与中国的电影工作者可以轻松地打成一片的"自己人"。吴祖光对于苏联专家有着较好的第一印象,他期待着在今后的工

---

① 吴祖光.吴祖光日记(1954—1957)[M].郑州:大象出版社,2005:34.
② 原文作此,疑为"面"字错讹。
③ 吴祖光.吴祖光日记(1954—1957)[M].郑州:大象出版社,2005:42.
④ 吴祖光.吴祖光日记(1954—1957)[M].郑州:大象出版社,2005:46.
⑤ 吴祖光.吴祖光日记(1954—1957)[M].郑州:大象出版社,2005:76.

作开展中可以与他们更好地合作，并学习苏联的先进经验。而在之后的工作中，苏联专家的兢兢业业和专业素养也着实让吴祖光感到钦佩："晨至北影，因专家昨日熬通宵，原定之会未开"①，"晚肇烟约在稻香村与超构一晤，至吉祥看×××（此子浑身上下都不像演员，尤其双眼大而无神，一动不动。苏专家 Gordon 同志说像个面具，一语道破。我看就是不像演员）"②，"晨去厂，局首长讨论剧本及设计，讨论剧本有收获，讨论设计则多不切实际之论，夸夸其谈而已。午后组内小结，与苏专家谈甚久"③，"梅先生用苏专家新方法录音，效果极佳，乐队与演员分在两处，致声音极为清楚"。④ 在吴祖光的眼中，苏联专家并不是浪得虚名，他们对于艺术的欣赏眼光、对于现代化舞台设备的运用、对于演员演技的识别和批评都是十分独到的，相比之下，"局首长"所代表的中国电影专家则略微显得有失水准。在这之后很长一段时间内的日记中，吴祖光多次记录下他和整个剧组与苏联专家的交流，并对之赞美有加。但是当电影的拍摄到了一定的阶段，苏联专家对中国电影制作人的不尊重就充分地暴露了出来，这使得吴祖光感到十分愤懑："晨到厂讲今日欲拍之镜头，专家满口教条啰唆不清，可恼之至。此老之固执琐碎令人极难忍耐，但无法只得容忍也。午后开拍极不顺利，八时返家情绪恶劣至极"⑤。"晨到厂，与钱筱璋、李秉忠谈工作，尤为岑范与专家关系叨叨不休。李秉忠言过其实，且显然有成见，为之不耐，发誓拍完此戏，再不做导演矣。今日之事，吃力不讨好，低能人意见特别多，真难办也"⑥。苏联专家在指导中方电影拍摄的时候，一味地以苏联电影拍摄教条进行规训，根本不考

① 吴祖光.吴祖光日记(1954—1957)[M].郑州：大象出版社,2005：78.
② 吴祖光.吴祖光日记(1954—1957)[M].郑州：大象出版社,2005：79.
③ 吴祖光.吴祖光日记(1954—1957)[M].郑州：大象出版社,2005：86.
④ 吴祖光.吴祖光日记(1954—1957)[M].郑州：大象出版社,2005：89.
⑤ 吴祖光.吴祖光日记(1954—1957)[M].郑州：大象出版社,2005：124.
⑥ 吴祖光.吴祖光日记(1954—1957)[M].郑州：大象出版社,2005：126.

虑中国电影的受众有其特殊的接受需求,这一点从表面上来看只不过是一个电影拍摄的技术问题,但实质上却暴露了苏联在对待包括中国在内的其他社会主义国家时所表现出来的沙文主义态度。在他们眼中,社会主义国家只应该有苏联这样的一种结构形式,同样,在社会主义国家内部,其文艺的表现形式也只应该有苏联所认可的那一套,任何不符合苏联审美规范的创作在苏联专家的眼中都被视为是不合格的。此时的吴祖光实际上处于一种左右为难的状态,他既不敢公开抵触苏联专家,又不愿意使自己导演的电影完全按照苏联方面的意愿拍摄。苏联专家和中国制片方之间的矛盾,实际上就是中国和苏联这样两个现代民族国家之间在意识形态和审美规范上所存在的矛盾。苏联专家作为苏联民族主义的一个侧面,其立场和对待中方的态度代表了苏联对待中国的态度,他们和中国制片方之间的关系也被赋予了一层带有明显外交意味上的色彩,所以吴祖光出于大局考虑,只能周旋于同事和苏联专家之间,而同事们又不能理解他身为导演的苦衷①,这导致了吴祖光暗暗发誓,以后不再做导演。而中苏两方在电影拍摄时所产生的矛盾最终还是被激化了:"晨到厂拍戏,因摄影小组工作无条理,计划朝令夕改,致无时间讲分镜头剧本,以致专家临时意见百出,指东杀西乱成一片。岑范老病复发,针锋相对,几无法下台。经我极力维持,辛苦。整日拍得镜头二个耳"②。"晨到厂拍戏,专家又提莫名其妙之意见,王德成应声而出,语无伦次,岑范又与之冲突,经我制止,行使导演职权,方得进行拍摄,极不愉快。专家热情,而王则头脑简单,积极过火,水平太低,真乃秀才遇见兵矣"③。此时正在拍摄的影片《梅兰芳的舞台艺术》正是反映中国本土民族

---

① 新中国成立初期的电影制作采用的是导演负责制,导演负责全片的统筹与拍摄,对影片的制作承担主要责任。
② 吴祖光.吴祖光日记(1954—1957)[M].郑州:大象出版社,2005:144.
③ 吴祖光.吴祖光日记(1954—1957)[M].郑州:大象出版社,2005:144.

精神的影片,如果任凭苏联专家将其意志强加进电影中,不但对电影的艺术价值有所影响,而且将给电影中所反映的现代民族国家意识蒙上一层苏联的阴影,吴祖光试图以一己之力调和这种矛盾,但从根本上来讲,却无能为力。而在这次对抗过程中,值得注意的是吴祖光记录了两类人对于苏联的态度:第一类人以岑范为代表。作为这部电影的副导演,岑范对于影片所要表达的民族精神是有着充分了解的,他对于苏联专家强制加入中国电影中的民族形式有着充分的警惕和强烈的不满,因而,他一直在抵制苏联专家们的不合理意见;第二类人以王德成为代表。他们认为苏联的就一定是进步的,其立场是站在苏联专家的一方,他们只是单单地认为苏联专家对于电影的修改是一个艺术问题,并未意识到实际上这样的修改已经在民族国家层面上严重地侵犯了中国的利益。对于岑范等人,吴祖光的态度虽有批判,但是总体上还是赞赏有加①。至于王德成,身为总导演的吴祖光则认为他"头脑简单,积极过火,水平太低"②。可见,在吴祖光的心中,艺术在新中国绝不单纯是一个封闭的体系,它和新生的现代民族国家息息相关。

第二节　批判:以不同的角度

1. 批判:以民族国家的名义

"批判"一词从根源上来讲是一个从属于哲学范畴的概念,它代表着一种本体与世界的及物状态,虽然"批判"一词出现在哲学著作中的时间可以追溯到较早的文艺复兴时期③,并且康德、黑格

---

① 参见吴祖光.吴祖光日记(1954—1957)[M].郑州:大象出版社,2005.
② 吴祖光.吴祖光日记(1954—1957)[M].郑州:大象出版社,2005:144.
③ 参见伏尔泰.哲学辞典[M].王燕生,译.北京:商务印书馆,1991.

尔等重要的哲学家都习惯于运用"批判"一词来论证自己的哲学思想①,甚至连马克思本人也曾经在对于以往哲学思想的反思中经常用到"批判"二字。② 但是,对于"批判"一词作出理论界定的却是 20 世纪法兰克福学派的霍克海默③,他认为"批判理论的任务即在于深入到事物的世界中,去揭示人与人之间的深层关系"④。而在一些对于"批判"的解释中,这个词往往与"否定""解放""自由"等关键词有着充分的联系⑤,因此不难看出,无论是在范畴的内涵上还是在哲学谱系的传承上,霍克海默所界定的"批判"正是马克思在早年间所认为的"批判",它是一种充分及物的方法论,其目的是在物欲横流的资本社会中重新建立人与人、人与世界的关系,以达到人类的自由和解放。从本质上来讲,"批判"是一种对话方式,批判方与被批判方从地位上来讲是平等的。在新中国成立初期,在马克思主义和毛泽东思想的指导下,对旧社会的那种束缚人民自由的生产关系的清算与改造成为这一时期人民对世界认知方面的重要目标,在这个目标的驱使下,立足于新生的人民共和国而对旧社会的一切进行批判就成为一个摆在中华民族面前的任

---

① 如康德著名的"三大批判":《纯粹理性批判》《实践理性批判》《判断力批判》。

② 如《黑格尔法哲学批判》。

③ 参见奥迪.剑桥哲学辞典(第二版)[M].伦敦:剑桥大学出版社,1999:195.原文为: "Critical theory, any social theory that is at the same time explanatory, normative, practical, and self-reflexive. The term was first developed by Horkheimer as a self-description of the Frankfurt School and its revision of Marxism."

④ 霍克海默.批判理论[M].李小兵,等译.重庆:重庆出版社,1989:3.

⑤ 参见奥迪.剑桥哲学辞典(第二版)[M].伦敦:剑桥大学出版社,1999:195.原文为: "... Such explanations are also normative and critical, since they imply negative evaluations of current social practices. The explanations are also practical, in that they provide a better self-understanding for agents who may want to improve the social conditions that the theory negatively evaluates. Such change generally aims at 'emancipation', and theoretical insight empowers agents to remove limits to human freedom and the causes of human suffering. Finally, these theories must also be self-reflexive: they must account for their own conditions of possibility and for their potentially transformative effects."

务,因而,批判形成了一种普遍性的社会氛围,并延展到了人们的
日常生活中。文学自然也不例外。在新中国成立初期的文学生态
中,由批判构成的特殊景观始终是一个无法被忽视的存在,事实
上,批判作为文学生产消费方式内一种特殊的运作模式,其在新中
国成立初期的大量使用,对于这一时期文学生态的整体属性的影
响是巨大的,而由批判所带来的对于文学界人际关系的影响以及
对于创作技法与创作心态上的影响,都成为构建新中国成立初期
文学的重要因素。但是,在新中国成立初期所常常被人们提起的
"批判",其中对话与平等的态度却并不那么明显,更多地成为一种
"批评和审判"的缩写词,不少批判者对于被批判者是一种居高临
下的态度,其姿态是审判式的。

　　按照当时那些将写作整合进现代民族国家意识之中的作家们
的认知,文学的社会性功能是一个不会被过多质疑的事实,正如在
这一时期被普遍接受的列宁对文学的看法那样:"党底文学底原
理,是怎样的东西呢? 就是,在社会的普罗列答利亚特,文学底工
作不但不应该是个人或集团底利益底手段,并且也不应该是离开
普罗列答利亚特底一般的人物各自独立的个人的工作。不属于党
的文学者走开吧! 文学者的超人走开吧! 文学底工作必须成为全
体普罗列答利亚特任务底一部分,成为劳动阶级底意识的前卫所
发动的,单一而伟大的社会民主主义这机器底'一个轮子或一个螺
旋'。文学底工作非成为组织的,计划的,统一的社会民主党活动
底一个构成部分不可"①。苏联这一套文学理论,在新中国成立之
前就在左翼作家群体中深得人心,他们认为:"文学发生自作者(个
人)和读者(社会的集团)底交互关系。没有读者的作者是不会有
的。文学是个人底产物,同时是社会底产物;是个人底意识底反

①　伊理基论文学[M]//冈泽秀虎.苏俄文学理论.上海:开明书店,1933:551-552.

映,同时是社会集团底意识底一形态"①。按照这一观点,在文学
作品的生产过程中,"文本"的意义和合理性基本上被取消了,文学
生产必须直接面对社会、干预生活,并成为党和革命者完成其以阶
级意识重组现代民族国家的任务过程中的帮助和补充。在共产主
义者看来,"文本"这一概念本身就是一个伪概念,是不成立的,不
能与读者见面的作品即不被称为文学,而这些作品的作者也不会
被称为文学家。而在新中国成立初期,只有文学家才能合法地通
过文学的方式向更广泛的群众发声,并借由文学性的发声来完成
宣传民族意识、弘扬民族精神的目的,从而达到一种民族主义情绪
的心理满足。这样,在文学生产的内部就形成了一个循环,新政权
的政府想要将一位作家从这个循环中移出,只需要将其作品与读
者之间的链条切断即可。如此一来,对于作家作品在出版和流通
领域的"冷藏",就成为当时对作家进行惩戒的最简单和经济的方
式。作品的出版状况直接与作家本人是否在国家层面上被认可有
关,郭小川在日记中有记载:"然后在后门口买了几本书,我的《投
入火热的斗争》的精装本买到了"。② 郭小川只不过是在书店买到
了自己所著的诗集,按照常理而言不至于如此兴奋,以至于在日记
中专门记上一笔,而从"买到了"这句话中不难看出,郭小川对于这
本自己所著的诗集已经寻觅很久,究其原因,还在于日记中所记的
"精装"二字。当时生产力并不发达,生产资源也相对匮乏,一部文
学作品能够出版精装版本,足以见得这个新生的现代民族国家对

---

① 冈泽秀虎.苏俄文学理论[M].陈望道,译.上海: 开明书店,1933; 3.《苏俄文学理
论》一书的译者陈望道是早期中国共产党党员,也是《共产党宣言》的最早中文翻译
者,虽然其因为不满陈独秀的党内政策于 1930 年代早期退党,但是其退党后仍以
左翼人士的身份活跃在文化界,并在新中国成立后作为"特别党员"于 1957 年秘密
入党,其观点应可以代表党内人士主流的对于文艺的看法。而该书初版于 1930
年,并于两年后的 1933 年初再版,分别由大江书铺和开明书店这两个在当时国内
思想界较有影响力的出版机构出版发行(虽然这两个出版机构陈望道都有参与其
中),这在同时期的文学理论性著作中可以算是相当不错的了,从中也可以看出苏
联文学理论的观点在中国的盛行。

② 郭小川.郭小川全集・第 9 卷[M].桂林: 广西师范大学出版社,2000; 100.

于作家与作品的信任和好评,这实在是一件很值得作家本人骄傲的事情。

　　郭小川在日记中对于买到自己诗集的记载,实际上表达了他作为一个作家能够被现代民族国家所认可的兴奋。而另一些作家,其作品被冷藏了以后,所体会到的却是另一种感觉。王林在解放区写成的作品,由于其中有些与当时的主流文艺观念冲突的地方而迟迟得不到出版。1949 年初,在已经解放了的天津市担任报社编辑工作的王林在日记中记录下了他的种种消极情绪:"今日上午到军管会找到杨英同志,他要介绍我到文教部。我叫他问了问黄敬才肯介绍我到总工会来。来了,正遇上负责人们开会汇报工作。不顺心似的感到有'不如归'的思想,无形中走到中正桥,折回沿滨江路转到报社董事处。傍晚来总工会,说组织部长到市委处开会去了,不知何时才回来。心中又腻。正想回报社睡觉,忽一警卫员找我,说丘金同志召我谈话。丘金同志迎到楼梯处。丘乃老实忠厚的人,有四十多岁了,南方口音。他正吃饭,叫人给我找到房间。说正缺少我这样的人。我说明要求来这里是为了改行。他说要改行太可惜。我又解释光做上层文化工作,脱离群众也不会写出文章来。他说工作问题等同黄敬商量了再决定吧。这一说我心中才落实。因黄知我的企图。方才发生'不如归'的思想,也是因为觉得他们不了解自己而苦恼"①。这时的王林想要"改行",告别他所熟悉的文字生活,到一种陌生的生活中去忘记他曾经是个作家的事实。对于长期从事组织和工会工作的丘金②来说,王林的心情自然不是他可以完全理解的,而王林最终没有选择改行的原因则是因为丘金无意间提到的黄敬。黄敬和王林是多年的朋友,并与孙犁等文学界

---

① 王端阳.王林日记·文艺十七年[J].新文学史料,2013(2).
② 丘金(1905—1998),香港九龙人,时任天津市总工会筹委会副主任、天津市委委员。

人士多有往来①,他对王林以文学来参与现代民族国家建设的意愿是有所了解的,并且在党内掌握着较多的话语权,这使王林觉得其重返文坛尚有一丝可能,而最终选择了留在原有的工作岗位上。

新中国成立初期,在一种普遍的民族主义情绪之下,作家们对待文学生产中出现的种种批判活动在共时领域内往往抱着一种支持和理解的态度。1957 年,韦君宜请求郭小川为自己所编辑的《文艺学习》杂志写一篇稿子,稿子的内容是有关青年的思想问题的。在韦君宜看来,"现在青年的思想问题不要紧",但是郭小川并不这样看,他在日记中写道:"我同韦君宜之间对这个问题的了解还是有出入的。她来的这一趟,分明是来说服我按照她的意见写的。她的意见当然也有正确方面,就是对青年要引导,面②不能粗暴,但对那种小资产阶级情绪不批评还是不行的。批评这种片面性,引导他们走上理智和清醒的路,有什么不好呢?"③共和国成立之后,在原有的一套价值体系被打破,新的价值体系在生成并以现代民族国家的名义推行的过程中,一种将自身古典化、历史化的诉求是必要的,也是必然的,而在此过程中,其所仰仗的哲学基础是偏向于唯理主义的。也就是说,新的共和国在建构自身的时候,其实也是在建立一种新的理性,正如曾经参与过法国古典主义重建的文学家布瓦洛所说:"首先须爱理性:愿你的一切文章,永远只凭着理性获得价值和光芒"④。共和国成立后,一直在重建这一种对于价值的理性评价体系,而这一体系首先是以马克思主义和无产阶级思想作为基础的,对于这一体系而言,小资产阶级情绪显然是一种疯狂的、非理性的存在,是一定要被彻底铲除和消灭的。此

① 黄敬(1912—1958),原名俞启威,浙江绍兴人,新中国成立后任天津市委书记兼市长。黄敬和王林、孙犁等一向交善,王林日记中常称之为"黄胖子",孙犁与康濯书信中也常提及此人。
② 原文如此,疑为"而"字错讹。
③ 郭小川.郭小川全集·第9卷[M].桂林:广西师范大学出版社,2000:16-17.
④ 布瓦洛.诗的艺术[M].任典,译.北京:人民文学出版社,1959:37-38.

时,面对在理性框架内无法对话的局面,一种以非思维对抗非思维的方式就成为对于这些已经在非理性道路上堕落了的人们最好的拯救方式。郭小川说自己"当然是爱护知识分子,但他们身上的动摇不定的对革命的游离,却实在是一种讨厌的东西",所以要不惜对其进行惩戒或"鞭打"①,这里所说的"鞭打"自然不是一种真正的暴力,而是指对这些人在思想领域的批判。在这些已经"进步"了的作家眼里,对于后进作家,一种带有准暴力性质的批判是必须的,这能够将这些深陷小资产阶级思想泥淖中的同路人唤醒,使他们尽快加入共和国现代民族国家的建构之中,而面对民族主义高涨的社会氛围,这种唤醒成为一种义务,并成为作家之间互相"关怀"的表现。

2. 国家意识与自我批判

这种批判行动在文学生产领域形成一种机制,"后进"作家通过被批判渐渐地在实践中改造着自己,渐渐地向着共和国的方向靠拢,这里边虽然不乏被迫改变自己立场的作家存在,但是从作家面对批判和改造的精神向度来看,那种主动在批判中寻找自己与现代民族国家连接点的行为,还是能够代表当时文学界的基本心理状态的。沈从文"谢谢一切教育我改造我的人",即使付出的是"死亡",也觉得是"应分"的了,因为"总算是读了书","明白了自己,也明白了自己和社会相互关系极深的一种心理状态",沈从文"希望能保持它到最后,因为这才是一个人"。沈从文通过反思,找回了自己在共和国中的位置,"这才真是一个传奇,即顽石明白自己曾经由顽石成为宝玉,而又由宝玉变成顽石,过程竟极其清楚。石和玉还是同一个人!""我应当有机会一面去颐和园作工人,一面将剩余时间来把它全部写出,唯有从这个记录来裁判方为公平。"在沈从文的反省之后,之前的"自杀"也觉得实在没有"需要和必要",

① 郭小川.郭小川全集·第9卷[M].桂林:广西师范大学出版社,2000:27.

"恐怖因子不是个人过失,还是其他方面人事不叶,游离于群以外过久所致。现在方明白离群形成的效果和自读书受的暗示"。①

正如杨刚给住在精神病院中的沈从文信上所写:"精神的转变不是一件简单的事。能经由痛苦而从头检讨自己,认识自己的过去和现在,反而是最好的。这可以看得更透,认得更明,站立得更坚定。这比较轻松容易的变化更好。尤其是对一个有良心的知识分子是最有益的。我和许多朋友都相信你最终是属于人民的"②。沈从文也在积极地学习一种新政权所需要的语言,来为这个国家服务。沈从文感叹道:"可惜这么一个新的国家,新的时代,我竟无从参与。多少比我坏过十分的人,还可以从种种情形下得到新生,我却出于环境上性格上的客观的限制,终必牺牲于时代过程中。二十年写文章得罪人多矣。"要获得"新生",就要"对于一个知识分子的弱点和种种过失,从悔罪方法上通过任何困难"。沈从文认为:"延安文艺座谈记录实在是一个历史文件,因为它不仅确定了作家的位置和责任,还决定了作家在这个位置上必然完成的任务。这一个历史文件,将决定近五十年作家与国家新的关系的。"同时,书报上的一些关于"新时代的新人"的报道也促使沈从文转变他之前对于文艺与宣传之间关系的思考:"同时也看出文学必然和宣传而为一,方能具教育多数意义和效果。"与自己之前所持对文艺"个人自由主义"的态度相比,新的文艺观对于人民教育更有意义,"实有贡献"把沈从文"过去对于文学观点完全摧毁了。无保留的摧毁了"。③

在出院之后,沈从文并没有马上如之前日记里所说,"得回应

---

① 参见沈从文.日记(1949 年 4 月 6 日)[M]//沈从文全集·第 19 卷.太原:北岳文艺出版社,2002:24 - 32.

② 杨刚.致沈从文(1949 年 4 月 8 日)[M]//沈从文.沈从文全集·第 19 卷.太原:北岳文艺出版社,2002:34.

③ 参见沈从文.日记(1949 年 4 月 6 日)[M]//沈从文全集·第 19 卷.太原:北岳文艺出版社,2002:24 - 32.

得的新生"①,随着其病情的反复,沈从文心中关于自己和新政权的关系也是摇摆不定的:从以张兆和进入华北大学接受革命教育的日子为"一家人最重要的一天"②,到"还有日子要挣扎,不能伤感","总要慢慢习惯,世界已变了","我只希望不要用头脑思索!多做点事!"③到重新回到自杀前漂泊无依的状态,"我在毁灭自己。什么是我? 我在何处? 我要什么? 我有什么不愉快? 我碰着了什么事? 想不清楚"④。到求助于友人,"望告告我你能理会到的。在我明白离群错误以后,是不是还能有新的生活可以重造自己?"⑤再到认为自己"学习忘去自己病中种种痛苦谵妄,有小小进步",想"向人民靠拢回到队伍中","学习从一个极端谦虚诚恳新观点上接受革命","还能做点事"⑥,最后到"从一片音乐声中""通过一种大困难","要从动中将一切关系重造"。⑦ 毕竟,"精神的转变不是一件简单的事"⑧,沈从文多年来养成的从"思"出发的思维习惯使得他不能立即以"信"起步,投入新政权的怀抱。但毕竟在这一段时间里,沈从文对北大博物馆的工作还是颇为尽心的,在教学、研究的同时,还写完了《中国陶瓷史》教学参考书稿。⑨ 沈从文

---

① 参见沈从文.日记(1949 年 4 月 6 日)[M]//沈从文全集・第 19 卷.太原:北岳文艺出版社,2002:32.
② 沈从文.批语・复张兆和(1949 年 5 月 11 日)[M]//沈从文全集・第 19 卷.太原:北岳文艺出版社,2002:38.
③ 沈从文.批语・复张兆和(1949 年 5 月 11 日)[M]//沈从文全集・第 19 卷.太原:北岳文艺出版社,2002:39.
④ 沈从文.五月卅下十点北平宿舍[M]//沈从文全集・第 19 卷.太原:北岳文艺出版社,2002:43.
⑤ 沈从文.致刘子衡(1949 年 7 月左右)[M]//沈从文全集・第 19 卷.太原:北岳文艺出版社,2002:47.
⑥ 沈从文.致丁玲(1949 年 9 月 8 日)[M]//沈从文全集・第 19 卷.太原:北岳文艺出版社,2002:48-53.
⑦ 沈从文.致张兆和(1949 年 9 月 20 日)[M]//沈从文全集・第 19 卷.太原:北岳文艺出版社,2002:56.
⑧ 杨刚.致沈从文(1949 年 4 月 8 日)[M]//沈从文.沈从文全集・第 19 卷.太原:北岳文艺出版社,2002:34.
⑨ 参见沈虎雏等.沈从文年表简编[M]//沈从文.沈从文全集・附卷.太原:北岳文艺出版社,2002:40.

在积极工作的同时,也通过"带生产性工作"①逐步平衡了自己与新政权之间的关系,虽然不能一蹴而就,但是从中不难看出沈从文对于一种"新生"的追求和努力。

在这段时间里,沈从文在病中作了一批"倾诉痛苦心情的新诗","多数随后被自己撕毁"②,就现今保留下来的三首诗来看,1949 年 5 月到 9 月间沈从文的精神线索被粗略地勾勒出来。在创作于 1949 年 5 月的《第二乐章——第三乐章》一诗中,沈从文反复提到了"一切在逐渐上升",在这"谦虚""沉着"而"冷静"的"上升"中,他是"沉默"的,因为在这"上升"带来的"申诉""梳理""导引"中,"说这样,那样,作这样,那样,完全是挽歌的变调"。但是,这"挽歌"只能"稍稍引起小部分听众惊愕和惋惜","大部分却被《闹元宵》的锣鼓声音吸引去。任何努力都无从贯穿回复本来"。沈从文以前所倾心的审美标准被《闹元宵》的锣鼓声音"所代替,一个属于大众的时代来了,坐在音乐厅中聆听贝多芬的时代已经一去不返,这属于个人的沉思的音乐在热闹的喧嚣中成为"一堆零散声音",但是他并不因此而感到惋惜,"在乐声中遇到每个音响时,仿佛从那一堆散碎的声音中还起小小共鸣"。沈从文认为在新政权中,一切都在"上升",自己以前的所作所为都将为一个新的时代所替代,他试图拆散且梳理过去的生活,在"沉默"中找寻与新中国的"共鸣"。但是,这"一点微弱的共鸣,终于还是沉寂了",沈从文苦恼于新政权带来的一系列话语和认知方式的转变,由"思"到"信",是他无法迈过的门槛。沈从文始终无法学会这一套新的话语表述方式,"我是谁? '低能'或'白痴',这类成为代表的意义,比乐章难懂得多"。这使得沈从文感到了一种隔绝的痛苦,"我现在,

---

① 沈从文.日记(1949 年 4 月 6 日)[M]//沈从文全集·第 19 卷.太原:北岳文艺出版社,2002:27.
② 沈虎雏等.沈从文年表简编[M]//沈从文.沈从文全集·附卷.太原:北岳文艺出版社,2002:39 - 40.

我是谁就不知道。向每一个熟人鞠躬,说明不是一道。向你们微
笑,因为互相十分生疏,而奇怪会在一起如此下去。向你们招呼,
因为可以增加生疏。一切都不可解,却始终得这样继续下去"①。
事实上,不仅仅是熟人,就连沈从文的儿子们也并不理解他的隔
绝,他们质问道:"爸爸,我看你老不进步,思想搞不通。国家那么
好,还不快快乐乐工作? ……你能写文章,怎么不多写些对国家有
益的文章? 人民要你工作得更多更好,你就得做! ……到博物馆
弄古董,有什么意思!"②但是,沈从文"需要友谊,爱情,和一切好
的享受",虽然知道这声音已经日趋渺茫,但是他仍怀念着那使他
"上升""爱人如己",教育他"说话,用笔,作事都有腔有板"的音乐。
"我吃喝,我闹小脾气,我堕落"都是源于对"思"入"信"过程中的种
种"低能"和"白痴",这使得隔绝产生,"一切都隔在一张厚幕
后"。③

　　1949 年 9 月 20 日,在沈从文致张兆和的那封"报喜"信中,他
宣告自己"通过了一种大困难""整个变了""要从动中将一切关系
重造"的同时,还提到了他"似乎第一次新发现了自己。写了个分
行小感想,纪念这个生命回复的种种"④。这个"分行小感想"就是
《从悲多汶乐曲所得》一诗。这首诗原标题为《生命的重铸》,一开
篇即写到了"——'我思,我在。一切均相互存在。我沉默,我消
失,一切依旧存在。'"沈从文宣称自己"完全放弃了思索,随同一个
乐章而进行复进行","觉得生命逐渐失去了约束",在随着节律上
升下降的过程中,"人类一切素朴真理和透明智慧,通通被译成节

① 参见沈从文.第二乐章——第三乐章[M]//沈从文全集·第 15 卷.太原:北岳文艺
　　出版社,2002:211-215.
② 沈从文.政治无处不在[M]//沈从文全集·第 27 卷.太原:北岳文艺出版社,2002:
　　40.
③ 参见沈从文.第二乐章——第三乐章[M]//沈从文全集·第 15 卷.太原:北岳文艺
　　出版社,2002:211-215.
④ 参见沈从文.致张兆和(1949 年 9 月 20 日)[M]//沈从文全集·第 19 卷.太原:北
　　岳文艺出版社,2002:54-56.

奏和旋律,与反复发展中,将生命由烦躁、矛盾,及混乱,逐渐澄清莹碧,纯粹而统一",并"领会了人生,认识了人生,并熟习人生中辛苦二字的沉重意义"。通过音乐,沈从文"面对窄门①,从一线渺渺微光中,看到千万人民在为他人,为后代,依照那幅同一形式蓝图,创造一个新的时代,新的世界"。而自己在这"新和旧的交替"中,"从一个远遥遥时代,即因为一种愿望,一种压迫,一种由内而来或从外而至的力量和吸引","独自孤寂向黑黢黢空虚长逝,用自己在时空中和大气摩擦所发生的微光自照"。这个比喻形象地描绘出了沈从文之前一段时间内的挣扎与"自毁",他将其自杀这一行为归结为一种"自照",即一种自我体认和基于这种体认而走向极端的与世界对话的方式,无论这世界是否能够看到,但至少照亮了自己,使自己获得了一种安宁。但是正如这种"微光自照""终于复为大力所吸引,所征服。又深深溶会于历史人民悲喜中",沈从文这时也从"自毁"中走出,以一种积极的态度来面对新的国家和人民。于是沈从文决定要"重新向现实学习,得到了比任何人都多的一分","得回了无求无惧的谧静,也发现了自己本来,负气和褊持,终究是一时闭塞"。这首诗的原稿将日期误写作"一九三八",而诗中也反复出现了一系列通过音乐"明朗朗反照"的"过去":"吴淞操坪中秋天来/那一片在微风中动摇的波斯菊","青岛太平岨小小马尾松,黄紫野花烂漫有小兔跳跃,崂山前小女孩恰如一个翠翠","达子营枣树下太②片阳光,《边城》第一行如何下笔"。③ 在同一日致张兆和的信中,沈从文也提到了这种"反照的感觉":"一切过去印象"都"回复"了,在这个时节,"正常理性"已经"回复","高热狂

---

① "窄门"这个意象来自《新约·马太福音》,代表着永生和真理。
② "太"疑似"大"字错讹。
③ 参见沈从文.从悲多汶乐曲所得[M]//沈从文全集·第15卷.太原:北岳文艺出版社,2002:216-224.

乱"已经渐渐痊愈,"变得真正柔和得很,善良的很"。① 再回到沈
从文诗中误记的日期"一九三八",与其看作一个具体年份,倒不如
看作"一九四九"和"民国三十八年"的嵌合体。在这之前,即使在
北平解放之后,沈从文的书信和创作中还都是以民国纪年,但是在
下一首诗——写作与 1949 年 10 月 1 日的《黄昏和午夜》中,却开
始了以公元为纪年的方式。② 虽然在之后两种纪年方式都在沈从
文留下的文字中有所出现,但是民国纪年的比例渐渐减少,终于在
1950 年初,沈从文完全接受了公元纪年的方式。沈从文在这种时
间的"反照"和错位中,一面在反思着自己如"失去方向的风筝"或
"似熟习实陌生的星子",在新的时代里"不辨来处归处",一面又在
对过去的生活做着最后的留念,依依不舍地挥别着一个已经过去
了的时代。沈从文的这种在新旧两个时代之间的徘徊犹疑,和从
《从悲多汶乐曲所得》一诗中所透露出来的理解新时代的特殊方式
有关。不同于由旧时代进入新时代的其他作家,在沈从文这里并
不存在一种与旧时代的斩断,他始终是从"思"出发,经由对旧思想
的深入挖掘,找到自己思想和新政权的"共鸣"。对比《第二乐
章——第三乐章》和《从悲多汶乐曲所得》两首诗,就会发现,贝多
芬的音乐在不同的时期内对沈从文的意义是不同的。1949 年 5
月,贝多芬的音乐对于沈从文来说是一种对于自身的指涉,在提及
音乐的同时,沈从文在其中不无孤芳自赏的哀怨;而之于《从悲多
汶乐曲所得》一诗,贝多芬的音乐却成了沈从文迈向新时代的确
证,沈从文以贝多芬的音乐象征自己过去的思想,并在对过去思想
的发掘中,找到了自身进入新政权的"合法性"。曾经看似用来顾
影自怜的贝多芬音乐,在此时成为沈从文的"深刻教育",其中有着

---

① 参见沈从文.致张兆和(1949 年 9 月 20 日)[M]//沈从文全集・第 19 卷.太原:北
岳文艺出版社,2002:54.
② 参见沈从文.沈从文全集・第 19 卷[M].太原:北岳文艺出版社,2002;沈从文.沈从
文全集・第 15 卷[M].太原:北岳文艺出版社,2002;沈从文.沈从文全集・第 27
卷[M].太原:北岳文艺出版社,2002.

"有权利的残暴和弱者的呻吟，朱门管弦和饥寒交迫无望无助形成的对照"，它"教育了那个作曲者"，"把生命转译成一片洪壮和温柔。代替了春风春雨，与土地亲和泽润万有百物，彼此默契"。"于是我由脆弱逐渐强健了，正常了，单纯了。""音乐比一切飘渺，却也比一切更具强大启示和粘合，将轻尘弱草重新凝固坚实。它代替了你的希望，你的理想，因此对我一切的善意谴责，也代我作种种说明和申诉。它分解了我又重铸了我，已得到一个完全新生"①。沈从文在自己生命中找出了通往新政权的理由和根据，同时，无论他怎样留恋着那个曾经的时代，自己的思想已经在犹豫中迈出了拥抱新政权的脚步。

在沈从文未发表的第三首诗中，他对于新政权的态度与之前就已经完全不同了。在创作于 1949 年 10 月 1 日前后的《黄昏和午夜》中，沈从文表达了他对新政权的强烈认同，"对于致辞者意见衷心领会，和完全接受"。这种认同首先来自对带有一定进化论性质的社会阶段说的肯定："帝国封建的种种，早成传说故事，慢慢在时间下退尽颜色，惟剩余点滴片段，保留在老年人记忆中，当做生命迟暮的慰藉。""三千年封建已宣告结束，眼前存在的即坚固也必崩毁。""宫殿中的黄瓦和红墙只成为封建象征，别无意义。"在这新的社会制度代替原有封建帝国的新政权中，沈从文愿意将自己整个地投入人民之中，在"有千百个热烈掌声代替了钟鼓铿锵"的时刻，"历史的庄严和个人的渺小恰作成一个鲜明对照"，"我于是在夕阳光影里随同那个'群'直流"，因为那"群"就等同于"时间"，等同于"历史"②，并在旧的"时间"与"历史"的废墟上建构着新的"时

---

① 参见沈从文.从悲多汶乐曲所得[M]//沈从文全集·第15卷.太原：北岳文艺出版社,2002：216 - 224.
② 参见沈从文.黄昏和午夜[M]//沈从文全集·第15卷.太原：北岳文艺出版社,2002：225 - 236.

间"和"历史"。① 并且在新生的政权中,人民的主体性得到了政府的确认,而政府"代表的是万万劳苦人民共同的愿望、共同的声音"。"毛泽东,刘少奇……不问是谁",这些新政权的领导者们所表达出的意图非常明确,即"国家属于全体人民,得人民来好好的学做主人翁,要细心,耐烦,严肃和谦虚,慢慢学会办事。更应当学习政治,理解觉醒的群的向上和向前,人民的力量将全部得到解放,各完成历史所派给庄严义务一点"②。这个新政权再不是那个已经"不济事"了的"旧的社会"③,也不像沈从文所担心的那样"以使我神经崩毁为满足"④,换了一重视角的沈从文发现新的政权居然和他之前心中建筑"希腊小庙"⑤的理想有着如此多的共同之处。"毛泽东的思想,一种素朴的政治哲学,和中国万万人民素朴的心结合后,所作成的各式各种发展,必然会把人类带入一个崭新历史荣光中! 为追求发明和发现,并克服困难,青年健康的身心,在手足勤劳时,将如何充满全生命的欢欣!"沈从文"面前一堆事实和无数名词,即仿佛全部冻结于离奇寒冷中,待春风解冻,可不知春来时的风,应当是向什么方向吹!"⑥但是,沈从文并没有在这"不知向什么方向吹"的风中沉浸,在梦中悲哀心碎⑦,而是立即给出了答案:"终得从'沉默'启示中回复过来,要学习'接受',方能有个真正'新生'!"沈从文"病体已行将复原","得觅路回到来处去,

① 在 1949 年 10 月前后,传达出同样"时间被重造"观念的诗作并不罕见,最著名的有胡风的长诗《时间开始了》。
② 参见沈从文.黄昏和午夜[M]//沈从文全集・第 15 卷.太原:北岳文艺出版社,2002:225-236.
③ 沈从文.致吉六(1948 年 12 月 7 日)[M]//沈从文全集・第 18 卷.太原:北岳文艺出版社,2002:521.
④ 沈从文.致张以瑛(1949 年 3 月 13 日)[M]//沈从文全集・第 19 卷.太原:北岳文艺出版社,2002:20.
⑤ 沈从文.习作选集代序[M]//沈从文全集・第 19 卷.太原:北岳文艺出版社,2002:2.
⑥ 参见沈从文.黄昏和午夜[M]//沈从文全集・第 15 卷.太原:北岳文艺出版社,2002:225-236.
⑦ 徐志摩有诗题名《我不知道风是在哪一个方向吹》,流露出一种漂泊的悲哀。

回到家里去,休息休息",才能像"万万人民一样,来准备好迎接每
个新起的日头,在阳光雨露中勤劳手足,完成社会国家的新生!"在
回家之后与孩子们的第一次聚会中,沈从文更加"认识到后一代人
实在幸运",这一代由"信"出发的青年人们,"心从个人得失解放后
的坦荡,将如何于一个共同目标下,证实人类合理的明日社会,必
然是驾驭钢铁,征服自然,来代替人的彼此相争相左"。而当午夜,
"十一点过半,一切静寂",沈从文"生命深处"从黄昏的喧嚣中"泛
滥出""百年前万里外一个陌生作曲者"的"一章不知名的乐曲"。
还是贝多芬的音乐,在此时沈从文的心中再次成为"重铸"的力量,
"把一个活过半世纪孤立者的成见、褊持、无用的负气,无益的自
卑,以及因此矛盾作成的一切病的发展,于时移世易中的理性溃
乱,都逐渐分解和统一于一组繁复柔和音程中,直透入我生命,浸
润到生命全部"。由此,沈从文告别了感伤,"善良热泪却随微笑缘
鹰附颊而直流"。音乐为沈从文的前半生作了一个总结:"一个人
被离群方产生思索,饱受思索带来的人生辛苦,延展和扩大,即造
成空中楼阁一片,寄身于其中,自然忘却外面酷暑和高寒。风风雨
雨再带来思索,又由之将一手建立的楼阁摧毁,但剩余一堆圮坍的
泥土,精美浮刻与透雕散乱于断砖残瓦间,完全失去本来的意义。"
至此,沈从文放弃了原先从"个人"出发的思考,而转向了对人民的
信任,对实践的倚重,他觉察到在这个新时代中,继续将自己封闭
于思想的楼阁中无异于作茧自缚,而个人的意义只能在"人"中才
能被发现,沈从文发现自己"原只是人中一个十分脆弱的小点,却
依旧在发展中继续存在,被迫离群复默然归队,第一觉悟是皈依了
'人'","百年长勤","为完成人类向上向前的理想,使多数存在合
理而幸福",将"个别生命""渗入这个历史大实验"而努力。①

　　大约是在 1949 年 10 月前后,沈从文基本完成了对其思想由

---

① 参见沈从文.黄昏和午夜[M]//沈从文全集·第 15 卷.太原:北岳文艺出版社,
2002:225-236.

"思"到"信"的改造,向人民积极地靠拢。在一则日记中,他写道:
"极离奇,心中充满谦虚和惭愧,深觉对国家不起。""深觉愧对时
代,愧对国家。且不知如何补过。也更愧对中共。个人痛苦已不
是个人所难受,只是游离于时代以外,和一切进步发展隔绝。我应
当多为国家做点事。应当把精力解放出来交给国家。"回首往事,
沈从文甚至不理解自己为什么会"自毁":"我怎么忽然成为这么一
个人?过去的我似乎完全死去了。新生的我十分衰弱。只想哭一
哭。我好像和一切隔离,事实上却和一个时代多少人的悲喜混同
而为一。我似乎已觉醒,或已新生。人十分善良。"可以看出,虽然
刚刚投入新政权的沈从文对自己在其中的位置和所要做的事情还
是十分的不自信,但是,他已经做好了融入人民的准备了。"我可
能会要变了。头极清凉,为三年来从未经验过的清净。什么负气
和由之而形成的障蔽全除去了,什么滞塞全通了。"进而,沈从文觉
得自己"很需要用用笔了",他"正在悄然归队","仿佛已入队中"。
沈从文"只想向人民伸出手去,向一切为追求合理社会的实现而死
去,在各种困难中挣扎的,在一切热情中工作的,在反复学习的。
要他们对我原谅"。沈从文觉得自己"虽有了新生,实十分软弱",
在羡慕自己的孩子"初生之犊照例气盛,对事无知而有信"及"必可
为一好公民,替人民作许多事"的同时,也"学向大处看,大处想,个
人已牺牲处也能忘掉",努力学习如何不仅对自己,而且对社会有
用。① 1950 年初,沈从文进入华北人民革命大学学习,在学习期
间,他发表了《我的感想——我的检讨》,为自己定下了"学习靠拢
人民","首先得把工作态度向他们看齐,学会沉默归队"②。在与
别人的书信中,沈从文也从自身反省,删去了大段抱怨的话,如

---

① 参见沈从文.日记四则[M]//沈从文全集·第 15 卷.太原:北岳文艺出版社,2002:
57-61.
② 参见沈从文.我的感想——我的检讨[M]//沈从文全集·第 14 卷.太原:北岳文艺
出版社,2002:403.

自己"一生不曾和国民党有过关联,在学校里,倒让一些过去搞三青团搞党的来检讨"。他努力从国家大处出发,在"国家在任何方面人材都不够用,向心力犹未形成"①的时节,将自己看作"群"中的一个,在博物馆中属于自己的小小岗位上默默辛勤工作着。

从以上分析可以看出,沈从文在新中国成立初期,虽然在新政权面前有所挣扎,甚至选择了自杀这种极端的方式来找寻自己生命的意义,挽回一个自由主义作家的尊严,但是其对于新政权并不是一种完全的屈从,而更像是一种"投奔"。新中国成立前后左翼人士对沈从文的批判成为一个契机,促使他充分地反省自己,而在此后,他却发现了自己曾经以为幻灭了的梦想其实在新政权的话语表述中有了实现的可能性。新政权对于每一个"人"的主体性尊重和对劳动以及健康人性的提倡,正是沈从文曾经发奋写作的目的所在。由此,沈从文回到了"群"里,走出了自己的封闭,成为一个"人",一个社会关系中的人,看待新政权的角度也从带有疑虑的"思"转化为了坚定的"信"。

曾经风行一时的"去政治化研究"使政治、文学和文学家之间的关系变得格外紧张,而来自作家本人的更多证据表明,大多数作家在新中国成立初期对于共和国是抱着极大的热情的,他们大都以一种"忍不住"的方式表达着对新生的社会和国家的关注②。从很大程度上来说,批判对新中国成立初期的文学生态和政治生态起到了一定的建构作用,那种带有"后见之明"的对新中国成立初期政治生态的过度批评显然是和作家所在的此情此景是隔膜的。虽然不可否认,批判之于当时的文学生态产生过一定的副作用,但

---

① 参见沈从文.致程应镠[M]//沈从文全集·第 15 卷.太原:北岳文艺出版社,2002:90.

② 参见杨奎松.忍不住的"关怀":1949 年前后的书生与政治[M].桂林:广西师范大学出版社,2013.

是究其动机和结果来看，其对于共和国文学的整体塑造和现代民
族国家的构建方面都有着较为明显的作用，既然文学也是从属于
现代民族国家的一部分，那么将发生在文学生态中的批判一棒子
打死，自然也是不可取的。

余　　论

　　在现代中国文学发展的过程中,新中国成立初期的文学生态是一个十分重要但又常常被忽视的历史存在,而新中国成立初期十年的文学在经典的文学史表述中常常呈现出一种政治统领一切的景观,除了 1956 年的"双百方针"之外,文学作者在这十年中大多似乎没有什么自主性。在新时期以来的多数文学史论述中,新中国成立初期的文学作品大多是所谓"图解政治""从理念出发"的,文学的价值显然不会太高。

　　随着 1990 年代"再解读"的文学研究思路在学界的盛行,新中国成立初期的文学作品再次被评论家们所重视。批评家们通过结合封闭式阅读和考究历史"元叙述"这两种研究方法,试图通过谱系学、原型批评、解构主义等具有深刻哲学意味的现代性目光去审视这些曾经被认为是不兼容于新时期的作品,对其文学编码的机制性进行解构。批评家们试图在个别文本重新阐释的基础上,以文学作品生产和消费过程中所产生的裂隙来探寻一种新的解读的可能性。但是,即使是"再解读",其使用的仍然是一种接近"宏大"的叙述策略,是一种以理论带动批评的方式。站在理论高度,很容易俯瞰全景,却不容易发现其中的微景观,而且潜意识中所预设的对前一个时代的反拨也成为其中不可回避的"意识形态",解构有余而建构不足,这也就是在"再解读"最为轰轰烈烈的时候,其主要参与者却在一再反思这种方式能否建构起整体性文学图景的原因。

　　对于中国现当代的文学史景观书写而言，"现代性"是其一直在思考的重大范畴，从启蒙开始，一切文学写作都被赋予了现代性的意义。实际上，现代性史观在其提倡者那里，并不仅仅是一个哲学上的概念，它更多地体现了一种对于政治话语的焦虑，它体现出了一系列所指极为发散的宏大范畴，并将这一系列范畴的终点直指时间，其意图很大程度上是在试图消解政治性叙事在文学史写作上的影响。在启蒙的姿态下，多种对话的可能性消失，成为现代性与启蒙的二重奏，使文学史的写作从意识形态话语中走出，通向未来的无限空间。以现代性立场对之前的阶级斗争的回避在很大程度上说也是一种斗争，现代性史观指导下的文学史写作在书写时创造意义，从革命话语中寻求反击的资源。现代性所带来的宏大意义的消解造成了意识形态意义的失语，人道主义的力量被放大突现，但这并不是一种文学史写作上的人道主义的自觉，"人"的形象是倚重于政治力量的消失而走向前台的，并不是一种主动的姿态，而是被动地介入文学史的范畴，文学中最重要的"人"的维度没有显现，实际上只是以一种政治性的本质主义换成了一种现代性的本质主义，人道主义的文学史大观念还是被湮没了。理论建设时所提到的"悲凉"中，人的维度被消解，而成为一种现代性文学应有的品质，文学分析少了作家的个人生存体验。而另外一个问题出现在现代性文学史观所指导的写作上。横向坐标的缺失使得文学史叙述失实，很多在外界介入下而形成的文学现象在论述时更多倾向于国内政治经济的影响，而事实上中国文学的自主性很多时候是被动建构出来的，在写作上刻意回避了西方和 20 世纪前 20 年对后来文学发展的影响。这显然有一种国粹主义的立场在里边，"走向世界文学"只是一个维度，更大的维度在于中国现代文学是从"世界文学"中走出的。"现代性"在这个意义上只是一个替代性资源，正如刘再复所说："以社会主义人道主义的观念代替以阶级斗争为纲的观念，突出人的主体地位和以科学的方法论代替独断论与阶级决定论、主体的人代替阶级的人,但人仍是符号"①。
"人"的维度在文学史写作中始终是缺席的。其本质就使得现代性
和革命成为硬币的两面,但同样分享着相同的方法资源和话语资
源,甚至在"20 世纪中国文学"的实践中,对于"学衡派""国粹派"
的论述都是带有明显的革命话语残留的。这种对于现代性的认知
显然是有着极大的误区的,将现代性和中国经济政治发展的现代
化挂钩,也有其深刻的意识形态意味。这样,新时期以来的文学就
不免陷入了现代性的角逐当中,现代性作为一个政治经济焦虑的
载体深入到文学文本之中。在文学史的写作上,现代性文学史观
已经提出,这种焦虑就十分明显了:在"二十世纪中国文学"的构
想中,最先一条就是"走向'世界文学'的中国文学",而"以'悲凉'
为基本核心的现代美感特征""由文学语言结构表现出来的艺术思
维的现代化进程"②等叙述,更是显示了当时的文学史作者对于现
代性存在着怎样一种焦虑,这直接导致了在文学史的叙述中产生
了上述种种问题。

　　21 世纪以来,一种新的历史观越来越为人们所重视,这种新
的史学观重新定义了时间,将地理时间、社会时间和个人时间同时
纳入了研究视野,其中,研究者们更重视的是"个人时间",即在历
史大潮中的一种个人化的体验对于整个历史的意义。并且,个人
化视野下的叙事和在公众面前表现出的具有表演和自居性质的叙
事两相比较下来,前者所具有的真实性和史料价值自然要高出后
者很多。以人民文学出版社和大象出版社为代表,出版界不失时
机地出版或重版了一批人物日记、自叙、口述传记,或以人物的个
人化的叙事为主体结构起来的文学掌故或书话性质的材料,掀起
了一场口述历史和传记文学写作的热潮,让这种个人化的叙事重
新走进了研究者的视野。

————————

①　林兴宅.我们时代的文艺理论——评刘再复的文艺观[J].当代作家评论,1987(1).
②　黄子平,陈平原,钱理群.论"二十世纪中国文学"[J].文学评论,1985(5).

　　而之于新中国成立初期的文学生态而言,这种个人化的视野正是对于之前的那种"大写"姿态下"宏大叙事"的一种补充。高屋建瓴地把握全局自然是不可缺少的,但是文学史对于这一时期的文学生态的描述同样需要一种将镜头拉近后的微视角观察,挖掘活生生的人在历史的建构过程中所起到的作用,还原一种个人和时代之间的生成性的互动关系。人毕竟是一切社会关系的总和,其在历史中的活动是复杂的,通过个人化视野下的言说而对当时文学生态作出研究,可以看作一次对现代中国文学史书写的尝试,是对活动在历史之中的活生生的人的痕迹的一次呈现。一种"宏大叙事"是不可缺少的,这种带有明显后设意味的历史观,结构了一条关于历史的清晰脉络,同时,一种对于历史事件的共时考察也是非常重要的。而通过个人化视角呈现出的新中国成立初期文学,虽然摒除了一定程度的后见之明,但也不应该将历史还原成一些凌乱的碎片,在重新阐释历史的同时,应该具有一种建构的力量,而非一味地将之解构成完全非理性的存在。而本书的写作目的正是试图通过对新中国成立初期个人化视野进行考察和研究,来为这一时期文学生态作一些有益的补充,同时也希望能将文学生态还原为个人的活动,在个人化的视野中,探讨新中国成立初期这一段时间里个人、国家与文学之间的复杂关系,并提供一种文学史叙述的可能路径。

　　在现当代中国文学研究的领域内,文学史的书写在一定程度上起着线索性的重要作用,通过不同类别的文学史而梳理出的文学现象或文学景观,其面貌和意义会有较大的差别,有时候,这种差别甚至使得研究者对一部作品或一种文学现象的评论呈现出完全相悖的向度。所以,隐藏在作为文本的文学史背后及其一以贯之的文学史观就成为我们不能回避的重要研究对象。在不同形态的文学史观的观照下,如何进行参照对比,建构更合理的文学史书写体系,也成为摆在我们每个研究者面前的重要任务。而从个人化的视野对新中国成立初期的文学生态进行建构和补充,实际上就是一种基于现代民族国家对于现代中国文学进行的描述。"现代国家文学史观,主要指明在现代民族国家发生的所有文学现象、生成的所有文学形态、出现的所有文学运动和文学思潮流派都是属于国家的民族的,而不是某个阶级、某个社团和某个党派的。这一现代国家文学史观是建立在现代民族国家观念之上的"①。这样看来,现代国家作为文学史写作的一个统摄性史观,是明显具有进化论和意识形态方面的超越性的,而且,现代国家文学史观之于现代性文学史观,同样具有其超越性。在"重写文学史"中,其发起者即提出了"民族意识"一说,并认为"现代民族的形成和崛起在世界范围内由西而东……在二十世纪的中国,则是社会政治问题的激烈讨论和实践。文学始终是围绕着这个中心环节而展开的。究其基本特质而言,二十世纪中国文学乃是现代中国的民族文学"②。可见,现代民族国家建构对于现代中国文学的重要性,即使是对于文学现代性来说也是不可回避的。但是问题在于在现代性文学史观的指导下,现代民族国家建构和想象并没有被提到一个决定性的地位上去,这就使得文学本身在现代性上的追求淹没了文本的生成语境,思潮的意义大于作品的意义,"人"的形象还是一个抽象的符号,并没有真正地凸显其价值和主体地位。

值得注意的是,现代国家文学史观所体现的多元并不是有的文学史研究者所提倡的碎片化的历史。③ 碎片化史观的提出实际上是想以现代主义的角度审视曾经为种种意识形态所左右的历史书写,但是这种研究的问题在于将文学史分割成一个个文学现象的碎片之后,文学史成为现象的堆砌,这和古代"艺文志"类型的文

① 朱德发.现代文学史观的探索及其意义[M]//现代文学史书写的理论探索.济南:山东人民出版社,2010:183.
② 陈平原,黄子平,钱理群.二十世纪中国文学三人谈·民族意识[J].读书,1985(12).
③ 参见多斯.碎片化的历史学:从《年鉴》到"新史学"[M].马胜利,译.北京:北京大学出版社,2008.

学史书写实际上是异构而同质的,对于文学的评价失却了其统一的标准和核心理念,这将是文学史书写和研究乃至现代中国文学学科建设的悲哀。而现代国家文学史观的另一个根本优长在于,其中包含着对于文学评价和文学史书写的一个恒久不变的真理和核心理念,即"人的文学",或换而言之,"文学是人学"。以"人的文学"作为文学史书写的核心理念,"能够明确表示出中国现代文学的本质规定,它可成为中国现代文学的象征符号,同时能够投射到中国现代文学的差异互见的各种形态的表层与深层,成为研究主体进行发现和阐释的重要依据和理性坐标"①。将新中国成立初期的文学还原到一个个人化的维度,在很大程度上,也正是基于现代中国文学史观对一段时期内的中国文学进行考察的一次尝试。

　　总的来说,以书信、日记等较为个人化的材料去观照新中国成立初期的文学生态是一项比较有意义的工作,其合理性和可行性还都较高,而在樊骏、刘增杰等先生们的倡导下,对史料的重视也成了现代中国文学研究的一个共识。但是到目前为止,对这些材料的综合利用还不是很多,所以本书试图在前人研究的基础上有所推进,以书信、日记对新中国成立初期文学生态进行一种建构,希望能以一种细节化和个人化的方式,对文学史的"宏大叙述"进行一种补充和注释。

①　朱德发.现代文学史观的探索及其意义[M]//现代文学史书写的理论探索.济南:山东人民出版社,2010:182.

参 考 文 献

一、工具书

1. 钱理群,温儒敏,吴福辉.中国现代文学三十年[M].北京：北京大学出版社,1998.

2. 洪子诚.中国当代文学史[M].北京：北京大学出版社,1999.

3. 陈思和.中国当代文学史教程[M].上海：复旦大学出版社,1999.

4. 朱德发,魏建.现代中国文学通鉴(1900—2010)[M].北京：人民出版社,2012.

5. 钱理群.1948：天地玄黄[M].济南：山东教育出版社,2002.

6. 洪子诚.1952：百花时代[M].济南：山东教育出版社,2002.

7. 陈顺馨.1962：夹缝中的生存[M].济南：山东教育出版社,2002.

8. 孟繁华,程光炜.中国当代文学发展史[M].北京：人民文学出版社,2004.

9. 虞坤林.二十世纪日记知见录[M].北京：国家图书馆出版社,2013.

10. 丁易.中国现代文学史略[M].北京：作家出版社,1955.

11. 仲呈祥.新中国文学纪事和重要著作年表[M].成都：四川省社会科学院出版社,1984.

12. 来新夏.近三百年人物年谱知见录[M].北京：中华书局,2010.

13. 艾以.现代作家书信集珍[M].上海：汉语大词典出版社,1999.

二、基本文献

1. 高长虹.高长虹文集[M].北京：中国社会科学出版社,1989.

2. 南南.靳以书信选[J].新文学史料,2000(2).

3. 洁思.靳以年谱[J].新文学史料,2000(2).

4. 余世存.非常道：1840—1999的中国话语[M].北京：社会科学文献出版社,2005.

5. 孙定国.雷海宗批判[M].上海：上海人民出版社,1958.

6. 刘树发.陈毅年谱[M].北京：人民出版社,1995.

7. 方继孝.陈梦家往来书札谈[J].收藏家,2003(5).

8. 阿英.阿英全集[M].合肥：安徽教育出版社,2003.

9. 陈寅恪.陈寅恪全集[M].北京：生活·读书·新知三联书店,2009.

10. 顾随.顾随全集[M].石家庄：河北教育出版社,2000.

11. 王造时,叶永烈.王造时：我的当场答复[M].北京：中国青年出版社,1999.

12. 郭沫若.郭沫若全集[M].北京：人民文学出版社,1982.

13. 郭晓惠等.检讨书：诗人郭小川在政治运动中的另类文字[M].北京：中国工人出版社,2001.

14. 郭小川.郭小川全集[M].桂林：广西师范大学出版社,2000.

15. 本社编.部队跃进歌谣选[M].北京：解放军文艺出版社,1960.

16. 路翎.路翎致胡风书信[M].郑州：大象出版社,2004.

17. 谢觉哉.谢觉哉日记[M].北京：人民出版社,1984.

18. 王瑶.王瑶全集[M].石家庄：河北教育出版社,2000.

19. 沈从文.沈从文全集[M].太原：北岳文艺出版社,2005.

20. 茅盾.茅盾全集[M].北京：人民文学出版社,1984.

21. 左瑾,王燕芝,叶淑穗,等.访问钱稻孙记录[M]//北京鲁迅博物馆鲁迅研究室.鲁迅研究资料：第四辑.天津：天津人民出版社,1980：198-216.

22. 师陀,刘增杰.师陀全集[M].郑州：河南大学出版社,2006.

23. 牛汉,邓九平.原上草：记忆中的反右运动[M].北京：经济日报出版社,1998.

24. 刘芝明,张如心.萧军思想批判[M].大连：东北书店,1948.

25. 萧军.萧军全集[M].北京：华夏出版社,2007.

26. 陈荒煤.荒煤日记选[J].新文学史料,1988(4).

27. 艾青.艾青全集[M].石家庄：花山出版社,1991.

28. 胡风.胡风三十万言书[M].武汉：湖北人民出版社,2003.

29. 晓风.胡风致舒芜书信全编[J].新文学史料,2006(12).

30. 舒芜.参加胡风文艺思想讨论座谈会日记抄[J].新文学史料,2007(5).

31. 胡风.胡风全集[M].武汉：湖北人民出版社,1999.

32. 老舍.老舍自传[M].北京：京华出版社,2005.

33. 田汉.田汉文集[M].北京：中国戏剧出版社,1986.

34. 张向华.田汉年谱[M].北京：中国戏剧出版社,1992.

35. 陈益民,江沛.老新闻[M].天津：天津人民出版社,2003.

36. 曹玉如.王蒙年谱[M].青岛：中国海洋大学出版社,2003.

37. 王端阳.王林日记·文艺十七年[J].新文学史料,2013(1).

38. 王林.第一次文代会日记[J].新文学史料,2011(4).

39. 汪曾祺.汪曾祺全集[M].北京：北京师范大学出版社,1998.

40. 老鬼.母亲杨沫[M].武汉：长江文艺出版社,2005.

41. 叶圣陶.叶圣陶集[M].南京：江苏教育出版社,2004.

42. 上海十年文学选集编辑委员会.上海十年文学选集[M].上海：上海文艺出版社,1959.

43. 李劼人.李劼人选集[M].成都：四川人民出版社,1984.

44. 李劼人.死水微澜汇校本[M].成都：四川文艺出版社,1987.

45. 朱自清.朱自清全集[M].南京：江苏教育出版社,1998.

46. 北京大学,北京师范大学,北京师范学院,等.文学运动史料选[M].上海：上海教育出版社,1979.

47. 辽东新华书店.文化课本[M].辽东：新华书店,1949.

48. 本社编.批判右派分子林希翎等论文集[M].北京：中国青年出版社,1957.

49. 鲁迅博物馆.周作人日记：影印本[M].郑州：大象出版社,1996.

50. 张闻天.张闻天文集[M].北京：中国党史出版社,1993.

51. 中共中央文献研究室.新中国成立以来重要文献选编[M].北京：中央文献出版社,2011.

52. 本社编.工农群众生活状况调查资料[M].西安：陕西人民出版社,1958.

53. 本社编.工人大字报集锦[M].北京：中国工人出版社,1958.

54. 季羡林.季羡林全集[M].北京：外语教学与研究出版社,2010.

55. 浦江清.清华园日记·西行日记[M].北京：生活·读书·

新知三联书店,1987.

　　56. 孙犁.孙犁全集[M].北京：人民文学出版社,2004.

　　57. 本社编.大跃进歌谣选[M].上海：上海文化出版社,1958.

　　58. 本社编.人的颂赞：大跃进杂文选[M].北京：作家出版社,1958.

　　59. 吴宓.吴宓日记[M].北京：生活·读书·新知三联书店,1987.

　　60. 史良.史良自述[M].北京：中国文史出版社,1986.

　　61. 周立波.周立波文集[M].上海：上海文艺出版社,1982.

　　62. 阿英.阿英日记[M].太原：山西教育出版社,1997.

　　63. 王嘉陵.李劼人晚年书信集[M].成都：四川大学出版社,2009.

　　64. 徐成淼.我的复旦四年[M].郑州：大象出版社,2005.

　　65. 常任侠.春城纪事[M].郑州：大象出版社,2005.

　　66. 沈霞.延安四年[M].郑州：大象出版社,2005.

　　67. 雷锋.雷锋日记[M].北京：解放军文艺出版社,1963.

　　68. 易彬.穆旦评传[M].南京：南京大学出版社,2010.

　　69. 吴祖光.吴祖光日记[M].郑州：大象出版社,2005.

　　70. 张光年.张光年全集[M].北京：人民文学出版社,2002.

　　71. 鲁迅.鲁迅全集[M].北京：人民文学出版社,2005.

　　72. 杨沫.自白——我的日记[M].广州：花城出版社,1985.

三、相关论著

　　1. 韦伯.学术与政治[M].冯克利,译.北京：生活·读书·新知三联书店,1999.

　　2. 布兰查德.革命道德：关于革命者的精神分析[M].戴长征,译.北京：中央编译出版社,2004.

　　3. 钱塘.革命的女性[M].上海：广文社,1949.

4. 陈平原.中国小说叙事模式的转变[M].上海：上海人民出版社,1988.

5. 陆键东.陈寅恪的最后二十年[M].北京：生活·读书·新知三联书店,1996.

6. 王宏志.重释信达雅：二十世纪中国翻译[M].上海：东方出版中心,1999.

7. 陈徒手.人有病,天知否[M].北京：人民文学出版社,2000.

8. 谢泳.逝去的年代：中国自由知识分子的命运[M].北京：文化艺术出版社,1999.

9. 杨天石.蒋介石日记解读[M].太原：山西人民出版社,2008.

10. 温儒敏.新文学现实主义的流变[M].北京：北京大学出版社,1988.

11. 古尔德纳.新阶级与知识分子的未来[M].杜维真,等译.北京：人民文学出版社,2001.

12. 奥尔特曼,切默斯.文化与环境[M].骆林生,王静,译.北京：东方出版社,1991.

13. 戴超武.敌对与危机的年代：1954—1958年的中美关系[M].北京：社会科学文献出版社,2003.

14. 张高杰.中国现代作家日记研究：以鲁迅、胡适、吴宓、郁达夫为中心[M].北京：中国社会科学出版社,2014.

15. 杨奎松.忍不住的关怀：1949年前后的书生与政治[M].桂林：广西师范大学出版社,2013.

16. 古农.日记品读[M].北京：人民日报出版社,2012.

17. 古农.日记漫谈[M].北京：人民日报出版社,2012.

18. 古农.日记闲话[M].北京：人民日报出版社,2012.

19. 古农.日记序跋[M].北京：人民日报出版社,2012.

20. 唐小兵.再解读：大众文艺与意识形态[M].北京：北京大学出版社,2007.

21. 陈明远.知识分子与人民币时代[M].上海：文汇出版社,2006.

22. 阿英.日记文学丛谈[M].上海：南强书局,1933.

23. 杨亚林.文学现代形态的修复与重建：论现代作家对新中国文学的审美期待[M].武汉：华中师范大学出版社,2013.

24. 李宗刚.中国当代文学史论[M].济南：山东师范大学出版社,2014.

四、相关期刊、论文

1.言行.高长虹晚年的萎缩[J].新文学史料,1996(4).

2. 金进.重读郭小川的望星空[J].当代作家评论,2007(4).

3. 陈思和.重新审视 50 年代初中国文学的几种倾向[J].山东社会科学,2000(2).

4. 孟文博.郭沫若文艺论集汇校本补正[J].山东师范大学学报(人文社会科学版),2012(6).

5. 许纪霖.近代中国公共领域：形态、功能与自我理解——以上海为例[J].史林,2003(2).

6. 沈志华.赫鲁晓夫秘密报告的出台及中国的反应[J].百年潮,2009(8).

7. 钱理群.读王瑶的"检讨书"[J].中国现代文学研究丛刊,2014(3).

8. 吴敏.试论 40 年代延安文坛的"小资产阶级"话语[J].中国现代文学研究丛刊,2004(2).

9. 朱鸿召.萧军臧否延安人物[J].历史与人物,2010(12).

10. 罗久蓉.抗战胜利后中共惩审汉奸初探[J].中央研究院近代史研究所集刊,1994(6).

11. 洪子诚.材料和注释：1957 年中国作协党组扩大会议[J].文学评论,2012(6).

12. 商金林.有关胡风及胡风研究的若干史料[J].湖南人文科技学院学报,2009(3).

13. 金宏宇.新文学作品的异题[J].新文学史料,2002(7).

14. 张霖.当代日记中的大连会议[J].华南师范大学学报(社会科学版),2014(2).

15. 程韶荣.中国日记研究百年[J].文教资料,2000(2).

16. 钱念孙.论日记和日记体文学[J].学术界,2002(3).

17. 赵宪章.日记的私语言说与解构[J].文艺理论研究,2005(3).

18. 郑绩.想象的自我[J].浙江学刊,2007(2).

19. 刘增杰.论现代作家日记的文学史价值[J].文史哲,2013(1).

20. 樊骏.这是一项宏大的系统工程：关于中国现代文学史料工作的总体考察[J].新文学史料,1989(4).

21. 赖贤传.书信、日记魅力管窥[J].嘉应大学学报,2001(2).

22. 戚学英.从阶级规训到身份认同：新中国成立初期作家身份的转换与当代文学的生成[J].中国文学研究,2008(2).

23. 姚丹.事实契约与虚构契约：从作者角度谈林海雪原与历史真实[J].中国现代文研究丛刊,2003(3).

24. 王亚丽.沈从文新中国成立初期心灵世界新论：以沈从文新中国成立初期书信为例[D].济南：山东师范大学,2011.

25. 王维.新中国成立初期文学界检讨研究[D].武汉：武汉大学,2010.

26. 吴源.第一人称叙事：书信体与非书信体[D].哈尔滨：黑龙江大学,2004.

27. 牛继华.近百年来私人书信中称呼语的社会语言学考察

(1919—2006)[D].广州：暨南大学,2006.

28. 朱斌凤.沈从文书信(1949—1988)研究[D].上海：华东师范大学,2010.

29. 包中华.李劼人三部曲版本比较研究[D].苏州：苏州大学,2007.

30. 陈冬梅.徘徊与抉择中的市长[D].兰州：西北师范大学,2010.

五、理论方法著作

1. 朱德发.现代文学史书写的理论探索[M].济南：山东人民出版社,2010.

2. 黄永年.古籍整理概论[M].上海：上海书店出版社,2001.

3. 黄永年.古籍版本学[M].南京：凤凰出版传媒集团,2005.

4. 杨念群,黄兴涛,毛丹.新史学：多学科对话的图景[M].北京：中国人民大学出版社,2003.

5. 韦勒克,沃伦.文学理论[M].刘象愚,邢培明,陈圣生,等译.北京：生活·读书·新知三联书店,1984.

6. 威廉斯.文化与社会[M].吴松江,张文定,译.北京：北京大学出版社,1991.

7. 海德格尔.人,诗意地安居[M].郜元宝,译；张汝伦,校.桂林：广西师范大学出版社,2000.

8. 曼古埃尔.阅读史[M].吴昌杰,译.北京：商务印书馆,2002.

9. 哈贝马斯.公共领域的结构转型[M].曹卫东,译.上海：上海学林出版社,1999.

10. 德波顿.身份的焦虑[M].陈广兴,南治国,译.上海：上海译文出版社,2004.

11. 葛兰西.葛兰西文选[M].国际共运史研究所,编译.北京：

人民出版社,1992.

    12. 萨特.萨特文论选[M].施康强,选译.北京：人民文学出版社,1991.

    13. 萨义德.知识分子论[M].单德兴,译；陆建德,校.北京：生活·读书·新知三联书店,2002.

    14. 吉登斯.社会的构成：结构化理论大纲[M].李康,李猛,译；王铭铭,校.北京：生活·读书·新知三联书店,1998.

    15. 曼海姆.意识形态与乌托邦[M].黎鸣,李书崇,译；周纪荣,周琪,校.北京：商务印书馆,2000.

    16. 奥尔巴赫.摹仿论：西方文学中所描绘的现实[M].吴麟绥,周新建,高艳婷,译.天津：百花文艺出版社,2002.